DE LEERLING

Van dezelfde auteur:

Hartslag
Diagnose: besmet
Koud bloed
De chirurg

Tess Gerritsen

DE LEERLING

the house of books

Vertaling
The Apprentice
Uitgave
Ballantine Books, New York
Copyright © 2002 by Tess Gerritsen
Copyright voor het Nederlandse taalgebied © 2003 by The House of Books,
Vianen/Antwerpen

Vertaling
Els Franci
Omslagontwerp
Studio Jan de Boer BNO, Amsterdam
Omslagdia
Image Store bv
Foto auteur
Jacob Gerritsen
Opmaak binnenwerk
ZetSpiegel, Best

All rights reserved.
Niets uit deze uitgave mag worden verveelvoudigd en/of openbaar gemaakt door middel van druk, fotokopie, microfilm of op welke andere wijze ook, zonder voorafgaande schriftelijke toestemming van de uitgever.

ISBN 90 443 0812 2
D/2003/8899/83
NUR 332

Voor Terrina en Mike

Dankbetuiging

Tijdens het schrijven van dit boek heb ik een groep fantastische mensen om me heen gehad die me heeft aangemoedigd, van advies gediend en voorzien van de emotionele steun die ik nodig had om voort te kunnen gaan. Heel veel dank aan mijn agent, vriendin en licht in de duisternis, Meg Ruley, en aan Jane Berkey, Don Cleary en de fantastische mensen van het Jane Rotrosen Agency. Veel dank gaat ook uit naar mijn sublieme uitgever, Linda Marrow, naar Gina Centrello voor haar nimmer aflatende geestdrift, naar Louis Mendez die ervoor heeft gezorgd dat ik de situatie de baas bleef, en naar Gilly Hailparn en Marie Coolman, die zo'n steun zijn geweest in de droevige, donkere dagen na 11 september, en die me veilig naar huis hebben geleid. Dank ook aan Peter Mars voor zijn informatie over het politiekorps van Boston en aan Selina Walker, mijn cheerleader aan de overzijde van de grote plas.

Tot slot welgemeende dank aan mijn echtgenoot Jacob, die weet hoe lastig het leven met een auteur kan zijn – en die het desondanks bij me weet uit te houden.

Proloog

Vandaag heb ik een man zien sterven.
   Het was een onverwachte gebeurtenis en ik verwonder me er nog steeds over dat dit drama zich vlak voor mijn neus heeft ontvouwen. Zoveel van wat in ons leven voor opwinding doorgaat, kunnen we niet zien aankomen, dus moeten we leren te genieten van de gelegenheden wanneer zich die voordoen en dankbaar zijn voor de zeldzame momenten van opwinding die het verder monotone tijdverloop doorbreken. En mijn dagen gaan hier beslist traag voorbij, in deze wereld achter muren, waar mannen slechts nummers zijn, waar we niet door onze namen, niet door onze aangeboren talenten van elkaar worden onderscheiden, maar door de aard van onze overtredingen. We kleden ons eender, eten dezelfde maaltijden, lezen dezelfde beduimelde boeken die op het gevangeniskarretje langskomen. De dagen zijn allemaal hetzelfde. En dan herinnert een schokkend incident ons eraan dat het leven soms een rare wending kan nemen.
   Dat was vandaag het geval, 2 augustus, een dag die zich verrukkelijk warm en zonnig ontwikkelde, precies zoals ik het graag heb. Terwijl de andere mannen zweten en rondsloffen als apathisch vee, sta ik midden op de binnenplaats waar we gelucht worden, mijn gezicht naar de zon opgeheven als een hagedis die warmte in zich opneemt. Mijn ogen zijn gesloten, zodat ik de beweging met het mes niet zie, en evenmin hoe de man achteruit wankelt en neervalt. Maar ik hoor het oplaaien van opgewonden stemmen en doe mijn ogen open.
   In een hoek van de binnenplaats ligt een man bloedend op de grond. Alle anderen lopen snel bij hem vandaan en zetten hun gebruikelijke maskers der onverschilligheid op: niets gezien, weet nergens van.
   Alleen ik loop naar de gewonde man.
   Ik kijk op hem neer. Zijn ogen zijn open en nemen waar; voor hem ben ik niet meer dan een zwart silhouet tegen de stralende

hemel. Hij is jong, heeft witblond haar, een niet meer dan donzige baardgroei. Hij doet zijn mond open. Roze schuim welt op. Een rode vlek spreidt zich uit op zijn borst.

Ik kniel naast hem neer en scheur zijn hemd open om de wond bloot te leggen. Die zit pal links van het borstbeen. Het mes is precies tussen twee ribben gestoken en heeft in ieder geval de long doorboord, misschien ook het hartzakje geraakt. Het is een fatale wond en hij weet dat. Hij probeert iets tegen me te zeggen; zijn lippen bewegen zonder geluid voort te brengen, zijn ogen hebben moeite gericht te blijven. Hij wil dat ik me over hem heen buig, misschien opdat hij me een laatste bekentenis kan toevertrouwen, maar wat hij te zeggen heeft, interesseert me absoluut niet.

In plaats daarvan concentreer ik me op zijn wond. Op zijn bloed.

Ik weet veel van bloed. Ik ken alle facetten ervan. Ik heb talloze buisjes bloed in mijn handen gehad, de vele schakeringen van het rood bewonderd. Ik heb het in centrifuges laten wentelen tot het veranderde in tweekleurige kolommetjes opeengepakte cellen en strokleurig serum. Ik ken de glans ervan, de zijdeachtige textuur. Ik heb het in satijnen stroompjes zien vloeien uit verse sneden in de huid.

Het bloed stroomt uit zijn borst als wijwater uit een heilige bron. Ik leg mijn handpalm op de wond, baad mijn huid in de vloeibare warmte, en bloed bedekt mijn hand als een rode handschoen. Hij denkt dat ik probeer hem te helpen en een vonk van dankbaarheid doet zijn ogen oplichten. Deze man heeft in zijn korte leven waarschijnlijk niet veel goedheid gekend; wat ironisch dat hij juist mij aanziet voor een weldoener.

Achter me schrapen schoenen en klinken barse bevelen: 'Achteruit! Allemaal achteruit!'

Iemand grijpt mijn shirt en sleurt me overeind. Ik word achteruit getrokken, bij de stervende man vandaan. Stof warrelt op en kreten en vloeken schallen over de binnenplaats terwijl we met ons allen naar een hoek worden gedreven. Het instrument van de dood, het mes, ligt verlaten op de grond. De gevangenbewaarders eisen een verklaring, maar niemand heeft iets gezien, niemand weet iets.

Niemand ziet ooit iets, niemand weet ooit iets.

In de chaos op de binnenplaats sta ik iets apart van de andere gevangenen, die me altijd gemeden hebben. Ik hef mijn hand op, nog druipend van het bloed van de dode man, en snuif de vage, metaalachtige geur op. Alleen al aan de geur kan ik ruiken dat het jong bloed is, uit jong vlees.

De andere gevangenen staren naar me en deinzen nog wat verder achteruit. Ze weten dat ik anders ben; ze hebben het altijd gevoeld. Het zijn gewelddadige mannen, stuk voor stuk, maar voor mij zijn ze op hun hoede, omdat ze weten wie – en wat – ik ben. Ik bekijk hun gezichten, zoek onder hen naar mijn bloedbroeder. Eentje van mijn soort. Ik zie hem niet, niet hier, zelfs niet in dit oord vol monsterlijke mannen.

Maar hij bestaat. Ik weet dat ik niet de enige van mijn soort ben die op deze wereld rondloopt.

Ergens is er nog een. En hij wacht op me.

1

Het stikte al van de vliegen. Vier uur had het uiteengespatte vlees op het hete asfalt van South Boston liggen bakken en nu werkte het als het chemische equivalent van een tafelgong. Overal zoemden vliegen. Hoewel de torso, of wat ervan over was, inmiddels met een laken was bedekt, was er nog heel wat naakt vlees waar de aaseters zich aan te goed konden doen. Stukjes grijs weefsel en andere niet te identificeren klodders lagen tot een afstand van tien meter over de straat verspreid. Een fragment van de schedel was beland in een bloembak op de tweede verdieping en stukjes huid kleefden aan geparkeerde auto's.

    Rechercheur Jane Rizzoli had een sterke maag, maar zelfs zij moest even pauzeren, ogen dicht, handen tot vuisten gebald, woedend op zichzelf om het moment van zwakte. *Hou vol. Hou vol.* Ze was de enige vrouwelijke rechercheur op de afdeling Moordzaken van de politie van Boston en ze wist dat er voortdurend een meedogenloze schijnwerper op haar was gericht. Zowel iedere vergissing als iedere overwinning werd door al haar collega's opgemerkt. Haar partner, Barry Frost, had al in het volle en vernederende zicht van hen allen zijn ontbijt uitgekotst en zat nu met zijn hoofd tussen zijn knieën in hun auto met de airco aan te wachten tot hij weer wat in zijn gewone doen zou zijn. Jane kon zich niet door onpasselijkheid laten kisten. Ze was de meest zichtbare agent ter plekke en vanachter het politielint keken de omstanders naar alles wat ze deed en konden ze ieder detail van haar uiterlijk waarnemen. Ze was vierendertig, maar wist dat ze er jonger uitzag en daarom hard moest werken om een autoritaire indruk te maken. Haar geringe lengte compenseerde ze met een doelbewuste blik en een fiere houding. Ze had geleerd hoe je een situatie naar je hand moest zetten, al was het maar door je met grote intensiteit op je taak te concentreren.

    Maar de hitte vrat aan haar vastberadenheid. Ze was de dag begonnen in haar blazer en lange broek, haren keurig gekamd.

Nu had ze de blazer uitgedaan, was haar blouse gekreukt en begon haar donkere haar vanwege de hoge vochtigheidsgraad steeds meer te kroezen. Ze voelde zich op alle fronten belegerd door de stank, de vliegen en de onverbiddelijke zon. Er waren zoveel dingen die gelijktijdig haar aandacht opeisten. En zoveel ogen die naar haar keken.

Luide stemmen trokken haar aandacht. Een man in een net pak met een stropdas probeerde langs een van de agenten heen te komen.

'Ik moet naar een beurs. Ik ben al hartstikke laat en nou zit ik met dat stomme lint om mijn auto en zeggen jullie dat ik er niet mee weg mag! Het is goddomme mijn eigen auto!'

'Dit is een plaats delict, meneer.'

'Het was een ongeluk!'

'Dat weten we nog niet.'

'Hoelang hebben jullie nodig om dat te snappen? De hele dag? Waarom luisteren jullie niet naar ons? Iedereen hier in de buurt heeft het horen gebeuren!'

Rizzoli liep naar de man, wiens gezicht bedekt was met een laagje zweet. Het was halftwaalf en de zon, die bijna in het zenit stond, straalde als een boos oog.

'Wat hebt u precies gehoord, meneer?' vroeg ze.

Hij snoof. 'Hetzelfde als iedereen.'

'Een harde klap.'

'Ja. Om ongeveer halfacht. Ik kwam net onder de douche vandaan. Toen ik uit het raam keek, zag ik hem op de stoep liggen. U kunt zelf zien wat een rottige bocht dit is. Om de haverklap komt hier een auto veel te hard aansjezen. Misschien is hij aangereden door een vrachtwagen.'

'Hebt u een vrachtwagen gezien?'

'Nee.'

'Gehoord?'

'Nee.'

'En u hebt ook geen auto gezien?'

'Auto, vrachtwagen.' Hij haalde zijn schouders op. 'Wat het ook was, hij is doorgereden.'

Dit verhaal hadden ze nu al zeker tien keer gehoord van diverse buren van de man. Tussen kwart over zeven en halfacht hadden ze op straat een harde klap gehoord. Niemand had het daadwerkelijk zien gebeuren. Ze hadden alleen de klap gehoord en de man zien liggen. Rizzoli had de mogelijkheid dat de man van het dak was gesprongen overwogen en verworpen. Er waren alleen maar huizen van twee verdiepingen, niet hoog genoeg om de catastrofale verwondingen aan het lichaam te verklaren. Evenmin had ze aanwijzingen kunnen vinden dat een explosie de oorzaak was van zoveel anatomische desintegratie.

'Mag ik mijn auto terug?' vroeg de man. 'Het is die groene Ford daar.'

'Die met de stukjes hersenen op het deksel van de kofferbak?'

'Ja.'

'Wat denkt u zelf?' beet ze hem toe en ze liep bij hem vandaan naar de patholoog-anatoom die midden op de weg gehurkt het asfalt zat te bekijken. 'Wat een hufters wonen er in deze straat,' zei ze. 'Niemand die zich voor het slachtoffer interesseert. Niemand weet trouwens wie het is.'

Dokter Ashford Tierney keek niet naar haar op, maar bleef naar de weg staren. Onder zijn dunne zilveren haar glom zijn schedel van het zweet. Hij zag er ouder en vermoeider uit dan ze hem ooit had meegemaakt. Toen hij wilde opstaan, maakte hij haar met een zwijgend gebaar duidelijk dat hij hulp nodig had. Ze pakte zijn hand en voelde, via die hand, het kraken van vermoeide botten en reumatische gewrichten. Hij was een gentleman van het oude slag, geboren en getogen in Georgia, en hij had nooit kunnen wennen aan Rizzoli's Bostonse manier om de dingen recht voor hun raap te zeggen, net zo goed als zij nooit had kunnen wennen aan zijn formele manier van doen. Het enige dat ze met elkaar gemeen hadden, waren de stoffelijk resten die op de autopsietafel van dokter Tierney terechtkwamen. Maar nu ze hem overeind hielp, stemde zijn broosheid haar bedroefd en deed die haar denken aan haar eigen grootvader. Ze was zijn lievelingskleindochter geweest, misschien omdat hij iets van zichzelf had herkend in haar eergevoel, haar volharding. Ze herinnerde zich hoe ze hem had geholpen overeind te komen uit zijn fauteuil, hoe zijn hand, die na zijn hersenbloeding verlamd was gebleven, als een klauw op haar arm had gelegen. Zelfs mannen met de kracht van Aldo Rizzoli werden door de tijd vermalen tot broze botten en gewrichten. Ze zag de invloed van de tijd nu ook aan dokter Tierney, die op zijn benen stond te zwaaien in de hitte en een zakdoek te voorschijn haalde om het zweet van zijn voorhoofd te vegen.

'Wat een zaak om mijn carrière mee af te sluiten,' zei hij. 'Zeg eens, kom jij ook op mijn afscheidsfeestje?'

'Eh... welk afscheidsfeestje?' zei Rizzoli.

'De surprise party die jullie aan het organiseren zijn.'

Ze zuchtte. En gaf toe: 'Ja, ik kom ook.'

'Ha. Ik wíst dat ik van jou een eerlijk antwoord zou krijgen. Is het volgende week?'

'Over twee weken. En u hebt het niet van mij, goed?'

'Ik ben blij dat ik het weet.' Hij keek weer naar het asfalt. 'Ik hou niet van verrassingen.'

'Wat denkt u ervan, dokter? Een aanrijding?'

'Dit lijkt de plek te zijn waar het is gebeurd.'

Rizzoli keek naar de grote plas bloed en toen naar het lijk dat zeker vier meter ervandaan op de stoep lag, onder het laken.

'Bedoelt u dat hij eerst hier tegen de grond is gesmakt en toen tot daar is gestuiterd?' vroeg Rizzoli.

'Daar lijkt het op.'

'Het moet een behoorlijk grote vrachtwagen zijn geweest om hem zo uit elkaar te laten spatten.'

'Geen vrachtwagen,' was Tierneys raadselachtige antwoord. Hij liep een eindje weg, zijn blik op de grond gericht.

Rizzoli volgde hem, de vliegen van zich af slaand. Na ongeveer tien meter bleef Tierney staan en wees naar een grijze klodder op de stoeprand.

'Nog een stukje hersenen,' zei hij.

'U zegt dat het geen vrachtwagen is geweest?' zei Rizzoli.

'Nee. En ook geen personenauto.'

'En de bandafdrukken op het overhemd van het slachtoffer dan?'

Tierney rechtte zijn rug en liet zijn blik over de straat, de stoepen en de huizen gaan. 'Is je hier al iets interessants opgevallen?'

'Afgezien van het feit dat daar een dode man zonder hersens ligt?'

'Kijk eens naar het punt waar hij geraakt moet zijn.' Tierney wees naar de plek op straat waar hij zojuist gehurkt had gezeten. 'Zie je het patroon waarin de onderdelen van het lichaam zijn verspreid?'

'Ja. Hij is naar alle kanten uit elkaar gespat. Het raakpunt zit in het midden.'
'Dat klopt.'
'Het is een drukke straat,' zei Rizzoli. 'Auto's komen hier veel te snel de bocht door. En het slachtoffer heeft afdrukken van autobanden op zijn overhemd.'
'Laten we die afdrukken nog even bekijken.'
Toen ze terugliepen naar het lijk, voegde Barry Frost zich bij hen. Hij was eindelijk de auto uitgekomen, maar zag nog bleek en keek een beetje gegeneerd.
'Allemachtig,' kreunde hij.
'Gaat het weer een beetje?' vroeg ze.
'Denk je dat ik griep onder de leden heb of zo?'
'Of zo.' Ze had Frost altijd graag gemogen, kon het erg waarderen dat hij zo'n opgewekt karakter had en nooit klaagde, maar ze vond het vervelend dat hij nu zo weinig eergevoel aan de dag legde. Toch legde ze eventjes haar hand op zijn schouder en glimlachte hem moederlijk toe. Frost maakte in iedereen moederlijke gevoelens los, zelfs in de allesbehalve moederlijke Rizzoli. 'Volgende keer zal ik een kotszakje voor je meebrengen,' zei ze gemoedelijk.
'Ik geloof toch echt,' zei hij, achter haar aan sukkelend, 'dat ik iets onder de leden heb...'
Ze waren bij de torso aangekomen. Tierney kreunde toen hij hurkte met gewrichten die protesteerden tegen deze nieuwe aanslag, en hief het papieren laken op. Frost trok wit weg en deed een stap achteruit. Rizzoli vocht tegen de impuls hetzelfde te doen.
De torso was in tweeën gescheurd, gesplitst ter hoogt van de navel. De bovenste helft, gekleed in een beige katoenen overhemd, lag oost-west. De onderste helft, gestoken in een spijkerbroek, noord-zuid. Beide helften waren met slechts een paar reepjes huid en stukjes spier met elkaar verbonden. De inwendige reepjes waren naar buiten gegleden en vormden een blubberige massa. De achterkant van de schedel was opengebarsten en het brein was naar buiten gevlogen.
'Een jonge man, wat aan de mollige kant, zo te zien afkomstig uit een land in Midden-Amerika of het Middellandse-Zeegebied, leeftijd tussen de twintig en dertig jaar,' zei Tierney. 'Zichtbare

breuken aan de wervelkolom, ribben, sleutelbeenderen en schedel.'

'Kan dit niet door een vrachtwagen zijn veroorzaakt?' vroeg Rizzoli.

'Een vrachtwagen kan wel degelijk dergelijk omvangrijk letsel veroorzaken.' Hij keek Rizzoli aan en daagde haar uit met zijn bleekblauwe ogen. 'Maar niemand heeft een vrachtwagen gehoord of gezien. Of wel?'

'Helaas niet,' gaf ze toe.

Frost slaagde er eindelijk in een bijdrage te leveren. 'Volgens mij zijn die strepen op zijn overhemd geen bandensporen.'

Rizzoli tuurde naar de zwarte strepen op de voorkant van het overhemd van het slachtoffer. Met een gehandschoende hand raakte ze er eentje aan en keek toen naar haar vinger. Er was een zwarte vlek op het latex van de handschoen achtergebleven. Ze staarde er even naar en verwerkte deze nieuwe informatie.

'Je hebt gelijk,' zei ze. 'Het zijn geen bandensporen. Het is olie.'

Ze rechtte haar rug en keek naar de weg. Ze zag nergens met bloed besmeurde bandensporen, noch brokstukken van een auto. Geen stukjes van glas of plastic dat bij het aanrijden van een mens onmiddellijk gebroken zou zijn.

Niemand zei iets. Ze keken elkaar alleen maar aan tot de enige mogelijke verklaring tot hen doordrong. Als om hun theorie te bevestigen kwam bulderend een vliegtuig over. Rizzoli keek met half toegeknepen ogen omhoog en zag een 747 voorbijglijden, op weg naar het zeven kilometer verderop gelegen Logan International Airport.

'Jezus,' zei Frost, met zijn hand boven zijn ogen om ze te beschermen tegen de zon. 'Wat een klotemanier om te sterven. Zeg alsjeblieft dat hij al dood was toen hij is neergekomen.'

'Die kans is groot,' zei Tierney. 'Ik denk dat hij is weggegleden toen het landingsgestel werd uitgezet. Aangenomen dat het een inkomende vlucht was.'

'Dat zal wel,' zei Rizzoli. 'Hoeveel verstekelingen willen dit land *verlaten*?' Ze keek naar het olijfkleurige gelaat van de dode man. 'Hij is dus aangekomen met een vliegtuig, laten we zeggen uit Zuid-Amerika...'

'Dat op een hoogte van zo'n dertigduizend voet zal hebben gezeten,' zei Tierney. 'In de wielcompartimenten heerst een andere druk dan in de cabine. Een verstekeling zou te maken krijgen met snelle decompressie. Bevriezing. Zelfs midden in de zomer ligt de temperatuur op dergelijke hoogten onder het vriespunt. Na een paar uur in dergelijke omstandigheden is hij onderkoeld en mogelijk bewusteloos geraakt wegens gebrek aan zuurstof. Of meteen na het vertrek al platgedrukt toen het landingsgestel werd ingetrokken. Een langdurig verblijf in het wielcompartiment zal vrijwel zeker tot zijn dood hebben geleid.'

Rizzoli's pieper onderbrak Tierneys verhandeling. En een verhandeling zou het zeker zijn geworden. De arts was al op zijn stokpaardje geklommen. Ze keek naar het nummer op haar pieper, maar herkende het niet, alleen dat het een nummer in Newton was. Ze pakte haar mobieltje en drukte het nummer in.

'Rechercheur Korsak,' zei een man.

'Met Rizzoli. Hebt u me opgepiept?'

'Belt u via een mobiele telefoon, rechercheur Rizzoli?'

'Ja.'

'Kunt u me via een gewone lijn bellen?'

'Op dit moment niet.' Ze wist niet wie rechercheur Korsak was en wilde het gesprek zo kort mogelijk houden. 'Wat is er aan de hand?'

Een korte stilte. Ze hoorden stemmen op de achtergrond en het gekraak van een politiewalkietalkie. 'Ik ben op een plaats delict hier in Newton,' zei hij. 'Volgens mij zou het goed zijn als u even kwam kijken.'

'Is dit een verzoek om assistentie van het korps van Boston? Dan kan ik u de naam geven van iemand anders op Moordzaken.'

'Ik heb geprobeerd rechercheur Moore te bereiken, maar ze zeiden dat hij met vakantie is. Daarom bel ik u.' Weer een stilte. Toen zei hij, op zachte, veelbetekenende toon: 'Het gaat over die zaak die u en Moore afgelopen zomer hebben gedaan. U weet wel.'

Ze gaf geen antwoord. Ze wist precies wat hij bedoelde. De herinneringen aan dat onderzoek achtervolgden haar nog altijd, doken steeds weer op in haar nachtmerries.

'Ga door,' zei ze zachtjes.

'Zal ik u het adres even geven?' vroeg hij.

Ze pakte haar notitieboekje.

Even later verbrak ze de verbinding en richtte ze haar aandacht weer op dokter Tierney.

'Ik heb soortgelijk letsel gezien bij parachutisten bij wie de parachute niet was opengegaan,' zei hij. 'Vanaf een dergelijke hoogte bereikt een vallend lichaam een eindsnelheid van bijna tweehonderd voet per seconde. Dat is genoeg om dergelijke desintegratie te veroorzaken.'

'Nogal een hoge prijs om dit land binnen te komen,' zei Frost.

Er kwam weer een vliegtuig over, de schaduw gleed over hen heen als die van een adelaar.

Rizzoli keek op naar de hemel. Stelde zich voor hoe een man vanaf een hoogte van duizend voet naar de aarde stortte. Ze dacht aan de koude lucht die langs hem suisde. En warmere lucht, naarmate de grond al draaiend steeds dichterbij komt.

Ze keek naar de met het laken bedekte restanten van de man die het had gewaagd te dromen over een nieuwe wereld, een betere toekomst.

Welkom in Amerika.

De agent van het korps van Newton die voor het huis op wacht stond, was een groentje en herkende Rizzoli niet. Hij hield haar bij het buitenste politielint tegen en sprak haar aan op een barse toon die paste bij zijn gloednieuwe uniform. Op zijn badge stond RIDGE.

'Verboden toegang, mevrouw.'

'Ik ben rechercheur Rizzoli van het korps van Boston. Rechercheur Korsak heeft me gebeld.'

'Mag ik uw penning even zien?'

Op zo'n verzoek had ze niet gerekend en het duurde even voordat ze de penning uit haar tas had opgegraven. In Boston wist iedere agent wie ze was, maar een kort ritje tot buiten haar territorium, naar deze keurige buitenwijk, was voldoende om haar te nopen naar haar penning te delven. Ze hield hem vlak voor zijn neus.

Hij wierp er een korte blik op en kreeg een kleur. 'Neemt u me niet kwalijk. Maar er is al een vervelende verslaggeefster geweest, ziet u, die langs me heen is geglipt. Dat laat ik me niet nog een keer gebeuren!'

'Is Korsak in het huis?'

'Ja, mevrouw.'

Ze keek naar auto's die op straat stonden, waaronder een wit busje met op de zijkant MORTUARIUM, DISTRICT MASSACHUSETTS.

'Hoeveel slachtoffers?' vroeg ze.

'Eén. Ze zijn nog met hem bezig, maar zullen hem zo wel naar buiten brengen.'

De agent hief het lint op om haar toegang te verschaffen tot de voortuin. Vogeltjes kwinkeleerden en het geurde naar reukgras. Je bent hier niet meer in South Boston, dacht ze. De tuin zag er perfect uit met geschoren buksheggen en een felgroen gazon. Ze bleef halverwege het tegelpad staan en keek op naar de gevel met het tudor-motief. *De nouveau-riche in hun eigen paleisje,* dacht ze. Zo'n huis, zo'n wijk kon een eerlijke politieman zich nooit veroorloven.

'Aardig optrekje, hè?' riep agent Ridge haar na.

'Wat was deze man van beroep?'

'Ik heb iemand horen zeggen dat hij chirurg was.'

Chirurg. Voor haar had dat woord een bijzondere betekenis en de klank ervan doorboorde haar als een ijskoude naald, zodat ze het ondanks de hitte opeens koud kreeg. Ze keek naar de voordeur en zag dat de deurkruk bedekt was met vingerafdrukpoeder. Ze haalde diep adem, trok latexhandschoenen aan en deed papieren slofjes over haar schoenen.

Binnen zag ze gepolijste eikenhouten vloeren en een trap die opsteeg tot kathedrale hoogten. Een glas-in-loodraam liet in ruitjespatroon stralende kleuren binnen.

Ze hoorde het geritsel van papieren schoenslofjes en zag een beer van een man de hal inkomen. Hoewel hij zakelijk gekleed was, met een zorgvuldig gestrikte stropdas en al, werd het effect tenietgedaan door de twee gelijkvormige continenten van zweet onder zijn oksels. Hij had de mouwen van zijn overhemd opgerold over vlezige onderarmen bedekt met donker haar. 'Rizzoli?' vroeg hij.

'De enige echte.'

Hij kwam met uitgestoken hand op haar af, herinnerde zich toen dat hij handschoenen droeg en liet zijn hand zakken. 'Vince Korsak. Het spijt me dat ik door de telefoon weinig kon zeggen, maar tegenwoordig heeft iedereen een scanner. Een verslaggeef-

ster is er daarstraks al in geslaagd naar binnen te glippen. Het kreng.'
'Dat heb ik gehoord, ja.'
'Je vraagt je natuurlijk af waarom ik je hierheen heb laten komen – ik mag je zeker wel tutoyeren? – maar ik heb vorig jaar je zaak gevolgd. Die van de Chirurg, bedoel ik. Daarom dacht ik dat je dit misschien wel wilde zien.'
Haar mond was droog geworden. 'Wat is er hier dan aan de hand?'
'Het slachtoffer bevindt zich in de zitkamer. Dokter Richard Yeager, zesendertig jaar. Orthopedisch chirurg van beroep. Dit is zijn huis.'
Ze keek op naar het glas-in-loodraam. 'Jullie krijgen hier in Newton wel luxe moordzaken, moet ik zeggen.'
'Van mij mag je ze hebben. Aan dit soort zaken zijn we hier niet gewend. Zeker niet zoiets griezeligs als waar we hier me te maken hebben.'
Korsak nam haar mee de gang door naar de zitkamer. Het eerste dat Rizzoli zag, was helder zonlicht dat naar binnen stroomde door een wand van ramen, twee verdiepingen hoog en zich uitstrekkend over de hele breedte van het vertrek. Ondanks het feit dat er een aantal misdaadtechnici aan het werk was, maakte de kamer een ruime, lege indruk met die spierwitte muren en gepolijste houten vloer.
Bloed. Ongeacht hoe vaak ze nu al een kamer binnen was gegaan waar een moord was gepleegd, schrok ze nog steeds van de eerste aanblik van het bloed. Een staartster van slagaderlijk bloed was tegen de muur gespoten en uitgevloeid in dunne stroompjes. De bron van dat bloed, dokter Richard Yeager, zat met zijn rug tegen de muur, zijn polsen op zijn rug samengebonden. Hij droeg alleen een boxershort en zat met zijn benen recht voor zich uit, de enkels samen omwikkeld met breed tape. Zijn hoofd hing naar voren en onttrok daardoor de wond die de fatale bloeding had veroorzaakt, aan het zicht, maar ze hoefde de snee niet te zien. Ze wist zo ook wel dat die heel diep was, tot en met de halsslagader en de luchtpijp. Ze kende de gevolgen van zo'n verwonding maar al te goed en kon aan het patroon van de bloedspatten zien hoe de laatste seconden waren verlopen: de slagader die het bloed naar buiten had gespoten, de longen die

waren volgestroomd, het slachtoffer dat geen lucht meer naar binnen had kunnen krijgen door zijn doorgesneden luchtpijp en in zijn eigen bloed was verdronken. Uitgeademd keelslijm was op zijn blote borst opgedroogd. Naar zijn brede schouders en zijn spiermassa te oordelen, was hij lichamelijk in goede conditie geweest – in staat een aanvaller te weren. Toch was hij gestorven met hangend hoofd, in een houding van onderworpenheid.

De twee assistenten van de lijkschouwer hadden al een brancard binnengebracht en stonden bij het slachtoffer te overleggen hoe ze het lijk, dat in rigor mortis was bevroren, het beste konden vervoeren.

'Toen de lijkschouwer hem om tien uur heeft bekeken,' zei Korsak, 'hadden de lijkvlekken zich al ontwikkeld en was de lijkstijfheid volledig. Ze schat dat hij tussen middernacht en drie uur 's ochtends is gestorven.'

'Wie heeft hem gevonden?'

'De verpleegster van zijn kliniek. Toen hij vanochtend niet kwam opdagen en de telefoon niet opnam, is ze een kijkje komen nemen. Ze heeft hem om ongeveer negen uur gevonden. Van zijn vrouw is geen spoor te bekennen.'

Rizzoli keek naar Korsak. 'Zijn vrouw?'

'Gail Yeager, eenendertig jaar. Ze wordt vermist.'

De kilte die Rizzoli had gevoeld toen ze bij de voordeur van de Yeagers had gestaan, beving haar opnieuw. 'Ontvoerd?'

'Ik weet alleen dat ze vermist wordt.'

Rizzoli staarde naar Richard Yeager, wiens gespierde lichaam geen partij was geweest voor de dood. 'Wat weet je over deze mensen? Over hun huwelijk?'

'Gelukkig getrouwd stel, zegt iedereen.'

'Dat zeggen ze altijd.'

'In dit geval lijkt het echt zo te zijn. Ze zijn pas twee jaar getrouwd. Hebben dit huis vorig jaar gekocht. Zij werkt als operatiezuster in hetzelfde ziekenhuis als hij, dus hadden ze dezelfde vriendenkring, dezelfde werkuren.'

'Erg veel samen dus.'

'Ja. Ik zou er stapelgek van worden als ik de hele dag op de lip van mijn vrouw zat, maar bij hen ging dat schijnbaar erg goed. Een maand geleden, toen haar moeder was gestorven, heeft hij twee hele weken vrij genomen zodat hij bij haar thuis kon blijven. Hoeveel denk je dat een orthopedisch chirurg in twee weken verdient? Vijftien-, twintigduizend? Heel wat, om je vrouw te troosten.'

'Ze zal het wel nodig gehad hebben.'

Korsak schokschouderde. 'Evengoed.'

'Je hebt dus geen reden gevonden waarom ze bij hem weg zou zijn gegaan.'

'En al helemaal niet waarom ze hem van kant zou willen maken.'

Rizzoli keek naar de ramen. Bomen en struiken beletten inkijk bij de buren vandaan. 'Je zei dat hij tussen middernacht en drie uur is gestorven.'

'Ja.'

'Hebben de buren iets gehoord?'

'De linkerburen zitten in Parijs. O la la. De rechterburen hebben de hele nacht als een roos geslapen.'

'Sporen van inbraak?'

'Keukenraam. Eerst is de hor weggenomen, toen is een glassnijder gebruikt. Schoenafdrukken maat 46 in het bloemperk. Dezelfde schoenen hebben in deze kamer in het bloed getrapt.'

Hij pakte een zakdoek en veegde zijn vochtige voorhoofd droog. Korsak was een van de ongelukkigen voor wie geen enkel transpiratiewerend preparaat toereikend was. In de paar minuten dat ze nu met elkaar stonden te praten, waren de zweetplekken op zijn overhemd nog groter geworden.

'Laten we hem eerst bij de muur vandaan trekken,' zei een mortuariumassistenten. 'En hem op het laken schuiven.'

'Pas op zijn hoofd! Het zakt opzij!'

'Jezus.'

Rizzoli en Korsak vervielen in stilzwijgen toen dokter Yeager op zijn zij op een plastic laken werd gelegd. Vanwege de lijkstijfheid bleef het lichaam een hoek houden van negentig graden en de mortuariumassistenten overlegden verder hoe ze hem, gezien die groteske houding, het beste op de brancard konden neerleggen.

Rizzoli richtte opeens haar aandacht op een flintertje wit op de vloer, naast de plek waar het lijk had gezeten. Ze hurkte om het op te rapen. Het leek op een piepklein scherfje porselein.

'Gebroken theekopje,' zei Korsak.

'Wat?'

'Er lagen een kop en schotel naast het slachtoffer. Alsof die van zijn schoot waren gegleden. We hebben ze al meegenomen om te zien welke vingerafdrukken erop staan.' Hij zag haar niet-begrijpende blik en haalde zijn schouders op. 'Ja, ik weet het ook niet.'

'Symbolisch artefact?'

'Zou je denken? Een rituele tea-party voor de dode?'

Ze staarde naar het flintertje porselein dat op het latex van haar handschoen lag en dacht na over wat het te betekenen kon hebben. Ze kreeg een heel onaangenaam gevoel in haar binnenste. Het onheilspellende gevoel dat dit haar bekend was. *Een doorgesneden keel. Breed tape. Nachtelijke inbraak via een raam. Het slachtoffer of de slachtoffers in hun slaap verrast.*

En een vrouw die werd vermist.

'Waar is de slaapkamer?' vroeg ze. Al wilde ze die niet zien. Bang voor wat ze daar zou aantreffen.

'Ja, daar is ook nog iets dat ik je wilde laten zien.'

In de gang naar de slaapkamer hing een rij zwartwitfoto's. Niet foto's van lachende familieleden die je in de meeste huizen ziet, maar strakke afbeeldingen van vrouwelijk naakt, het gezicht steeds verborgen of weggedraaid, het lichaam anoniem. Een vrouw die een boom omarmde, gladde huid tegen ruwe bast. Een vrouw die zich zittend vooroverboog met haar lange haar loshangend tussen haar naakte dijen. Een vrouw die haar handen uitstrekte naar de hemel, haar lichaam glanzend van het zweet na lichamelijke inspanning. Rizzoli bleef staan bij een foto die scheef hing.

'Deze zijn allemaal van dezelfde vrouw,' zei ze.

'Ja, van haar.'

'Mevrouw Yeager?'

'Zo te zien hadden ze een eigenaardige hobby.'

Ze staarde naar Gail Yeagers prachtige lichaam. 'Ik vind dit helemaal niet eigenaardig. Dit zijn schitterende foto's.'

'Zoals je wilt. De slaapkamer is daar.' Hij wees naar de deur.

Op de drempel bleef ze staan. In de kamer stond een kingsize bed, de lakens teruggeslagen, alsof het echtpaar abrupt was gewekt. In de schelproze vloerbedekking waren twee banen te zien waarvan de pool was geplet, van het bed naar de deur.

Rizzoli zei zachtjes: 'Ze zijn uit het bed gesleurd.'

Korsak knikte. 'De dader heeft hen in bed overrompeld. Ze in bedwang weten te houden. Hun polsen en enkels vastgebonden. Ze over de vloerbedekking naar de gang gesleept, waar de vloer van hout is.'

De werkwijze van de moordenaar verbijsterde haar. Ze beeldde zich in hoe hij op de plek had gestaan waar zij nu stond en naar het slapende echtpaar had gekeken. Hoog boven het bed was een raam zonder gordijn waardoor genoeg licht naar binnen moest zijn gekomen om te kunnen zien wie de man was en wie de vrouw. Hij zou rechtstreeks naar dokter Yeager zijn gelopen. Het was een logische zet om eerst de man te overmeesteren. De vrouw te bewaren voor daarna. Dat kon Rizzoli zich wel voorstellen. De methode, de eerste zet. Wat ze niet vatte, was wat er daarna was gebeurd.

'Waarom heeft hij ze weggesleept?' vroeg ze. 'Waarom heeft hij dokter Yeager niet hier vermoord? Wat had het voor zin ze uit de slaapkamer te halen?'

'Geen idee.' Hij wees naar de deuropening. 'Alles is gefotografeerd. Je mag naar binnen.'

Met tegenzin betrad ze de kamer. De banen in de vloerbedekking mijdend liep ze naar het bed. Ze zag geen bloed op de lakens of dekens. Op een van de kussens lag een lange blonde haar – dat zou dan wel de kant van mevrouw Yeager zijn, dacht ze. Ze keek naar het nachtkastje waarop een ingelijste foto van het echtpaar bevestigde dat Gail Yeager inderdaad blond was. En mooi ook, met lichtblauwe ogen en een waas van sproetjes op een diepgebronsde huid. Dokter Yeager had zijn arm rond haar schouders geslagen en straalde het solide zelfvertrouwen uit van een man die weet dat hij lichamelijk indruk maakt. Geen man die op een dag dood zou worden aangetroffen in zijn ondergoed, met vastgebonden handen en voeten.

'Het ligt op de stoel,' zei Korsak.

'Wat?'

'Kijk eens naar de stoel.'

Ze draaide zich om naar de hoek van de kamer en zag een antieke stoel met lattenrug. Op de zitting lag een opgevouwen nachtgewaad. Toen ze dichterbij kwam, zag ze helderrode vlekken op het roomkleurige satijn.

De haartjes in haar nek kwamen opeens overeind en een paar seconden vergat ze adem te halen.

Ze stak haar hand uit en tilde een punt van het kledingstuk op. De rest ervan was ook bevlekt.

'We weten nog niet van wie het bloed is,' zei Korsak. 'Het kan van dokter Yeager zijn, maar ook van zijn vrouw.'

'De vlekken zaten er al op voordat hij het opvouwde.'

'Maar er is verder geen bloed in deze kamer. Dat wil zeggen dat het in de andere kamer gebeurd moet zijn. Daarna is hij ermee teruggelopen naar de slaapkamer en heeft hij het netjes opgevouwen. En op die stoel neergelegd, als een afscheidscadeautje.' Korsak zweeg even. 'Doet dat je aan iemand denken?'

Ze slikte. 'Dat weet je best.'

'Deze moordenaar kopieert de werkwijze van die knaap van jullie.'

'Nee, dit is verschillend. Dit is heel verschillend. De Chirurg heeft nooit echtparen aangevallen.'

'De opgevouwen nachtpon. Het brede tape. De slachtoffers die in bed verrast zijn.'

'Warren Hoyt koos vrijgezelle vrouwen. Slachtoffers die hij snel kon overmeesteren.'

'Maar kijk eens naar de overeenkomsten! Dit móét een copycat zijn. Een of andere mafkees die alles over de Chirurg heeft gelezen.'

Rizzoli staarde nog steeds naar de nachtpon en herinnerde zich andere slaapkamers, andere kamers waar moorden waren gepleegd. Het was gebeurd tijdens een ondraaglijk hete zomer, een zomer als die ze nu ook hadden, toen vrouwen met de ramen open hadden geslapen en een man genaamd Warren Hoyt hun huizen was binnengeslopen, gewapend met zijn duistere fantasieën en zijn scalpels, de instrumenten waarmee hij bloederige rituelen had uitgevoerd terwijl de slachtoffers wakker waren, zich bewust van iedere snee van het mes. Ze staarde naar de nachtpon en zag Hoyts alledaagse, onopvallende gezicht heel duidelijk voor zich, een gezicht dat nog steeds in haar nachtmerries opdook.

Maar dit is niet zijn werk. Warren Hoyt zit veilig opgeborgen in een gevangenis waaruit hij niet kan ontsnappen. Ik weet dat, omdat ik de schoft daar zelf heb laten opsluiten.

'De *Boston Globe* heeft indertijd alle smeuïge details gepubliceerd,' zei Korsak. 'Jullie jongen heeft zelfs de *New York Times* gehaald. Nu doet deze pief hem na.'

'Nee, jouw moordenaar doet dingen die Hoyt nooit heeft gedaan. Jouw moordenaar heeft dit echtpaar uit de slaapkamer naar een andere kamer gesleept. Hij heeft de man zittend tegen de muur gezet en hem toen pas de keel doorgesneden. Het lijkt meer op een executie. Of een onderdeel van een ritueel. En dan zitten we nog met de vrouw. Hij vermoordt de man, maar wat doet hij met de vrouw?' Ze zweeg abrupt toen ze zich het flintertje porselein op de vloer herinnerde. Het gebroken theekopje. De betekenis daarvan sneed door haar heen als een ijzige wind.

Zonder een woord te zeggen liep ze de slaapkamer uit en keerde terug naar de zitkamer. Ze keek naar de muur waar het lijk van dokter Yeager tegenaan had geleund. Ze keek naar de vloer en begon in steeds bredere kringen heen en weer te lopen terwijl ze de bloedspatten op de vloer bestudeerde.

'Rizzoli?' zei Korsak.

Ze draaide zich om naar de ramen en kneep haar ogen toe tegen het zonlicht. 'Er is hier veel te veel licht. En er is zoveel glas. Het is niet te overzien. We moeten vanavond terugkomen.'

'Met Luma-lite, bedoel je?'

'We hebben ultraviolet licht nodig om het te kunnen zien.'

'Waar zoek je naar?'

Ze draaide zich weer om naar de muur. 'Dokter Yeager zat daar toen hij stierf. Onze onbekende dader heeft hem vanuit de slaapkamer hiernaartoe gesleept. Hem rechtop tegen die muur gezet, met zijn gezicht naar de kamer.'

'Klopt.'

'Waarom moest hij daar zitten? Waarom al die moeite voor een slachtoffer dat nog leefde? Daar moet een reden voor zijn.'

'En die is?'

'Hij is daar neergezet om ergens naar te kijken. Om getuige te zijn van wat er in deze kamer is gebeurd.'

Nu verscheen er op Korsaks gezicht een blik van begrip en afgrijzen. Hij staarde naar de muur, naar de plek waar dokter Yeager had gezeten, een eenmanspubliek in een horrortheater.

'O, Jezus,' zei hij. 'Mevrouw Yeager.'

2

Rizzoli haalde een pizza bij het zaakje om de hoek en dook een stokoud kropje sla op uit de groentela van haar koelkast. Ze pelde de bruine bladeren weg tot ze de nauwelijks eetbare kern had bereikt. Het werd een bleke, onaantrekkelijke salade die ze opat omdat het moest, niet omdat ze er plezier aan beleefde. Ze had geen tijd voor plezier; ze at alleen om kracht te hebben voor de avond die komen ging, een avond waar ze niet naar uitkeek.

Na een paar happen duwde ze het eten van zich af en staarde naar de streperige tomatensaus op het bord. De nachtmerries beginnen je de baas te worden, dacht ze. Je denkt wel dat je immuun bent, dat je sterk genoeg, afstandelijk genoeg bent om ermee te kunnen leven, en je weet hoe je je rol moet spelen, hoe je ze allemaal kunt bedotten, maar de gezichten blijven je bij. De ogen van de doden.

Hoorde Gail Yeager daar nu ook bij?

Ze keek neer op haar handen, staarde naar de identieke littekens op beide palmen, als genezen kruisigingwonden. Wanneer het koud, nat weer was, deden haar handen pijn, een tergende herinnering aan wat Warren Hoyt haar een jaar geleden had aangedaan, op de dag dat hij zijn messen in haar vlees had gezet. De dag dat ze had gedacht dat haar laatste uurtje had geslagen. Ook nu deden de oude wonden pijn, maar daar kon ze het weer niet de schuld van geven. Nee, nu kwam het door wat ze vandaag in Newton had gezien. De opgevouwen nachtpon. De boog van bloed op de muur. Ze was een kamer binnengegaan waar doodsangst nog natrilde in de lucht en ze had Warren Hoyts blijvende aanwezigheid gevoeld.

Wat uiteraard onmogelijk was. Hoyt zat in de gevangenis, waar hij thuishoorde. En toch zat ze hier nu als versteend bij de herinnering aan dat huis in Newton, omdat het afgrijzen zo bekend had aangevoeld.

De verleiding was groot om Thomas Moore te bellen, met wie

ze de zaak-Hoyt samen had opgelost. Hij kende de details ervan net zo goed als zij en wist hoe hardnekkig de angst was geweest die Warren Hoyt als een web rond hen allen had gesponnen. Maar sinds Moore's huwelijk had zijn leven een andere wending genomen. Juist door zijn prille geluk waren Moore en zij vreemden voor elkaar geworden. Mensen die gelukkig zijn, staan apart, ademen een andere lucht in en voor hen gelden andere wetten van zwaartekracht. Je had kans dat Moore zich niet eens bewust was van de verandering in hun relatie, maar Rizzoli voelde die duidelijk aan en rouwde om het verlies, terwijl ze zich er aan de andere kant voor schaamde dat ze hem zijn geluk benijdde. Dat ze jaloers was op de vrouw die Moore's hart had veroverd. Een paar dagen geleden had ze een ansichtkaart ontvangen uit Londen, waar hij en Catherine op vakantie waren. Een korte groet op de achterkant van een kaart uit het Scotland Yard Museum, een paar woorden waarmee hij Rizzoli liet weten dat ze het fijn hadden en dat alles in orde was met hen. Rizzoli dacht nu aan die kaart, aan het opgewekte optimisme, en wist dat ze hem niet mocht lastigvallen met deze zaak; dat ze hun levens niet opnieuw mocht laten overschaduwen door Warren Hoyt.

Ze bleef stil zitten, luisterend naar de geluiden van het verkeer beneden op straat, die alleen maar de volslagen stilte in haar flat leken te benadrukken. Ze keek om zich heen naar de spaarzaam ingerichte zitkamer, de kale muren waar ze nog steeds niet één schilderijtje aan had opgehangen. De enige decoratie, als je het zo mocht noemen, was een plattegrond van de stad die boven haar eetkamertafel aan de muur hing. Een jaar geleden had die vol gezeten met gekleurde punaises die de plaatsen aangaven waar de Chirurg slachtoffers had gemaakt. Wat had ze toen naar erkenning gehunkerd, naar een woord of gebaar waarmee haar collega's te kennen gaven dat ze haar als hun gelijke beschouwden, dat ze de strijd goed had volbracht. Zelfs in haar eigen huis had ze zich tegenover de macabere voetafdrukken van de moordenaar geposteerd wanneer ze zat te eten.

Nu waren de punaises van de Chirurg weg, maar de plattegrond hing er nog, wachtend op nieuwe punaises die het spoor van een andere moordenaar zouden volgen. Ze vroeg zich af wat dit over haar zei, welke meelijwekkende conclusies men kon trekken uit het feit dat ze hier nu al twee jaar woonde en nog

steeds alleen een plattegrond van Boston aan de muur had hangen. Mijn terrein, dacht ze.
Mijn wereld.

In het huis van de Yeagers brandde geen licht toen Rizzoli om halftien de oprit opreed. Ze was de eerste en omdat ze geen sleutel van het huis had, bleef ze in haar auto zitten tot de anderen zouden komen, met de ramen open om frisse lucht binnen te laten. Het huis stond in een stille, doodlopende straat en bij geen van beide buren brandde licht. Voor hun werk was dat gunstig aangezien licht van buitenaf hun onderzoek alleen maar zou bemoeilijken, maar op dit moment, in haar eentje tegenover het huis waar zich zoiets afgrijselijks had afgespeeld, verlangde ze naar licht en menselijk gezelschap. De ramen van de Yeagers staarden naar haar als de glazige ogen van een lijk. De schaduwen rondom haar namen allerlei vreemde vormen aan, en geen vriendelijke. Ze haalde haar pistool te voorschijn, zette de veiligheidspal om en legde hem op haar schoot. Toen pas voelde ze zich geruster.

Koplampen schenen in haar achteruitkijkspiegeltje. Ze draaide zich om en zag tot haar opluchting het busje van het lab achter zich tot stilstand komen. Ze stopte haar pistool weer in haar tas.

Een jongeman met brede schouders stapte uit het busje en kwam naar haar auto. Toen hij zich bukte om naar binnen te kijken, zag ze de glans van zijn gouden oorring.

'Hoi, Rizzoli,' zei hij.

'Hoi, Mick. Bedankt dat je bent gekomen.'

'Mooie buurtje hier.'

'Wacht maar tot je het huis ziet.'

Een ander paar koplampen kwam de doodlopende straat in. Korsak.

'Mooi, iedereen is er,' zei ze. 'We kunnen aan de slag.'

Korsak en Mick kenden elkaar niet. Toen Rizzoli hen in het licht van de binnenverlichting van het busje aan elkaar voorstelde, zag ze hoe Korsak naar de oorring van de labtechnicus keek en merkte ze dat hij aarzelde voordat hij Mick een hand gaf. Ze kon de radertjes in Korsaks hoofd bijna zien draaien. *Oorring. Gespierde jongen. Zal dus wel een homo zijn.*

Mick begon zijn spullen uit het busje te halen. 'Ik heb de nieuwe Mini Crimescope 400 meegebracht,' zei hij. 'Een booglamp van 400 watt. Drie keer sterker dan de oude GE 350 watt. De sterkste lichtbron waar we ooit mee hebben gewerkt. Sterker nog dan een Xenon 500 watt.' Hij keek naar Korsak. 'Kun je deze spullen voor me naar binnen brengen?'

Voordat Korsak iets kon zeggen, duwde Mick hem een aluminiumkist in zijn handen en draaide zich om naar het busje om nog meer spullen te halen. Korsak bleef een ogenblik staan met de kist in zijn handen en een ongelovige uitdrukking op zijn gezicht. Toen beende hij weg, naar het huis toe.

Tegen de tijd dat Rizzoli en Mick bij de voordeur aankwamen met de tassen waarin de Crimescope, verlengsnoeren en beschermbrillen zaten, had Korsak in het huis het licht aan gedaan en de deur op een kier laten staan. Ze trokken schoenbeschermers aan en gingen naar binnen.

Net zoals Rizzoli die ochtend had gedaan, bleef Mick op de drempel met ontzag staan kijken naar de imposante trap.

'Bovenaan is een glas-in-loodraam,' zei Rizzoli. 'Schitterend wanneer de zon erop staat.'

Korsak riep geprikkeld vanuit de zitkamer. 'Komt er nog wat van?'

Mick keek Rizzoli aan met een blik die zei *wat een zeikerd*, maar Rizzoli haalde alleen maar haar schouders op. Ze liepen de gang in.

'Dit is de kamer,' zei Korsak. Hij had een schoon overhemd aangetrokken, maar ook daarop zaten alweer zweetplekken. Hij stond met zijn kin naar voren en zijn benen wijd, als een pissige kapitein Bligh op het dek van zijn schip. 'En we moeten ons op dít gedeelte van de vloer concentreren.'

Het bloed had nog niets van zijn emotionele impact verloren. Terwijl Mick zijn apparatuur te voorschijn haalde, stekkers in het stopcontact deed en het fototoestel met statief in gereedheid bracht, werd Rizzoli's blik weer naar de muur getrokken. Hoelang men hier ook zou schrobben, die stille getuigenis van de geweldaad zou nooit volledig uitgewist kunnen worden. Er zouden altijd biochemische sporen achterblijven, als een spookachtige vingerafdruk.

Maar vanavond waren ze niet uit op bloed. Ze zochten naar

iets wat veel moeilijk waar te nemen was en daarvoor hadden ze een andere lichtbron nodig, die sterk genoeg was om te onthullen wat voor het naakte oog verborgen bleef.

Rizzoli wist dat licht niets anders was dan elektromagnetische energie die zich in golven voortbewoog. Zichtbaar licht, dat het menselijk oog kon waarnemen, had golflengten tussen de 400 en 700 nanometer. Kortere golflengten, binnen het ultraviolette bereik, waren niet zichtbaar. Maar wanneer je ultraviolet licht liet schijnen op bepaalde natuurlijke én door de mens vervaardigde substanties, kon het elektronen losmaken in die substanties, waardoor zichtbaar licht vrijkwam via een proces dat fluorescentie heette. Ultraviolet licht kon lichaamssappen, botfragmenten, haren en vezels aan het licht brengen. Daarom had ze om de Mini Crimescope gevraagd. Onder de uv-lamp daarvan kon een heel nieuwe reeks bewijsmateriaal zichtbaar worden.

'Ik ben gereed,' zei Mick. 'Nu moeten we deze kamer zo donker mogelijk maken.' Hij keek naar Korsak. 'Kun jij om te beginnen het licht op de gang even uitdoen, Korsak?'

'Wacht. Moeten we geen brillen op?' vroeg Korsak. 'Ik dacht dat ultraviolet je ogen beschadigt.'

'Op de golflengten die ik ga gebruiken, is het niet erg schadelijk.'

'Ik wil toch graag een bril.'

'Ze liggen in die tas. Er zijn er genoeg voor ons allemaal.'

Rizzoli zei: 'Ik doe het licht op de gang wel uit.' Ze liep de kamer uit en drukte op de schakelaars. Toen ze terugkwam, stonden Korsak en Mick nog steeds zo ver mogelijk bij elkaar vandaan, alsof ze bang waren elkaar een besmettelijke ziekte te bezorgen.

'Welk deel precies moeten we bekijken?' vroeg Mick.

'Laten we aan die kant beginnen, waar het slachtoffer is aangetroffen,' zei Rizzoli. 'Dan neem je er daarvandaan steeds een stukje bij tot we de hele kamer hebben afgewerkt.'

Mick keek om zich heen. 'Dat beige vloerkleed zal wel gaan fluoresceren. En die witte bank zal bij ultraviolet ook oplichten. Ik waarschuw jullie maar even dat het moeilijk zal zijn tegen die achtergrond iets te vinden.' Hij keek naar Korsak die zijn bril al had opgezet en er nu uitzag als een meelijwekkende ouwe vent die probeert er met een kekke zonnebril cool uit te zien.

'Doe het licht in de kamer maar uit,' zei Mick. 'Dan kan ik zien hoe donker we het hier kunnen krijgen.'

Korsak drukte op de schakelaar en de kamer werd donker. Licht van de sterren scheen zwakjes door de grote gordijnloze ramen, maar er was geen maan en de bomen in de achtertuin hielden het licht van naburige huizen tegen.

'Niet gek,' zei Mick. 'Hier kan ik wel wat mee. Beter dan sommige plekken waar ik onder een deken moest werken. Weten jullie dat ze projectiesystemen aan het ontwikkelen zijn die je bij daglicht kunt gebruiken? Binnenkort hoeven we niet meer als blinden rond te stommelen in het donker.'

'Kunnen we het gebabbel achterwege laten en nu eindelijk eens beginnen?' beet Korsak hem toe.

'Ik dacht dat jullie het misschien wel leuk zouden vinden om iets over de technologie te horen.'

'Een andere keer.'

'Zoals je wilt,' zei Mick doodgemoedereerd.

Rizzoli zette haar beschermingsbril op toen het blauwe licht van de Crimescope aanging. Fluorescerende voorwerpen doken in het donker op als griezelige spoken. Het licht werd inderdaad door het vloerkleed en de bank weerkaatst, zoals Mick had voorspeld. Het blauwe licht gleed naar de plek op de muur waartegen het lichaam van dokter Yeager had gerust. Kleine puntjes gloeiden op tegen de muur.

'Ergens best wel mooi, vinden jullie ook niet?' zei Mick.

'Wat zijn dat voor dingen?' vroeg Korsak.

'Haartjes die aan het bloed gekleefd zitten.'

'O. Ja, héél mooi.'

'Richt het licht even op de vloer,' zei Rizzoli. 'Daar moet het zijn.'

Mick richtte de uv-lens naar beneden en een nieuw universum aan zichtbaar gemaakte vezels en haren gloeide aan hun voeten. Bewijsmateriaal dat niet door het onderzoekteam was opgezogen.

'Hoe sterker de lichtbron, hoe sterker de fluorescentie,' zei Mick terwijl hij de vloer afzocht. 'Daarom is dit zo'n fantastisch apparaat. Met 400 watt laat het vrijwel alles zien. De FBI heeft er eenenzeventig van gekocht. Het is zó'n compact ding dat je het als handkoffertje mee kunt nemen in een vliegtuig.'

'Ben jij een of andere technofreak?' zei Korsak.

'Ik hou van nieuwe snufjes. Ik heb voor ingenieur gestudeerd.'
'Echt waar?'
'Waarom klink je zo verbaasd?'
'Ik dacht dat mensen als jij niet van zulke dingen hielden.'
'Mensen als ik?'
'Ik bedoel de oorring en zo. Je weet wel.'
Rizzoli zuchtte. 'Blunder, blunder.'
'Wat is er nou?' zei Korsak. 'Ik geef niet op ze af. Het is me alleen opgevallen dat niet veel van hen een vak kiezen dat iets met techniek te maken heeft. Eerder met theater en kunst en zo. En dat is heel goed, hoor. We hebben ook kunstenaars nodig.'
'Ik heb aan de universiteit van Massachusetts gestudeerd,' zei Mick, die weigerde er aanstoot aan te nemen. Hij bestudeerde de vloer. 'Elektrotechniek.'
'Elektriciens verdienen goed.'
'Eh, dat is niet echt hetzelfde vak.'
Ze liepen heen en weer in een steeds groter wordende cirkel. Het uv-licht liet haartjes, vezels en andere niet nader te identificeren dingen zien. Opeens stootten ze op een helderwit vlak.
'Het vloerkleed,' zei Mick. 'Ik weet niet waar dat van is gemaakt, maar de vezels fluoresceren als de pest. Tegen die achtergrond zullen we niet veel kunnen zien.'
'Scan hem evengoed,' zei Rizzoli.
'De salontafel staat in de weg. Kun je die opzij zetten?'
Rizzoli bukte zich naar wat er voor haar uitzag als een geometrische schaduw tegen een fluorescerende witte achtergrond. 'Korsak, help me even,' zei ze.
Toen de salontafel weg was, bleef het vloerkleed over als een ovaal vlak met een blauwwitte gloed.
'Tegen die achtergrond zien we nooit wat,' zei Korsak. 'Je kunt net zo goed proberen naar glas te zoeken dat op water drijft.'
'Glas drijft niet,' zei Mick.
'O ja, da's waar ook. Jij bent ingenieur. Waar is Mick trouwens een afkorting van? *Mickey*?'
'Laten we de bank even bekijken,' zei Rizzoli er dwars doorheen.
Mick richtte de lens op de bank. Ook de bekleding daarvan fluoresceerde in het uv-licht, maar het was een zachtere gloed,

als sneeuw in het maanlicht. Langzaam liet hij de lichtbundel over het beklede frame glijden en toen over de kussens, maar hij zag nergens verdachte strepen of vlekken, alleen een paar lange haren en stofjes.

'Nette mensen,' zei Mick. 'Geen vlekken, zelfs niet veel stof. Ik wil wedden dat deze bank nog hartstikke nieuw is.'

Korsak gromde. 'Prettig voor ze. De laatste keer dat ik een nieuwe bank heb gekocht, was toen ik trouwde.'

'Er is nog een deel van de vloer, dat we niet hebben bekeken.'

Rizzoli voelde Korsak tegen haar aan botsen en rook zijn muffe zweetlucht. Hij haalde luidruchtig adem, alsof hij problemen had met zijn sinussen en in de duisternis leek zijn gesnuif extra op te vallen. Geprikkeld deed ze een stap bij hem vandaan en stootte daarbij haar scheen tegen de salontafel.

'*Au!*'

'Kijk dan ook uit waar je loopt,' zei Korsak.

Ze slikte een venijnige opmerking in, want de sfeer in de kamer was al gespannen genoeg en bukte zich om haar been te wrijven. Vanwege de duisternis en de abrupte verandering van haar houding werd ze duizelig en gedesoriënteerd, en moest ze op haar hurken neerzakken om haar evenwicht niet te verliezen. Een paar seconden bleef ze zo in de duisternis zitten, hopend dat Korsak niet over haar zou struikelen, want hij was zó zwaar dat hij haar zou pletten. Ze hoorde de twee mannen een kleine stukje bij haar vandaan bewegen.

'Het snoer is gedraaid,' zei Mick. De Crimescope zwaaide in Rizzoli's richting toen hij zich omdraaide om het snoer los te gooien.

De lichtbundel gleed over het vloerkleed, vlak voor de plek waar Rizzoli gehurkt zat. Ze tuurde. Tegen de fluorescentie van de vezels van het tapijt stak een donkere, onregelmatige vlek af, kleiner dan een dubbeltje.

'Mick,' zei ze.

'Kun je die kant van de salontafel even oplichten? Ik geloof dat het snoer om de poot zit.'

'*Mick!*'

'Wat?'

'Kom eens even hier met dat licht. Richt het op het tapijt. Op de plek waar ik zit.'

Mick kwam naar haar toe. Korsak ook; ze hoorde zijn snuivende ademhaling naderbij komen.

'Richt op mijn hand,' zei ze. 'Ik heb mijn vinger naast de plek.'

Blauwig licht viel over het vloerkleed en haar hand werd een zwart silhouet tegen de fluorescerende achtergrond.

'Kijk, hier,' zei ze. 'Wat is dat?'

Mick hurkte naast haar. 'Een of andere vlek. Daar kan ik beter een foto van maken.'

'Maar het is een donkere vlek,' zei Korsak. 'Ik dacht dat we op zoeken waren naar fluorescerende dingen.'

'Wanneer de achtergrond sterk fluoresceert, zoals de vezels van dit tapijt, kunnen lichaamssappen er donker uitzien, omdat ze minder hevig fluoresceren. Deze vlek kan van alles zijn. Daar zal het lab uitsluitsel over moeten geven.'

'Gaan we nu een stuk uit dat mooie vloerkleed knippen, enkel en alleen omdat we een oude koffievlek of zoiets hebben gevonden?'

Mick zei: 'Er is nog een trucje dat we kunnen uitproberen.'

'Wat dan?'

'De golflengte van de Crimescope veranderen. Ik zal die terugdraaien naar uv-kortegolf.'

'Wat gebeurt er dan?'

'Wacht maar af. Als het lukt, is het hartstikke cool.'

Mick stelde het apparaat anders in en richtte het licht op het stukje van het tapijt met de donkere vlek. 'Let op,' zei hij en toen deed hij de Crimescope uit.

Opeens was het aardedonker in de kamer. Afgezien van een helder vlekje vlak voor hun voeten.

'Wat is *dat* nou?' zei Korsak.

Rizzoli voelde zich alsof ze hallucineerde. Ze staarde naar de spookachtige vlek, die als groen vuur leek te branden. Terwijl ze toekeek, begon de griezelige gloed te vervagen. Even later waren ze gehuld in volkomen duisternis.

'Fosforescentie,' zei Mick. 'Het is verlate fluorescentie. Dat gebeurt wanneer uv-licht elektronen losmaakt in bepaalde substanties. De elektronen hebben er iets meer tijd voor nodig om terug te keren naar hun oorspronkelijke energiestatus. Terwijl ze dat doen, komen er lichtquanten los. Dat is wat we daarnet zagen. We hebben hier een vlek die heldergroen fosforesceert na

blootstelling aan korte golven van uv-licht. Dat is erg suggestief.'
Hij stond op en deed het licht in de kamer aan.

In het plotselinge felle licht zag het vloerkleed waarnaar ze hadden zitten staren er volkomen normaal uit. Maar Rizzoli kon er nu niet naar kijken zonder walging, want ze wist wat hier was gebeurd; het bewijs van Gail Yeagers gruwelijke beproeving kleefde aan deze beige vezels.

'Het is sperma,' zei ze.

'Dat zou heel goed kunnen,' zei Mick, terwijl hij het statief neerzette en de Kodak Wrattenfilter erop zette voor uv-fotografie. 'Ik zal hier eerst een foto van maken en daarna zullen we dit stuk van het kleed uitsnijden. Het lab zal onze bevindingen onder de microscoop moeten bevestigen door gebruik te maken van zuurfosfatase.'

Maar Rizzoli had geen bevestiging nodig. Ze keek naar de met bloed bespatte muur. Ze dacht aan de positie van dokter Yeagers lijk en ze dacht aan het theekopje dat van zijn schoot was gegleden en op de grond kapotgevallen. De vlek fosforescerend groen op het tapijt bevestigde wat ze had gevreesd. Ze wist wat er was gebeurd, zo zeker alsof ze het nu zag gebeuren.

Je hebt ze uit hun bed naar deze kamer met de houten vloer gesleept. Je hebt de polsen en enkels van de dokter vastgebonden en tape over zijn mond geplakt zodat hij niet kon schreeuwen en je niet zou afleiden. Je hebt hem tegen de muur gezet en een eenmanspubliek van hem gemaakt. Richard Yeager leeft nog en weet wat je gaat doen. Maar hij kan niets terugdoen. Hij kan zijn vrouw niet beschermen. Om je erop attent te maken als hij zich mocht bewegen, zet je een kop en schotel op zijn schoot, als alarmsysteem. Die zullen op de harde vloer neerkletteren als hij erin zou slagen zijn benen op te tillen. Op het toppunt van je extase kun je niet letten op wat dokter Yeager doet en je wilt je niet door hem laten verrassen.

Maar hij moet wél toekijken.

Ze staarde naar de vlek die heldergroen was opgelicht. Als ze de salontafel niet hadden verzet, als ze niet specifiek naar dit soort sporen hadden gezocht, zouden ze dit misschien over het hoofd hebben gezien.

Je hebt haar hier op dit kleed genomen. Je hebt haar genomen voor de ogen van haar man, die niets kon doen om haar te red-

den, die niet eens zichzelf kon redden. En toen het voorbij was, toen je je buit had opgeëist, is één druppel sperma achtergebleven op deze vezels en opgedroogd tot een onzichtbaar vliesje.

Hoorde het doden van de man ook bij het genot? Had de moordenaar nog heel even gewacht, zijn hand om het mes geklemd, om ten volle van het ogenblik te genieten? Of was het alleen maar een praktische afsluiting geweest van de gebeurtenissen die eraan vooraf waren gegaan? Had hij iets gevoeld toen hij Richard Yeagers haar had vastgegrepen en het mes op zijn keel gezet?

Het licht in de kamer ging uit. Micks fototoestel klikte een paar keer, fotografeerde de donkere vlek, omgeven door de fluorescerende gloed van het vloerkleed.

En wanneer de taak is volbracht, wanneer dokter Yeager er met hangend hoofd bij zit en zijn bloed in kleine stroompjes over de muur achter hem afdruipt, voer je een ritueel uit dat je van een andere moordenaar hebt geleend. Je vouwt de bebloede nachtpon van mevrouw Yeager op en legt hem demonstratief neer in de slaapkamer, net zoals Warren Hoyt iedere keer had gedaan.

Maar je bent nog niet klaar. Dit was alleen maar het eerste bedrijf. Er wachten je nog meer pleziertjes, afgrijselijke pleziertjes.

Daarvoor neem je de vrouw mee.

Het licht in de kamer ging weer aan en stak in haar ogen. Ze was volkomen van de kaart, ze beefde over haar hele lijf, aangegrepen door angsten die ze al in geen maanden had gevoeld. En ze beschouwde het als een vernedering dat de twee mannen dat aan haar konden zien, aan haar witte gezicht en haar trillende handen. Opeens had ze geen lucht meer.

Ze liep de kamer uit, het huis uit. In de voortuin bleef ze staan en zoog ze amechtig de nachtlucht zo diep mogelijk in haar longen. Achter zich hoorde ze voetstappen, maar ze draaide zich niet om om te zien wie het was. Pas toen hij sprak wist ze dat het Korsak was.

'Gaat het een beetje, Rizzoli?'

'Ja, best.'

'Je zag er anders niet best uit daarnet.'

'Ik was gewoon een beetje duizelig.'

'Je kreeg zeker een flashback van de zaak-Hoyt? Nogal logisch dat je van zoiets over je toeren raakt.'

'Wat weet jij daarvan?'
Een stilte. Toen, snuivend: 'Ja, je hebt gelijk. Wat weet ik daar nou van?' Hij liep terug naar het huis.
Ze draaide zich om en riep: 'Korsak?'
'Ja?'
Ze staarden elkaar aan. De nachtlucht was niet onaangenaam en het gras rook koel en zoet. Maar angst deed haar maag omdraaien.
'Ik weet wat ze voelt,' zei ze zachtjes. 'Ik weet wat ze doormaakt.'
'Mevrouw Yeager?'
'Je moet haar zien te vinden. Je moet alles op alles zetten om haar op te sporen.'
'Haar foto is al naar de media gestuurd. We gaan in op iedere telefonische tip, iedere melding dat ze ergens gezien is.' Korsak schudde zijn hoofd en zuchtte.
'Maar op dit moment vraag ik me eerlijk gezegd af of hij haar in leven heeft gehouden.'
'Dat weet ik wel zeker.'
'Hoe kun je dat nou zeker weten?'
Ze sloeg haar armen om zich heen om het beven tegen te gaan en keek naar het huis. 'Omdat Warren Hoyt dat ook gedaan zou hebben.'

3

Van al haar taken als rechercheur van Bostons afdeling Moordzaken waren het de bezoeken aan het onopvallende bakstenen gebouw in Albany Street waar Rizzoli het meeste tegenop zag. Hoewel ze vermoedelijk niet sneller over haar nek ging dan haar mannelijke collega's, kon juist zij het zich niet veroorloven kwetsbaarheid te tonen. Mannen hadden een te goede neus voor het opsporen van zwakke punten en richtten er zonder scrupules hun lansen en grappen op. Ze had geleerd stoïcijns te blijven kijken en de afgrijselijke dingen die de autopsietafel te bieden had, zonder met haar ogen te knipperen te aanschouwen. Niemand wist hoezeer ze op zichzelf moest inpraten voor ze in staat was met een zakelijke air het gebouw binnen te gaan. Ze wist dat de mannen haar zagen als de onbevreesde Jane Rizzoli, een kenau met ijzeren ballen. Maar nu, in haar auto op het parkeerterrein achter het mortuarium, voelde ze zich noch onbevreesd noch ijzersterk.

Ze had die nacht niet goed geslapen. Voor het eerst in weken was Warren Hoyt haar dromen weer binnengeslopen. Ze was badend in het zweet wakker geworden, met pijn in de oude wonden aan haar handen.

Ze keek neer op haar gehavende handen en had opeens veel zin om de motor te starten en weg te rijden, weg van de verschrikkingen die in dit gebouw op haar wachtten. Ze was niet verplicht erbij te zijn; deze moord viel immers onder Newton – niet haar verantwoordelijkheid. Maar Jane Rizzoli was nooit een lafaard geweest en had te veel eergevoel om nu af te haken.

Ze stapte uit de auto, gooide het portier met een fikse klap dicht en liep het gebouw in.

Ze bleek als laatste in de autopsiezaal te zijn aangekomen en de andere drie aanwezigen knikten kort tegen haar. Korsak was uitgedost in een operatieschort maat XL en droeg een bol papieren mutsje. Hij zag eruit als een dikke huisvrouw met een haarnet.

'Wat heb ik gemist?' vroeg ze terwijl ook zij een schort aantrok om haar kleren te beschermen tegen onverwacht spatten.

'Niet veel. We hadden het over de tape.'

Dokter Maura Isles was degene die de lijkschouwing verrichtte. Koningin van de Doden was de bijnaam die de jongens op Moordzaken haar hadden gegeven toen ze vorig jaar in het mortuarium van de Commonwealth of Massachusetts was komen werken. Dokter Tierney had haar hoogstpersoonlijk uit haar comfortabele docentenbaan aan U.C. San Francisco Medical School naar Boston weten te lokken. Het had niet lang geduurd voor de plaatselijke pers de bijnaam Koningin van de Doden had overgenomen. De eerste keer dat ze beroepshalve als getuige had deelgenomen aan een rechtszaak, was ze in gothic-zwart verschenen. De televisiecamera's hadden haar statige gestalte gretig gevolgd toen ze de trap van het gerechtsgebouw had bestegen; een opvallend bleke vrouw met vuurrood gestifte lippen, halflang gitzwart haar met een kaarsrechte pony en een koel ongrijpbare air. In de getuigenbank had ze zich door niets van de wijs laten brengen. De advocaat van de verdediging had eerst geflirt en gevleid en was uiteindelijk van vertwijfeling overgegaan op grof verbaal geweld, maar dokter Isles had zijn vragen beantwoord met onfeilbare logica en een onverstoorbare Mona-Lisaglimlach. De pers liep met haar weg. Advocaten vreesden haar. En politierechercheurs beefden gefascineerd voor de vrouw die ervoor had gekozen haar dagen door te brengen in het gezelschap van lijken.

Dokter Isles regeerde met haar gebruikelijke koelheid over de autopsiezaal. Haar assistent, Yoshima, gedroeg zich al net zo zakelijk toen hij de instrumenten klaarlegde en lampen instelde. Beiden keken met de objectieve blik van wetenschappers neer op het lichaam van Richard Yeager.

De lijkstijfheid was weggetrokken sinds Rizzoli het lijk gisteren had gezien en dokter Yeager lag er nu slapjes bij. De tape was weggesneden, de boxershort verwijderd en het grootste deel van het bloed weggewassen. Hij lag met zijn armen naast zich, beide handen gezwollen en verkleurd door de combinatie van de strak omwonden tape en de lijkvlekken, alsof hij blauwpaarse handschoenen droeg. Maar het was de snee in de hals waar iedereen naar keek.

'Coup de grâce,' zei Isles. Met een meetlatje mat ze de afmetingen van de wond. 'Veertien centimeter.'

'Gek dat het er helemaal niet zo diep uitziet,' zei Korsak.

'Dat komt omdat de snee is gemaakt volgens de Langerse lijnen. Door de huidspanning worden de randen teruggetrokken zodat de wond nauwelijks gaapt. Ze is dieper dan ze eruitziet.'

'Tongstokje?'

'Dank je.' Isles pakte het van hem aan en stak het ronde deel van het houten stokje in de wond terwijl ze mompelde: 'Zeg eens A...'

'Wat doet u nou?' zei Korsak.

'Ik meet de wonddiepte. Bijna vijf centimeter.'

Isles draaide een vergrootglas boven de wond en tuurde naar de vleesrode snee. 'De linker halsslagader en de linker nekader zijn beide dwars doorgesneden. De luchtpijp is ook ingesneden. Gezien de mate van tracheale penetratie vlak onder de schildklier vermoed ik dat de hals is gestrekt voordat de wond is toegebracht.' Ze keek op naar de twee rechercheurs. 'De dader heeft het hoofd van het slachtoffer achterover getrokken en toen een nauwkeurige snee gemaakt.'

'Een executie,' zei Korsak.

Rizzoli herinnerde zich de haartjes op de met bloed gespatte muur die in het licht van de Crimescope zichtbaar waren geworden. Haren van dokter Yeager, uit zijn schedel gerukt toen het mes door zijn huid was gegleden.

'Met wat voor soort mes?' vroeg ze.

Isles gaf niet meteen antwoord op de vraag. In plaats daarvan wendde ze zich tot Yoshima en zei: 'Plakband.'

'Ik heb al een paar stukjes klaargelegd.'

'Ik duw de randen naar elkaar. Jij doet het plakband erop.'

Korsak stootte een onthutste lach uit toen tot hem doordrong wat de bedoeling was. 'Gaan jullie de wond met plakband dichtmaken?'

Isles wierp een laconieke blik toe. 'Had u liever tweecomponentenlijm?'

'Moet daarmee zijn hoofd op z'n plek blijven of zo?'

'Welnee, rechercheur. Zelfs uw hoofd zouden we niet met plakband op z'n plek kunnen houden.' Ze keek door het vergrootglas en knikte. 'Zo is het genoeg, Yoshima. Ik zie het.'

'Wat ziet u?' vroeg Korsak.

'De wonderen van plakband. Rechercheur Rizzoli, u vroeg wat voor soort mes hij heeft gebruikt.'

'Zeg alstublieft niet een scalpel.'

'Nee, geen scalpel. Kijk maar even.'

Rizzoli liep naar het vergrootglas en keek naar de wond. De opengesneden randen waren samengetrokken door het transparante plakband en wat ze nu zag, was een duidelijkere benadering van het dwarsprofiel van het wapen. Aan één zijde van de snee zag ze parallelle groefjes.

'Een getand lemmet,' zei ze.

'Op het eerste gezicht zou je dat inderdaad denken.'

Rizzoli keek op in Isles' kalm uitdagende ogen. 'Maar dat is het niet?'

'Het snijvlak zelf kan niet getand zijn, omdat de andere rand van de snee volkomen glad is. En ziet u dat de parallelle groeven slechts op ongeveer een derde van de snee voorkomen? Niet over de gehele lengte. Die groeven zijn gemaakt toen het mes uit de wond is getrokken. De moordenaar is de snee onder de linkerkaak begonnen en heeft het mes naar de voorkant van de keel getrokken tot en met de luchtpijp. De groeven zijn ontstaan toen hij de snee had beëindigd en het wapen bij het wegnemen een fractie heeft gedraaid.'

'Maar waardoor zijn die schrammetjes dan precies gemaakt?'

'Niet door het snijvlak. Dit wapen heeft tandjes op de bovenrand. Die hebben parallelle groefjes gemaakt toen het wapen naar buiten werd getrokken.' Isles keek Rizzoli aan. 'Dit is typerend voor een Rambo-mes of een survivalmes. Het soort dat jagers gebruiken.'

Jagers. Rizzoli keek naar de gespierde schouders van Richard Yeager en dacht: dit was geen man die gedwee de rol van slachtoffer zou spelen.

'Als ik het goed heb begrepen,' zei Korsak, 'zag dit slachtoffer, deze man die duidelijk zijn conditie op peil hield, de dader een levensgroot jagersmes te voorschijn halen en is hij toch gewoon blijven zitten wachten tot die kerel hem daarmee de keel doorsneed?'

'Zijn polsen en enkels waren vastgebonden,' zei Isles.

'Al was hij ingepakt als Toetanchamon! Een béétje kerel probeert iets terug te doen.'

Rizzoli zei: 'Hij heeft gelijk. Zelfs als je polsen en enkels zijn vastgebonden, kun je schoppen. Je kunt zelfs een kopstoot geven. Maar hij zat daar maar, met zijn rug tegen de muur.'

Dokter Isles rechtte haar rug. Een ogenblik zei ze niets maar stond ze daar alleen maar, superieur, alsof haar chirurgenschort de mantel van een priesteres was. Ze keek naar Yoshima. 'Geef me even een natte handdoek. En verstel die lamp daar. We gaan hem helemaal schoonmaken en iedere centimeter van zijn huid bekijken.

'Waar zijn we naar op zoek?' vroeg Korsak.

'Dat hoort u wel wanneer ik het heb gevonden.'

Even later, toen Isles de rechterarm optilde, zag ze de sporen aan de zijkant van zijn borst. Onder het vergrootglas waren twee vage roze bobbeltjes te zien. Isles streek met haar vinger over de huid. 'Verdikkingen,' zei ze. 'Een Lewis Triple Reactie.'

'Een wat?' vroeg Rizzoli.

'Lewis Triple Reactie. Het is een signatuureffect op de huid. Eerst zie je erytheem – rode vlekjes – en dan een gloed veroorzaakt door verwijding van de huidbloedvaten. Tot slot, in het derde stadium, wellen verdikkingen op wegens toegenomen bloeddoorstroming.'

'Het lijkt veel op een Taser-striem,' zei Rizzoli.

Isles knikte. 'Precies. Dit is de klassieke huidreactie op een elektrische schok met een apparaat als een Taser. Je wordt er volkomen door lamgelegd. Eén schokje, en je bent alle beheersing over je spieren kwijt. In ieder geval lang genoeg om iemand de gelegenheid te geven je polsen en enkels vast te binden.'

'Hoelang blijven die verdikkingen over het algemeen zichtbaar?'

'Op een levende persoon vervagen ze meestal na twee uur.'

'En op een dode persoon?'

'De dood brengt de werking van de huid tot halt. Daarom kunnen wij deze nog steeds zien. Ook al zijn ze erg zwak.'

'Hij is dus binnen twee uur nadat hij deze schok had gekregen, gestorven?'

'Ja.'

'Maar een Taser schakelt je maar een paar minuten uit,' zei Korsak. 'Vijf, tien minuten op z'n hoogst. Om hem in bedwang te houden, moet hij meer schokken hebben gehad.'

'En daarom gaan we verder zoeken,' zei Isles. Ze richtte de lamp lager op het lijk.

De lichtbundel scheen nu meedogenloos op Richard Yeagers genitaliën. Tot dan toe had Rizzoli vermeden naar dat deel van zijn anatomie te kijken. Ze had het altijd een onbarmhartige inbreuk op de privacy gevonden om naar de seksuele organen van een lijk te kijken, nóg een belediging, nóg een vernedering voor het slachtoffer. Maar nu was het licht gericht op de slappe penis en balzak en leek de vernedering van Richard Yeager compleet.

'Er zijn meer verdikkingen,' zei Isles. Ze veegde een bloedvlek weg om de huid te kunnen bekijken. 'Hier, op de onderbuik.'

'En op zijn dijbeen,' zei Rizzoli zachtjes.

Isles keek op. 'Waar?'

Rizzoli wees naar de veelzeggende bobbeltjes links van de balzak van het slachtoffer. Zo waren de laatste afgrijselijke minuten van Richard Yeagers leven dus verlopen, dacht ze. Hij is wakker en geheel bij bewustzijn, maar hij kan zich niet bewegen. Hij kan zich niet verdedigen. De spierballen, al die uren in de sportzaal hebben uiteindelijk niets te betekenen, omdat zijn lichaam hem niet gehoorzaamt. Zijn ledematen liggen er nutteloos bij, uitgeschakeld door de elektrische stroom die door zijn zenuwstelsel is gejaagd. Hij wordt uit zijn slaapkamer gesleept, hulpeloos als een verbijsterde koe op weg naar de slachtbank. Hij wordt tegen de muur gezet om getuige te zijn van wat er zou volgen.

Maar het effect van de Taser is maar kort van duur. Algauw beginnen zijn spieren te trillen; zijn vingers knijpen zich tot vuisten. Hij ziet wat zijn vrouw moet doorstaan en woede doet adrenaline door zijn lichaam stromen. Ditmaal gehoorzamen zijn spieren hem wanneer hij zich beweegt. Hij probeert op te staan, maar het gekletter van het theekopje dat van zijn schoot afglijdt, verraadt hem.

Een nieuwe schok van de Taser is voldoende. Hij zakt terug, wanhopig, als Sisyphus die van de berg rolt.

Ze keek naar Richard Yeagers gezicht, naar de opengesneden oogleden, en dacht aan de laatste beelden die zijn brein geregistreerd moest hebben. Zijn eigen benen, nutteloos voor hem uitgestrekt. Zijn vrouw, murw op het beige vloerkleed. En een mes dat, in de hand van de moordenaar, naderbij komt voor de genadeslag.

Het is lawaaierig in het dagverblijf waar mannen ijsberen als de gekooide beesten die ze zijn. De tv schettert en de metalen trap naar de bovenste rijen cellen galmt bij iedere stap. De bewakers verliezen ons geen moment uit het oog. Overal zijn camera's, in de douches, zelfs in de toiletten. Door de ramen van het bewakershok kijken onze cipiers op ons neer wanneer we hier in de put bijeen zijn. Ze kunnen precies zien wat we doen. De Souza-Baranowski-gevangenis is een gebouw van zes verdiepingen, de nieuwste van alle gevangenissen in Massachusetts, een wonder van techniek. De sloten hebben geen sleutels maar worden geopend en gesloten door middel van computers in de wachttoren. Lichaamloze stemmen vertellen ons door intercoms wat we moeten doen. Van iedere cel in deze nor kan de deur geopend en gesloten worden met afstandsbediening, zonder dat er een levend wezen aan te pas hoeft te komen. Er zijn dagen dat ik me afvraag of onze gevangenbewaarders eigenlijk wel mensen van vlees en bloed zijn, of dat de silhouetten die we zien, achter het glas, alleen maar animatronische robotten zijn, met draaiende torso's en knikkende hoofden. Maar of ik nu door mens of machine in de gaten word gehouden, het stoort me niet, want ze kunnen niet in mijn hoofd kijken; ze kunnen het duistere landschap van mijn fantasieën niet betreden. Die plek behoort toe aan mij alleen.

Wanneer ik in het dagverblijf zit en naar het journaal van zes uur kijk, dool ik rond in dat landschap. En dan reist de vrouwelijke nieuwslezer, glimlachend op het scherm, met me mee. Ik stel me voor hoe haar donkere haar als een zwarte waaier op het kussen ligt. Ik zie zweet glanzen op haar huid. In mijn wereld glimlacht ze niet; nee, haar ogen zijn wijdopen en de verwijde pupillen zijn als bodemloze poelen, de lippen weggetrokken in een grimas van angst. Dat alles beeld ik me in terwijl ik naar de mooie nieuwslezeres in het smaragdgroene pakje kijk. Ik zie haar glimlachen, hoor haar beschaafde stem en vraag me af hoe ze zou klinken wanneer ze begint te gillen.

Dan verschijnt er een ander beeld op het televisiescherm en verdwijnen alle gedachten aan de nieuwslezeres. Een mannelijke verslaggever staat voor het huis van dokter Richard Yeager in Newton. Op sombere toon vertelt hij dat er al twee dagen zijn verstreken sinds de moord op de arts en de ontvoering van zijn *vrouw, maar dat er nog steeds niemand is gearresteerd. Ik leun naar voren en staar ingespannen naar het scherm, wachtend op een glimp.*

Eindelijk zie ik haar.

De camera zwenkt naar het huis en filmt haar in close-up wanneer ze de voordeur uitkomt. Een dikke man verschijnt achter haar op de drempel. Ze blijven in de voortuin staan praten, zich er niet van bewust dat de cameraman op hen heeft ingezoomd. De man ziet er grof en varkensachtig uit met hangwangen en vliezig haar dat hij over zijn kale schedel heeft gekamd. Naast hem lijkt ze klein en nietig. Het is lang geleden dat ik haar voor het laatst heb gezien en ze lijkt erg veranderd. Ze heeft weliswaar nog steeds diezelfde ontembare donkere krullen en ze draagt weer zo'n donkerblauw broekpak waarvan het jasje haar iets te ruim zit en de snit haar geringe lengte geen goed doet, maar haar gezicht is veranderd. Voorheen was het vierkant en gedecideerd, niet bijzonder mooi, maar wel opvallend vanwege de intense intelligentie in haar ogen. Nu ziet ze er vermoeid en bezorgd uit. Ze is ook afgevallen. Ik zie nieuwe schaduwen in haar gezicht, in haar holle wangen.

Opeens ziet ze de televisiecamera en staart ze ernaar, kijkt ze me recht aan, alsof haar ogen me kunnen zien, zoals ik haar zie, alsof ze vlak voor me staat. We gaan ver terug, zij en ik, we hebben samen iets meegemaakt dat zo intiem is dat we voor eeuwig aan elkaar verbonden zijn, als geliefden.

Ik sta op van de bank en loop naar de televisie. Leg mijn hand op het scherm. Ik luister niet naar het commentaar van de verslaggever; ik concentreer me volledig op haar gezicht. Mijn kleine Janie. Heb je nog last van je handen? Wrijf je nog steeds over je handpalmen, zoals toen in de rechtszaal, alsof je het gevoel hebt dat er een splinter onder je huid is gekropen? Beschouw je de littekens net als ik als bewijzen van liefde? Kleine aandenkens aan de hoge achting die ik voor je koester?

'Hé, sodemieter op. We kunnen niks zien!' roept iemand.

Ik verroer me niet. Ik sta voor het televisietoestel, raak haar gezicht aan, herinner me hoe haar gitzwarte ogen ooit berustend naar me opkeken. Ik herinner me hoe glad haar huid is. Een perfecte huid, zonder ook maar het geringste vleugje make-up.

'Sodemieter op, klootzak!'

Opeens is ze verdwenen, weg van het scherm. De vrouwelijke nieuwslezer in het smaragdgroene jasje is terug. Daarnet nog zou ik voor mijn fantasieën genoegen hebben genomen met deze perfect opgemaakte mannequin. Nu vind ik haar saai, een mooi gezicht boven een ranke hals en verder niets. Eén blik op Jane Rizzoli was voldoende om me eraan te herinneren wat voor soort prooi écht de moeite waard is. Ik keer terug naar de bank en laat een reclame van Lexus over me heen gaan. Ik zie de televisie niet meer. In plaats daarvan denk ik eraan terug hoe het was om vrij te zijn. Door de straten te lopen, de geur op te snuiven van de vrouwen die me passeerden. Niet de overdadige luchtjes die uit flesjes komen, maar het ware parfum van vrouwenzweet of vrouwenhaar, verwarmd door de zon. Op zomerdagen ging ik dicht bij de andere voetgangers staan die wachtten tot het voetgangerslicht op groen sprong. Wie heeft er op een drukke straathoek erg in dat een man achter je zich naar voren buigt om aan je haar te ruiken? Wie valt het op dat de man naast je naar je nek staart, de plek zoekend waaronder je slagader ligt, de plek waarvan hij weet hoe zoet de huid daar ruikt?

Ze letten er niet op. Het voetgangerslicht springt op groen. De drom komt in beweging. En de vrouw loopt door zonder te weten, zonder er een flauw vermoeden van te hebben dat de jager haar geur heeft opgesnoven.

'Het opvouwen van de nachtpon wil op zich nog niet zeggen dat je te maken hebt met een copycat,' zei dokter Lawrence Zucker. 'Dit is alleen maar een machtsvertoning. De moordenaar laat zien hoeveel macht hij heeft over de slachtoffers. Over de situatie.'

'Net als Warren Hoyt dat deed,' zei Rizzoli.

'Er zijn nog meer moordenaars geweest die dit hebben gedaan. Het is niet een unieke karakteristiek van de Chirurg.'

Dokter Zucker keek naar haar met een vreemde, bijna dierlijke glans in zijn ogen. Hij was als forensisch psycholoog verbonden aan de Northeastern University en werd vaak door de politie van Boston geraadpleegd. Hij had een jaar geleden samengewerkt met het rechercheteam dat het onderzoek naar de moorden van de Chirurg had gedaan en het criminele profiel dat hij toen had samengesteld van de dader, was griezelig accuraat geweest. Rizzoli vroeg zich wel eens af of Zucker zelf wel helemaal normaal was. Alleen iemand die het domein van het kwaad zo goed kende, kon zich zo diep inleven in de geest van een man als Warren Hoyt. Ze had zich nooit op haar gemak gevoeld bij deze man, die haar met zijn slinkse, lispelende stem en indringende blikken het gevoel gaf naakt en kwetsbaar te zijn. Maar hij was een van de weinigen die Hoyt echt hadden begrepen; misschien zou hij ook een copycat begrijpen.

Rizzoli zei: 'Het gaat niet alleen om de opgevouwen nachtkleding. Er zijn nog meer overeenkomsten. Er is tape gebruikt om de slachtoffers vast te binden.'

'Nogmaals, dat is niet uniek. Heb je vroeger nooit naar MacGyver gekeken? Die heeft ons duizend-en-een dingen laten zien die je met tape kunt doen.'

'Hij dringt 's nachts binnen via een raam. Overrompelt de slachtoffers in bed –'

'Wanneer ze het kwetsbaarst zijn. Een voor de hand liggend tijdstip om aan te vallen.'

'En de manier waarop de keel is doorgesneden: in één haal.'

Zucker zuchtte. 'Een stille en efficiënte manier om iemand te vermoorden.'

'Maar zet het even allemaal bij elkaar. De opgevouwen nachtpon. De tape. De manier waarop hij is binnengekomen. De coup de grâce.'

'Dan nog kom je uit op een dader die vrij algemene strategieën heeft gekozen. Zelfs het theekopje op de schoot van het slachtoffer is een variatie van wat seriemoordenaars al eerder hebben gedaan. Ze leggen een bord of ander serviesgoed op de echtgenoot. Als hij zich beweegt, wordt de dader door het neerkletterende porselein gewaarschuwd. Het zijn bekende en beproefde methoden.'

Gefrustreerd pakte Rizzoli de misdaadfoto's van de zaak-Yeager en spreidde ze uit op zijn bureau. 'We proberen een vermiste vrouw te vinden, dokter Zucker. Tot nu toe hebben we geen enkele houvast. Ik wil niet eens dénken aan wat ze op dit moment moet doorstaan – als ze nog leeft. Bekijkt u deze foto's dus alstublieft goed en vertel me over de dader. Vertel me hoe we hem kunnen vinden. En hoe we *haar* kunnen vinden.'

Dokter Zucker zette zijn bril op en pakte de eerste foto. Hij zei niets, keek er alleen naar en pakte toen de volgende uit de reeks.

De enige geluiden waren het gekraak van zijn leren stoel en af en toe een gemompeld teken van belangstelling van zijn kant. Wanneer Rizzoli uit het raam van zijn kantoor keek, zag ze de campus van de Northeastern University, vrijwel verlaten op deze zomerdag. Er zaten maar een paar studenten op het grasveld, rugtassen en boeken om zich verspreid. Ze was jaloers op die studenten, jaloers op hun zorgeloosheid en onschuld. Hun blinde vertrouwen in de toekomst. En hun nachten, ononderbroken door angstdromen.

'U zei dat u sperma had gevonden,' zei dokter Zucker.

Met tegenzin keek ze weg van de studenten in de zon en richtte ze haar blik weer op hem. 'Ja. Op dat ovalen vloerkleed op de foto. Het lab heeft bevestigd dat het om een andere bloedgroep gaat dan die van haar man. Het DNA is ingevoerd in de database van CODIS.'

'Ik betwijfel dat deze moordenaar zo onzorgvuldig is dat hij geïdentificeerd zou kunnen worden via een nationale database. Nee, ik wil wedden dat zijn DNA niet in CODIS staat.' Zucker keek op van de foto. 'En ik wil wedden dat hij geen vingerafdrukken heeft achtergelaten.'

'Bij AFIS is nog niets te voorschijn gekomen. Jammer voor ons hadden de Yeagers zeker vijftig bezoekers gehad na de begrafenis van de moeder van mevrouw Yeager. Wat inhoudt dat we een heleboel vingerafdrukken moeten natrekken.'

Zucker keek neer op de foto van dokter Yeager, ineengezakt tegen de met bloed bespatte muur. 'Deze moord is dus gepleegd in Newton.'

'Ja.'

'Niet een onderzoek waar u normaal gesproken aan zou deelnemen. Waarom bent u er dan mee bezig?' Hij keek weer op en hield haar blik vast op een onaangenaam indringende manier.

'Rechercheur Korsak had gevraagd of ik een kijkje wilde komen nemen.'

'Rechercheur Korsak is de man die de leiding heeft over dit onderzoek?'

'Ja. Maar –'

'Worden er in Boston zelf niet genoeg moorden gepleegd om u aan het werk te houden, rechercheur Rizzoli? Waarom vindt u dat u deze erbij moet doen?'

Ze staarde terug met het gevoel alsof hij er op de een of andere manier in geslaagd was in haar hersens te kruipen, dat hij daar rondsnuffelde, op zoek naar haar zwakste plek zodat hij die kon gaan kwellen. 'Dat heb ik al gezegd,' zei ze. 'Het is mogelijk dat de vrouw nog leeft.'

'En u wilt haar redden.'

'Ja, u niet?' zei ze fel.

'Vertel eens, rechercheur Rizzoli,' zei Zucker, onaangedaan door haar woede. 'Hebt u uiteindelijk met iemand over de zaak-Hoyt gesproken? Ik bedoel over het effect dat die zaak op u persoonlijk heeft gehad?'

'Ik begrijp niet goed wat u bedoelt.'

'Hebt u ervoor onder behandeling gestaan?'

'Bij een psychiater bedoelt u?'

'Wat er in die kelder met u is gebeurd, moet een afgrijselijke ervaring zijn geweest. Warren Hoyt heeft u dingen aangedaan waar iedere agent geestelijk een zware klap van zou krijgen. Hij heeft u littekens bezorgd, zowel emotionele als lichamelijke. De meeste mensen zouden lijden aan traumatische gevolgen daarvan. Flashbacks, nachtmerries. Depressie.'

'De herinneringen zijn niet prettig, maar ik kan ze wel aan.'

'Dat is kenmerkend voor u, niet? Doorbijten. Nooit klagen.'

'Ik klaag net zoveel als ieder ander.'

'Maar niet als u daardoor zwakte zou tonen. Of kwetsbaarheid.'

'Mensen die zaniken kan ik niet uitstaan. Dat doe ik zelf ook niet.'

'Ik heb het niet over zaniken. Ik heb het over eerlijk tegenover jezelf toegeven dat je met een probleem zit.'

'Wat voor probleem bedoelt u?'

'Dat mag u zelf zeggen.'

'Nee, dat mag ú zeggen. U bent degene die denkt dat ik helemaal in de knoop zit.'

'Dat heb ik niet gezegd.'

'Maar dat denkt u wel.'

'U hebt zelf de term *in de knoop* gebruikt. Voelt u zich zo?'

'Ik ben *daar*voor gekomen.' Ze wees naar de foto's van de Yeager-moord. 'Waarom hebben we het opeens over mij?'

'Omdat u alleen maar aan Warren Hoyt kunt denken wanneer u deze foto's ziet. Ik vraag me af waarom dat zo is.'

'Die zaak is afgesloten. Ik heb het van me af gezet.'
'Echt waar?'
Hij vroeg het heel zachtjes en ze had geen antwoord. Ze kon zijn gewroet niet uitstaan. Vooral niet dat hij de vinger had gelegd op een waarheid die ze weigerde te erkennen. Warren Hoyt had inderdaad littekens achtergelaten. Ze hoefde maar naar haar handen te kijken om herinnerd te worden aan de schade die hij had toegebracht. Maar de grootste schade was niet de lichamelijke. Wat ze was kwijtgeraakt, afgelopen zomer in die donkere kelder, was haar gevoel onoverwinnelijk te zijn. Haar zelfvertrouwen. Warren Hoyt had haar laten zien hoe kwetsbaar ze in wezen was.

'Ik ben niet hierheen gekomen om over Warren Hoyt te praten,' zei ze.

'Toch is hij de reden waarom u hier bent.'

'Nee. Ik ben hier omdat ik parallellen zie tussen deze twee moordenaars. En ik ben niet de enige. Rechercheur Korsak ziet ze ook. Zullen we ons dus maar bij dat onderwerp houden?'

Hij keek haar aan met een nietszeggende glimlach. 'Goed.'

'Hoe zit het met deze moordenaar?' Ze tikte op de foto's. 'Wat kunt u me over hem vertellen?'

Zucker concentreerde zich weer op de foto van dokter Yeager. 'Uw nog onbekende moordenaar is duidelijk een goed georganiseerde man. Maar dat wist u al. Hij had zich goed voorbereid. De glassnijder, het verdovingspistool, de tape. Hij heeft dit echtpaar zo snel weten te overmeesteren, dat je je afvraagt...' Hij keek naar haar. 'Er was geen tweede dader? Een compagnon?'

'Slechts één paar voetafdrukken.'

'Dan is uw jongen erg efficiënt. En nauwgezet.'

'Maar hij heeft zijn sperma op het vloerkleed achtergelaten. Hij heeft ons de sleutel tot zijn identiteit gegeven. Dat is een heel grote fout.'

'Dat is het zeker. En hij weet dat ook.'

'Waarom heeft hij haar daar dan verkracht, in het huis? Waarom niet later, op een veilige plek? Als hij zo goed georganiseerd is dat hij een huis kan binnendringen en de echtgenoot lam leggen...'

'Misschien gaat het hem daar juist om.'

'Wat?'

'Denk er even over na. Dokter Yeager zit vastgebonden en hulpeloos tegen de muur, gedwongen toe te kijken terwijl een andere man bezit neemt van zijn eigendom.'

'Eigendom,' herhaalde ze.

'In de ogen van deze dader is de vrouw dat. Het eigendom van een andere man. De meeste seksmisdadigers durven geen echtparen aan te vallen. Ze kiezen vrouwen alleen, het makkelijke doelwit. Het wordt gevaarlijk wanneer er een man bij is. Toch heeft deze indringer geweten dat er een echtgenoot was. Hij had zich erop voorbereid hem in bedwang te houden. Maakt dat soms deel uit van zijn genot, van de opwinding? Dat hij publiek had?'

Een eenmanspubliek. Ze keek naar de foto van Richard Yeager, ineengezakt tegen de muur. Ja, wat hij zei, was ook haar eerste indruk geweest toen ze de zitkamer was binnengegaan.

Zuckers blik gleed naar het raam. Een moment verstreek. Toen hij weer sprak, klonk zijn stem zacht en soezerig, alsof de woorden omhoog kwamen drijven uit een droomtoestand.

'Het draait allemaal om macht. En overwicht. Om het onderwerpen van een ander mens. Niet alleen de vrouw, maar ook de man. Misschien is juist de man degene die hem opwindt, die een onontbeerlijk deel vormt van zijn fantasieën. Onze jongen kent de risico's, maar is evengoed gedwongen gehoor te geven aan zijn impulsen. Hij zit volledig in de greep van zijn fantasieën, en houdt, op zijn beurt, zijn slachtoffers volkomen in zijn greep. Hij is almachtig. De heerser. Zijn vijand zit er verlamd en machteloos bij en onze jongen doet wat zegevierende legers altijd hebben gedaan. Hij neemt zijn buit in bezit. Hij verkracht de vrouw. Zijn genot wordt versterkt door de ultieme nederlaag van dokter Yeager. Deze aanranding is meer dan alleen seksuele agressie; het is een uitdrukking van mannelijke kracht. De overwinning van de ene man op de andere. De overwinnaar die zijn buit opeist.'

Buiten pakten de studenten op het gazon hun rugtassen en sloegen het gras van hun kleren. De namiddagzon gaf alles een gouden gloed. Wat gingen die studenten de rest van deze dag doen? vroeg Rizzoli zich af. Gezellig ergens pizza eten, biertje erbij, lekker kletsen. En dan rustig slapen, zonder nachtmerries. De slaap der onschuldigen.

Die mij nooit meer gegund is.
Haar mobieltje tjirpte. 'Neemt u me niet kwalijk,' zei ze. Ze klapte het apparaatje open.

Het was Erin Volchko van het laboratorium waar haren, vezels en ander tastbaar bewijsmateriaal werd onderzocht. 'Ik heb de strippen tape bekeken die van dokter Yeagers lichaam afkomstig zijn,' zei Erin. 'Ik heb de bevindingen al per fax naar rechercheur Korsak gestuurd, maar ik wist dat jij ze ook zou willen hebben.'

'Wat heb je gevonden?'

'Aan de tape zat een aantal korte bruine haren. Slappe haartjes, die uit de huid van het slachtoffers zijn getrokken toen de tape is weggenomen.'

'Vezels?'

'Ook. Maar nu komt het: aan de strip die van de enkels van het slachtoffer is afgehaald, zat een donkerbruine haar van eenentwintig centimeter lang.'

'Zijn vrouw is blond.'

'Dat weet ik. Daarom is deze haar zo interessant.'

De dader, dacht Rizzoli. Het is een haar van de dader. Ze vroeg: 'Zijn er epitheelcellen?'

'Ja.'

'Dan kunnen we dus misschien via die haar een DNA krijgen. Als dat hetzelfde is als die van het sperma....'

'Dat zit er niet in.'

'Hoe weet je dat?'

'Omdat het onmogelijk is dat deze haar afkomstig is van de moordenaar.' Erin zweeg even. 'Tenzij hij een zombie is.'

4

Wanneer de rechercheurs van de afdeling Moordzaken van het politiekorps van Boston een bezoek wilden brengen aan het forensisch laboratorium, hoefden ze alleen maar een korte wandeling te maken door een aangenaam zonnige gang naar de zuidelijke vleugel van Schroeder Plaza. Rizzoli was die gang al ontelbare malen doorgelopen en had haar blik onderweg vaak uit de ramen laten dwalen naar de probleemwijk Roxbury, waar winkeleigenaren hun etalages 's avonds barricadeerden met traliehekken en grote hangsloten, en iedere geparkeerde auto een startonderbreker had. Vandaag was ze echter zo geconcentreerd op het verkrijgen van antwoorden dat ze niet eens een zijdelingse blik naar buiten wierp, maar regelrecht afstevende op kamer S269, het Haar en Vezel Laboratorium.

In dat raamloze vertrek, waar nauwelijks ruimte was voor alle microscopen en de gammatech prisma-gaschromatograaf, zwaaide Erin Volchko de scepter. Afgesloten van zonlicht en uitzicht op de buitenwereld richtte ze haar blik op de wereld onder haar microscooplens en ze had dan ook de vermoeide, licht loensende blik van iemand die te vaak en te lang door lenzen kijkt. Toen Rizzoli binnenkwam, draaide Erin zich meteen naar haar om.

'Ik heb het net voor je onder de microscoop gelegd. Kijk maar.'

Rizzoli ging zitten en keek door de extra ooglens. Ze zag een haarschacht die horizontaal op het glaasje was gelegd.

'Dit is de lange, bruine haar die ik heb gevonden op het stuk tape waarmee dokter Yeagers enkels vastgebonden waren,' zei Erin. 'Het is de enige haar van dit soort die aan de tape zat. Verder hebben we korte haartjes van het slachtoffer zelf, en één haar van zijn hoofd, die aan de strip zat die op zijn mond was geplakt. Dit is echter een heel andere haar. Eentje die me voor raadselen zet. Hij is niet afkomstig van het hoofd van het slachtoffer, noch komt hij overeen met de haren die we uit de haarborstel van de vrouw hebben gehaald.'

Rizzoli liet het beeld heen en weer glijden om de haar te bestuderen. 'Het is wel een mensenhaar?'

'Ja, dat wel.'

'Waarom kan hij dan niet afkomstig zijn van de dader?'

'Kijk er nog even naar. Vertel me wat je ziet.'

Rizzoli keek en probeerde zich te herinneren wat ze allemaal had geleerd over forensisch haaronderzoek. Ze wist dat Erin een reden moest hebben om haar systematisch te laten werken; ze kon de onderdrukte opwinding in haar stem horen. 'Deze haar is licht gebogen, de buigingsgraad is ongeveer nul punt één of twee. En je zei dat hij eenentwintig centimeter lang is.'

'Wat past bij vrouwenkapsels,' zei Erin. 'Nogal lang voor een man.'

'Gaat het je om de lengte?'

'Nee. De lengte zegt niets over de sekse.'

'Waar moet ik me dan op concentreren?'

'Het proximale einde. De wortel. Valt je daar iets aan op?'

'Het worteleinde ziet er een beetje bot uit. Als een borsteltje.'

'Dat is precies het woord dat ik zou gebruiken. We noemen dat een borstelwortel. Het is een verzameling corticale vezels. Door de wortel te bekijken, kunnen we vaststellen in welk stadium van de haargroei deze haar zich bevond. Wil je een gokje doen?'

Rizzoli bestudeerde het bredere worteluiteinde met de glanzende schacht. 'Er zit iets transparants aan de wortel gekleefd.'

'Een epitheelcel,' zei Erin.

'Dat wil zeggen dat de haar in het groeistadium zat.'

'Ja. De wortel is licht uitgezet, dus was deze haar laat-anageen. Hij had het einde van zijn groeifase bereikt. Uit die epitheelcel kunnen we misschien het DNA opmaken.'

Rizzoli hief haar hoofd op en keek Erin aan. 'Ik snap niet wat dit te maken heeft met zombies.'

Erin lachte zachtjes. 'Dat bedoelde ik niet letterlijk.'

'Wat bedoelde je dan?'

'Kijk nog even naar de haarschacht. Volg die vanaf de wortel naar de punt.'

Weer keek Rizzoli door de microscoop en nu bestudeerde ze

een donker deel van de haarschacht. 'De kleur is niet overal gelijk,' zei ze.

'Ga door.'

'Er zit een zwarte ring op de schacht, een klein stukje bij de wortel vandaan. Wat is dat?'

'Dat heet het distale punt,' zei Erin. 'Het punt waarop de vetklier het haarzakje binnengaat. Afscheidingen van de vetklier bevatten enzymen die cellen afbreken, in een soort verteringsproces. Dat is de oorzaak van de zwelling en de vorming van de donkere ring dicht bij het worteleinde van de haar. En dat is wat ik je wilde laten zien. Het distale punt. Dat sluit de mogelijkheid uit dat deze haar afkomstig is van de dader. Hij kan aan zijn kleren hebben gezeten. Maar niet op zijn hoofd.'

'Waarom niet?'

'Distale ringen en borsteluiteinden horen bij de postmortale veranderingen.'

Rizzoli hief met een ruk haar hoofd op. Ze staarde Erin aan. 'Postmortale?'

'Ja. Deze haar is afkomstig van een ontbindende schedel. De veranderingen in deze haar zijn klassiek en typerend voor het ontbindingsproces. Tenzij jullie moordenaar uit het graf is opgestaan, kan deze haar niet afkomstig zijn van zijn eigen hoofd.'

Het duurde even tot Rizzoli haar stem terug had gevonden. 'Hoelang moet iemand dood zijn tot zijn haar deze veranderingen laat zien?'

'Helaas hebben we voor de vaststelling van de postmortale tijdsduur niets aan deze verkleuringen. De haar kan net zo goed acht uur als een paar weken na de intreding van de dood uit de bewuste schedel zijn getrokken. Zelfs haar van lijken die jaren geleden zijn gebalsemd kunnen er zo uitzien.'

'En als je een levende persoon een haar uittrekt en die een poosje laat liggen? Zouden de veranderingen dan ook te zien zijn?'

'Nee. Deze ontbindingsveranderingen treden alleen op wanneer de haar aan de schedel van de dode gehecht blijft. De haar móet na het overlijden uitgetrokken worden.' Erin zag Rizzoli's verbijsterde blik. 'Jullie jongen heeft contact gehad met een lijk. Deze haar is aan zijn kleren blijven hangen en aan de tape blijven plakken, toen hij dokter Yeagers enkels vastbond.'

Rizzoli zei zachtjes: 'Dan heeft hij nóg iemand gedood.'
'Dat is een mogelijkheid, maar ik heb nog een andere.' Erin liep naar een tafel en keerde terug met een schoteltje waarop een stukje van de tape lag, met de kleefkant naar boven. 'Dit stukje tape is van dokter Yeagers polsen afgehaald. Ik wil het je onder uv-licht laten zien. Kun je die schakelaar daar even omdraaien?'

Rizzoli deed wat haar gevraagd was. In de plotselinge duisternis gloeide Erins kleine uv-lamp griezelig blauwgroen. Het was een veel minder sterke lichtbron dan de Crimescope die Mick in het huis van de Yeagers had gebruikt, maar toen de lichtstraal over het reepje tape gleed, kwamen evengoed onthutsende details naar voren. Tape dat op een plaats delict wordt achtergelaten, kan voor een rechercheur een ware schatkist zijn. Vezels, haren, vingerafdrukken, zelfs het DNA van een misdadiger kan in de vorm van huidcellen op de tape achterblijven. In het uv-licht zag Rizzoli stofjes en een paar korte haren. En aan de rand van de tape zag ze iets dat eruitzag als een rij heel korte vezels.

'Zie je dat de vezels langs de hele rand doorlopen?' zei Erin. 'Ze bestrijken de hele lengte van de tape die van zijn polsen is gehaald en hetzelfde geldt voor die van zijn enkels. Bijna alsof de fabrikant de tape zo heeft gemaakt.'

'Maar dat is niet zo?'

'Nee. Als je een rol tape op zijn kant legt, blijft er van de ondergrond waar de rol op ligt, van alles aan de tape kleven. Dit zijn vezels van die ondergrond. Overal waar we ons bevinden, pikken we vezels op van onze omgeving. En die laten we op andere plekken dan weer achter. Dat heeft de dader ook gedaan.' Erin draaide de lichtschakelaar weer om en Rizzoli knipperde tegen het plotseling felle licht.

'En wat voor soort vezels zijn dit?'

'Dat zal ik je laten zien.' Erin nam het plaatje met de haar weg en legde er een andere voor in de plaats. 'Kijk even door de tweede ooglens, dan zal ik je uitleggen wat we zien.'

Rizzoli keek door de lens en zag een donkere vezel, opgekruld tot een C.

'Dit zat aan de rand van de tape,' zei Erin. 'Ik heb een heteluchtpistool gebruikt om de verschillende laagjes van de tape van elkaar te scheiden. Dit is een van de donkerblauwe vezels die over de hele lengte van de strip lopen. Nu zal ik je een doorsnede laten zien.' Erin pakte een dossiermap waaruit ze een foto haalde. 'Zo ziet het eruit bij scanning door een elektronmicroscoop. Zie je dat de vezel een driehoekige vorm heeft? Dat is om te voorkomen dat er vuil aan blijft hangen. Deze driehoekige vorm is karakteristiek voor tapijtvezels.'

'Het gaat dus in ieder geval om door de mens gefabriceerd materiaal?'

'Ja.'

'Hoe zit het met de dubbele breking?' Rizzoli wist dat wanneer licht door een synthetische vezel ging, het vaak gesplitst in twee verschillende vlakken naar buiten kwam, alsof het door een kristal scheen. Dat heette dubbele breking. Iedere vezel had een eigen index, die gemeten kon worden met een polariserende microscoop.

'Deze blauwe vezel,' zei Erin, 'heeft een dubbele-brekingsindex van nul komma nul zes drie.'

'Is dat karakteristiek voor iets in het bijzonder?'

'Nylon 6-6. Dat wordt veel gebruikt voor tapijten, omdat het vuilafstotend, veerkrachtig en sterk is. Om precies te zijn komen het dwarsdoorsnedepatroon en de infrarode spectrograaf van deze vezel overeen met een Dupont-artikel genaamd Antron, dat wordt gebruikt in de tapijtindustrie.'

'En het is donkerblauw?' zei Rizzoli. 'Dat is niet een kleur die de meeste mensen zouden kiezen voor hun huis. Het klinkt als vloerbedekking voor een auto.'

Erin knikte. 'Deze kleur, nummer 802 blauw is lange tijd de standaardkeuze geweest voor dure Amerikaanse auto's. Cadillacs en Lincolns, bijvoorbeeld.'

Rizzoli begreep meteen waar ze naartoe wilde. Ze zei: 'Cadillac maakt lijkwagens.'

Erin glimlachte. 'Lincoln ook.'

Ze dachten allebei hetzelfde: *De moordenaar is iemand die met lijken werkt.*

Rizzoli dacht aan wie er allemaal in contact kwamen met de doden. De politieman en de lijkschouwer die erbij geroepen worden wanneer iemand dood wordt aangetroffen. De patholoog-anatoom en zijn assistent. De balsemer en de directeur van de rouwkamer. De aflegger die het haar wast en de make-up aanbrengt, zodat de overledene voor de laatste keer getoond kan worden. De doden gaan door de handen van een hele reeks levende bewakers en sporen van die tocht kunnen blijven hangen aan ieder die iets met de dode heeft moeten doen.

Ze keek Erin aan. 'De vrouw die wordt vermist. Gail Yeager...'

'Ja?'

'Haar moeder is een maand geleden gestorven.'

Joey Valentine bracht de doden tot leven.

Rizzoli en Korsak stonden in de helder verlichte aflegkamer van het *Whitney Funeral Home and Chapel* toe te kijken terwijl Joey iets uitzocht uit zijn make-upkoffertje, dat vol zat met potjes basiscrème, highlighters, rouge en lippenstiftpoeder. Het leek een make-upkoffertje voor acteurs, maar in dit geval hadden de spullen tot doel de grauwe huid van lijken op te fleuren. Uit een draagbare radio kwam Elvis Presleys fluwelen stem die 'Love Me Tender' zong. Joey begon boetseerklei aan te brengen op de handen van het lijk om de gaatjes te dichten die waren achtergelaten door de vele infusiekatheters en arteriesecties.

'Mevrouw Obers lievelingsmuziek,' zei hij terwijl hij rustig doorwerkte. Af en toe keek hij op naar de drie foto's die aan de ezel waren gehecht die hij naast de behandeltafel had neergezet. Rizzoli nam aan dat het foto's waren van mevrouw Ober, hoewel de levende vrouw op de foto's weinig gelijkenis toonde met het grijze, geslonken lijk waar Joey zijn best op deed.

'Haar zoon zei dat ze stapel was op Elvis,' zei Joey. 'Ze is drie keer in Graceland geweest. Hij heeft dat cassettebandje gebracht zodat ik er tijdens het opmaken naar kan luisteren. Ik mag graag luisteren naar de favoriete muziek van de overledenen, dan voel ik beter aan wie ze waren. Je komt veel over mensen te weten als je luistert naar de muziek die ze mooi vonden.'

'En hoe zie jij een Elvis-fan?'

'Nou, u weet wel. Beetje opzichtige lippenstift. Getoupeerd haar. Heel anders dan iemand die bijvoorbeeld van Sjostakovitsj houdt.'

'Naar wat voor soort muziek luisterde mevrouw Hallowell?'

'Dat weet ik niet meer.'

'Je hebt haar pas een maand geleden hier gehad.'

'Ja, maar ik onthoud echt niet van iedereen de details.' Joey was klaar met het boetseren van de handen en liep naar het hoofdeinde van de tafel, waar hij bleef staan knikken op de maat van 'You Ain't Nothing but a Hound Dog'. In zijn zwarte spijkerbroek en Doc Martens zag hij eruit als een kekke jonge artiest die een blanco schildersdoek bekeek, alleen was zijn schildersdoek kil vlees en bestond zijn schildersgerei uit make-upborstels en potten met rouge. 'Een vleugje Bronze Blush Light, lijkt mij,' zei hij en hij pakte het gewenste potje rouge. Met een mengstokje begon hij kleuren te mixen op een roestvrijstalen palet. 'Ja, dit lijkt me wel geschikt voor een oude Elvis-fan.' Hij begon het op de wangen van het lijk te borstelen, helemaal tot aan de haarlijn, waar het zwartgeverfde haar zilveren wortels toonde.

'Misschien herinner je je de dochter van mevrouw Hallowell,' zei Rizzoli. Ze pakte een foto van Gail Yeager en liet die aan Joey zien.

'U kunt hierover beter met meneer Whitney praten. Hij regelt alle begrafenissen. Ik ben alleen maar zijn assistent.'

'Maar je zult de make-up van mevrouw Hallowell toch wel met mevrouw Yeager hebben besproken? Jij bent degene die haar heeft afgelegd.'

Joeys blik bleef eventjes rusten op de foto van Gail Yeager. 'Ze was een erg aardige vrouw,' zei hij toen zachtjes.

Rizzoli keek hem vragend aan. 'Was?'

'Ik heb de nieuwsberichten erover gevolgd. U denkt toch niet dat mevrouw Yeager nog leeft?' Joey draaide zich om en keek fronsend naar Korsak, die door de behandelkamer slenterde en in kastjes keek. 'Eh... rechercheur Korsak? Zoekt u naar iets specifieks?'

'Nee. Ik zat me alleen af te vragen wat voor soort dingen je in een rouwkamer kunt vinden.' Hij stak zijn hand in een van de kastjes. 'Is dit een krultang?'

'Ja. Wassen en watergolven is bij ons heel gewoon. Ook manicures. We doen alles om onze cliënten er zo goed mogelijk te laten uitzien.'

'Ik heb gehoord dat je erg goed bent in je werk.'

'Tot nu toe heb ik geen klachten gehad.'

Korsak lachte. 'Zeker niet van de cliënten natuurlijk.'

'Van de familieleden. De familieleden waren tot nu toe altijd tevreden.'

Korsak legde de krultang weer weg. 'Hoelang werk je al voor meneer Whitney? Zeven jaar?'

'Ongeveer, ja.'

'Dan ben je hier zeker meteen vanaf de middelbare school gekomen.'

'Ik ben begonnen als autowasser. Van de lijkauto's. En ik maakte de behandelkamer schoon. Na een poosje mocht ik 's nachts de telefoontjes aannemen wanneer er een lijk afgehaald moest worden. Daarna liet meneer Whitney me helpen bij het balsemen. Nu wordt hij al een dagje ouder en doe ik hier bijna alles.'

'Dan heb je zeker een afleggersdiploma?'

Een korte stilte. 'Eh, nee. Ik ben er nooit aan toegekomen om dat aan te vragen. Ik help meneer Whitney gewoon.'

'Waarom wil je geen diploma? Daar heb je alleen maar baat bij.'

'Ik ben tevreden met mijn huidige positie.' Joey wijdde zijn aandacht weer aan mevrouw Ober, wier gezicht nu een gezonde blos had. Hij pakte een wenkbrauwkam en begon bruine kleurstof in haar grijze wenkbrauwen te kammen. Zijn handen bewogen zich met bijna liefhebbende tederheid. Op een leeftijd dat de meeste jongemannen staan te popelen om het ware leven in te duiken, had Joey Valentine ervoor gekozen zijn dagen door te brengen in het gezelschap van lijken. Hij bracht lijken uit ziekenhuizen en verpleeghuizen naar deze schone, fel verlichte kamer. Hij waste ze, droogde ze af, deed hun haar, bracht crèmes en poeder aan om de illusie te wekken dat ze nog leefden. Terwijl hij kleur op de wangen van mevrouw Ober borstelde, mompelde hij: 'Heel mooi. Ja, dit is heel mooi. U zult eruitzien om te stelen...'

'Je werkt hier dus al zeven jaar, Joey?' zei Korsak.

'Ja, dat heb ik u net verteld.'

'En je hebt nooit de moeite genomen een aanvraag in te dienen voor een diploma?'

'Waarom vraagt u daar steeds naar?'

'Komt dat soms omdat je weet dat je nooit een diploma zult krijgen?'

Joey bleef doodstil staan, zijn hand uitgestoken om lippenstift aan te brengen. Hij zei niets.

'Weet meneer Whitney dat je een strafblad hebt?' vroeg Korsak.

Nu keek Joey op. 'Dat hebt u hem toch niet verteld, hè?'

'Misschien zou ik dat moeten doen. De manier waarop jij dat arme meisje de stuipen op het lijf hebt gejaagd...'

'Ik was pas achttien. Het was een vergissing –'

'Een vergissing? Hoe bedoel je? Heb je door het verkeerde raam gegluurd? Het verkeerde meisje bespied?'

'Ze zat bij me op school! Ik kende haar!'

'O, bespied je dan alleen meisjes die je kent? Heb je nog meer dingen gedaan? Dingen waarvoor je nooit gepakt bent?'

'Het was een vergissing!'

'Ben je ooit een huis binnengeslopen? Naar de slaapkamer gegaan? Om iets mee te pikken? Een beha, een mooi slipje?'

'Jezus.' Joey staarde naar de lippenstift die hij op de grond had laten vallen. Hij zag eruit alsof hij doodmisselijk was.

'Gluurders staan erom bekend dat ze makkelijk overstappen op andere dingen,' zei Korsak onverbiddelijk. 'Slechte dingen.'

Joey liep naar de draagbare radio en zette hem uit. In de stilte die volgde, bleef hij met zijn rug naar hen toe staan. Hij staarde uit het raam naar de begraafplaats aan de overkant van de weg. 'Jullie willen mijn leven ruïneren,' zei hij.

'Nee, Joey, we willen alleen maar open en eerlijk met je praten.'

'Meneer Whitney weet er niks van.'

'En hij hoeft het ook niet te weten te komen.'

'Tenzij?'

'Waar was je afgelopen zondagavond?'

'Thuis.'

'In je eentje?'

Joey zuchtte. 'Ik weet waar u naartoe wilt. Ik weet waar u op uit bent. Maar eerlijk, ik kende mevrouw Yeager verder helemaal niet. Ik heb alleen maar haar moeder afgelegd. En dat heb ik heel mooi gedaan. Dat zei iedereen na de begrafenis. Dat ze er zo levend uitzag.'

'Mogen we even in je auto kijken?'

'Waarom?'

'Gewoon, even kijken.'

'Liever niet, maar u zult het evengoed wel doen.'

'Alleen als jij het goedvindt,' zei Korsak. 'Voor medewerking zijn twee partijen nodig.'

Joey bleef uit het raam staren. 'Kijk, weer een begrafenis,' zei hij zachtjes. 'Ziet u al die limousines? Als kind vond ik het al leuk om naar begrafenisstoeten te kijken. Prachtig zijn die. Zo beschaafd. Het is het enige wat de mensen nog op de juiste manier doen. Het enige wat ze nog niet hebben verpest. In tegenstelling tot huwelijken, met al die stomme dingen zoals uit vliegtuigen springen of live op tv een aanzoek doen. Bij begrafenissen tonen we tenminste nog respect voor hoe het hoort...'

'Je auto, Joey.'

Joey draaide zich om. Hij liep naar een van de kastjes, trok een la open en haalde er een sleutelbos uit, die hij aan Korsak gaf. 'De bruine Honda.'

Rizzoli en Korsak stonden op het parkeerterrein en keken neer op de donkerbruine bekleding van de kofferbak van Joey Valentine's auto.

'Shit.' Korsak sloeg het deksel met een klap dicht. 'Ik ben nog niet klaar met die jongen.'

'Je hebt geen enkel bewijs dat hij het heeft gedaan.'

'Heb je op zijn schoenen gelet? Volgens mij maat 46. En de lijkwagen heeft donkerblauwe bekleding.'

'Dat hebben duizenden auto's. Daarom is hij nog niet de dader.'

'Nou, de oude Whitney is het zéker niet.' Joey's baas, Leon Whitney, was zesenzestig.

'We hebben het DNA van de dader,' zei Korsak. 'We moeten alleen dat van Joey nog hebben.'

'Denk je nu werkelijk dat hij voor jou in een bekertje zal spugen?'

'Als hij zijn baan wil houden, zal hij voor mij opzitten en pootjes geven.'

Ze keek over de van de hitte zinderende weg naar het kerkhof, waar de begrafenisstoet nu statig naar de uitgang reed. Nadat de doden zijn begraven, gaat het leven door, dacht ze. Welke tragedie er ook heeft plaatsgevonden, het leven moet doorgaan. *En ik ook.*

'Ik kan hier niet nog meer tijd voor vrijmaken,' zei ze.

'Wat?'

'Ik heb mijn eigen zaken. En volgens mij heeft de zaak-Yeager niets te maken met Warren Hoyt.'

'Drie dagen geleden dacht je daar heel anders over.'

'Dan had ik het mis.' Ze liep over het parkeerterrein naar haar auto, maakte het portier open en draaide de raampjes naar beneden. Golven hitte sloegen tegen haar aan vanuit het gloeiend hete interieur.

'Heb ik iets verkeerds gezegd?' vroeg hij.

'Nee.'

'Waarom kap je er dan mee?'

Ze stapte in de auto. De stoel brandde door haar broek heen. 'Ik heb een jaarlang geprobeerd de Chirurg uit mijn hoofd te krijgen,' zei ze. 'Ik moet hem loslaten. Ik zie overal zijn invloed, en daar moet ik mee ophouden.'

'Weet je, soms is je eigen instinct het betrouwbaarst.'

'Soms heb je niet meer dan dat. Een gevoel in plaats van feiten. Het instinct van een politieman is niet heilig. Wat is een instinct eigenlijk? Hoe vaak komt het niet voor dat we er met ons "gevoel" helemaal naast zitten?' Ze startte de motor. 'Te vaak.'

'Het komt dus niet door mij?'

Ze knalde het portier dicht. 'Nee.'

'Zeker weten?'

Ze keek hem door het open raampje aan. Hij stond te knipperen in de felle zon, zijn ogen toegeknepen tot spleetjes onder een pluizige streep wenkbrauwen. Op zijn armen groeiden donkere haren, dik als een vacht, en door de manier waarop hij erbij stond, met zijn heupen naar voren en afzakkende schouders, deed hij haar denken aan een uitgezakte gorilla. Nee, hij had niets verkeerds gezegd, maar ze kon niet naar hem kijken zonder een licht gevoel van afkeer.

'Ik kan hier gewoon niet nog meer tijd voor uittrekken,' zei ze. 'Je kent dat wel.'

Terug achter haar bureau concentreerde Rizzoli zich op de paperassen die zich daar hadden opgestapeld. Bovenop lag het dossier van de Vliegtuigman, van wie ze nog steeds niet wisten hoe hij heette en wiens gebroken lichaam in het mortuarium lag zonder dat er iemand voor was gekomen. Ze had dit slachtoffer al te lang verwaarloosd, maar toen ze het dossier opende en de autopsiefoto's bekeek, dacht ze weer aan de Yeagers en de man die haren van een lijk aan zijn kleding had zitten. Toen ze de lijst las van de vliegtuigen die op Logan Airport waren opgestegen en geland, zag ze het glimlachende gezicht van Gail Yeager voor zich, op de foto op het nachtkastje. Ze dacht aan de rij foto's van vrouwengezichten die een jaar geleden in de vergaderzaal aan de muur had gehangen, toen de speurtocht naar de Chirurg in volle gang was geweest. Ook die vrouwen hadden gelachen, hun gezichten laten vastleggen toen ze nog warm vlees waren, toen het leven nog in hun ogen sprankelde. Ze kon niet aan Gail Yeager denken zonder zich de doden ter herinneren die haar voor waren gegaan.

Ze vroeg zich af of Gail zich al bij hen had gevoegd.

Haar pieper trilde aan haar riem, als een elektrische schok. De eerste waarschuwing voor een ontdekking die haar dag op zijn grondvesten zou doen schudden. Ze pakte de telefoon.

Even later stormde ze het gebouw uit.

5

De lichtbruine labrador blafte met een aan hysterie grenzende opwinding naar de politiemannen die een stukje verderop stonden. Hij rukte en trok aan de riem waarmee hij aan de boom was vastgebonden. De eigenaar van de hond, een pezige man in een sportbroekje, zat op een rotsblok, zijn hoofd tussen zijn handen, zonder acht te slaan op de hond die zo luidruchtig om aandacht vroeg.

'De eigenaar van de hond heet Paul Vandersloot. Hij woont in River Street, anderhalve kilometer hiervandaan,' zei patrouilleagent Gregory Doud, die het terrein had afgezet met politielint dat in een halve cirkel van boom tot boom was gebonden.

Ze stonden aan de rand van de stedelijke golfbaan met hun gezicht naar de bossen van het Stony Brook-reservaat, die aan de golfbaan grensde. Het natuurreservaat lag aan de zuidelijke punt van Bostons stadsgrenzen en was omgeven door een zee van buitenwijken. Maar binnen de tweehonderd hectare van Stony Brook lag een ruig terrein met beboste heuvels en valleien, rotspartijen en moerassen omzoomd door lisdodden. In de winter gleden crosscountryskiërs over de bijna twintig kilometer aan paden; in de zomer waren de stille bossen een vluchthaven voor joggers.

Zoals voor meneer Vandersloot, tot zijn hond hem had geleid naar wat tussen de bomen lag.

'Hij zegt dat hij hier iedere middag komt om zijn hond uit te laten en te joggen,' zei agent Doud. 'Hij neemt meestal eerst de East Boundary Road door het bos en keert dan met een grote boog terug langs de rand van het golfterrein. Dat is ongeveer zes kilometer bij elkaar. Hij zegt dat hij de hond altijd aan de riem houdt, maar dat het dier zich vandaag heeft losgerukt. Ze waren over het pad aan het joggen toen hij ervandoor ging, in westelijke richting. Toen hij weigerde terug te komen, is Vandersloot achter hem aangegaan en letterlijk over het lijk gestruikeld.'

Doud keek naar de jogger, die ineengedoken op de rots bleef zitten. 'Ik heb een ambulance besteld.'

'Heeft hij via een mobieltje gebeld?'

'Nee. Hij is naar een telefooncel in het Thompson Center gegaan. Ik ben hier om tien voor halfdrie aangekomen. Ik heb niets aangeraakt. Ik ben alleen het bos in gelopen tot ik kon bevestigen dat het om een lijk ging. Na vijftig meter kon ik het al ruiken. En nog vijftig meter verder kon ik het zien. Ik ben toen meteen teruggelopen en heb het terrein afgezet. Tot en met beide zijden van de Boundary Road Trail.'

'En om hoe laat zijn de anderen gearriveerd?'

'Rechercheur Sleeper en Crowe waren hier rond drie uur. De lijkschouwer is om halfvier aangekomen.' Hij zweeg even. 'Ik wist niet dat u ook zou komen.'

'Dokter Isles heeft me gebeld. Ik neem aan dat we voorlopig onze auto's op het golfterrein moeten zetten?'

'Dat heeft rechercheur Sleeper gezegd, ja. Hij wil niet dat er politiewagens zichtbaar zijn vanaf de Enneking Parkway. Om het voorlopig stil te kunnen houden.'

'Is de pers er al?'

'Nee. Ik heb het met opzet niet via de radio doorgegeven. Ik heb in plaats daarvan vanuit een telefooncel in de straat gebeld.'

'Mooi zo. Met een beetje geluk komen ze helemaal niet.'

'O jee,' zei Doud. 'Zou dat een eerste aasgier zijn?'

Een donkerblauwe Marquis reed zachtjes over het golfgazon en stopte naast het busje van de lijkschouwer. Een bekende gezette gedaante hees zich eruit en streek zijn dunnende haar glad over zijn schedel.

'Nee, die is niet van de pers,' zei Rizzoli. 'Van hem wist ik dat hij zou komen.'

Korsak sjokte naar hen toe. 'Denk je dat zij het is?' vroeg hij.

'Volgens dokter Isles is de kans groot. Zo ja, dan is jullie moordzaak nu binnen de stadsgrenzen van Boston terechtgekomen.' Ze keek naar Doud. 'Vanaf welke kant kunnen we ernaartoe zonder iets te verstoren?'

'Vanuit het oosten is het beste. Sleeper en Crowe hebben het terrein al op videofilm gezet. De voetafdrukken en het sleepspoor zijn aan de andere kant en lopen tot aan de Enneking Parkway. Verder hoeft u alleen maar uw neus te volgen.'

Ze dook met Korsak onder het politielint door en liep het bos in. Zoals in alle natuurlijke bossen was het struikgewas vrij dicht. Ze doken onder spitse takken door die hun gezichten krasten, en regelmatig bleven hun broekspijpen hangen aan doornen. Ze kwamen uit bij het joggingpad East Boundary en zagen een los stuk politielint aan een boom wapperen.

'De man was hier aan het joggen toen zijn hond zich losrukte,' zei ze. 'Zo te zien heeft Sleeper met stukjes politielint een spoor voor ons gemaakt naar de plek.'

Ze staken het joggingpad over en doken het bos weer in.

'Gadverdamme. Ik ruik het nu al,' zei Korsak.

Nog voor ze het lijk zagen, hoorden ze het onheilspellende gezoem van de vliegen. Droge twijgen knapten onder hun schoenen. Ze schrokken er steeds van, alsof het kogels waren. Door de bomen zagen ze Sleeper en Crowe, hun gezichten vertrokken van afkeer terwijl ze de insecten van zich afsloegen. Dokter Isles zat gehurkt, vlekjes zonlicht op haar zwarte haar. Toen ze dichterbij kwamen, zagen ze wat Isles aan het doen was.

Korsak liet een kreun van ontzetting horen. 'Jezus. Dat had ik liever niet gezien.'

'Vitreus kalium,' zei Isles en vanwege haar hese stem klonken de woorden bijna verleidelijk, 'zal ons helpen in te schatten hoelang deze persoon dood is.'

Het zou niet meevallen vast te stellen wanneer de dood was ingetreden, dacht Rizzoli toen ze naar het naakte lijk staarde. Isles had het op een vel plastic gerold waar het nu op de rug lag, de ogen uitpuilend vanwege het door de warmte uitzettende weefsel binnen de schedel. De hals en nek toonden een halsketting van ronde blauwe plekken. Het lange blonde haar was een stijve mat stro. De buik was gezwollen en had een levergroene kleur. Bloedvaten waren gevlekt door het bacteriële afbreken van het bloed waardoor de aderen opvallend zichtbaar waren, als zwarte rivieren die onder de huid stroomden. Maar al deze afschuwelijke details verbleekten bij wat Isles aan het doen was. Het vlies rond het mensenoog is het meest gevoelige deel van het lichaam; een ooghaartje of een korreltje zand dat onder het ooglid komt te zitten, kan erg veel pijn veroorzaken. Rizzoli en Korsak trokken dan ook automatisch een pijnlijk gezicht toen ze zagen hoe Isles een dikke naald in het oog van het lijk stak en langzaam de vitreuze vloeistof opzoog in een injectiespuit van 10 cc.

'Dat ziet er mooi helder uit,' zei Isles. Ze klonk tevreden. Ze plaatste de injectiespuit in een met ijs gevulde cooler, kwam overeind en bekeek het terrein met een koninklijke blik. 'De levertemperatuur is slechts twee graden lager dan de buitentemperatuur,' zei ze. 'Er is geen schade aangericht door insecten of andere dieren. Ze ligt hier nog niet erg lang.'

'Dit is dus alleen de stortplaats?' vroeg Sleeper.

'De lijkbleekheid laat zien dat ze op haar rug lag toen ze is gestorven. Zie je wel dat op de rug, waar het bloed zich heeft verzameld, de huidskleur donkerder is? Maar ze lag op haar buik toen ze is gevonden.'

'Ze is dus na haar dood hierheen gebracht.'

'Minder dan vierentwintig uur geleden.'

'Maar zo te zien is ze al veel langer dood,' zei Crowe.

'Ja. Het lichaam is slap en al redelijk opgezwollen. En de huid begint al los te komen.'

'Is dat een bloedneus?' vroeg Korsak.

'Ontbonden bloed. Ze begint haar lichaamssappen te verliezen. Die worden naar buiten gestuwd door de interne opbouw van gassen.'

'Wanneer is ze gestorven?' vroeg Rizzoli.

Isles keek een ogenblik zwijgend naar het afzichtelijk gezwollen stoffelijk overschot van een vrouw van wie ze allen aannamen dat het Gail Yeager was. Vliegen zoemden en vulden de stilte met hun hongerige gedrens. Afgezien van het lange blonde haar was er aan het lijk niets dat leek op de vrouw op de foto's, een vrouw die ooit met een simpele glimlach mannen het hoofd op hol moest hebben gebracht. Het was niet prettig er op deze manier aan herinnerd te worden dat mooie mensen net zo goed als lelijke uiteindelijk door bacteriën en insecten worden veranderd in het onaangename equivalent van rottend vlees.

'Daar kan ik nu nog geen antwoord op geven,' zei Isles.

'Meer dan een dag geleden?' drong Rizzoli aan.

'Ja.'

'Ze is in de nacht van zondag op maandag ontvoerd. Kan ze al zo lang dood zijn?'

'Vier dagen? Dat hangt af van de omgevingstemperatuur. De

afwezigheid van insectenschade geeft me de indruk dat het lijk tot voor kort ergens binnen is bewaard. Beschermd tegen de natuur. In een kamer met airco verloopt het ontbindingsproces trager.'

Rizzoli en Korsak keken elkaar aan en vroegen zich hetzelfde af. Waarom zou de dader zo lang gewacht hebben om zich van een ontbindend lijk te ontdoen?

De walkietalkie van rechercheur Sleeper kraakte en ze hoorden Douds stem: 'Rechercheur Frost is er. En de wagen van het forensisch laboratorium. Kunt u die al hebben?'

'Momentje,' zei Sleeper, die nu al een dodelijk vermoeide indruk maakte, bijna apathisch van de hitte. Hij was de oudste rechercheur op Moordzaken en zou over vijf jaar met pensioen gaan. Hij hoefde dus niets meer te bewijzen. Hij keek naar Rizzoli. 'Wij komen nog maar net kijken wat deze zaak betreft. Heb jij er samen met de jongens van Newton al aan gewerkt?'

Ze knikte. 'Sinds maandag.'

'Dus jij gaat deze zaak doen?'

'Ja,' zei Rizzoli.

'Hé,' protesteerde Crowe. 'Wij waren er als eersten bij.'

'De ontvoering heeft in Newton plaatsgehad,' zei Korsak.

'Maar het lijk ligt nu in Boston,' ging Crowe ertegenin.

'Jezus,' zei Sleeper. 'Waarom vechten we hierom?'

'Het is mijn zaak,' zei Rizzoli. 'Ik heb de leiding.' Ze keek strak naar Crowe, hem uitdagend er iets van te zeggen. Ze verwachtte niet anders dan dat hun gebruikelijke rivaliteit weer de kop op zou steken en zag een hoek van zijn mond al omhoog gaan voor een smalende glimlach.

Toen zei Sleeper in zijn walkietalkie: 'Rechercheur Rizzoli heeft nu de leiding over deze zaak.' Hij keek haar weer aan. 'Mag het labteam hierheen komen?'

Ze keek op naar de hemel. Het was al vijf uur en de zon was achter de bomen weggezakt. 'Ja, laat ze maar komen, nu ze nog wat daglicht hebben om te kunnen zien wat ze doen.'

Een lijk in de open lucht, terwijl het licht begon te vervagen, was geen welkom scenario. In bossen zaten wilde dieren, die altijd loerden op een kans naderbij te komen, die een stoffelijk overschot uit elkaar konden rukken en bewijsmateriaal meenemen. Bloed en sperma konden worden weggewassen door regen, en de wind nam vezels met zich mee. Er waren geen deuren om indringers buiten te houden en terreingrenzen konden makkelijk door nieuwsgierigen worden overschreden. Vandaar dat Rizzoli opeens haast kreeg toen de ploeg van het forensisch laboratorium aan zijn methodische onderzoek begon, met hun scherpe ogen en metaaldetectors en zakjes om gevuld te worden met grotesk bewijsmateriaal.

Tegen de tijd dat Rizzoli bij de golfbaan het bos weer uitkwam, was ze bezweet, vuil en het slaan naar muggen moe. Ze bleef even staan om blaadjes uit haar haar te schudden en takjes van haar broek te plukken en toen ze zich weer oprichtte, zag ze een man met lichtbruin haar, gekleed in een pak met een stropdas, bij het busje van de lijkschouwer staan met een mobiele telefoon tegen zijn oor gedrukt.

Ze liep naar agent Doud, die nog steeds de perimeter bewaakte. 'Wie is die vent in dat pak?' vroeg ze.

Doud wierp een blik in de richting van de man. 'Die? Hij zegt dat hij van de FBI is.'

'Wat?'

'Hij liet me zijn penning zien en heeft geprobeerd met een smoesje langs me heen te komen, maar ik heb gezegd dat hij het eerst met u moest opnemen. Dat vond hij niet leuk.'

'Wat moet de FBI hier?'

'Geen idee.'

Ze bleef even naar de man staan kijken, verstoord door het feit dat er een FBI-agent was komen opdagen. Als hoofd van het onderzoekteam wenste ze geen vervaging van de gezagsgrenzen en deze man, met zijn militaire houding en zakelijke kostuum, stond erbij alsof hij hier de baas was. Ze liep op hem af, maar hij gaf er pas blijk van haar te zien toen ze vlak bij hem was.

'Pardon,' zei ze. 'Ik hoor dat u van de FBI bent?'

Hij klapte zijn mobieltje dicht en draaide zijn gezicht naar haar toe. Ze zag sterke, scherpe gelaatstrekken en een koel ondoordringbare blik.

'Ik ben rechercheur Jane Rizzoli, hoofd van het onderzoekteam,' zei ze. 'Mag ik uw penning even zien?'

Hij stak zijn hand in zijn zak en haalde zijn penning eruit. Terwijl ze die bekeek, voelde ze dat hij haar opnam, haar inschatte. Zijn taxerende houding en de manier waarop hij haar meteen al in de verdediging drukte, alsof hij hier de leiding had, stond haar bijzonder tegen.

'Agent Gabriel Dean,' zei ze toen ze hem de penning teruggaf.

'Jawel, mevrouw.'

'Mag ik vragen wat de FBI hier doet?'

'Ik was me er niet van bewust dat we tegenspelers waren.'

'Heb ik gezegd dat we dat zijn?'

'U geeft me uitdrukkelijk het gevoel dat ik hier niet thuishoor.'

'De FBI komt meestal niet kijken bij een plaats delict. Dus ben ik nieuwsgierig waarom u nu wel gekomen bent.'

'We zijn door het politiekorps van Newton ingelicht over de zaak-Yeager.' Het was een halfslachtig antwoord; hij liet te veel weg, dwong haar ernaar te hengelen. Informatie achterhouden was een vorm van macht en ze kende het spel dat hij speelde.

'De FBI wordt, neem ik aan, over veel zaken ingelicht,' zei ze.

'Inderdaad.'

'Elke moord, nietwaar?'

'Daar krijgen we bericht over, ja.'

'Is er iets bijzonders aan deze moord?'

Hij keek haar weer met die ondoorgrondelijke blik aan. 'Ik geloof dat de slachtoffers zouden zeggen van wel.'

Haar woede werkte zichzelf naar buiten als een splinter. 'Dit lijk is twee uur geleden pas gevonden,' zei ze. 'Krijgt u tegenwoordig die meldingen zo snel binnen?'

Er speelde een flauwe glimlach rond zijn lippen. 'We zitten niet op een eiland, rechercheur. We zouden het op prijs stellen als u ons op de hoogte hield van uw vooruitgang. Autopsierapporten. Bewijsmateriaal. Kopieën van de getuigenverklaringen –'

'Dat is een heleboel tikwerk.'

'Dat weet ik.'

'En dat wilt u allemaal hebben?'

'Ja.'

'Is daar een bepaalde reden voor?'

'Een moord en ontvoering zouden ons niet moeten interesseren? We willen graag op de hoogte gehouden worden.'

Ondanks dat hij zo'n imposante figuur was, schroomde ze niet hem uit te dagen door een stap dichter bij hem te gaan staan. 'En hoelang zal het duren voordat u ons de zaak helemaal uit handen neemt?'

'Het blijft uw zaak. Ik ben hier alleen om te assisteren.'
'Ook als ik daar de noodzaak niet van inzie?'
Zijn blik sprong over naar de twee mortuariumassistenten die uit het bos kwamen en de brancard met het stoffelijk overschot in het busje van de lijkschouwer schoven. 'Maakt het echt iets uit wie de leiding heeft over de zaak?' vroeg hij zachtjes. 'Zolang de dader wordt gepakt?'

Ze keken het busje na toen het wegreed om het reeds onteerde lijk aan verdere vernederingen te onderwerpen onder de felle lampen van de autopsiekamer. Gabriel Deans antwoord had haar er met striemende duidelijkheid aan herinnerd hoe onbelangrijk de kwestie van jurisdictie was. Het maakte voor Gail Yeager niets uit wie de eer zou opeisen voor de arrestatie van haar moordenaar. Het enige dat ze eiste, was gerechtigheid, ongeacht wie die zou leveren. Dat was Rizzoli haar verschuldigd: gerechtigheid.

Maar ze wist uit ervaring hoe frustrerend het was wanneer ze ergens hard aan had gewerkt en iemand anders met de eer ging strijken. Meer dan eens had ze mannelijke collega's naar voren zien stappen om hooghartig de leiding te nemen over zaken die ze eigenhandig van de grond af had opgebouwd. Dat zou ze ditmaal niet laten gebeuren.

Ze zei: 'Ik dank de FBI voor het aanbod ons te helpen, maar ik geloof dat we de zaak wel aankunnen. Als we u nodig hebben, laat ik u dat wel weten.' Toen ze dat had gezegd, draaide ze zich om en liep ze weg.

'Ik geloof dat u de situatie niet correct ziet,' zei hij. 'We zitten nu in hetzelfde team.'

'Ik kan me niet herinneren de FBI om hulp gevraagd te hebben.'

'Het is geregeld via uw baas, inspecteur Marquette. Wilt u het soms navragen?' Hij stak haar zijn mobiele telefoon toe.

'Ik heb zelf een telefoon, dank u.'

'Dan raad ik u aan hem meteen te bellen, opdat we geen tijd hoeven te verkwisten aan landjepik.'

Ze stond versteld van het gemak waarmee hij aan boord was gestapt. Ze had hem verdomd goed ingeschat! Dit was geen man die gedwee aan de zijlijn zou blijven staan.

Ze pakte haar mobieltje en tikte het nummer in, maar voordat

Marquette kon opnemen, hoorde ze agent Doud haar naam roepen.

'Rechercheur Sleeper voor u,' zei Doud en hij gaf haar zijn walkietalkie.

Ze drukte op de zendknop. 'Rizzoli.'

Door het gekraak heen hoorde ze Sleeper zeggen: 'Het lijkt me beter dat je nog even terugkomt.'

'Waarom? Wat is er?'

'Nou... je kunt beter zelf komen kijken. We zijn ongeveer vijftig meter ten noorden van de plek waar de andere is gevonden.'

De andere?

Ze duwde Doud de walkietalkie in handen en holde het bos in. Ze had zo'n haast dat ze eerst niet in de gaten had dat Gabriel Dean achter haar aankwam. Pas toen ze een twijg hoorde knappen, draaide ze zich om en zag ze hem vlak achter zich, zijn gezicht grimmig en onvermurwbaar. Ze had het geduld niet om met hem in de clinch te gaan, dus negeerde ze hem en beende verder.

Ze zag de mannen in een onheilspellende halve cirkel onder de bomen staan, als rouwenden, met gebogen hoofd. Sleeper keek om en zag haar.

'Ze zijn met metaaldetectors over het hele terrein gegaan,' zei hij. 'De mannen van het lab waren al op de terugweg naar de golfbaan toen het alarm begon te piepen.'

Ze liep naar de cirkel van mannen en hurkte om van dichtbij te bekijken wat ze hadden gevonden.

De schedel was van het lichaam losgeraakt en lag apart van de rest van het vrijwel geheel tot skelet vergane stoffelijk overschot. Een gouden kroon glinsterde als een piratentand in de rij met modder besmeurde tanden. Ze zag geen kleding, geen restanten van stof, alleen blootgelegde beenderen waaraan hier en daar nog leerachtige stukjes ontbindend vlees kleefden. Plukken lang bruin haar klitten bijeen als natte bladeren en deden hen vermoeden dat het om een vrouw ging.

Rizzoli kwam overeind en liet haar blik over het omliggende terrein gaan. Muggen daalden neer op haar gezicht en voedden zich met haar bloed, maar ze was zich niet bewust van de prikjes. Ze had alleen maar aandacht voor de laag dode bladeren en twijgen, het dichte struikgewas. Een prachtig stil plekje in het bos dat ze nu met afgrijzen bekeek.

Hoeveel vrouwen lagen er in dit bos?
'Het is zijn stortplaats.'
Ze draaide zich om naar Gabriel Dean, die had gesproken. Hij zat een klein stukje bij haar vandaan op zijn hurken en harkte met latex handschoenen aan door de bladeren. Ze had hem niet eens handschoenen zien aandoen. Hij stond op en keek haar aan.
'Jullie jongen heeft deze plek vaker gebruikt,' zei Dean. 'En hij zal hem weer gebruiken.'
'Als we hem niet afschrikken.'
'Ja, dat is het grote punt. De zaak moet stilgehouden worden. Als jullie hem niet afschrikken, komt hij misschien terug. Niet per se om nog een lijk te dumpen, maar om te kijken. Om de opwinding nogmaals te voelen.'
'U zit zeker op de afdeling Gedragspatronen?'
Hij gaf daar geen antwoord op, maar keek om zich heen naar de cirkel politiemannen. 'Als we dit stil kunnen houden, kunnen we misschien iets doen. Maar we moeten meteen maatregelen nemen.'
We. Met dat ene woord was hij met haar een compagnonschap aangegaan waar ze niet alleen niet om had gevraagd, maar waar ze ook niet in wilde toestemmen. Toch stond hij hier doodleuk bevelen uit te delen. En het ergste was dat alle anderen het gesprek aanhoorden en wisten dat haar gezag op de proef werd gesteld.
Alleen Korsak durfde zich met zijn gebruikelijke botheid in het gesprek te mengen. 'Neem me niet kwalijk, rechercheur Rizzoli,' zei hij. 'Wie is deze meneer?'
'FBI,' zei ze, haar blik nog steeds op Dean gericht.
'Zou iemand me even willen uitleggen wanneer deze zaak een FBI-zaak is geworden?'
'Het is geen FBI-zaak,' zei ze. 'En agent Dean gaat nu weg. Wie loopt er even met hem mee?'
Zij en Dean keken elkaar nog een moment aan. Toen boog hij licht zijn hoofd, alsof hij erkende dat hij deze ronde had verloren. 'Ik weet de weg,' zei hij en hij draaide zich om en liep terug in de richting van de golfbaan.
'Wat hebben die lui van de FBI toch?' zei Korsak. 'Waarom denken ze altijd dat ze boven iedereen staan? En wat moet de FBI hier eigenlijk?'

Rizzoli staarde naar het bos waarin Gabriel Dean verdween, een grijze figuur die wegsmolt in de schemering. 'Wist ik het maar.'

Een halfuur later kwam inspecteur Marquette in het bos aan.

De aanwezigheid van hoge pieten was meestal het laatste waar Rizzoli behoefte aan had. Ze vond het niet prettig wanneer er een meerdere over haar schouder meekeek wanneer ze aan het werk was. Maar Marquette bemoeide zich nergens mee. Hij stond roerloos onder een boom en nam alles in stilte in zich op.

'Inspecteur,' zei ze.

Hij reageerde met een knikje. 'Rizzoli.'

'Wat moet de FBI hier? Ze hebben een agent gestuurd die denkt dat hij er meteen bij hoort.'

Hij knikte. 'Het verzoek is via het OPC* gelopen.'

De inmenging was dus goedgekeurd op het hoogste niveau.

Ze zag de mensen van het onderzoekteam hun spullen inpakken en teruglopen naar het busje. Hoewel ze zich binnen de stadsgrenzen van Boston bevonden, had je in deze donkere hoek van het Stony Brook-reservaat het gevoel dat je ergens diep in een oerwoud zat. De wind speelde met de bladeren en deed de geur van rotting opwaaien. Door de bomen zag ze de heen en weer zwaaiende zaklantaarn van Barry Frost, die bezig was al het politielint weg te nemen en daarmee alle sporen uit te wissen dat de politie hier een onderzoek had ingesteld. Vanaf vanavond zou de politie hier in een hinderlaag liggen, wachtend op een man wiens verlangen naar de geur van verrotting wellicht zo sterk was dat hij zou terugkeren naar het verlaten natuurreservaat, naar deze stille bomengroep.

'Dus ik heb geen keus?' zei ze. 'Ik moet samenwerken met agent Dean?'

'Dat heb ik de hoofdcommissaris toegezegd.'

'Waarom heeft de FBI belangstelling voor deze zaak?'

'Heb je dat aan Dean gevraagd?'

'Je kunt net zo goed tegen die boom daar praten. Je krijgt toch

---

* Office of the Police Corps – overkoepelend politieorgaan dat zich bezighoudt met het aantrekken van gespecialiseerd personeel voor het oplossen en bestrijden van misdaden met geweldpleging.

geen antwoord. Het bevalt me niets. Wij moeten hem er helemaal bij betrekken, maar hij hoeft ons niets te vertellen.'

'Misschien heb je hem niet op de juiste manier benaderd.'

Woede schoot als een gifpijl door haar bloedsomloop. Ze kende de onderliggende betekenis van zijn woorden: *Je bent een stuk eigenwijs, Rizzoli. Je stoot mannen af.*

'Hebt u agent Dean ontmoet?' vroeg ze.

'Nee.'

Ze lachte sarcastisch. 'Dan boft u.'

'Ik zal zien of ik iets meer te weten kan komen, goed? Doe intussen je best om met hem samen te werken.'

'Zegt iemand dat ik dat niet heb gedaan?'

'Ik heb al een telefoontje gekregen dat je hem hier hebt weggestuurd. Dat noem ik geen samenwerking.'

'Hij probeerde mijn gezag te ondermijnen. Ik wil duidelijkheid. Heb ik de leiding over deze zaak, ja of nee?'

Een korte stilte. 'Ja, jij hebt de leiding.'

'Ik vertrouw erop dat iemand dat aan agent Dean duidelijk zal maken.'

'Daar zal ik voor zorgen.' Marquette draaide zich om en keek het bos in. 'We hebben dus twee lijken. Twee vrouwen?'

'Te oordelen naar de grootte van het skelet en het haar, ziet het tweede lijk er inderdaad uit als dat van een vrouw. Er is bijna geen zacht weefsel over. Postmortale schade door dieren, maar geen duidelijke doodsoorzaak.'

'Weten we zeker dat er niet nog meer zijn?'

'De kadaverhonden hebben verder niets gevonden.'

Marquette slaakte een diepe zicht. 'Godzijdank.'

Haar pieper trilde. Ze keek naar haar riem en herkende het telefoonnummer in het venstertje. Het kantoor van de patholoog-anatoom.

'Net als vorig jaar in de zomer,' mompelde Marquette, nog steeds naar de bomen starend. 'De Chirurg heeft toen rond deze tijd zijn eerste moord gepleegd.'

'Het komt door de hitte,' zei Rizzoli, terwijl ze haar mobieltje pakte. 'Die haalt de monsters uit hun schuilplaatsen.'

6

Ik hou de vrijheid in de palm van mijn hand.
Het heeft de vorm van een klein, wit vijfhoekje en aan de ene zijde staat er MSD 97 in gedrukt. Decadron, vier milligram. Wat een leuke vorm voor een pil. Niet een saai rondje of een torpedovormige capsule, zoals de meeste medicijnen. Voor dit ontwerp heeft iemand zijn verbeeldingskracht laten werken, is een speelse vonk overgesprongen. Ik stel me voor hoe de marketingmensen van Merck Pharmaceuticals rond de vergadertafel zaten en elkaar vroegen: 'Hoe kunnen we deze tablet duidelijk herkenbaar maken?' Het resultaat is deze vijfkantige pil die als een kleine edelsteen op de palm van mijn hand rust. Ik heb hem bewaard, hem via een kleine scheur in de stof van mijn matras weggestopt, en gewacht op het juiste moment om de magie ervan te benutten.
Ik heb gewacht op een teken.
Ik zit met opgetrokken knieën op het bed in mijn cel, een boek tegen mijn benen. De bewakingscamera ziet alleen een leergierige gevangene die De Verzamelde Werken van William Shakespeare *leest. De camera kan niet door de kaft van het boek heen kijken. Kan niet zien wat ik in mijn hand heb.*
Beneden, in de put van het dagverblijf, schettert reclame uit de televisie en springt een pingpongballetje heen en weer op de tafel. De zoveelste opwindende avond in celblok C. Over een uur wordt via de intercom het lichten-uit aangekondigd en stommelen de mannen de trappen op naar hun cellen, hun schoenen kletterend op de metalen treden. Ze zullen hun hokken binnengaan, als gehoorzame ratten, oppassend voor de heer en meester in de spreekdoos. In het bewakershok wordt dan het bevel ingetoetst op de computer en gaan alle celdeuren gelijktijdig dicht om de ratten weer de hele nacht op te sluiten.
Ik leun naar voren, buig mijn hoofd naar de pagina, alsof de lettertjes te klein gedrukt zijn. Ik staar met opperste concentra-

tie naar 'Twaalfde Nacht, derde bedrijf, scène Drie: een straat. Antonio en Sebastiaan komen aanlopen...'

Niets te zien, beste vrienden. Alleen maar een man die op zijn bed zit te lezen. Een man die opeens hoest en als in een reflex zijn hand naar zijn mond brengt. De camera heeft geen zicht op het kleine tablet in mijn handpalm. Ziet niet hoe mijn tong naar buiten komt noch hoe de pil eraan blijft kleven en als een hostie mijn mond binnen wordt gehaald. Ik slik het tablet droog door, zonder water nodig te hebben. Het is zo klein dat ik het met gemak wegkrijg.

Nog voor de pil in mijn maag smelt, verbeeld ik me dat ik de macht ervan door mijn bloedsomloop voel stromen. Decadron is de merknaam van dexamethasone, een adrenocorticotroop steroïde dat grote invloed heeft op ieder orgaan in het menselijke lichaam. Glucocorticoïden als Decadron hebben invloed op alles, van bloedsuiker tot vochtgehalte en DNA-synthese. Als we ze niet hadden, zou ons lichaam instorten. Ze helpen ons onze bloeddruk op peil te houden en strijden tegen het trauma van lichamelijk letsel en ontstekingen. Ze hebben invloed op de groei van onze botten en op onze vruchtbaarheid, spierontwikkeling en immuniteit.

Ze veranderen de samenstelling van ons bloed.

Wanneer de deuren van de hokken eindelijk dichtgaan en de lichten gedoofd zijn, ga ik op mijn bed liggen en voel ik mijn bloed door mijn lichaam ruisen. Ik stel me voor hoe de cellen door mijn aderen en bloedvaten tuimelen.

Ik heb ontelbare keren bloedcellen gezien onder de microscoop. Ik ken de vorm en functie van elke cel en kan met één blik door de lens zeggen of een bloeduitstrijkje normaal is. Ik kan een smeer scannen en onmiddellijk de percentages van de verschillende leukocyten vaststellen – de witte bloedcellen die ons tegen infectie beschermen. Dat onderzoek heet differentiële telling van de witte bloedcellen en ik heb het als medisch laborant talloze malen gedaan.

Ik denk aan de leukocyten in mijn eigen aderen. Op dit moment is mijn differentiële telling aan het veranderen. De Decadronpil die ik twee uur geleden heb ingeslikt, is nu in mijn maag gesmolten en het hormoon beweegt zich door mijn bloedsomloop en doet zijn magische werk. Een bloedmonster dat uit mijn

ader zal worden getapt, zal een schrikbarende abnormaliteit aan het licht brengen: een overweldigende hoeveelheid witte bloedcellen met een meerkwabbige kern en korrelige stipjes.
Wanneer men hoefslagen hoort, onderwijst men de studenten in de medicijnen, denkt men aan paarden, niet aan zebra's. De arts die mijn bloedtelling zal bekijken, zal beslist aan paarden denken. Hij zal een volkomen logische conclusie trekken. Het zal niet in hem opkomen dat het ditmaal een zebra is die voorbij galoppeert.

In de kleedkamer van het mortuarium trok Rizzoli een chirurgenpak aan, compleet met mutsje, schoenbeschermers en handschoenen. Ze had geen tijd gehad voor een douche nadat ze in het Stony Brook-reservaat had rondgesjouwd, en in deze veel te koude kamer verkilde het zweet op haar lichaam als rijp. Ze had ook niets gegeten en voelde zich een beetje draaierig van de honger. Voor het eerst in haar carrière overwoog ze Vicks onder haar neus te wrijven om de geuren van de lijkschouwing buiten te sluiten, maar ze weerstond de verleiding. Ze had er nog nooit eerder gebruik van gemaakt omdat ze het een teken van zwakte vond. Een agent van Moordzaken zou in staat moeten zijn ieder aspect van de baan aan te kunnen, hoe onaangenaam ook, en ook al verscholen al haar collega's zich achter een schild van menthol, zij bleef koppig de onverhulde geuren van de autopsiekamer verdragen.

Ze snoof diep om nog een laatste keer schone lucht te ruiken en duwde de deur open naar de aangrenzende zaal.

Ze had geweten dat dokter Isles en Korsak daar op haar wachtten; wat ze niet had verwacht, was ook Gabriel Dean daar te zien. Hij stond tegenover haar aan de tafel met een chirurgenschort over zijn overhemd en das. Terwijl op Korsaks gezicht en in de vermoeide stand van zijn schouders de uitputting duidelijk te zien was, zag agent Dean er noch moe noch bedrukt uit door alles wat ze die dag hadden meegemaakt. Alleen de stoppelbaard op zijn kaken deed afbreuk aan zijn frisse uiterlijk. Hij keek naar haar met de ongegeneerde blik van iemand die weet dat hij er recht op heeft aanwezig te zijn.

Onder de felle operatielampen zag het lijk er nog veel erger uit dan toen ze het een paar uur geleden had gezien. Reinigingsvloeistoffen waren uit de neus en mond blijven druppelen, zodat er nu bloedstrepen over het hele gezicht liepen. De buik was zo gezwollen dat je zou denken dat de vrouw in de laatste maanden van een zwangerschap had verkeerd. Blaren gevuld met vloeistof bolden op onder de huid waardoor die als flinterdun weefsel werd opgeheven. Op sommige delen van de torso had de huid losgelaten; als gekreukt perkament zat hij ineengefrommeld onder de borsten.

Rizzoli zag dat er inkt aan de vingertoppen zat. 'Ik zie dat jullie haar vingerafdrukken al hebben genomen.'

'Vlak voordat u binnenkwam,' zei dokter Isles, haar aandacht gericht op het karretje met instrumenten dat Yoshima zojuist naar de tafel had gerold. Isles vond de doden veel interessanter dan de levenden en zoals gewoonlijk had ze geen erg in de emotionele spanningen die in het vertrek zinderden.

'En hoe zat het met de handen? Voordat u de vingerafdrukken hebt genomen?'

Agent Dean zei: 'We hebben ze uiterlijk onderzocht. De huid is met plakband bewerkt om vezels op te pikken en we hebben de nagels geknipt en verzameld.'

'Wanneer bent u hier dan aangekomen, agent Dean?'

'Hij was hier nog eerder dan ik,' zei Korsak. 'Blijkbaar zitten sommigen van ons hoger in de voedselketen.'

Als Korsak die opmerking had bedoeld om haar ergernis aan te wakkeren, was hij daarin geslaagd. Onder de nagels van een slachtoffer kunnen stukjes huid zitten die ze van de aanvaller heeft geklauwd. In een gesloten vuist tref je soms haren of vezels aan. Het handenonderzoek was een belangrijk stadium van de lijkschouwing en die was zij misgelopen.

Maar Dean niet.

'We hebben al een definitieve identificatie,' zei Isles. 'De röntgenfoto's van Gail Yeagers gebit hangen aan de lichtbox.'

Rizzoli liep naar de lichtbox en bekeek de reeksen smalle films die daaraan waren opgehangen. Tanden staken af tegen de zwarte achtergrond van de film als een rij spookachtige grafstenen.

'De tandarts van mevrouw Yeager heeft vorig jaar een kroon bij haar aangebracht. Die is daar te zien. De gouden kroon is nummer twintig van de peri-apicale reeks. Verder had ze amalgaamvullingen in nummer drie, veertien en negenentwintig.'

'Komt alles overeen?'

Dokter Isles knikte. 'Er bestaat geen enkele twijfel dat dit het stoffelijk overschot is van Gail Yeager.'

Rizzoli keerde terug naar het lijk op de tafel en keek naar de ring van blauwe plekken rond de hals. 'Hebt u een röntgenfoto gemaakt van de nek?'

'Ja. Er zijn tweezijdige breuken aan het schildvormig kraakbeen. Overeenkomstig aan wurging met de blote handen.' Isles wendde zich tot Yoshima, die zich met zo'n stille, spookachtige efficiëntie bewoog dat je soms vergat dat hij er was. 'Laten we haar in positie brengen voor het vaginale onderzoek.'

Wat nu volgde vond Rizzoli de ergste vernedering die het stoffelijk overschot van een vrouw kon worden aangedaan. Het was erger dan het opensnijden van de buik, erger dan de verwijdering van het hart en de longen. Yoshima manoeuvreerde de slappe benen in een kikkerachtige houding en spreidde de dijen zo wijd mogelijk voor het vaginale onderzoek.

'Pardon, rechercheur Korsak,' zei Yoshima tegen Korsak die het dichtst bij Gail Yeagers linkerdij stond. 'Zou u dat been in de juiste positie willen houden?'

Korsak keek hem in afgrijzen aan. 'Ik?'

'U hoeft alleen maar de knie gebogen te houden, zodat we de monsters kunnen nemen.'

Met tegenzin pakte Korsak het dijbeen van het lijk vast, maar schrok terug toen een reep huid aan zijn latexhand bleef hangen. 'Jezus. O, Jezus.'

'De huid zit los, daar is niks aan te doen. Hou maar gewoon het been opzij, goed?'

Korsak blies hard zijn adem uit. Boven de stank in de kamer uit ving Rizzoli een vleugje op van Vicks menthol. Korsak had zich er dus niet voor gegeneerd menthol op zijn bovenlip te doen. Met een benauwd gezicht greep hij de dij en drukte die zijwaarts, waardoor Gail Yeagers geslachtsdelen bloot kwamen te liggen. 'Van nu af aan zal ik weinig trek meer hebben in seks,' mompelde hij.

Dokter Isles richtte de lamp op de bilnaad. Voorzichtig spreidde ze de gezwollen schaamlippen om de introïtus bloot te leggen. Hoe stoïcijns Rizzoli zich ook hield, ze kon het niet verdragen naar deze afschuwelijke schending van de vrouw te kijken. Ze wendde haar hoofd af.

Haar blik kruiste die van Gabriel Dean.

Tot op dat moment had hij het onderzoek met kalme gereserveerdheid gevolgd. Maar nu zag ze woede in zijn ogen. Het was de woede die ze zelf ook voelde ten opzichte van de man die er de oorzaak van was dat Gail Yeager deze ultieme degradatie moest ondergaan. Ze staarden elkaar in wederzijdse razernij aan, hun rivaliteit tijdelijk vergeten.

Dokter Isles stak een wattenstokje in de vagina, veegde ermee over een microscoopglaasje en legde het glaasje op een blad. Vervolgens nam ze een uitstrijkje uit de anus, dat eveneens onderzocht zou worden om te zien of er sperma aanwezig was. Toen ze ermee klaar was en Gail Yeagers benen weer recht naast elkaar op de tafel lagen, dacht Rizzoli dat het ergste voorbij was. Toen Isles aan de Y-incisie begon en een diagonale snede maakte vanaf de rechterschouder naar het onderste uiteinde van het borstbeen, vond Rizzoli dat niets de vernedering die dit slachtoffer al was aangedaan, nog kon overtreffen.

Isles stond op het punt een gelijkvormige incisie vanaf de linkerschouder te maken toen Dean zei: 'Hoe zit het met het uitstrijkje uit de vagina?'

'De glaasjes gaan naar het misdaadlab,' zei dokter Isles.

'Gaat u geen nat preparaat doen?'

'Op het laboratorium zullen ze het sperma ook op een droog glaasje heel goed kunnen identificeren.'

'Dit is uw enige kans om het verse monster te bestuderen.'

Dokter Isles stokte met het scalpel boven de huid en keek Dean onderzoekend aan. Toen zei ze tegen Yoshima: 'Doe een paar druppels fysiologisch zout op dat glaasje en leg het onder de microscoop. Ik kom zo dadelijk kijken.'

Nu was de buikincisie aan de beurt. Dokter Isles scalpel gleed door de gezwollen buik. De stank van de rottende organen werd Rizzoli opeens toch te veel. Ze holde weg en boog zich kokhalzend over de gootsteen. Nu had ze er spijt van dat ze zo dom was geweest te proberen te bewijzen hoe sterk ze was. Ze vroeg zich af of agent Dean naar haar keek en zich superieur voelde. Ze had geen Vicks op *zijn* bovenlip zien glinsteren. Ze bleef met haar rug naar de tafel staan en luisterde zonder te kijken naar het vervolg van de autopsie achter haar. Ze hoorde de lucht gestaag blazen door het ventilatiesysteem en ze hoorde water gorgelen en het getik van metalen instrumenten.

Toen hoorde ze Yoshima die op geschrokken toon zei: 'Dokter Isles?'
'Ja?'
'Ik heb het glaasje onder de microscoop en...'
'Is er sperma?'
'U kunt beter zelf even kijken.'
Rizzoli's misselijkheid was weggetrokken en toen ze zich omdraaide zag ze dat Isles haar handschoenen uittrok en voor de microscoop ging zitten. Yoshima bleef vlak naast haar staan toen ze in de lens keek.
'Ziet u het?' vroeg hij.
'Ja,' zei ze zachtjes. Ze ging rechtop zitten, een verbijsterde uitdrukking op haar gezicht. Ze keek naar Rizzoli. 'Het lijk is rond twee uur 's middags gevonden?'
'Zo ongeveer.'
'En het is nu negen uur...'
'Is er sperma, ja of nee?' viel Korsak haar in de rede.
'Ja, er is sperma,' zei Isles. 'En het is beweeglijk.'
Korsak fronste zijn voorhoofd. 'Wat wil dat zeggen? Beweegt het uit zichzelf?'
'Ja. Het beweegt.'
Er viel een stilte in de kamer. De betekenis van deze bevinding was voor iedereen een schok.
'Hoelang blijft sperma beweeglijk?' vroeg Rizzoli.
'Dat hangt af van de omstandigheden.'
'Hoelang?'
'Na de zaadlozing kan het een tot twee dagen beweeglijk blijven. Ten minste de helft van het sperma onder deze microscoop beweegt. Dit is een verse zaadlozing. Waarschijnlijk minder dan een dag oud.'
'En hoelang is het slachtoffer al dood?' vroeg Dean.
'Afgaande op het gehalte van het vitreuze kalium, waar ik ongeveer vijf uur geleden een monster van heb genomen, is ze minstens zestig uur dood.'
Weer een stilte. Rizzoli zag dezelfde conclusie tot uitdrukking komen op de gezichten van de anderen. Ze keek naar Gail Yeager, die op de tafel lag met een geopende torso, al haar organen bloot. Met haar hand voor haar mond draaide Rizzoli zich vliegensvlug weer om naar de gootsteen. Voor het eerst in haar car-

rière bij de politie moest Jane Rizzoli overgeven.

'Hij wist het,' zei Korsak. 'Die klootzak *wist* het.'

Ze stonden samen op het parkeerterrein achter het gebouw waar het mortuarium was gevestigd. Het puntje van Korsaks sigaret gloeide oranje op. Na de kilte van de autopsiekamer was het bijna prettig om gebaad te worden in de stoom van de zomernacht, om te ontsnappen aan de schelle chirurgielampen en weg te duiken in deze mantel van duisternis. Haar vertoon van zwakte was in haar ogen een vernedering geweest, vooral omdat het in bijzijn van agent Dean was gebeurd. Gelukkig was hij zo fatsoenlijk geweest er niets van te zeggen en had hij haar niet medelijdend of smalend bekeken, alleen maar onverschillig.

'Dean is degene die haar heeft gevraagd het sperma te onderzoeken,' zei Korsak. 'Hoe noemde hij dat ook alweer?'

'Een nat preparaat.'

'Ja. Isles was helemaal niet van plan er meteen naar te kijken. Ze had het eerst willen laten opdrogen. En opeens zegt die FBI-man tegen de dokter wat ze moet doen. Alsof hij al weet waar hij naar op zoek is en wat we zullen ontdekken. Hoe wist hij dat? En wat moet de FBI eigenlijk met deze zaak?'

'Jij hebt de achtergrond van de Yeagers onderzocht. Wat kan de belangstelling van de FBI hebben opgewekt?'

'Niets.'

'Waren ze iets aan het doen dat ze beter niet hadden kunnen doen?'

'Je laat het klinken alsof de Yeagers hun eigen moord hebben uitgelokt.'

'Hij was arts. Misschien iets met drugs of zo? Een federale getuige?'

'Nee, hij deed niets illegaals. Zijn vrouw ook niet.'

'Die coup de grâce – als een executie. Misschien is dat het symbolisme. Een doorgesneden keel, om iemand het zwijgen op te leggen.'

'Jezus, Rizzoli. Je bent honderdtachtig graden gedraaid. Tot nu toe dachten we dat het om een seksmisdadiger ging die mensen vermoordt omdat hij daar geil van wordt. Nu heb je het over samenzweringen.'

'Ik probeer erachter te komen waarom Dean zich ermee bemoeit. De FBI interesseert zich nooit voor wat we doen. Zij blijven bij ons uit de buurt en wij bij hen en dat vindt iedereen het beste. We hebben hen voor de Chirurg ook niet om hulp gevraagd. We hebben het helemaal zelf gedaan, met behulp van onze eigen profielschetser. Hun afdeling Gedragspatronen heeft het veel te druk met Hollywood naar de ogen kijken om ons een blik waardig te gunnen. Wat is er dus met deze zaak aan de hand? Waarom zijn de Yeagers iets bijzonders?'

'We hebben niets gevonden,' zei Korsak. 'Geen schulden, geen financiële rode vlaggetjes. Geen hangende rechtszaken. Niemand die een kwaad woord over ze kon zeggen.'

'Waarom bemoeit de FBI zich er dan mee?'

Korsak dacht na. 'Misschien hadden de Yeagers belangrijke vrienden. Iemand die nu gerechtigheid wil.'

'Dat had Dean ons dan toch wel gewoon kunnen vertellen?'

'FBI-agenten vertellen nooit wat,' antwoordde Korsak.

Ze keek om naar het gebouw. Het was bijna middernacht en ze had Maura Isles nog niet zien vertrekken. Toen Rizzoli de autopsiezaal uit was gelopen, was Isles bezig geweest haar rapport te dicteren en had ze haar amper gedag gewuifd. De Koningin van de Doden had nauwelijks aandacht voor de levenden.

En ik? Wanneer ik 's avonds in bed lig, zie ik de gezichten van vermoorde mensen.

'Deze zaak gaat nu niet meer alleen over de Yeagers,' zei Korsak. 'We hebben nu dat tweede skelet.'

'Ik geloof dat we daardoor Joey Valentine kunnen schrappen als verdachte,' zei Rizzoli. 'Het verklaart waarom er aan de dader een haar van een dode zat – die was van een van zijn eerdere slachtoffers.'

'Ik ben anders nog niet klaar met Joey. Ik wil zijn duimschroeven nog iets strakker aantrekken.'

'Ben je iets over hem te weten gekomen?'

'Ik ben nog aan het zoeken.'

'Een oude aanklacht over voyeurisme is niet voldoende.'

'Maar die Joey is een eigenaardige jongen. Dat móét wel als je het leuk vindt op dode dames lippenstift op te doen.'

'Dat hij eigenaardig is, is ook niet voldoende.' Ze staarde naar het gebouw en dacht aan Maura Isles. 'Ergens zijn we allemaal eigenaardig.'

'Ja, maar wij zijn *gewoon* eigenaardig. Joey is eigenaardig op een manier die je niet normaal kunt noemen.'
Ze begon te lachen. Dit gesprek was volslagen absurd aan het worden en ze was zo moe dat ze er geen kop of staart meer aan kon vinden.
'Heb ik iets grappigs gezegd?' vroeg Korsak.
Ze draaide zich om naar haar auto. 'Ik ben helemaal suffig aan het worden. Ik moet nodig naar huis en naar bed.'
'Kom je morgen ook? Wanneer die beenderarts ernaar komt kijken?'
'Ja.'
Morgenmiddag zou een forensisch antropoloog samen met dokter Isles het skelet van de tweede vrouw onderzoeken. Rizzoli had niet veel zin in een tweede sessie van deze horrorshow, maar het was een plicht waar ze niet onderuit kon. Ze liep naar haar auto en deed het portier open.
'Rizzoli?' riep Korsak.
'Ja?'
'Heb jij vanavond eigenlijk al gegeten? Zullen we soms ergens heen gaan voor een hamburger of zo?'
Het was een doodnormale uitnodiging van agenten onder elkaar. Een hamburger, een pilsje, een uurtje relaxen na een dag vol stress. Er was niets ongebruikelijks aan, niets wat niet door de beugel kon, maar het zat haar evengoed niet lekker omdat ze de onderliggende eenzaamheid en wanhoop aanvoelde, en ze niet verstrikt wilde raken in het kleverige web van deze eenzame man.
'Misschien een andere keer,' zei ze.
'O. Ja goed,' zei hij. 'Een andere keer.' Hij stak zijn hand op, draaide zich om en liep naar zijn eigen auto.

Thuis bleek er een bericht van haar broer Frankie op het antwoordapparaat te staan. Terwijl ze haar post doornam, luisterde ze naar zijn harde stem en zag ze hem voor zich met zijn uitdagende houding, zijn dwingende gezicht.
'Janie? Ben je daar?' Een lange stilte. 'Verdomme. Hé, hoor 's, ik ben helemaal vergeten dat mam morgen jarig is. Zullen we samen een cadeautje doen? Zet mijn naam er maar bij, dan stuur ik je wel een cheque. Laat maar effe weten hoeveel het was. Nou, tot kijk dan. O, eh, hoe is het ermee?'

Ze gooide haar post op de tafel en mompelde: 'Bekijk het maar, Frankie. Je hebt me het vorige cadeautje nog niet eens terugbetaald.' Het was trouwens al te laat. Haar cadeau was al bij haar moeder afgeleverd – een doos met perzikkleurige badhanddoeken, elk met Angela's initialen erop. *Dit jaar strijkt Janie zelf met de eer. Niet dat iemand daarop zou letten.* Frankie was de man met de duizend smoesjes, allemaal geldig wat hun moeder betrof. Hij was drilmeester in Camp Pendleton en Angela maakte zich constant zorgen over hem, was als de dood dat hem iets zou overkomen, alsof hij in die gevaarlijke bosjes van Californië iedere dag door de vijand onder vuur kon worden genomen. Haar moeder had zich zelfs hardop afgevraagd of Frankie wel genoeg te eten kreeg. *Wat denk je nou eigenlijk, mam? Dat het U.S. Marine Corps jouw ruim honderd kilo wegende zoontje zal laten omkomen van de honger?* Terwijl Jane degene was die vandaag sinds het middaguur niets meer had gegeten. Haar gênante gekots in de gootsteen van de autopsiezaal had haar hele maag geleegd en nu rammelde ze van de honger.

Ze snuffelde in haar kast en vond het redmiddel van alle luie vrouwen: Starkist Tuna, dat ze uit het blikje opat samen met een handjevol crackers. Nog steeds hongerig vond ze in de kast een blik perziken en at dat ook leeg. Ze likte de siroop van haar vork terwijl ze staarde naar de plattegrond van Boston aan haar muur.

Het Stony Brook-reservaat was een brede strook groen omgeven door buitenwijken – West Roxbury en Clarendon Hills in het noorden, Dedham en Readville in het zuiden. 's Zomers trok het natuurgebied dagelijks veel gezinnen, joggers en mensen die kwamen picknicken. Wie zou er letten op een man die in zijn auto over de Enneking Parkway reed? Wie zou er aandacht aan hem besteden als hij op een van de parkeerhaventjes stopte en naar het bos staarde? Een stadspark is onweerstaanbaar voor degenen die het beton en asfalt, de pneumatische boren en toeterende claxons zat zijn. Tussen degenen die hun toevlucht zochten in de koelte van de bomen en het gras was er één die er met een heel ander doel voor ogen kwam. Een roofdier op zoek naar een plek om zich van zijn buit te ontdoen. Ze zag het door zijn ogen: de dicht opeen staande bomen, het tapijt van dode bladeren. Een wereld waar insecten en bosdieren met plezier hun medewerking zouden verlenen aan de opruimingsactie.

Ze legde haar vork neer en schrok van de harde tik die hij op de tafel maakte.

Ze pakte het doosje gekleurde punaises van de boekenplank. Ze drukte een rode in de straat in Newton waar Gail Yeager had gewoond en een andere rode op de plek in het Stony Brook-reservaat waar Gails stoffelijk overschot was gevonden. Ze drukte een tweede punaise in Stony Brook – een blauwe – op de plek waar de onbekende vrouw was gevonden. Toen ging ze zitten en dacht ze na over de geografie van de wereld van hun nog onbekende dader.

Toen ze aan de moorden van de Chirurg werkte, had ze geleerd een stadsplattegrond te bekijken zoals een roofdier zijn jachtgebied bekijkt. Ze was per slot van rekening zelf ook een jager, en om haar prooi te pakken te krijgen moest ze de wereld waarin hij leefde, de straten die hij bewandelde, de buurten waarin hij rondliep, leren kennen. Ze wist dat menselijke roofdieren meestal jaagden op terrein dat hun bekend was. Zoals iedereen hadden ze hun comfortzones, hun dagelijkse routines. Daarom wist ze, terwijl ze naar de punaises op de plattegrond keek, dat ze meer zag dan alleen de locaties van de plaatsen delict en de stortplaatsen. Ze keek naar het gebied waarbinnen hij actief was.

In Newton woonden rijke mensen, uit de betere kringen, het was een buitenwijk voor mensen met vrije beroepen. Het Stony Brook-reservaat lag vijf kilometer naar het zuidoosten, tussen minder chique buurten dan Newton. Woonde de dader in een van deze buitenwijken en koos hij zijn slachtoffers wanneer hij van zijn huis naar zijn werk en terug ging? Het moest iemand zijn die er thuishoorde, die geen achterdocht opwekte omdat hij uit de toon viel. Als hij in Newton woonde, moest hij eruitzien als een welgesteld iemand, en de smaak hebben van welgestelde personen.

En koos hij zijn slachtoffers onder de rijken.

Het raster van de straten van Boston danste voor haar vermoeide ogen, maar ze gaf het nog steeds niet op, weigerde naar bed te gaan; ze bleef zitten in een uitgeputte staat van verdoving terwijl honderd details door haar hoofd zwommen. Ze dacht aan vers sperma in een ontbindend lijk. Ze dacht aan een skelet zonder naam. Aan donkerblauwe tapijtvezels. Een moordenaar die haren van eerdere slachtoffers achterliet. Een verdovingspistool, een jagersmes en opgevouwen nachtkleding.

En ze dacht aan Gabriel Dean. Wat had de FBI hiermee te maken?

Ze liet haar hoofd tussen haar handen zakken met een gevoel dat het uit elkaar zou klappen van al die informatie. Ze had de leiding over de zaak willen hebben, had die opgeëist, maar nu werd ze verpletterd onder het gewicht van het onderzoek. Ze was te moe om te kunnen denken en te gejaagd om te kunnen slapen. Ze vroeg zich af of je je zo voelde wanneer je op de rand van een zenuwinstorting stond en onderdrukte die gedachte meedogenloos. Jane Rizzoli zou zichzelf nooit toestaan zo weinig ruggengraat te tonen dat ze geestelijk instortte. In haar carrière als rechercheur had ze een moordenaar achternagezeten over een dak, deuren ingetrapt en haar eigen dood in de ogen gezien in een duistere kelder.

Ze had een man gedood.

Maar ze had nog nooit zo sterk het gevoel gehad dat ze ieder moment kon instorten als nu.

De gevangenisverpleegster is niet zachtzinnig wanneer ze de tourniquet rond mijn rechterarm doet. Ze laat het latex losschieten als een elastiekje. Het grijpt mijn huid en rukt haartjes uit, maar dat kan haar niets schelen; voor haar ben ik niets anders dan een simulant voor wie ze van haar veldbed moest opstaan, een simulant die haar altijd zo rustige dienst in de gevangeniskliniek verstoort. Ze is van middelbare leeftijd, of ziet er in ieder geval zo uit, met dikke ogen en te smal geplukte wenkbrauwen en haar adem ruikt naar slaap en sigaretten. Maar ze is een vrouw en ik staar naar haar hals met de slap afhangende losse huid, wanneer ze over mijn arm buigt om een goede ader te vinden. Ik denk aan wat er onder haar crêpeachtige witte huid ligt. De halsader, kloppend met helder bloed, en er vlak naast de slagader, gezwollen met een donkerder rivier van aderlijk bloed. Ik ken de anatomie van vrouwenhalzen tot in de puntjes en bekijk nu de hare, hoe onaantrekkelijk die ook is.

Een ader in mijn elleboogholte is opgekomen. Ze gromt tevreden, scheurt een alcoholwatje uit het papier en haalt het over mijn huid. Ze doet het met een achteloos, slordig gebaar, niet

wat je mag verwachten van een gediplomeerd verpleegkundige, pure gewoonte en niets meer.
'Je zult een prik voelen,' kondigt ze aan.
Ik registreer de prik van de naald zonder een spier te vertrekken. Ze heeft keurig in de ader geprikt en bloed stroomt in het Vacutainerbuisje met het rode dopje. Ik heb gewerkt met het bloed van talloze andere mensen, maar nooit met mijn eigen, dus bekijk ik het belangstellend en zie ik dat het er vol en donker uitziet en de kleur van bramen heeft.
Het buisje is bijna vol. Ze haalt het van de Vacutainernaald af en zet een ander buisje op de naald. Dat heeft een paars dopje, voor een complete bloedtelling. Wanneer ook dit is gevuld, haalt ze de naald uit mijn ader, rukt de tourniquet los en drukt een prop watten op het gaatje.
'Drukken,' commandeert ze.
Hulpeloos rammel ik met de handboei van mijn linkerpols die aan het frame van het ziekenhuisbed is geklonken. 'Kan ik niet,' zeg ik met een verslagen stem.
'Och, wat een gedoe,' zucht ze. Geen medeleven, alleen irritatie. Er zijn mensen die de zwakkelingen verachten, en zij is zo iemand. Als je haar absolute macht zou geven, en een kwetsbare patiënt, zou ze makkelijk net zo iemand kunnen worden als de monsters die de joden in de concentratiekampen martelden. Wreedheid ligt vlak onder de oppervlakte, verborgen door het witte uniform en de badge waar R.N. op staat.
Ze werpt een blik op de gevangenbewaarder. 'Druk hier even op,' zegt ze.
Hij aarzelt, zet zijn vingers dan op het watje, drukte het tegen mijn huid. Zijn tegenzin om mij aan te raken stamt niet uit angst voor een gewelddaad van mijn kant; ik ben altijd oppassend en beleefd geweest, een voorbeeldige gevangene, en geen van de bewakers is bang voor me. Nee, het is mijn bloed dat hem nerveus maakt. Hij ziet rood door het watje sijpelen en stelt zich allerlei enge bacteriologische dingen voor die zich naar zijn vingers zuigen. Hij kijkt opgelucht wanneer de verpleegster een stukje leukoplast afknipt en het watje vastplakt. Hij loopt meteen naar de gootsteen om zijn handen te wassen met water en zeep. Ik zou graag willen lachen om zijn angst voor iets zo elementairs als bloed. In plaats daarvan lig ik roerloos op het bed, mijn knieën

opgetrokken, mijn ogen gesloten en laat ik van tijd tot tijd een zachte kreun van pijn horen.

De verpleegster verlaat de kamer met de buisjes bloed. De bewaker gaat, nadat hij zijn handen zorgvuldig heeft gewassen, op een stoel zitten wachten.

En wachten.

Naar mijn gevoel gaan er uren voorbij in die koude, steriele kamer. We horen niets van de verpleegster; het is alsof ze ons in de steek heeft gelaten, ons is vergeten. De bewaker gaat af en toe verzitten en vraagt zich af waarom het zo lang duurt.

Dat weet ik allang.

De machine moet nu de analyse van mijn bloed hebben voltooid en de verpleegster heeft de uitslag in haar hand. De cijfers alarmeren haar. Al haar gedachten dat de gevangene maar iets voorwendt, zijn verdwenen; op de uitdraai ziet ze het bewijs dat mijn lichaam wordt geteisterd door een gevaarlijke infectie. Dat mijn klachten over hevige buikpijn terecht zijn. Hoewel ze mijn buik heeft betast, mijn spieren heeft voelen samentrekken en me heeft horen kreunen toen ze me aanraakte, geloofde ze niet echt in mijn symptomen. Ze werkt al heel lang in gevangenissen en is door ervaring wantrouwig geworden tegenover de klachten van de gevangenen. In haar ogen zijn we allemaal manipulators en zwendelaars en is ieder symptoom niets anders dan een poging om aan medicijnen te komen.

Maar een laboratoriumonderzoek is objectief. Het bloed gaat in de machine en een cijfer komt te voorschijn. Ze mag een alarmerende telling van de witte bloedcellen niet negeren. Dus is ze nu aan het bellen, aan het overleggen met de arts van de gevangenis: 'Ik heb hier een gevangene met ernstige buikklachten. Hij heeft wel darmgeluiden, maar zijn buik is onderin gevoelig. Waar ik me echter meer zorgen over maak, is zijn het gehalte van zijn witte bloedlichaampjes...'

De deur gaat open en ik hoor het piepen van de schoenen van de verpleegster op het linoleum. Wanneer ze tegen me praat is er niets meer te merken van de minachtende toon van daarstraks. Nu gedraagt ze zich beleefd, zelfs voorkomend. Ze weet dat ze te maken heeft met een ernstig zieke man en als me iets zou overkomen, zal zij aansprakelijk worden gesteld. Opeens ben ik geen minderwaardig ding meer, maar een tijdbom die haar carrière kan vernietigen. En ze heeft al te lang gewacht.

'U gaat naar het ziekenhuis,' zegt ze en ze kijkt naar de bewaker. 'Hij moet onmiddellijk vervoerd worden.'

'Naar Shattuck?' vraagt hij. Shattuck is het Lemuel Shattuck Gevangenishospitaal in Boston.

'Nee, dat is te ver weg. Zo lang kan hij niet wachten. Ik laat hem naar het Fitchburg Hospital brengen.' Er ligt een dringende ondertoon in haar stem en de gevangenbewaarder bekijkt me nu bezorgd.

'Wat heeft hij?' vraagt hij.

'Het kan een blindedarmontsteking zijn. Ik heb de papieren al in orde gemaakt en de eerstehulpafdeling van Fitchburg gebeld. Hij moet er per ambulance naartoe.'

'O nee. Dan moet ik mee. Hoelang denk je dat ik daar bezig zal zijn?'

'Ze zullen hem wel opnemen. Volgens mij moet hij geopereerd worden.'

De gevangenbewaarder kijkt op zijn horloge. Hij denkt aan het einde van zijn dienst en of iemand op tijd zal komen om hem in het ziekenhuis af te lossen. Hij denkt niet aan mij maar aan de details van zijn eigen rooster, zijn eigen leven. Ik ben alleen maar een hindernis.

De verpleegster vouwt een stapeltje paperassen dubbel en stopt het in een envelop. Ze geeft die aan de bewaker. 'Dit is voor de eerstehulpafdeling van Fitchburg. Denk erom dat je het aan de dokter geeft.'

'Moeten we echt per ambulance?'

'Ja.'

'Dat geeft altijd problemen met de beveiliging.'

Ze kijkt naar me. Mijn pols zit nog steeds vast aan het bed. Ik lig volkomen stil, mijn knieën opgetrokken – de klassieke houding van een patiënt die lijdt aan hevige buikpijn. 'Over de beveiliging hoef je je geen zorgen te maken. Hij voelt zich veel te beroerd om iets te doen.'

7

'Necrofilie,' zei dr. Lawrence Zucker, 'oftewel "liefde voor de doden", is altijd een van de diepste geheimen van het mensdom geweest. Het woord stamt uit het Grieks, maar bewijsmateriaal over dergelijke praktijken gaan terug tot de tijd van de farao's. Wanneer in die tijd een mooie of hoogstaande vrouw stierf, werd er minstens drie dagen gewacht met het balsemen. Dat deed men om er zeker van te zijn dat haar lichaam niet seksueel misbruikt zou worden door de mannen die haar voor haar begrafenis gereed moesten maken. Over seksueel misbruik van de doden is door de hele geschiedenis heen gewag gemaakt. Zelfs van koning Herodes wordt gezegd dat hij nog zeven jaar na de dood van zijn vrouw seks met haar had.'

Rizzoli keek de vergaderzaal rond en werd erdoor getroffen hoe griezelig bekend het tafereel was: een groep vermoeide rechercheurs, een tafel vol dossiers en misdaadfoto's. Plus de fluisterstem van de psycholoog Lawrence Zucker, die hen diep de geest van een roofdier binnenvoerde. En de kou – die herinnering was nog het sterkst: hoe koud het in deze kamer was geweest en hoe de kou in haar botten was gekropen en haar handen had verdoofd. Ook veel van de gezichten waren dezelfde als van toen: rechercheurs Jerry Sleeper en Darren Crowe, en haar vaste maatje Barry Frost – de agenten met wie ze een jaar geleden aan de opsporing van de Chirurg had gewerkt.

Een andere zomer, een ander monster.

Er ontbrak echter een gezicht in de ploeg. Rechercheur Thomas Moore was er niet bij en ze miste hem, ze miste zijn kalme zelfverzekerdheid, zijn standvastigheid. Hoewel ze tijdens het onderzoek naar de Chirurg één keer erg met elkaar overhoop hadden gelegen, was hun vriendschap sindsdien hersteld en nu zag ze zijn afwezigheid als een gapend gat in het team.

In plaats van Moore, op de stoel waarop Moore altijd had gezeten, zat nu een man die ze niet vertrouwde: Gabriel Dean.

Zelfs een buitenstaander kon meteen zien dat Dean een buitenbeentje was in deze groep agenten. Van zijn op maat gemaakte pak tot en met zijn militaire houding week hij af van de anderen en ze waren zich allemaal bewust van de scheidslijn. Niemand sprak met Dean; hij was de stille toeschouwer, de FBI-man wiens rol voor hen allen een mysterie was.

Dr. Zucker ging door. 'Seks met een lijk is iets waar de meeste mensen niet eens aan willen denken. Maar het wordt herhaaldelijk genoemd in de literatuur, in de geschiedenisboeken en er is sprake van geweest bij een aantal misdaadzaken. Negen procent van de slachtoffers van seriemoordenaars wordt na hun dood seksueel misbruikt. Jeffrey Dahmer, Henry Lee Lucas en Ted Bundy hebben allen toegegeven het te hebben gedaan.' Zijn blik gleed naar de autopsiefoto van Gail Yeager. 'De aanwezigheid van vers sperma in dit slachtoffer is dus niet verrassend.'

Darren Crowe zei: 'Vroeger zei men dat alleen krankzinnige mensen dit soort dingen deden. Dat heeft een profielschetser van de FBI me een keer verteld. Dat dit alleen gedaan wordt door van die rare figuren die in zichzelf lopen te mompelen.'

'Ooit werd het inderdaad beschouwd als een eigenschap van ernstig gestoorde moordenaars,' zei Zucker. 'Van mensen die zich in een psychotische waas bevinden. Het is waar dat sommigen van de mensen die zich hieraan schuldig maken psychoten zijn die thuishoren in de categorie van ongeorganiseerde moordenaars, die niet goed bij hun hoofd zijn en ook niet erg intelligent. Die hun impulsen zo slecht kunnen beheersen dat ze veel bewijsmateriaal achterlaten. Haren, sperma, vingerafdrukken. Ze worden dan ook snel gepakt omdat ze niets van de forensische wetenschap weten en zich evenmin daarom bekommeren.'

'En onze man?'

'Onze man is niet psychotisch. Hij is een heel ander type.' Zucker opende een map met foto's van het huis van de Yeagers en legde ze op een rijtje op de tafel. Toen keek hij naar Rizzoli. 'Rechercheur Rizzoli, u hebt de plaats delict bekeken.'

Ze knikte. 'De dader is methodisch te werk gegaan. Hij had alle benodigde spullen bij zich. Hij heeft zijn misdaad trefzeker en efficiënt gepleegd. Hij heeft vrijwel geen navolgbare sporen achtergelaten.'

'Wel sperma,' merkte Crowe op.

'Ja, maar niet op een plek waar we ernaar zouden zoeken. We hadden het makkelijk over het hoofd kunnen zien. Dat is zelfs bijna gebeurd.'

'Uw algemene indruk?' vroeg Zucker.

'Hij heeft zijn spulletjes goed voor elkaar. Hij is intelligent.' Ze wachtte een moment. Toen voegde ze eraan toe: 'Net zoals de Chirurg.'

Zuckers blik hechtte zich aan de hare. Zucker had haar altijd een onaangenaam gevoel bezorgd en ze voelde zich in haar waarde aangetast door zijn speculatieve blik. Maar iederéén had Warren Hoyt in zijn gedachten. Ze was vast niet de enige die het gevoel had dat dit een herhaling was van een oude nachtmerrie.

'Ik ben het met u eens,' zei Zucker, 'dat dit een goed georganiseerde moordenaar is. Hij volgt een thema dat sommige profielschetsers een cognitief-onderwerpthema noemen. Zijn gedrag is niet gericht op snelle bevrediging. Zijn daden hebben een specifiek doel en dat doel is het lichaam van een vrouw volledig te beheersen – in dit geval het lichaam van het slachtoffer, Gail Yeager. Hij wil haar volledig bezitten, haar zelfs na haar dood gebruiken. Door haar in bijzijn van haar echtgenoot te verkrachten, maakt hij van dat bezitsrecht een feit. Hij wordt de baas, de baas over hen beiden.'

Hij pakt de autopsiefoto. 'Ik vind het belangwekkend dat ze niet verminkt is en dat haar ook geen ledematen zijn afgesneden. Afgezien van de natuurlijke veranderingen door beginnende ontbinding lijkt het lijk in vrij goede conditie te verkeren.' Hij keek Rizzoli aan, wachtend op bevestiging.

'Er waren geen open wonden,' zei ze. 'De doodsoorzaak is wurging.'

'De intiemste manier om iemand te doden.'

'Intiemste?'

'Denk er even over na hoe het gaat wanneer je iemand wurgt. Hoe persoonlijk dat is. Het intieme contact. Huid op huid. Jouw handen op haar vlees. Je drukt op haar keel terwijl je het leven uit haar voelt wegvloeien.'

Rizzoli staarde hem met walging aan. 'Jezus.'

'Zo denkt *hij*. Dit voelt *hij*. Dit is het universum waarin hij leeft en wij moeten erachter zien te komen hoe dat universum eruitziet.' Zucker wees naar de foto van Gail Yeager. 'Hij moet en zal haar lichaam bezitten, het volledig beheersen, dood of levend. Hij is een man die een persoonlijke band ontwikkelt met een lijk en het lijk blijft minnen. Het seksueel blijft misbruiken.'

'Waarom heeft hij zich er dan van ontdaan?' vroeg Sleeper. 'Waarom houdt hij het niet zeven jaar bij zich? Net als die koning Herodes?'

'Om praktische redenen?' opperde Zucker. 'Misschien woont hij in een flatgebouw, waar de stank van een ontbindend lijk aandacht zou trekken. Je kunt een lijk niet langer dan drie dagen bij je houden.'

Crowe lachte. 'Ik niet eens drie seconden.'

'U zegt dus dat hij het lijk bijna als een minnaar bemint,' zei Rizzoli.

Zucker knikte.

'Dan moet het hem zwaar zijn gevallen haar te dumpen, daar in Stony Brook.'

'Ja, dat is heel moeilijk voor hem geweest. Alsof zijn meisje hem had verlaten.'

Ze dacht aan de plek in het bos. De bomen, de schaduwvlekjes. De tegenstelling met de hitte en het lawaai van de stad. 'Het is niet alleen maar een stortplaats,' zei ze. 'Misschien is het heilige grond.'

Ze keken allemaal naar haar.

'Pardon?' zei Crowe.

'Rechercheur Rizzoli heeft precies het punt aangesneden waar ik op aanstuur,' zei Zucker. 'Die plek in het natuurreservaat is niet zomaar een geschikte plek om onbruikbaar geworden lijken te dumpen. We moeten ons afvragen waarom hij ze niet begraaft. Waarom laat hij ze open en bloot liggen, met het risico dat iemand ze zal vinden?'

Heel zachtjes zei Rizzoli: 'Omdat hij steeds naar ze teruggaat.'

Zucker knikte. 'Als ware het zijn minnaressen. Zijn harem. Hij gaat steeds terug, om naar ze te kijken, ze aan te raken. Misschien neemt hij ze zelfs in zijn armen. Daarom laat hij elders haren van dode mensen achter. Wanneer hij iets met de lijken doet, blijven hun haren aan zijn kleren hangen.' Zucker keek Rizzoli aan. 'De haar die u hebt gevonden was afkomstig van het andere lijk?'

Ze knikte. 'Rechercheur Korsak en ik waren er aanvankelijk

van uitgegaan dat de dader die haar had opgepikt op de plek waar hij werkt. Heeft het zin het onderzoek naar mensen die in rouwkamers werken, voor te zetten, nu we weten waar die haar vandaan is gekomen?'

'Ja,' zei Zucker. 'En ik zal u vertellen waarom. Necrofielen zijn dol op lijken. Ze raken seksueel opgewonden van het aanraken van lijken. Van het balsemen, het aankleden, het aanbrengen van de make-up. Ze proberen zoveel mogelijk aan hun trekken te komen door werk te zoeken in een van de beroepen die te maken hebben met lijken. In een rouwkamer, bijvoorbeeld, als aflegger. Vergeet niet dat het nog ongeïdentificeerde lijk misschien helemaal geen slachtoffer is geweest van een moordenaar. Een van de bekendste necrofielen was een psychopaat genaamd Ed Gein, die in eerste instantie alleen kerkhoven beroofde. Hij groef vrouwenlijken op en nam die mee naar huis. Pas later ging hij over tot moord om aan lijken te komen.'

'Nou, nou,' mompelde Frost. 'Het wordt steeds gezelliger.'

'Het is een van de aspecten in het brede spectrum van het menselijke gedrag. Necrofielen zijn in onze ogen ziekelijk en pervers. Maar ze hebben altijd te midden van ons geleefd, deze subcategorie van mensen die bezeten zijn van eigenaardige obsessies. Van een bizarre honger. Sommigen van hen zijn inderdaad psychotisch. Maar sommigen van hen zijn in ieder opzicht volkomen normaal.'

Ook Warren Hoyt was volkomen normaal.

Het was Gabriel Dean die nu het woord nam. Tot dan toe had hij nog helemaal niets gezegd en Rizzoli schrok op van zijn diepe bariton.

'U zei dat het mogelijk is dat deze dader naar het bos terugkeert om zijn harem te bezoeken.'

'Ja,' zei Zucker. 'Daarom moet de bewuste plek in Stony Brook constant in de gaten gehouden worden.'

'En wat zal er gebeuren wanneer hij ziet dat zijn harem verdwenen is?'

Zuckers antwoord kwam traag. 'Dat zal hem zwaar vallen.'

Rizzoli voelde een rilling door zich heen trekken bij die woorden. *Het waren zijn minnaressen. Hoe reageert een willekeurige man wanneer zijn geliefde hem wordt ontstolen?*

'Hij zal buiten zichzelf raken,' ging Zucker door. 'Hij zal woedend zijn dat iemand zijn eigendom heeft weggehaald. Hij zal het verlorene willen vervangen. Hij zal weer op jacht gaan.' Zucker wendde zijn blik naar Rizzoli. 'U moet dit zo lang mogelijk stilhouden, de pers mag er niet achter komen. Er is een kans dat u hem in het bos te pakken kunt krijgen, want hij *zal* terugkeren naar dat bos, maar alleen als hij denkt dat het veilig is. En alleen als hij denkt dat zijn harem daar nog steeds op hem ligt te wachten.'

De deur van de vergaderzaal ging open. Ze keken allemaal om en zagen inspecteur Marquette zijn hoofd naar binnen steken. 'Rechercheur Rizzoli,' zei hij. 'Ik moet je even spreken.'

'Nu meteen?'

'Graag, ja. Kom even mee naar mijn kantoor.'

Te oordelen naar de gezichten van de anderen in de kamer dacht iedereen hetzelfde: Rizzoli werd op het matje geroepen. En ze had geen idee waarom. Ze kreeg een kleur toen ze opstond en de kamer uit liep.

Marquette zei niets toen ze door de gang naar de afdeling Moordzaken liepen. Ze gingen zijn kantoor binnen en hij deed de deur dicht. Door de glazen wand zag ze rechercheurs naar haar staren vanaf hun werkplekken. Marquette liep naar het raam en deed de luxaflex dicht. 'Ga zitten, Rizzoli.'

'Nee, dank u. Ik wil alleen maar weten wat er aan de hand is.'

'Ga toch maar even zitten.' Zijn stem klonk zachter, zelfs vriendelijk.

Deze plotselinge bezorgdheid gaf haar een onrustig gevoel. Zij en Marquette mochten elkaar nog steeds niet erg. De afdeling Moordzaken was en bleef een jongensclub en ze wist dat zij een ongewenste indringer was. Met bonkend hart liet ze zich op een stoel zakken.

Een ogenblik zat Marquette er zwijgend bij, alsof hij moeite had de juiste woorden te vinden. 'Ik wilde je dit vertellen voordat de anderen het horen. Omdat ik geloof dat het voor jou het zwaarst zal zijn. Ik heb er alle vertrouwen in dat het maar tijdelijk is en dat het probleem binnen een paar dagen, zo niet uren opgelost zal zijn.'

'Welk probleem?'

'Vanochtend rond vijf uur is Warren Hoyt ontsnapt.'

Nu begreep ze waarom hij erop had aangedrongen dat ze ging zitten. Hij had gedacht dat ze zou instorten.

Maar dat deed ze niet. Ze zat volkomen stil, haar emoties afgesloten, iedere zenuw verdoofd. Toen ze sprak, klonk haar stem zo griezelig kalm dat ze hem zelf nauwelijks herkende.
'Hoe is het gebeurd?' vroeg ze.
'Het is gebeurd toen hij om medische redenen was overgebracht naar een ziekenhuis. Hij is vannacht wegens een acute blindedarmontsteking naar het Fitchburg Hospital vervoerd. We weten niet precies hoe het is gegaan, maar in de operatiezaal...' Marquette slikte. 'Er zijn geen getuigen die het kunnen navertellen.'
'Hoeveel slachtoffers?' vroeg ze. Haar stem klonk nog steeds toonloos. Als die van een vreemde.
'Drie. Een operatiezuster en een vrouwelijke anesthesist die hem aan het voorbereiden waren voor de operatie. En de gevangenbewaarder die met hem mee was gegaan.'
'Souza-Baranowski is een gesloten gevangenis.'
'Ja.'
'En ze hebben hem toch naar een burgerziekenhuis laten gaan?'
'Als het een routineopname was geweest, hadden ze hem wel naar Shattuck gebracht. Bij spoedgevallen laat het Massachusetts Correctional Institute – het MCI – de gevangene naar het dichtstbijzijnde ziekenhuis vervoeren. En dat was in dit geval Fitchburg.'
'Wie heeft bepaald dat het om een spoedgeval ging?'
'De gevangenisverpleegster, die Hoyt heeft onderzocht, in overleg met de arts van MCI. Ze vonden allebei dat hij ogenblikkelijk behandeld moest worden.'
'Op welke ondervindingen waren hun meningen gebaseerd?' Haar stem kreeg een scherp randje, het eerste teken dat er emoties begonnen door te schemeren.
'Er waren symptomen. Pijn in de buik –'
'Hij is medisch opgeleid. Hij wist precies wat hij moest zeggen.'
'En de uitslagen van de laboratoriumonderzoeken waren abnormaal.'
'Welke onderzoeken?'
'Iets over een hoog gehalte aan witte bloedcellen.'
'Wisten ze niet wie ze voor zich hadden? Hadden ze daar helemaal geen benul van?'

'Een bloedonderzoek kun je niet vervalsen.'

'Hij wel. Hij heeft in een ziekenhuis gewerkt. Hij weet hoe je laboratoriumonderzoeken kunt manipuleren.'

'Rizzoli...'

'Godallemachtig, hij was *laborant* van beroep!' Ze schrok er zelf van hoe schril haar stem klonk. Ze staarde hem aan, geschrokken van haar uitbarsting. Volslagen van haar stuk gebracht door de emoties die eindelijk door haar lichaam raasden. Woede. Machteloosheid.

En angst. Al die maanden had ze het onderdrukt, omdat ze wist dat het niet rationeel was om bang te zijn voor Warren Hoyt. Omdat hij was opgesloten op een plek waar hij niet bij haar kon komen, waar hij haar niets kon doen. De nachtmerries waren alleen maar naschokken geweest, de nagalm van oude angsten die hopelijk op een gegeven moment zou verdwijnen. Maar nu was het weer volkomen reëel om bang te zijn en had de angst haar in zijn klauwen.

Met een abrupte beweging schoot ze overeind en liep ze naar de deur.

'Rizzoli!'

In de deuropening bleef ze staan.

'Waar ga je naartoe?'

'Ik geloof dat u wel weet waar ik naartoe moet.'

'Het korps van Fitchburg en de regionale politie zijn ermee bezig.'

'O ja? Voor hen is hij alleen maar een ontsnapte gevangene. Ze verwachten natuurlijk dat hij dezelfde fouten zal maken als andere ontsnapte gevangenen. Maar dat zal hij niet doen. Hij zal door de mazen van hun net glippen.'

'Je onderschat ze.'

'Ze onderschatten Hoyt. Ze weten niet wie ze tegenover zich hebben,' zei ze.

Maar ik wel. Ik weet dat precies.

Buiten trilde het parkeerterrein witheet onder de brandende zon, en de wind die vanaf de straat kwam aanwaaien was drukkend warm en rook naar zwavel. Nog voordat ze bij haar auto was en kon instappen, was haar blouse doordrenkt met zweet. Hoyt hield van deze hitte, dacht ze. Die deed hem goed, zoals de hitte van woestijnzand de hagedis goed doet. En net zoals alle andere reptielen wist hij hoe hij er bij gevaar vliegensvlug vandaan kon glippen.

Ze zullen hem niet vinden.

Onderweg naar Fitchburg dacht ze na over de Chirurg, die opnieuw vrij rondliep. Ze stelde zich hem voor in de straten van de stad, het roofdier dat zich weer te midden van zijn toekomstige slachtoffers bevond. Ze vroeg zich af of ze nog steeds de kracht bezat hem het hoofd te bieden. Of dat ze, toen ze hem de eerste keer had verslagen, de volledige hoeveelheid moed waar ze een leven lang mee had moeten doen, had opgebruikt. Ze vond van zichzelf niet dat ze laf was; ze was uitdagingen nooit uit de weg gegaan en was altijd zonder aarzelen iedere soort branding ingedoken. Maar de gedachte dat ze Warren Hoyt nogmaals tegenover zich zou krijgen, deed haar beven.

Ik heb het één keer tegen hem opgenomen en dat is bijna mijn dood geworden. Ik weet niet of ik het een tweede keer kan doen. Of ik sterk genoeg ben om het monster weer in zijn kooi te krijgen.

De buitenste ring was onbemand. Rizzoli bleef in de ziekenhuisgang staan en keek om zich heen, zoekend naar een politieagent, maar ze zag alleen wat verpleegsters, van wie twee troostend hun armen om elkaar hadden geslagen, terwijl anderen dicht bij elkaar stonden en op zachte toon spraken, hun gezichten wit van de schrik.

Ze dook onder het slappe politielint door en kon zonder dat iemand haar aanhield doorlopen naar de dubbele deuren, die met een sissend geluid automatisch openzwaaiden en haar toegang verschaften tot de receptieruimte van de operatieafdeling. Ze zag de uitgesmeerde, ingewikkelde danspassen die met bloed besmeurde schoenen op de vloer hadden achtergelaten. Een labtechnicus was al bezig zijn spullen in te pakken. De plaats delict was 'koud' – uitgekamd en vertrapt – en zou weldra vrijgegeven worden om te worden schoongemaakt.

Maar ook al was hij koud, ook al was het bewijsmateriaal nu besmet, ze kon duidelijk zien wat hier was gebeurd, want dat stond in bloed op de muren geschreven. Ze keek naar de opgedroogde bogen slagaderlijk bloed dat uit de pulserende halsader van een slachtoffer was gespoten. Het beschreef een sinuslijn op de muur, dwars over het grote schoolbord heen waarop het operatieschema van die dag stond, met de nummers van de operatiezalen, de namen van de patiënten en de chirurgen, en de uit te voeren operaties. Voor de hele dag waren operaties gepland. Ze vroeg zich af hoe het nu moest met de patiënten wier operatie plotsklaps was geannuleerd omdat er in de operatiezaal een aantal mensen was vermoord. Ze vroeg zich af wat de consequenties waren van een uitgestelde cholecystectomie – wat dat ook mocht zijn. Het volle dagprogramma verklaarde waarom de plaats delict zo snel werd vrijgegeven. De levenden waren belangrijker dan de doden'. Je kon de drukste operatiezaal van Fitchburg niet voor onbepaalde tijd sluiten.

De bloedbogen vervolgden na het schoolbord hun weg in een hoek van negentig graden naar de volgende muur. Hier waren ze minder langgerekt omdat de bloeddruk was gedaald en het hart steeds zwakkere straaltjes naar buiten had gestuwd. De boogjes zakten ook steeds lager over de muur en eindigden in een uitgesmeerde plas bij de receptiebalie.

De telefoon. Degene die hier was gestorven had geprobeerd de telefoon te bereiken.

Achter de receptieruimte was een brede gang met aan de ene kant een rij wasbakken en aan de andere kant de deuren naar de operatiezalen. Mannenstemmen en het gekraak van een draagbare radio wezen haar de weg naar een open deur. Ze liep langs de rij operatiekleding, langs een labtechnicus die amper naar haar keek. Niemand vroeg haar iets, zelfs niet toen ze operatiezaal 4 binnenging en bleef staan, overdonderd door de bewijzen van de slachtpartij. Hoewel de slachtoffers zich niet meer in de zaal bevonden, was hun bloed overal te zien: op de muren, kastjes en werkbladen, en op de vloer, uitgesmeerd door alle mensen die in het kielzog van de moord waren binnengekomen.

'Mevrouw? Pardon, mevrouw!'

Twee mannen in burger stonden bij het instrumentenkastje en keken fronsend naar haar. De langste van de twee kwam naar haar toe. Zijn papieren schoenbeschermers maakten een zuigend geluid op de kleverige vloer. Hij was midden dertig en liep met het hooghartige air van superioriteit die mannen met sterk ontwikkelde spieren altijd tentoonspreidden. Spieren, dacht ze, ter compensatie voor het feit dat hij al op zo jonge leeftijd kaal aan het worden was.

Voordat hij de voor de hand liggende vraag kon stellen, liet ze hem haar penning zien. 'Jane Rizzoli. Afdeling Moordzaken, Boston P.D.'

'Wat moet Boston hier?'

'Pardon. U hebt me niet verteld wie u bent,' antwoordde ze.

'Brigadier Canady. Sectie Voortvluchtige Gevangenen.'

Een agent van de Massachusetts State Police. Ze wilde hem een hand geven, maar zag dat hij latexhandschoenen aanhad. Ze vermoedde dat hij sowieso niet van plan was geweest haar de hand te drukken.

'Kunnen we iets voor u doen?' vroeg Canady.

'Misschien kan ik iets voor ú doen.'

Canady keek niet bepaald blij met dat aanbod. 'Hoe bedoelt u?'

Ze keek naar de veelvoudige serpentines van bloed tegen de muur. 'De man die dit heeft gedaan – Warren Hoyt –'

'Ja?'

'Ik ken hem goed.'

Nu kwam de kleinere man bij hen staan. Hij had een bleek gezicht en flaporen, en hoewel ook hij duidelijk een politieman was, leek hij Canady's territoriumdrift niet te delen. 'Hé, ik ken u. Rizzoli. U bent degene die hem achter de tralies heeft gezet.'

'Ik maakte deel uit van de ploeg.'

'Nee, u bent degene die hem in Lithia te pakken heeft gekregen.' In tegenstelling tot Canady droeg hij geen handschoenen en schudde hij haar enthousiast de hand. 'Rechercheur Arlen. Fitchburg P.D. Bent u speciaal hiervoor helemaal uit Boston gekomen?'

'Ja, zodra ik het had gehoord.' Haar blik dwaalde weer over de muren. 'U beseft toch wel wie u tegenover zich hebt?'

Canady nam het woord weer. 'We hebben de zaak onder controle.'

'Bent u op de hoogte van zijn achtergrond?'

'We weten wat hij hier heeft gedaan.'

'Maar kent u *hem*?'

'We hebben van Souza-Baranowski zijn dossier gekregen.'

'En de gevangenbewaarders daar hadden geen idee wie ze tegenover zich hadden. Anders zou dit niet gebeurd zijn.'

'Ik heb ze tot nu toe allemaal weer gepakt,' zei Canady. 'Ze maken allemaal dezelfde fouten.'

'Deze niet.'

'Hij is pas zes uur op vrije voeten.'

'Zes uur?' Ze schudde haar hoofd. 'Dan bent u hem al kwijt.'

Canady zette zijn stekels op. 'We zijn bezig de buurt uit te kammen. We hebben wegversperringen neergezet en kijken alle auto's na. De media zijn op de hoogte gebracht en zijn foto wordt door alle plaatselijke televisiezenders uitgezonden. Zoals ik al zei, hebben we de zaak onder controle.'

Ze gaf geen antwoord en richtte haar aandacht weer op de bogen bloed. 'Wie zijn hier gestorven?' vroeg ze zachtjes.

Arlen was degene die antwoord gaf. 'De anesthesist en de operatiezuster. De anesthesist lag daar, bij de punt van de tafel. De operatiezuster is hier gevonden, bij de deur.'

'Hebben ze niet gegild? Hebben ze de bewaker niet gealarmeerd?'

'Ze hebben geen geluid kunnen maken. Bij beide vrouwen is het strottenhoofd doormidden gesneden.'

Ze liep naar het hoofdeinde van de operatietafel en keek naar de metalen paal waaraan een zakje met een infusievloeistof hing. Het plastic slangetje en de katheter hingen vlak boven een plas water op de vloer. Een glazen injectiespuit lag gebroken onder de tafel.

'Ze hadden een infusie bij hem aangebracht,' zei ze.

'Dat was op de eerstehulpafdeling al gedaan,' zei Arlen. 'Nadat de chirurg hem beneden had onderzocht, is hij meteen hiernaartoe gebracht. De diagnose was een acute blindedarmontsteking.'

'Waarom is de chirurg niet meteen meegegaan? Waar was hij?'

'Hij was bij een andere patiënt op de eerstehulp geroepen. Hij is tien of vijftien minuten nadat dit was gebeurd, hierheen gekomen. Toen hij de dubbele deuren openduwde en de dode gevangenbewaarder in de receptieruimte zag, is hij rechtstreeks naar de telefoon gehold. Vrijwel het voltallige personeel van de eerstehulpafdeling is hiernaartoe gesneld, maar ze konden niets meer voor de slachtoffers doen.'

Ze keek naar de vloer en zag het bloed dat door te veel schoenen was uitgesmeerd. Een te grote chaos om nog uit wijs te kunnen.

'Waarom was de gevangenisbewaarder niet hier, om de gevangene te bewaken?' vroeg ze.

'De operatiekamer moet steriel blijven. Niemand mag hier binnen in gewone kleren. Ze hebben waarschijnlijk gezegd dat hij op de gang moest wachten.'

'Maar heeft het MCI geen regel dat een gevangene voortdurend geboeid moet blijven wanneer hij zich buiten de gevangenis bevindt?'

'Jawel.'

'Zelfs in de operatiekamer, zelfs onder verdoving, had Hoyt met zijn been of arm aan de tafel vastgeklonken moeten zitten.'

'Klopt.'

'Hebben jullie de handboeien gevonden?'

Arlen en Canady wierpen elkaar een blik toe.

Canady zei: 'De handboeien lagen op de grond onder de tafel.'

'Hij was dus wel geboeid.'

'Aanvankelijk wel...'

'Waarom hebben ze hem losgemaakt?'

'Misschien om medische redenen?' opperde Arlen. 'Om nog een infusie aan te brengen? Hem anders neer te leggen?'

Ze schudde haar hoofd. 'Daarvoor had de gevangenbewaarder erbij moeten komen. Die had de sleutel. En de gevangenbewaarder zou zijn gevangene hier nooit ongeboeid hebben achtergelaten.'

'Dan is hij vermoedelijk toch onvoorzichtig geworden,' zei Canady. 'Iedereen op de eerstehulp had de indruk dat Hoyt erg ziek was en te veel pijn leed om iets te kunnen doen. Ze hadden natuurlijk nooit verwacht...'

'Jezus,' mompelde ze. 'Hij is nog altijd even slim.' Ze keek naar het anesthesiekarretje en zag dat een van de laden openstond. Erin flonkerden spuitjes thiopentaal in het felle licht van de operatiezaallampen. Een anestheticum. Ze staan op het punt hem in slaap te brengen, dacht ze. Hij ligt op deze tafel met dat infusieslangetje in zijn arm. Kreunend, zijn gezicht vertrokken van pijn. Ze hebben geen idee wat hen te wachten staat; ze zijn druk bezig met hun werk. De operatiezuster denkt erover na welke instrumenten ze moet klaarleggen, welke de chirurg nodig zal hebben. De anesthesist berekent de doses anestheticum, terwijl ze de monitor in de gaten houdt waarop de hartslag van de patiënt wordt aangegeven. Misschien ziet ze zijn hartslag stijgen en denkt ze dat pijn daarvan de oorzaak is. Ze weet niet dat hij zijn spieren spant voor de aanval. Voor de dodelijke aanval.

En toen... wat is er toen gebeurd?

Ze keek naar het instrumentenblad bij de tafel. Er lag niets op. 'Heeft hij een scalpel gebruikt?' vroeg ze.

'We hebben het wapen niet gevonden.'

'Het is zijn favoriete instrument. Hij gebruikt altijd een scalpel...' Een gedachte deed de haartjes in haar nek opeens overeind komen. Ze keek naar Arlen. 'Is het mogelijk dat hij nog in het gebouw is?'

Canady was Arlen voor. 'Hij is niet in het gebouw.'

'Hij heeft zich al vaker voor arts uitgegeven. Hij weet zich uitstekend onder het verplegend personeel te mengen. Hebben jullie het ziekenhuis doorzocht?'

'Dat is niet nodig.'

'Hoe weet u zo zeker dat hij niet hier is?'

'Omdat we bewijs hebben dat hij het gebouw heeft verlaten. Op een videoband.'

Haar hartslag versnelde. 'Staat dat op de film van een van de beveiligingscamera's?'

Canady knikte. 'Ik neem aan dat u die zelf wilt bekijken?'

8

'Heel vreemd, wat hij daar doet,' zei Arlen. 'We hebben deze film nu al een paar keer bekeken, maar we snappen het nog steeds niet.'

Ze waren naar beneden gegaan, naar de vergaderzaal van het ziekenhuis. In de hoek stond een tafel op wieltjes met daarop een televisietoestel en een videoapparaat. Arlen liet het aan Canady over de boel aan te sluiten en gaf hem ook de afstandsbediening. Het bedienen van de afstandsbediening was een typische mannenrol en Canady had er kennelijk behoefte aan die te vervullen. Arlen deed er niet moeilijk over; die bezat voldoende zelfverzekerdheid.

Canady schoof de videoband in het apparaat en zei: 'Eens kijken of de politie van Boston er meer van begrijpt.' Een verbale versie van haar de handschoen toewerpen. Hij drukte op PLAY.

Op het scherm verscheen een gesloten deur aan het eind van een gang.

'Dit is gefilmd door een plafondcamera in een gang op de begane grond,' zei Arlen. 'Die deur daar is een buitendeur en geeft toegang tot het parkeerterrein voor het personeel aan de oostzijde van het gebouw. Er zijn vier van deze buitendeuren. De opnametijd staat onder in het beeld.'

'Tien over vijf,' las ze.

'Volgens het logboek van de eerstehulpafdeling is de gevangene om kwart voor vijf naar de operatiezaal gebracht, dus dit is vijfentwintig minuten later. Nu moet u kijken. Het gebeurt om elf over vijf.'

Op het scherm tikten de seconden weg. Om 5:11:13 kwam er iemand het beeld binnenwandelen. De man liep op zijn gemak naar de deur. Hij had zijn rug naar de camera en ze zagen kort, bruin haar boven de kraag van de witte doktersjas. Eronder droeg de man een operatiebroek en papieren overschoenen. Hij liep naar de deur en drukte al op de stang, toen hij opeens stil bleef staan.

'Nu komt het,' zei Arlen.

Langzaam draaide de man zich om. Hij hief zijn ogen op naar de camera.

Rizzoli leunde naar voren, met droge keel, haar ogen gehecht aan het gezicht van Warren Hoyt. Terwijl ze naar hem staarde, was het alsof hij haar recht in de ogen keek. Hij liep naar de camera. Ze zag dat hij iets onder zijn linkerarm droeg. Een bundel. Hij liep door tot hij vlak onder de lens stond.

'Nu komt het eigenaardige,' zei Arlen.

Terwijl hij nog steeds in de lens van de camera keek, hief Hoyt zijn rechterhand op, met de palm naar voren, alsof hij op het punt stond in de rechtszaal te zweren dat hij de waarheid zou spreken. Met zijn linkerhand, wees hij naar zijn palm. En hij glimlachte.

'Wat heeft dat te betekenen?' vroeg Canady.

Rizzoli gaf geen antwoord. Zwijgend bleef ze naar de film kijken. Hoyt draaide zich om, liep naar de uitgang en verdween naar buiten.

'Laat het me nog een keer zien,' zei ze zachtjes.

'Hebt u enig idee wat hij met dat gebaar bedoelde?'

'Laat het me nog een keer zien.'

Canady trok een nijdig gezicht, drukte op REWIND en toen op PLAY.

Weer liep Hoyt naar de deur. Draaide zich om. Liep terug naar de camera, zijn blik gericht op degenen die nu naar de film keken.

Iedere spier van haar lichaam spande zich terwijl ze toekeek. Met bonkend hart wachtte ze op het gebaar. Waarvan ze al wist wat het betekende.

Hij hief zijn hand op.

'Druk op de pauzeknop,' zei ze. 'Nu!'

Canady deed wat ze zei.

Op het scherm was Hoyt als bevroren blijven staan met een glimlach op zijn gezicht, zijn linkerwijsvinger wijzend naar de open palm van zijn rechterhand. Rizzoli bleef als met stomheid geslagen zitten.

Het was Arlen die uiteindelijk de stilte verbrak. 'Wat betekent het? Weet u dat?'

Ze slikte. 'Ja.'

'Wat dan?' zei Canady korzelig.
Ze deed haar handen, die zich op haar schoot tot vuisten gebald hadden, voor hen open. Op beide handpalmen zaten de littekens van Hoyts aanval op haar vorig jaar; dikke ribbels op het vlees dat was geheeld rond de twee gaten die zijn scalpels hadden gemaakt.
Arlen en Canady staarden naar haar littekens.
'Heeft Hoyt u dat aangedaan?' vroeg Arlen.
Ze knikte. 'Hier is het hem om te doen. Daarom heeft hij zijn hand opgeheven.' Ze keek naar de tv, waar Hoyt nog steeds glimlachend met opgeheven hand voor de camera stond. 'Het is een soort grap, alleen voor ons tweeën. Hij zegt me op deze manier gedag. De Chirurg praat tegen me.'
'Dan moet u hem heel erg kwaad gemaakt hebben,' zei Canady. Hij gebaarde met de afstandsbediening naar het scherm. 'Moet je hem zien. Net of hij zegt: "Lik m'n reet."'
'Of: "Tot weerziens,"' zei Arlen zachtjes.
Zijn woorden bezorgden haar een koude rilling. *Ja, ik weet dat ik je zal weerzien. Ik weet alleen niet wanneer en waar.*
Canady drukte op PLAY en de film ging door. Ze zagen hoe Hoyt zijn hand liet zakken en zich weer omdraaide naar de uitgang. Toen hij wegliep, richtte Rizzoli haar aandacht op de bundel onder zijn arm.
'Zet de film nog even stop,' zei ze.
Canady drukte op PAUZE.
Ze leunde naar voren en raakte het scherm aan. 'Wat heeft hij onder zijn arm? Het ziet eruit als een opgerolde handdoek.'
'Dat is het ook,' zei Canady.
'Waarom neemt hij die mee?'
'Het gaat niet om de handdoek. Het gaat om wat erin zit.'
Ze fronste haar voorhoofd en dacht aan wat ze zojuist in de operatiezaal had gezien. Herinnerde zich het lege blad naast de behandeltafel.
Ze keek Arlen aan. 'Instrumenten,' zei ze. 'Hij heeft chirurgische instrumenten meegenomen.'
Arlen knikte. 'In de operatiezaal ontbreekt een laparotomieset.'
'Laparotomie? Wat is dat?'
'Het is de medische term voor het opensnijden van de buik,' zei Canady.

Op het scherm was Hoyt de deur uitgelopen en ze zagen nu alleen een lege gang, een gesloten deur. Canady zette de tv af en draaide zich naar haar toe. 'Hij zit te popelen om weer aan de slag te gaan.'

Ze schrok op van het getjilp van haar mobiele telefoon. Ze voelde haar hart tegen haar ribben slaan toen ze het mobieltje pakte. De twee mannen keken naar haar, dus stond ze op en draaide ze zich naar het raam voordat ze opnam.

Het was Gabriel Dean. 'U weet dat we om drie uur hebben afgesproken met de forensisch antropoloog?' zei hij.

Ze keek op haar horloge. 'Ik zal er zijn.' Ze kon het nog nét halen.

'Waar bent u?'

'Ik zal er zijn!' Ze hing op. Ze bleef uit het raam staren en haalde diep adem. Ik hou dit niet vol, dacht ze. De monsters trekken aan alle kanten aan me.

'Rechercheur Rizzoli?' zei Canady.

Ze draaide zich naar hem toe. 'Neem me niet kwalijk. Ik moet onmiddellijk terug naar de stad. U belt me zodra u iets over Hoyt hoort?'

Hij knikte. Glimlachte. 'Dat zal volgens ons niet al te lang duren.'

Ze had helemaal geen zin om met Dean te praten, maar toen ze het parkeerterrein van het mortuarium opreed, zag ze hem uit zijn auto komen. Ze stuurde haar auto snel naar een vrije plek en zette de motor af. Als ze een paar minuten zou wachten, dacht ze, zou hij misschien als eerste het gebouw binnengaan en kon ze een ongewenst gesprek met hem ontlopen. Helaas had hij haar gezien en bleef hij op het parkeerterrein staan wachten, een obstakel waar ze niet omheen kon. Nu moest ze hem wel het hoofd bieden.

Ze stapte de verlepte hitte in en liep naar hem toe in het tempo van iemand die geen minuut te verkwisten heeft.

'U bent vanochtend niet teruggekeerd naar de vergadering,' zei hij.

'Marquette had me bij zich geroepen.'

'Hij heeft het me verteld.'

Ze bleef staan en keek hem aan. 'Wat heeft hij u verteld?'

'Dat een van uw misdadigers is ontsnapt.'
'Dat klopt.'
'En daar bent u erg van geschrokken.'
'Heeft Marquette u dat ook verteld?'
'Nee. Maar aangezien u niet bent teruggekeerd naar de vergadering, ben ik ervan uitgegaan dat u danig van uw stuk gebracht was.'
'Andere zaken hadden mijn aandacht opgeëist.' Ze liep weer door naar het gebouw.
'U hebt de leiding over dit onderzoek, rechercheur Rizzoli,' riep hij haar na.
Ze bleef staan en draaide zich naar hem om. 'Waarom hebt u er behoefte aan me daaraan te herinneren?'
Hij kwam met trage passen op haar af tot hij zo dicht bij haar stond dat het als intimiderend opgevat kon worden. Misschien was dat zijn bedoeling. Ze stonden nu vlak tegenover elkaar en hoewel ze geen centimeter zou wijken, voelde ze een verraderlijke kleur opkomen toen hij haar bleef aanstaren. Het was niet alleen zijn lichamelijke overmacht die haar een bedreigd gevoel bezorgde, maar ook het plotselinge besef dat hij een aantrekkelijke man was – een bijzonder perverse reactie, gezien haar woede. Ze probeerde zich tegen het gevoel te verzetten, maar het had zijn klauwen al in haar gezet en ze slaagde er niet in het van zich af te schudden.
'U moet deze zaak uw volle aandacht kunnen geven,' zei hij. 'Kijk, ik begrijp best dat u een beetje van uw stuk gebracht bent door Warren Hoyts ontsnapping. Iedere agent zou het daarvan op zijn zenuwen krijgen, erdoor uit zijn evenwicht raken –'
'U kent mij helemaal niet. Ga alstublieft niet de psychiater uithangen.'
'Ik vraag me alleen maar af of u zich voldoende kunt concentreren om de leiding over dit onderzoek te houden. Of dat er dingen zijn die uw concentratie zullen ondermijnen.'
Ze slaagde erin haar woede te beteugelen en op redelijk rustige toon te vragen: 'Weet u hoeveel mensen Hoyt vanochtend heeft vermoord? Drie, agent Dean. Een man en twee vrouwen. Hij heeft hun keel doorgesneden en is toen doodkalm weggewandeld. Zoals hij altijd doet.' Ze hief haar handen op en zag hem naar de littekens kijken. 'Dit zijn de souvenirs die ik vorig

jaar van hem heb gekregen, vlak voordat hij míjn keel wilde doorsnijden.' Ze liet haar handen zakken en lachte. 'U hebt gelijk. Ik heb inderdaad nog een appeltje met hem te schillen.'

'U hebt een opdracht gekregen die u moet uitvoeren.'

'En daar ben ik mee bezig.'

'U laat u afleiden door Hoyt. Hij zit in de weg en u laat dat toe.'

'De enige die me in de weg zit, bent ú. Ik weet niet eens wat u hier te maken hebt.'

'Samenwerking tussen de politie en de FBI. Ooit van gehoord?'

'Ik ben tot nu toe de enige die medewerking verleent. Wat geeft u me in ruil daarvoor?'

'Wat verwacht u in ruil daarvoor?'

'U zou me om te beginnen kunnen uitleggen waarom de FBI hierbij betrokken is. Die heeft zich nog nooit eerder met mijn zaken bemoeid. Waarom zijn de Yeagers zo bijzonder? Wat weet u over hen dat ik niet weet?'

'Ik weet net zoveel over hen als u,' zei hij.

Was dat de waarheid? Ze wist het niet. Ze kon deze man niet doorgronden. En nu was de seksuele aantrekkingskracht er ook nog eens bijgekomen, waardoor alle communicatie tussen hen werd overtrokken.

Hij keek op zijn horloge. 'Het is over drieën. Er wordt op ons gewacht.'

Hij liep door naar het gebouw, maar ze liep niet met hem mee. Ze bleef nog een ogenblik op het parkeerterrein staan, onthutst over de manier waarop haar lichaam op Dean reageerde. Toen haalde ze diep adem en liep ze het mortuarium in, zich schrap zettend voor het zoveelste bezoek aan de doden.

Van deze werd ze in ieder geval niet misselijk. De allesoverheersende stank van verrotting waar ze zo beroerd van was geworden tijdens de lijkschouwing van Gail Yeager ontbrak vrijwel geheel bij het tweede stoffelijk overschot. Korsak had niettemin zijn gebruikelijk voorzorgsmaatregelen genomen en weer Vicks onder zijn neus gedaan. Slechts een paar reepjes leerachtig bindweefsel hingen nog aan de botten en hoewel de geur beslist onplezierig was, noopte het Rizzoli niet linea recta naar de gootsteen te hollen. Ze was vastbesloten een herhaling van de gênante vertoning van de avond daarvoor te vermijden, vooral nu Gabriel Dean recht tegenover haar stond en iedere zenuwtrek op haar gezicht kon zien. Ze had een stoïcijns gezicht getrokken toen dokter Isles en de forensisch antropoloog, dokter Carlos Pepe, de kist hadden ontzegeld en zorgvuldig de skeletachtige stoffelijke resten naar de met een laken bedekte mortuariumtafel hadden overgeheveld.

Dokter Pepe was zestig jaar en zo krom als een aardmannetje, maar zo opgewonden als een kind toen hij de inhoud uit de kist tilde en ieder bot bekeek alsof het van goud was. Rizzoli zag alleen een verzameling met aarde besmeurde beenderen, net zo weinig opzienbarend als twijgen van een boom, maar dokter Pepe zag spaakbeenderen en ellepijpen en sleutelbeenderen, die hij op efficiënte wijze identificeerde en op de juist anatomische plek legde. Losgeraakte ribben en borstbeen maakten een dof tikgeluid op het bedekte roestvrije staal. Ruggenwervels, waarvan er twee chirurgisch aan elkaar verbonden waren, vormden een knobbelige keten in het midden van de tafel, eindigend bij de holle cirkel van de heupbeenderen, die gevormd was als een macabere koningskroon. De botten van de armen waren net broodmagere ledematen en eindigden in wat eruitzag als een verzameling vieze knikkers, maar in werkelijkheid de kleine botjes waren die de mensenhand zo wonderbaarlijk veel bewegingsvrijheid geven. Een oude verwonding werd meteen zichtbaar: stalen chirurgische pennen in het linkerdijbeen. Aan het hoofdeinde van de tafel plaatste dokter Pepe de schedel en de losgeraakte onderkaak. Gouden tanden glansden onder de aangekoekte modder. Alle beenderen lagen nu op de tafel.

Maar de kist was nog niet leeg.

Hij hield hem schuin en liet de rest van de inhoud in een platte, met een laken bedekte bak glijden. Een lawine van zand, bladeren en plukken dofbruin haar rolde uit de kist. Hij richtte een onderzoekslamp op het blad en begon met een pincet in de rommel te grasduinen. Binnen een paar seconden had hij gevonden waar hij naar zocht: een klein zwart korreltje, in de vorm van een dikke rijstkorrel.

'Puparium,' zei hij. 'Wat vaak wordt aangezien voor rattenkeutels.'

'Dat zou ik ook gezegd hebben,' zei Korsak. 'Rattenpoep.'
'Er zijn er een heleboel. Je moet gewoon weten waar je naar zoekt.' Dokter Pepe viste nog een paar zwarte korreltjes op en legde ze apart op een klein hoopje. '*Calliphoridae*.'
'Wat?' vroeg Korsak.
Gabriel Dean zei: 'Vleesvliegen.'
Dokter Pepe knikte. 'Dit zijn de omhulsels waarin de larven van de vleesvlieg zich ontwikkelen. Het zijn een soort cocons. Het is het huidpantser van de larve in het derde stadium. Hieruit komen ze te voorschijn als volwassen vliegen.' Hij draaide het vergrootglas boven de puparia. 'Deze zijn allemaal verpopt.'
'Wat wil dat zeggen? Verpopt?' vroeg Rizzoli.
'Dat ze leeg zijn. Dat de vliegen uit de eitjes zijn gekomen.'
Dean vroeg: 'Hoeveel tijd hebben *calliphoridae* in deze streken nodig om zich te ontwikkelen?'
'In deze tijd van het jaar ongeveer vijfendertig dagen. Maar ziet u dat de twee puparia verschillen in kleur en mate van verwering? Ze zijn van hetzelfde soort, maar deze cocons hebben langer blootgestaan aan de elementen.'
'Twee afzonderlijke generaties,' zei Isles.
'Dat lijkt mij ook. Ik ben benieuwd wat de entomoloog hiervan vindt.'
'Als iedere generatie vijfendertig dagen nodig heeft om zich te ontwikkelen,' zei Rizzoli, 'wil dat dan zeggen dat we ervan moeten uitgaan dat het lijk minstens zeventig dagen in het bos heeft gelegen?'
Dokter Pepe keek naar de beenderen op de tafel. 'Wat ik hier zie, komt niet overeen met een ontbindingsperiode van twee zomermaanden.'
'Kunt u iets specifieker zijn?'
'Niet wanneer we met een skelet te maken hebben. Deze persoon kan twee maanden in dat bos hebben gelegen, maar ook een halfjaar.'
Rizzoli zag Korsak met zijn ogen rollen, tot nu toe weinig onder de indruk van de beenderexpert.
Maar dokter Pepe was nog maar net begonnen. Hij richtte zijn aandacht nu op het skelet op de tafel. 'Een vrouw,' zei hij terwijl hij zijn blik over de verzameling botten liet glijden. 'Nogal klein van stuk, iets meer dan één meter drieënvijftig. Duidelijk zicht-

bare genezen breuken. We hebben een verbrijzeld dijbeen dat is gezet met behulp van een chirurgische pen.'

'Zo te zien een Steinmanpen,' zei Isles. Ze wees naar de lendenwervels. 'En ze heeft een chirurgische versmelting ondergaan van L-2 en L-3.'

'Meervoudig letsel?' vroeg Rizzoli.

'Dit slachtoffer heeft iets zeer traumatisch ondergaan.'

Dokter Pepe ging door met zijn inventaris. 'Er ontbreken twee ribben en...' Hij snuffelde in de verzameling handbotjes. '... drie handwortelbeentjes en de meeste kootjes van de linkerhand. Een of ander roofdier is er met een snack vandoor gegaan, denk ik.'

'Een broodje hand,' zei Korsak. Niemand lachte.

'Alle lange botten zijn aanwezig, evenals alle wervels...' Hij zweeg en keek fronsend naar de nekbeenderen. 'Het tongbeen ontbreekt.'

'Dat hebben we niet gevonden,' zei Isles.

'Hebben jullie gezeefd?'

'Ja. Ik ben zelf nog teruggegaan om ernaar te zoeken.'

'Het kan door een dier weggenomen zijn,' zei dokter Pepe. Hij pakte een scapula – een van de vleugelbeenderen die achter de schouders uitsteken. 'Ziet u de v-vormige putjes? Zulke putjes worden gemaakt door de tanden van honden of andere vleeseters.' Hij keek op. 'Lag het hoofd gescheiden van het lichaam?'

Rizzoli antwoordde: 'Het lag een paar meter bij de torso vandaan.'

Pepe knikte. 'Typisch iets voor honden. Voor hen is een hoofd hetzelfde als een bal. Een ding om mee te spelen. Ze rollen het voor zich uit, maar kunnen hun tanden er niet echt in zetten, zoals in een arm of een keel.'

'Momentje,' zei Korsak. 'Hebben we het over alledaagse Fifi's en Rovers?'

'Alle hondachtigen, zowel de wilde honden als de huisdieren, gedragen zich op dezelfde manier. Prairiehonden en wolven vinden het net zo leuk om met een bal te spelen als Fikkie van de buurman. Aangezien dit lijk is gevonden in een stadspark, omgeven door woonwijken, is het vrijwel zeker dat er in de bossen veel honden komen. Net als alle hondachtigen gaan ook huisdieren instinctief op zoek naar eten. Ze knagen op alles waar ze hun kaken omheen kunnen klemmen. De randen van het heiligbeen, de uitsteeksels van de wervelkolom. De ribben en de darmbeenskam. En ze rijten natuurlijk al het zachte weefsel weg.'

Korsak keek onthutst. 'Mijn vrouw heeft een kleine Highland terriër. Die laat ik mooi mijn gezicht niet meer likken.'

Dokter Pepe pakte de schedel en wierp een ondeugende blik op dokter Isles. 'Het heilig uurtje, dokter Isles. Wat is uw mening hierover?'

'*Heilig uurtje?*' vroeg Korsak.

'Dat is een term uit de medische faculteit,' zei Isles. 'Het betekent dat je de kennis van de studenten toetst. Ze moeilijke vragen voorlegt.'

'Wat u met uw pathologiestudenten op U.C. vast vaak hebt gedaan,' zei Pepe.

'Op meedogenloze wijze,' gaf Isles toe. 'Ze krompen stuk voor stuk ineen wanneer ik in hun richting keek. Dan wisten ze meteen dat er een strikvraag kwam.'

'Nu mag ik u de duimschroeven aanleggen,' zei hij gnuivend. 'Vertel ons wat u weet over deze persoon.'

Ze richtte haar aandacht op het skelet. 'De snijtanden, de vorm van het verhemelte en de lengte van de schedel komen overeen met het Indo-Europese ras. De schedel is aan de kleine kant met minimale randen boven de oogkassen. Verder hebben we het bekken. De vorm van de ingang en de hoek van het schaambeen. Het is een vrouw van het Indo-Europese ras.'

'Leeftijd?'

'Er is sprake van onvoltooide epifysefusie van de darmbeenskam. Geen gewrichtsveranderingen aan de ruggengraat. Een jonge volwassene.'

'Daar ben ik het mee eens.' Dokter Pepe pakte de onderkaak. 'Drie gouden kronen,' zei hij. 'En vrij veel amalgaamvullingen. Hebt u gebitsfoto's genomen?'

'Dat heeft Yoshima vanochtend gedaan. Ze hangen aan de lichtbox,' zei Isles.

Pepe liep ernaartoe om ze te bekijken. 'Ze heeft twee zenuwbehandelingen gehad.' Hij wees naar het filmstrookje van de kaak. 'Dit lijken me guttapercha wortelvullingen. En kijk hier eens. Ziet u dat de wortels van zeven tot en met tien en van tweeëntwintig tot en met zevenentwintig kort en stomp zijn? Dat duidt op een orthodontiebehandeling.'

'Dat was me niet opgevallen,' zei Isles.

Pepe glimlachte. 'Ik ben blij dat ik u nog iets kan leren, dokter Isles. Ik begon me naast u al overbodig te voelen.'

Agent Dean zei: 'We hebben het dus over iemand met genoeg geld voor een goede tandarts.'

'De behandeling die zij heeft ondergaan, heeft in ieder geval vrij veel geld gekost,' zei Pepe.

Rizzoli dacht aan Gail Yeager en haar perfecte gebit. Lang nadat het hart ophoudt te kloppen, lang nadat het vlees is weggerot, is het de conditie van het gebit die de rijken van de armen onderscheidt. Degenen die moeite hadden hun huur te betalen, negeerden een pijnlijke kies, deden niets aan een lelijke overbeet. De karakteristieken van dit slachtoffer begonnen haar akelig bekend in de oren te klinken.

Jonge vrouw. Blank. Welgesteld.

Pepe legde de onderkaak neer en richtte zijn aandacht op de torso. Een paar ogenblikken bekeek hij de losse ribbenkast en het borstbeen. Hij pakte een rib, zette hem aan het borstbeen en bekeek de hoek tussen de twee botten.

'Pectus excavatum,' zei hij.

Voor het eerst sinds ze begonnen waren, keek Isles ontdaan. 'Dat had ik niet gezien.'

'Hoe zit het met het scheenbeen?'

Isles liep meteen naar het voeteneinde van de tafel en pakte een van de lange botten. Ze bekeek het aandachtig en fronste haar voorhoofd nog wat dieper. Toen pakte ze hetzelfde bot van het andere been en legde ze naast elkaar neer.

'Bilaterale genu varum,' zei ze, en ze klonk nu erg ontsteld. 'Ongeveer vijftien graden. Dat ik dat niet heb gezien.'

'U was afgeleid door de breuk. Die pen sprong er echt uit. En dit is een afwijking die je tegenwoordig niet vaak meer ziet. Je moet oud zijn, zoals ik, om haar te herkennen.'

'Dat is geen excuus. Het had me meteen moeten opvallen.' Isles zweeg en liet geïrriteerd haar blik van de beenbotten naar de borst glijden. 'Er klopt iets niet. Dit strookt niet met het gebit. Het lijkt wel of we met twee verschillende personen te maken hebben.'

Korsak mengde zich in het gesprek. 'Zou u ons willen vertellen waar u het over hebt? Wat klopt niet?'

'Deze persoon heeft een afwijking die genu varum heet,' zei dokter Pepe. 'Ook wel O-benen genoemd. Haar scheenbenen hebben een kromming van ongeveer vijftien graden. Dat is tweemaal de normale gradatie voor een scheenbeen.'

'Waarom is dat zo bijzonder? Er zijn zoveel mensen met O-benen.'

'Het gaat ons niet alleen om de O-benen,' zei Isles, 'maar ook om de borst. Kijk eens naar de hoek tussen de ribben en het borstbeen. Ze heeft pectus excavatum ofwel een trechterborst. Abnormale bot- en kraakbeenvorming zijn er de oorzaak van dat het sternum, het borstbeen, is verzonken. In ernstige gevallen kan dat leiden tot ademnood en hartproblemen. In dit geval was het een lichte vorm waar ze waarschijnlijk geen last van heeft ondervonden. De afwijking was meer een schoonheidsfoutje.'

'De oorzaak is abnormale botgroei, zegt u?' zei Rizzoli.

'Ja. Een defect in het beendermetabolisme.'

'Bij welke ziekte hoort dat?'

Isles aarzelde en keek naar dokter Pepe. 'Ze is vrij klein van stuk.'

'Wat is de Trotter-Gleiserschatting?'

Isles pakte een meetlint en legde dat over de botten van het dijbeen en het scheenbeen. 'Ik zou zeggen ongeveer een meter tweeënvijftig met een marge van zeven centimeter naar boven en beneden.'

'We hebben dus pectus excavatum. Bilaterale genu varus. Geringe lengte.' Hij knikte. 'Het is erg suggestief.'

Isles keek naar Rizzoli. 'Ze heeft als kind de Engelse ziekte gehad.'

Het was een bijna ouderwetse naam, de Engelse ziekte. Voor Rizzoli riep het beelden op van kinderen op blote voeten in vervallen huisjes, huilende baby's en de grauwsluier van de armoede. Een ander tijdperk, in bruinzwarte tinten. Engelse ziekte was niet iets dat paste bij een vrouw met drie gouden kronen en gebitsregulatie.

De tegenstelling was ook Gabriel Dean opgevallen. 'Ik dacht dat de Engelse ziekte werd veroorzaakt door ondervoeding,' zei hij.

'Dat is ook zo,' antwoordde Isles. 'Door gebrek aan vitamine D.

De meeste kinderen krijgen voldoende vitamine D via melk of zonlicht. Maar wanneer een kind slechte voeding krijgt en altijd binnen zit, zal het gaan lijden aan een tekort aan vitaminen. En dat heeft invloed op het calciummetabolisme en de botgroei.' Ze zweeg even. 'Ik heb nog nooit zo'n geval meegemaakt.'

'Ga maar eens met mij mee op research,' zei dokter Pepe. 'Ik kan u massa's gevallen laten zien uit de vorige eeuw. Scandinavië, Noord-Rusland –'

'Maar vandaag de dag? In de Verenigde Staten?' vroeg Dean.

Pepe schudde zijn hoofd. 'Heel weinig. Afgaand op de beendervergroeiingen en haar geringe lengte zou ik zeggen dat deze persoon in armoedige omstandigheden heeft geleefd. In ieder geval in haar kinderjaren.'

'Dat komt niet overeen met de gebitsregulatie.'

'Nee. Daarom zei dokter Isles ook dat het lijkt alsof we te maken hebben met twee verschillende personen.'

Het kind en de volwassene, dacht Rizzoli. Ze dacht aan haar eigen kinderjaren in Revere, het hele gezin opeengepakt in een klein, warm huurhuis, zo klein dat ze in haar geheime hol onder de veranda voor de voordeur moest kruipen als ze een beetje privacy wilde. Ze herinnerde zich de korte periode nadat haar vader was ontslagen, het ongeruste gefluister in de slaapkamer van haar ouders, de avondmaaltijden die bestonden uit maïs uit blik en aardappelpuree. De slechte tijden hadden niet lang geduurd. Binnen een jaar had haar vader weer werk gevonden en kwam er weer vlees op tafel. Maar zelfs een korte periode van armoede laat zijn sporen achter, zo niet op het lichaam, dan toch op de geest, en de drie kinderen-Rizzoli hadden elk een beroep gekozen met een vast, zij het niet spectaculair, inkomen – Jane bij de politie, Frankie bij in het leger en Mikey bij de U.S. Postal Service. Alledrie probeerden ze te ontsnappen aan de onzekerheden van hun jeugd.

Ze keek naar het skelet op de tafel en zei: 'Assepoester. Het kan verkeren.'

'Of een verhaal van Dickens,' zei Dean.

'O ja,' zei Korsak. 'Dat jochie, Tiny Tim.'

Dokter Isles knikte. 'Tiny Tim had de Engelse ziekte.'

'En hij leefde nog lang en gelukkig omdat de ouwe Scrooge hem vermoedelijk een kapitaal heeft nagelaten,' zei Korsak.

Maar jij leefde niet lang en gelukkig, dacht Rizzoli terwijl ze naar het skelet staarde, dat nu niet langer een trieste verzameling botten was, maar een vrouw wier leven voor Rizzoli vorm begon te krijgen. Ze zag een kind met kromme benen en een trechterborst, dat aan groeiproblemen leed in de magere grond van de armoede. Ze zag dat kind een tiener worden, bloesjes dragen met ongelijksoortige knopen, de stof bijna doorgesleten. Had dat meisje toen al iets bijzonders, iets aparts gehad? Een vastberaden blik in haar ogen, een fier opgeheven kin die erop duidden dat ze voorbestemd was voor een beter leven dan ze bij haar geboorte had meegekregen?

Want de vrouw die ze was geworden, had in een andere wereld geleefd, waar geld genoeg was om een mooi gebit en gouden kronen te kopen. Puur geluk of hard werk of misschien de aandacht van de juiste man had haar in veel gerieflijker omstandigheden laten belanden. Maar de armoede van haar kinderjaren stond in haar botten gegroefd, in de gebogen benen en in de kromming van haar ribben.

Er waren ook sporen van pijn, een catastrofale gebeurtenis die haar linkerbeen en haar wervelkolom hadden verbrijzeld, waardoor twee van haar wervels aan elkaar geklonken hadden moeten worden en ze permanent een stalen pen in haar dij had gekregen.

'Afgaande op alles wat er aan haar gebit is gedaan en haar vermoedelijke socio-economische status, is dit een vrouw die meteen als vermist opgegeven moet zijn,' zei dokter Isles. 'Ze is minstens twee maanden dood. Je hebt kans dat ze in de database van het NCIC zit.'

'Ja, samen met honderdduizend anderen,' zei Korsak.

Het *National Crime Information Center* van de FBI had een database over vermiste personen. Wanneer een lijk werd gevonden, konden de gegevens ervan kruiselings gecheckt worden met die database, wat meestal een lijstje opleverde van personen die het zouden kunnen zijn.

'Hebben we niets plaatselijks?' vroeg Pepe. 'Geen openstaande zaken over vermiste personen die aan deze beschrijving beantwoorden?'

Rizzoli schudde haar hoofd. 'Niet in Massachusetts.'

Ondanks haar vermoeidheid kon Rizzoli die avond niet in slaap komen. Ze stapte uit bed om nogmaals te controleren of ze alle sloten op de deur wel goed dicht had gedaan en of de grendel voor het raam naar de brandtrap geschoven zat. Een uur later hoorde ze een geluid en verbeeldde ze zich dat Warren Hoyt door de gang naar haar slaapkamer kwam, een scalpel in zijn hand. Ze griste haar pistool van het nachtkastje en hurkte in het donker achter haar bed. Badend in het zweet wachtte ze, haar pistool in de aanslag, tot een silhouet in haar deuropening zou verschijnen.

Ze zag niets, hoorde niets, behalve het bonken van haar eigen hart en de zware bassen van een autoradio beneden op straat.

Na een heel lange tijd sloop ze de gang in en deed ze het licht aan.

Geen indringer te bekennen.

Ze liep naar de woonkamer en deed ook daar het licht aan. Met één blik zag ze dat de ketting nog op de deur zat en de grendel op het raam naar de brandtrap. Ze bleef staan staren naar een kamer die er precies zo uitzag als ze hem had achtergelaten en dacht: ik verlies mijn verstand.

Ze zakte neer op de bank, legde haar pistool naast zich en liet haar hoofd tussen haar handen zakken. Ze wou dat ze alle gedachten aan Warren Hoyt uit haar hersens kon knijpen, maar hij was er altijd, als een tumor die niet weggesneden kon worden, uitzaaiend naar ieder moment in haar leven dat ze niet sliep. In bed had ze niet liggen denken aan Gail Yeager of de nog onbekende vrouw wier botten ze daarstraks had bekeken. Noch aan de Vliegtuigman, wiens dossier nog steeds op haar bureau lag en haar verwijtend aanstaarde omdat ze het al zo lang had verwaarloosd. Zoveel namen, zoveel rapporten die haar aandacht opeisten, maar wanneer ze 's nachts in bed lag en in de duisternis voor zich uit staarde, zag ze alleen maar het gezicht van Warren Hoyt.

De telefoon ging. Ze schoot rechtop en haar hart ging meteen als een razende tekeer. Ze moest een paar keer diep ademhalen voordat ze kon opnemen.

'Rizzoli?' zei Thomas Moore. Die stem had ze niet verwacht en ze werd aangegrepen door weemoed. Het was pas een jaar geleden dat zij en Moore samen aan de zaak van de Chirurg hadden gewerkt. Hoewel hun relatie nooit meer dan collegiaal was geworden, hadden ze blindelings op elkaar vertrouwd en in sommige opzichten was dat een niveau van intimiteit dat alleen in huwelijken voorkwam. Nu ze zijn stem hoorde, besefte ze weer hoezeer ze hem miste. En hoezeer het feit dat hij met Catherine was getrouwd, haar nog steeds stak.

'Hé, Moore,' zei ze. Haar luchtige antwoord gaf niets van deze emoties bloot. 'Hoe laat is het bij jullie?'

'Bijna vijf uur. Het spijt me dat ik je zo laat bel. Catherine hoeft dit niet te horen.'

'Dat zit wel goed, hoor. Ik was nog wakker.'

Een korte stilte. 'Jij kunt dus ook niet slapen.' Geen vraag, maar een vaststelling. Hij wist dat ze beiden door dezelfde geesten gekweld werden.

'Heeft Marquette je gebeld?'

'Ja. Ik had gehoopt dat er inmiddels –'

'Nee, niets. Er zijn bijna vierentwintig uur verstreken en er is nog niet één melding binnengekomen dat iemand hem heeft gezien.'

'Het spoor is dus dood.'

'Er is nooit een spoor geweest. Hij vermoordt drie mensen in een operatiezaal, verandert in de onzichtbare man en wandelt het ziekenhuis uit. De politie van Fitchburg en de State Police hebben de hele buurt uitgekamd en wegversperringen neergezet. Zijn gezicht is op alle zenders vertoond. Het heeft niets opgeleverd.'

'Er is één plaats die hem zal lokken. Eén persoon...'

'Er staat een mannetje bij jullie flat. Als Hoyt zich daar in de buurt waagt, is hij erbij.'

Daarop bleef het lang stil. Toen zei Moore zachtjes: 'We komen voorlopig niet terug. Ik hou haar hier. Hier is ze veilig.'

Rizzoli hoorde de angst in zijn stem; angst die niet hemzelf gold maar zijn vrouw en met een steek van afgunst dacht ze: hoe zou het voelen wanneer iemand zoveel van je houdt?

'Weet Catherine dat hij ontsnapt is?' vroeg ze.

'Ja. Dat moest ik haar wel vertellen.'

'Hoe is het met haar?'

'Beter dan met mij. Ze probeert mij juist te kalmeren.'

'Zij heeft het ergste al meegemaakt, Moore. Ze heeft hem tweemaal verslagen. Bewezen dat ze sterker is dan hij.'

'Ze *denkt* dat ze sterker is. Dan wordt het juist gevaarlijk.'
'Maar nu heeft ze jou in ieder geval.' *En ik heb alleen mezelf. Zo was het altijd geweest en zo zou het waarschijnlijk altijd blijven.*

Het moest hem zijn opgevallen hoe gelaten haar stem klonk, want hij zei: 'Dit is voor jou natuurlijk ook ellendig.'
'Ik red me wel.'
'Dan ben je sterker dan ik.'
Haar lach was een hard geluid waar ze zelf van schrok, pure bluf. 'Ik heb helemaal geen tijd om me zorgen te maken over Hoyt. Ik heb de leiding over een nieuwe zaak. We hebben een stortplaats voor lijken gevonden in het Stony Brook-reservaat.'
'Hoeveel slachtoffers?'
'Twee vrouwen tot nu toe, plus een man die hij tijdens de ontvoering van een van die vrouwen heeft vermoord. Alweer zo'n rotklus, Moore. Je weet zelf hoe ernstig het is als Zucker de dader een bijnaam geeft. We noemen deze de Heerser.'
'Waarom de Heerser?'
'Omdat hij er geil van wordt wanneer hij heer en meester is over machteloze slachtoffers. Hij wil bijvoorbeeld de absolute macht hebben over de echtgenoot. Monsters en hun ziekelijke rituelen.'
'Het klinkt als een herhaling van afgelopen zomer.'
Alleen ben jij er nu niet om me dekking te geven. Je hebt andere prioriteiten.
'Zit er al schot in?' vroeg hij.
'Het gaat erg langzaam. We zitten met meervoudige jurisdictie, dubbele teams. Het korps van Newton is erbij betrokken en – let op – zelfs de FBI bemoeit zich ermee.'
'De FBI?'
'Ja. Ene Gabriel Dean. Hij zegt dat hij alleen maar optreedt als *adviseur*, maar hij steekt overal zijn grote neus in. Heb jij zoiets al eens eerder bij de hand gehad?'
'Nooit.' Een pauze. 'Dit ruikt niet erg fris, Rizzoli.'
'Ik weet het.'
'Wat zegt Marquette ervan?'
'Die heeft zich erbij neergelegd, omdat het moet van het OPC.'
'Wat is die Dean voor iemand?'
'Zo gesloten als een bus. Je weet wel, zo'n type van "als-ik-

het-je-vertel-moet-ik-je-doden".' Ze zweeg en dacht terug aan Deans blik, zijn ogen zo scherp en indringend als scherven blauw glas. Ja, ze zag hem met het grootste gemak een trekker overhalen zonder er zelfs maar bij te knipperen. 'Maar goed,' zei ze. 'Warren Hoyt is op dit moment niet mijn grootste zorg.'

'Voor mij wel,' zei Moore.

'Als er iets gebeurt, bel ik je meteen.'

Ze hing op en in de stilte verdween de bravoure die ze had gevoeld tijdens haar gesprek met Moore, als sneeuw voor de zon. Weer was ze in haar eentje achtergebleven met haar angst, in een flat met drie sloten op de deur, een grendel op het raam en alleen een pistool als gezelschap.

Jij bent eigenlijk mijn allerbeste vriend, dacht ze. Ze pakte het wapen op en liep ermee terug naar haar slaapkamer.

9

'Agent Dean is vanochtend bij me geweest,' zei inspecteur Marquette. 'Hij heeft twijfels over jou.'

'Dat is dan wederzijds,' zei Rizzoli.

'Hij twijfelt niet aan je bekwaamheid. Hij vindt je een prima agent.'

'Maar?'

'Hij vraagt zich af of jij de aangewezen figuur bent om dit onderzoek te leiden.'

Ze gaf niet meteen antwoord, maar zat kalm tegenover Marquette aan diens bureau. Toen hij haar die ochtend bij zich had geroepen, had ze al geweten waar het over ging. Ze was naar hem toegegaan met het ijzersterke voornemen haar emoties in bedwang te houden, hem geen enkele glimp te gunnen van waar hij op wachtte: een teken dat ze al stond te wankelen, dat ze vervangen moest worden.

Toen ze sprak, deed ze dat op een rustige, redelijke toon. 'Waar maakt hij zich precies bezorgd om?'

'Dat je wordt afgeleid. Dat je met hangende problemen worstelt betreffende Warren Hoyt. Dat je nog niet geheel bent hersteld van het onderzoek betreffende de Chirurg.'

'Wat bedoelde hij met "nog niet geheel hersteld"?' vroeg ze. Al wist ze precies wat hij daarmee bedoelde.

Marquette aarzelde. 'Jezus, Rizzoli. Het valt niet mee om zoiets te moeten zeggen. Dat weet je best.'

'Maar u zegt de dingen altijd recht voor hun raap.'

'Hij vindt je labiel.'

'En wat vindt u, inspecteur?'

'Ik vind dat je nogal veel tegelijk te doen hebt. En ik geloof dat je danig van streek bent door Hoyts ontsnapping.'

'Vindt u me labiel?'

'Dokter Zucker heeft ook zijn bezorgdheid geuit. Je bent afgelopen herfst niet komen opdagen voor psychologische hulp.'

'Daar had ik geen bevel toe gekregen.'
'Werkt dat bij jou zo? Moet je ertoe bevolen worden?'
'Ik vond dat ik het niet nodig had.'
'Zucker is van mening dat je de Chirurg nog niet hebt losgelaten. Dat je Warren Hoyt achter iedere boom ziet. Hoe kun je dit onderzoek leiden als je nog steeds bezig bent met het vorige?'
'Ik wil het toch echt van u horen, inspecteur. Vindt ú dat ik labiel ben?'
Marquette zuchtte. 'Ik weet het niet. Maar wanneer agent Dean bij me komt en me uitlegt waarom hij zich zorgen maakt, moet ik daar acht op slaan.'
'Naar mijn mening is agent Dean geen echt betrouwbare bron.'
Marquette keek haar zwijgend aan. Leunde naar voren en fronste. 'Dat is een ernstige aantijging.'
'Niet ernstiger dan waar hij mij van beschuldigt.'
'Heb je iets om dat te staven?'
'Ik heb vanochtend het kantoor van de FBI hier in Boston gebeld.'
'En?'
'Er is bij hen niets bekend over agent Gabriel Dean.'
Marquette leunde achterover in zijn stoel en keek haar aan, maar zei niets.
'Hij is regelrecht uit Washington gekomen,' zei ze. 'Hun afdeling Boston heeft er niets mee te maken gehad. Zo werkt dat normaal gesproken niet. Wanneer we hun om een crimineel profiel vragen, loopt dat altijd via hun plaatselijke veldcoördinator. Dit is niet via hen gelopen. Dit is allemaal in Washington geregeld. Waarom bemoeit de FBI zich eigenlijk met mijn onderzoek? En wat heeft Washington ermee te maken?'
Marquette zei nog steeds niets.
Ze ging door, met groeiende frustratie die dreigde haar zelfbeheersing te ondermijnen. 'U hebt gezegd dat het bevel om mee te werken afkomstig was van het OPC.'
'Dat is ook zo.'
'Wie bij de FBI heeft het OPC benaderd? Over welk onderdeel van de FBI gaat het?'
Marquette schudde zijn hoofd. 'Het was de FBI niet.'
'Wat?'

'Het verzoek is niet afkomstig van de FBI. Ik heb het OPC vorige week gebeld, op de dag dat Dean hierheen is gekomen. Ik heb ze dezelfde vraag gesteld.'
'En?'
'Ik heb ze beloofd dat ik dit zou behandelen als vertrouwelijke informatie. Dat verwacht ik ook van jou.' Pas nadat ze bevestigend had geknikt, ging hij door. 'Het verzoek was afkomstig van het kantoor van senator Conway.'
Ze staarde hem verbijsterd aan. 'Wat heeft onze senator hiermee te maken?'
'Dat weet ik niet.'
'Wilden ze u dat bij het OPC niet vertellen?'
'Daar weten ze het misschien ook niet. Maar zo'n verzoek kunnen ze niet naast zich neerleggen, niet wanneer het rechtstreeks afkomstig is van Conway. En hij vraagt per slot van rekening niet erg veel. Alleen maar samenwerking tussen twee overheidsinstanties. Dat is niets bijzonders.'
Ze leunde naar voren en zei op zachte toon: 'Er zit iets scheef, inspecteur, en dat weet u heel goed. Dean heeft ons niet alles verteld.'
'Ik heb je niet bij me geroepen om over Dean te praten. We hadden het over jou.'
'Maar u gaat af op wat hij zegt. Geeft de FBI tegenwoordig bevelen aan de politie van Boston?'
Daar had Marquette niet van terug. Hij richtte zich op en keek haar over zijn bureau heen aan. Ze had de vinger precies op de zere plek gelegd. *De FBI tegen Ons. Bent u wel de baas?*
'Goed,' zei hij. 'We hebben gepraat. Je hebt geluisterd. Dat is voor mij genoeg.'
'Voor mij ook.' Ze stond op.
'Maar ik hou je in de gaten, Rizzoli.'
Ze knikte in zijn richting. 'Dat doet u toch altijd?'

'Ik heb interessante vezels gevonden,' zei Erin Volchko. 'Ze zijn met cellotape van de huid van Gail Yeager gelicht.'
'Nog meer van die marineblauwe tapijtvezels?' vroeg Rizzoli.
'Nee. Eerlijk gezegd weet ik niet zeker wat het is.'
Erin gaf niet vaak toe dat ze voor het blok zat. Dat wakkerde Rizzoli's belangstelling aan voor de dia die onder de microscoop lag. Door de lens zag ze een donkere draad.

'Dit is een synthetische vezel, waarvan ik de kleur saaigroen heb genoemd. Gebaseerd op de brekingsindex is dit onze oude vriend Dupont nylon 6-6.'
'Net als de marineblauwe tapijtvezels.'
'Ja. Nylon 6-6 is een vezel die het goed doet omdat hij zo sterk en veerkrachtig is. Hij is te vinden in een grote verscheidenheid aan stoffen.'
'En je zegt dat deze vezels van Gail Yeagers huid zijn gelicht?'
'Deze vezels zaten op haar heupen, borsten en een van haar schouders.'
Rizzoli fronste zijn wenkbrauwen. 'Een laken? Iets waar hij haar lichaam in heeft gewikkeld?'
'Ja, maar geen laken. Daar is nylon niet geschikt voor, omdat het vrijwel geen vocht opneemt. Verder zijn de draden van deze stof samengesteld uit bijzonder dunne vezels van dertig denier, tien vezels per draad. En de draad is dunner dan een mensenhaar. Een dergelijke draad kan een product opleveren dat uitermate strak geweven is. Misschien waterbestendig.'
'Een tent? Een dekzeil?'
'Zou kunnen. Dat zijn goede stoffen om een lijk in te wikkelen.'
Rizzoli zag opeens een bizar plaatje voor zich: opgerolde dekzeilen in de doe-het-zelfzaak, met op het etiket aanwijzingen van de fabrikant: GESCHIKT VOOR KAMPEREN, HET WATERDICHT VERPAKKEN VAN GOEDEREN EN HET VERVOEREN VAN LIJKEN.
'Als het gewoon dekzeil is, hebben we te maken met een erg alledaagse stof,' zei ze.
'Denk je nu werkelijk dat ik je helemaal hierheen had laten komen om naar een alledaagse stof te kijken?'
'Is het dat dan niet?'
'Het is juist erg interessant.'
'Wat is er zo interessant aan zeildoek?'
Erin pakte een map van een werkblad en haalde daar een computergrafiek uit, een lijntjessilhouet met scherpe pieken. 'Ik heb deze draad aan een ATR-analyse onderworpen. Dat heeft dít opgeleverd.'
'Wat is een ATR-analyse?'
'Een methode waarbij infrarode microspectroscopie wordt gebruikt om afzonderlijke vezels te onderzoeken. Een infrarode

straal wordt op de vezel gericht en dan lezen we het spectrum van licht dat terugkaatst. Deze grafiek laat de infrarode kenmerken van de vezel zien. Het is een bevestiging dat het om nylon 6-6 gaat, zoals ik al zei.'

'Dat is dus geen verrassing.'

'Nee, dat niet,' zei Erin met een slinkse glimlach rond haar lippen. Ze haalde een tweede grafiek uit de map en legde die naast de eerste. 'Hier zien we de infrarode analyse van dezelfde draad. Valt je iets op?'

Rizzoli keek van de ene naar de andere grafiek. 'Ze zijn niet hetzelfde.'

'Inderdaad.'

'Maar zouden ze niet identiek moeten zijn als het om dezelfde draad gaat?'

'Voor de tweede grafiek heb ik het beeldvlak veranderd. Deze ATR is de reflectie van de *oppervlakte* van de draad. Niet de kern.'

'Dus de oppervlakte en de kern verschillen van elkaar.'

'Ja.'

'Twee verschillende draden die ineen zijn gestrengeld?'

'Nee, het is maar één draad, maar de oppervlakte van de stof is bewerkt. Dat is te zien in de tweede analyse – van de oppervlaktechemicaliën. Ik heb hem in de chromatograaf gestopt en het lijkt een basis van silicone te hebben. Nadat de draden waren geweven en geverfd, is op het gerede product een laagje silicone aangebracht.'

'Waarom?'

'Dat weet ik nu juist niet. Om het waterdicht te maken? Scheurbestendig? Het moet een duur grapje zijn. Volgens mij wordt deze stof voor een heel specifiek doel gemaakt. Ik weet alleen niet wat het is.'

Rizzoli leunde achterover op haar laboratoriumstoel. 'Als we deze stof vinden,' zei ze, 'hebben we onze dader.'

'Ja. In tegenstelling tot gewone blauwe tapijtstof, is deze stof uniek.'

De geborduurde handdoeken waren over de salontafel gedrapeerd zodat alle bezoekers ze konden zien. De letters AR, Angela Rizzoli, waren met barokkrullen ineengestrengeld. Jane had de lievelingskleur van haar moeder gekozen, perzik, en extra betaald voor een luxe cadeauverpakking met abrikooskleurig lint en een tuiltje zijden bloemetjes. Het was afgeleverd door Federal Express, omdat haar moeder de rood-wit-blauwe bestelauto's associeerde met verrassingen en blijde gebeurtenissen.

En Angela Rizzoli's negenenvijftigste verjaardag zou een blijde gebeurtenis moeten zijn. Van verjaardagen werd bij de Rizzoli's altijd veel werk gemaakt. Wanneer Angela in december een kalender voor het nieuwe jaar kocht, noteerde ze onmiddellijk de verjaardagen van alle familieleden in de betreffende datumhokjes. De verjaardag van een familielid vergeten, was een ernstige overtreding. De verjaardag van je *moeder* vergeten, was een onvergeeflijke zonde en Jane haalde het dan ook niet in haar hoofd die dag zonder festiviteiten voorbij te laten gaan. Zij was degene die het ijs had gekocht en de slingers opgehangen, degene die de uitnodigingen naar de tientallen buren had gestuurd die nu in de zitkamer van de familie Rizzoli bijeenzaten. Zij was degene die nu de taart sneed en op plastic bordjes doorgaf aan de gasten. Zoals altijd had ze haar plicht gedaan, maar dit jaar was het feest een flop. En dat kwam door Frankie.

'Er is iets mis,' zei Angela. Ze zat op de bank tussen haar echtgenoot en haar jongste zoon, Michael en staarde vreugdeloos naar de cadeautjes die op de salontafel stonden uitgestald – voldoende badparels en talkpoeder om haar nog tien jaar lekker te laten ruiken. 'Misschien is hij ziek. Misschien is er een ongeluk geweest en heeft nog niemand me gebeld.'

'Frankie mankeert heus niks, mam,' zei Jane.

'Nee,' viel Michael haar bij. 'Misschien hebben ze hem – hoe noem je dat ook alweer? Wanneer ze de oorlog nabootsen?'

'Manoeuvres,' zei Jane.

'O ja. Misschien hebben ze hem op manoeuvre gestuurd. Of misschien zelfs naar het buitenland en mag hij er tegen niemand iets over zeggen en heeft hij nergens een telefoon in de buurt.'

'Hij is Rambo niet. Hij is maar een gewone drilsergeant.'

'Zelfs Rambo stuurt zijn moeder een kaartje voor haar verjaardag,' zei Frank senior nijdig.

In de plotselinge stilte zochten alle gasten dekking door simultaan een hapje taart te nemen. Een paar seconden kauwden ze allemaal ingespannen.

Het was Gracie Kaminsky, de naaste buurvrouw van de Rizzoli's, die dapper de stilte verbrak. 'Wat een heerlijke cake, Angela! Wie heeft die gebakken?'

'Ik,' zei Angela. 'Moet je nagaan. Ik heb mijn eigen verjaardagstaart moeten bakken. Maar zo gaat het nu eenmaal in dit gezin.'

Jane kleurde alsof ze een klap had gekregen. Het was allemaal Frankies schuld. Angela was boos op hém, maar zoals gewoonlijk was Jane degene die de klappen kreeg. Ze zei, heel redelijk: 'Ik heb gezegd dat ik een taart kon meebrengen, mam.'

Angela schokschouderde. 'Van een banketbakker.'

'Ik had geen tijd om er een te bakken.'

Het was de waarheid, maar het was precies wat ze niét had moeten zeggen. Ze wist het voordat haar woorden koud waren. Ze zag haar broer Mike op de bank ineenkrimpen. Zag haar vader rood aanlopen en zich schrap zetten.

'Ze had geen tijd,' zei Angela.

Jane stootte een wanhopig lachje uit. 'Mijn taarten lijken bovendien nergens op.'

'Ze had geen tijd,' herhaalde Angela.

'Wil je soms wat ijs, mam?'

'Als je het zo *druk* hebt, moet ik je eigenlijk op mijn blote knieën danken dat je überhaupt op de verjaardag van je eigen moeder bent gekomen.'

Haar dochter zei niets, stond er alleen maar bij met een vuurrode kleur, vechtend tegen haar tranen. De gasten namen haastig nog een hap van hun cake en durfden elkaar niet aan te kijken.

Op dat moment ging de telefoon. Iedereen verstijfde.

Frank senior nam op. Zei: 'Je moeder zit hier naast me,' en gaf de draadloze telefoon aan Angela.

Jezus, Frankie, het zal tijd worden. Met een zucht van opluchting begon Jane gebruikte plastic bordjes en vorkjes op te halen.

'Welk cadeautje?' zei haar moeder. 'Ik heb helemaal geen cadeautje gekregen.'

Jane trok een gezicht. *Nee, Frankie. Probeer niét mij dat in de schoenen te schuiven.*

In de volgende zin was alle boosheid op magische wijze uit haar moeders stem verdwenen.

'Ja, Frankie, dat begrijp ik best, hoor, lieverd. Ze beulen je echt af, hè?'

Jane liep hoofdschuddend naar de keuken, maar haar moeder riep haar na: 'Hij wil je spreken.'

'Wie, mij?'

'Dat zei hij.'

Jane pakte de telefoon van haar aan. 'Hallo, Frankie,' zei ze.

'Verdomme, Janie!' beet haar broer haar toe.

'Pardon?'

'Je weet heel goed waar ik het over heb.'

Ze liep snel de kamer uit, nam de telefoon mee de keuken in en liet de deur achter zich dichtvallen.

'Zo'n kleinigheid, en dat kun je nog niet eens voor me doen,' zei hij.

'Bedoel je het cadeautje?'

'Ik bel om haar te feliciteren en ze valt me meteen aan.'

'Dat had je kunnen verwachten.'

'Je vindt dit zeker wel leuk, hè? Dat je me op haar zwarte lijst hebt gekregen?'

'Dat heb je helemaal aan jezelf te danken. Als ik het goed heb gehoord, ben je er trouwens op je eigen slinkse manier alweer in geslaagd er af te komen.'

'En dat kan jij niet hebben.'

'Het interesseert me niets, Frankie. Het is een zaak tussen jou en mam.'

'Ja, maar jij zit er steeds bij en doet allerlei dingen achter mijn rug. Als je me maar zwart kunt maken. Je hoefde alleen maar mijn naam erbij te zetten op dat stomme cadeau van je.'

'Mijn cadeau was al bezorgd.'

'En het was zeker te veel moeite om uit mijn naam een kleinigheidje te kopen?'

'Inderdaad. Ik hoef jou niet te bedienen. Ik werk achttien uur per dag.'

'Ach ja, dat is ook zo. Dat moet ik iedere keer weer horen. "Arme ik, ik werk zo hard dat ik 's nachts maar een kwartier mijn ogen dicht kan doen."'

'Je hebt me trouwens het geld voor het vorige cadeau nog niet eens teruggegeven.'

'Wel waar.'

'Niet waar.' *En ik kan het nog steeds niet hebben dat mam altijd zegt: 'Die mooie lamp die ik van Frankie heb gekregen'.*
'Het gaat dus om het geld,' zei hij.
Haar pieper trilde aan haar riem. Ze keek naar het nummer.
'Het geld interesseert me niet. Wat me dwarszit, is dat jij altijd overal onderuit komt. Je steekt nooit een vinger uit, maar je wordt evengoed overladen met dank.'
'Zijn we weer terug bij "arme ik"?'
'Ik ga nu ophangen, Frankie.'
'Geef me mam nog even.'
'Ik moet eerst mijn pieper beantwoorden. Bel zo dadelijk maar terug.'
'Wat!? Je denkt toch niet dat ik nog een keer helemaal vanuit Californië –'
Ze verbrak de verbinding. Wachtte even om tot rust te komen en drukte toen het nummer in dat in het raampje van haar pieper stond.
Darren Crowe nam op.
Ze was niet in de stemming voor nóg een vervelende kerel dus beet ze hem toe: 'Rizzoli. Je hebt me gepiept.'
'Jezus, neem een valium.'
'Ga je me vertellen wat er is, ja of nee?'
'Een nieuwe moord. In Beacon Hill. Sleeper en ik zijn hier ongeveer een halfuur geleden aangekomen.'
Ze hoorde gelach in haar moeders zitkamer en keek naar de gesloten deur. Dacht aan de scène die onvermijdelijk zou oplaaien als ze halverwege Angela's verjaardagsfeest afscheid kwam nemen.
'Dit moet je zien,' zei Crowe.
'Waarom?'
'Wacht maar tot je hier bent.'

10

Rizzoli was op de veranda blijven staan, voor de open voordeur. Ze kon de geur van de dood daarvandaan al ruiken en had er moeite mee de eerste stap naar binnen te doen. Te gaan kijken naar wat ze al wist dat ze zou zien. Ze had het liefst nog even gewacht, zich op de beproeving voorbereid, maar Darren Crowe, die had opengedaan, stond afwachtend naar haar te kijken, dus had ze geen andere keus dan handschoenen en schoenbeschermers aan te trekken en te gaan doen wat er gedaan moest worden.

'Is Frost er al?' vroeg ze toen ze de handschoenen aantrok.

'Ja, die is een minuut of twintig geleden aangekomen. Hij is binnen.'

'Ik zou er eerder zijn geweest als ik niet helemaal uit Revere had moeten komen.'

'Wat deed je in Revere?'

'Mijn moeder is jarig.'

Hij lachte. 'Zo te horen was het een zeer geslaagd feest.'

'Breek me de bek niet open.' Ze trok de tweede schoenbeschermer aan en richtte zich op, haar gezicht weer in de plooi. Mannen als Crowe hadden alleen respect voor kracht en kracht was het enige wat ze hem zou laten zien. Ze wist, toen ze naar binnen liepen, dat hij naar haar keek, dat hij afwachtte hoe ze zou reageren op wat ze te zien zou krijgen. Steeds weer werd ze op de proef gesteld, wachtten ze op het moment dat ze te kort zou schieten. Ervan overtuigd dat het vroeg of laat zou gebeuren.

Hij deed de voordeur achter hen dicht en opeens kreeg ze een claustrofobisch gevoel, afgesneden van de buitenlucht. De stank van de dood werd sterker, haar longen werden gevuld met het gif ervan. Ze liet echter niets van deze emoties merken toen ze haar blik door de hal liet glijden met de vier meter hoge muren en de antieke staande klok – die niet tikte. Ze had Beacon Hill altijd beschouwd als haar ideaal, de droomwijk waar ze zou gaan wonen als ze de loterij won of, nog onwaarschijnlijk, als ze ooit haar droomprins zou vinden. En dit had heel goed haar droomhuis kunnen zijn. Ze werd nu al nerveus van de overeenkomsten met de moord op de Yeagers. Een prachtige villa in een dure wijk. De geur van een slachting in de lucht.

'Het alarmsysteem stond af,' zei Crowe.

'Afgezet?'

'Nee. De slachtoffers hebben het niet aangezet. Misschien wisten ze niet hoe het moest, omdat het niet hun huis is.'

'Wiens huis is het dan?'

Crowe klapte zijn notitieboekje open en las: 'De eigenaar is Christopher Harm, een tweeënzestigjarige gepensioneerde beursagent. Zit in het bestuur van het Boston Symphony Orchestra. Verblijft 's zomers in Frankrijk. Heeft meneer en mevrouw Ghent aangeboden van zijn huis gebruik te maken wanneer ze tijdens hun tournee Boston zouden aandoen.'

'Hun tournee? Hoe bedoel je?'

'Het zijn musici. Ze zijn een week geleden overgevlogen uit Chicago. Karenna Ghent is pianiste. Haar echtgenoot Alexander was cellist. Vanavond zou hun laatste optreden zijn geweest in de Symphony Hall.'

Het ontging haar niet dat Crowe over de man in de verleden tijd sprak, maar niet over de vrouw.

Hun papieren schoenbeschermers ritselden over de houten vloer toen ze de gang doorliepen, op het geluid van stemmen af. Toen Rizzoli de woonkamer binnenging, zag ze het lijk niet meteen, omdat het zicht erop haar werd ontnomen door Sleeper en Frost, die met hun rug naar haar toe stonden. Wat ze wel zag, was het inmiddels bekende griezelverhaal dat op de muren stond geschreven: meervoudige bogen slagaderlijk bloed. Ze maakte vermoedelijk een geschrokken geluid, want Frost en Sleeper draaiden zich gelijktijdig om en zagen haar staan. Ze deden beiden een stap opzij en nu zag ze dokter Isles die op haar knieën bij het slachtoffer zat.

Alexander Ghent zat tegen de muur geleund als een trieste marionet, zijn hoofd achterover zodat de gapende wond waar zijn keel had gezeten, te zien was. *Zo jong*, was haar eerste geschrokken reactie toen ze naar het hartverscheurend onschuldige gezicht keek, het open blauwe oog. *Wat was hij nog geweest.*

'Een pr-vrouw van de Symphony Hall – Evelyn Petrakas – was hen om ongeveer zes uur komen halen voor het concert,' zei Crowe, 'maar ze deden niet open. Toen ze merkte dat de deur niet op slot zat, is ze naar binnen gegaan om te zien waar ze bleven.'

'Hij draagt een pyjamabroek,' zei Rizzoli.

'Hij verkeert in rigor mortis,' zei dokter Isles terwijl ze overeind kwam. 'En hij is al aardig afgekoeld. Ik zal nauwkeuriger details kunnen geven nadat ik de uitslag van het vitreus-kaliumonderzoek binnen heb, maar naar mijn voorlopige schatting is hij zestien tot twintig uur dood. Dat wil zeggen dat hij...' Ze keek op haar horloge. '... tussen één en vijf uur vannacht is vermoord.'

'Het bed is niet opgemaakt,' zei Sleeper. 'Ghent en zijn vrouw zijn gisteravond voor het laatst gezien. Ze zijn rond elf uur uit de Symphony Hall vertrokken en hier door mevrouw Petrakas afgezet.'

De slachtoffers hadden liggen slapen, dacht Rizzoli, starend naar Alexander Ghents pyjamabroek. Ze hadden liggen slapen, zonder zich ervan bewust te zijn dat er iemand in hun huis was. Dat er iemand naar hun slaapkamer kwam.

'Er is een open keukenraam dat uitkomt op een plaatsje achter het huis,' zei Sleeper. 'We hebben een aantal voetafdrukken gevonden in het bloemperk, maar niet allemaal van dezelfde schoenmaat. Sommige zijn misschien van een tuinman. Of van de slachtoffers zelf.'

Rizzoli staarde naar de tape rond Alex Ghents enkels. 'En mevrouw Ghent?' vroeg ze, al wist ze het antwoord al.

'Die wordt vermist,' zei Sleeper.

Ze liet haar blik in een steeds grotere cirkel rond het lijk gaan, maar ze zag geen gebroken theekopje, geen scherfjes porselein. Er zit iets fout, dacht ze.

'Rechercheur Rizzoli?'

Ze draaide zich om en zag een technicus van het onderzoeksteam in de deuropening staan.

'De agent buiten zegt dat er iemand is die beweert dat hij u kent en dat hij een hoop stennis maakt omdat hij naar binnen wil. Wilt u even gaan kijken?'

'Ik weet wie het is,' zei ze. 'Ik ga hem wel even halen.'
Korsak liep met een sigaret in zijn hand op de stoep heen en weer, zo kwaad dat men hem tot het niveau van een doodgewone omstander had verlaagd, dat er zelfs rook uit zijn oren leek te komen. Toen hij Rizzoli zag, smeet hij de peuk neer en trapte hem uit alsof het een smerig insect was.

'Probeer je me erbuiten te houden?' vroeg hij.

'Sorry. Ik had vergeten het aan de agent door te geven.'

'Snotjong. Toonde geen greintje respect.'

'Hij wist het niet. Het is mijn schuld.' Ze hield het politielint omhoog en hij dook eronderdoor. 'Kom even kijken.'

Bij de voordeur wachtte ze terwijl hij schoenbeschermers en latexhandschoenen aantrok. Hij wankelde toen hij probeerde op één been te staan. Toen ze hem bij de arm greep, merkte ze tot haar schrik dat zijn adem naar alcohol rook. Ze had hem vanuit haar auto gebeld; hij had geen dienst gehad en was thuis geweest. Nu had ze er spijt van dat ze het had gedaan. Hij was in een boze, opstandige bui, maar ze kon hem geen toegang weigeren zonder het risico te lopen een lawaaierige en erg publieke scène te creëren. Ze kon alleen maar hopen dat hij nog zo nuchter was dat hij hen niet allebei in verlegenheid zou brengen.

'Goed,' zei hij. 'Laat maar eens zien wat we hier hebben.'

In de woonkamer staarde hij zonder iets te zeggen naar het lijk van Alexander Ghent, onderuitgezakt in een plas bloed. Korsaks overhemd hing half uit zijn broek en zoals gewoonlijk ademde hij luidruchtig. Ze zag Crowe en Sleeper hun kant uit kijken en Crowe zijn ogen ten hemel slaan en opeens was ze woedend op Korsak dat hij in een dusdanige toestand hierheen was gekomen. Ze had hem gebeld omdat hij de eerste rechercheur was geweest die bij de Yeagers naar binnen was gegaan en ze had willen weten wat hij van deze moord dacht. In plaats daarvan zat ze nu met een dronken smeris die haar met zijn aanwezigheid alleen al in verlegenheid bracht.

'Het zou onze jongen kunnen zijn,' zei Korsak.

Crowe snoof. 'Denk je echt, Sherlock?'

Korsak richtte zijn bloeddoorlopen ogen op Crowe. 'Jij bent zeker een van die wonderkinderen, die alles weten?'

'Niet dat je een wonderkind moet zijn om te weten wat we hier hebben.'

'Wat denk jij dan dat we hier hebben?'

'Een herhaling van de vorige keer. Nachtelijke insluiping. Echtpaar overrompeld in bed. Vrouw ontvoerd, man achtergelaten met doorgesneden keel. Het klopt allemaal.'

'Waar is het theekopje dan?' Korsak mocht dan niet helemaal helder zijn, hem was wél meteen hetzelfde opgevallen als Rizzoli.

'Er is geen theekopje,' zei Crowe.

Korsak staarde naar de lege schoot van het slachtoffer. 'Hij heeft het slachtoffer in positie gezet. Zittend tegen de muur om naar de voorstelling te kijken, net als de vorige keer. Maar hij heeft het waarschuwingssysteem weggelaten. Het theekopje. Hoe heeft hij de man dan in de gaten gehouden, toen hij de vrouw verkrachtte?'

'Ghent is een mager mannetje. Geen grote bedreiging. Bovendien was hij vastgebonden. Hoe had hij overeind moeten komen om zijn vrouw te verdedigen?'

'Ik zeg alleen maar dat dit anders is dan de vorige keer.'

Crowe haalde zijn schouders op en liep weg. 'Dan heeft hij zijn script veranderd.'

'Kijk eens aan, de mooie jongen weet letterlijk álles.'

Er viel een stilte in de kamer. Zelfs dokter Isles, die vaak klaarstond met een ironische opmerking, zei niets, maar keek toe met een vaag geamuseerde uitdrukking op haar gezicht.

Crowe draaide zich om, zijn blik als laserstralen op Korsak gericht. Maar hij sprak tot Rizzoli: 'Rechercheur, is er een reden waarom deze man zich op onze plaats delict moet begeven?'

Rizzoli greep Korsaks arm. Die was blubberig en vochtig en ze rook zijn zure zweet. 'We hebben de slaapkamer nog niet gezien. Kom mee.'

'Ja,' lachte Crowe. 'Sla vooral de slaapkamer niet over.'

Korsak rukte zijn arm los en deed een wankele stap in Crowes richting. 'Ik ben al veel langer met deze moordenaar bezig dan jij, lul.'

'Kom mee, Korsak,' zei Rizzoli.

'... ieder spoor heb ik verdomme nagelopen. Ik had hier als eerste bijgeroepen moeten worden, want ik ken hem nu. Ik kan hem ruiken.'

'O. Is dát wat ik ruik?' zei Crowe.

'Kom nou mee,' zei Rizzoli, die zich bijna niet meer kon inhouden. Ze was bang voor alle woede die bulderend naar buiten zou komen als ze haar zelfbeheersing kwijtraakte. Woede die zowel Korsak als Crowe gold, om hun stompzinnige gehak op elkaar.

Uiteindelijk was het Barry Frost die elegant tussenbeide kwam om de spanning weg te nemen. Rizzoli had van nature de neiging om zich onvervaard in disputen te storten, Frost was de vredestichter. Zo word je vanzelf als je het middelste kind bent, had hij een keer tegen haar gezegd, het kind dat weet dat zijn gezicht anders met de vuisten van alle betrokken partijen in aanraking zal komen. Hij deed niet eens een poging Korsak te kalmeren, maar zei in plaats daarvan tegen Rizzoli: 'Kom even kijken wat we in de slaapkamer hebben gevonden. Het is de schakel tussen deze twee zaken.' Hij liep de woonkamer door naar een gang. Zijn doelbewuste passen zeiden: *Als je erbij wilt blijven, moet je mij volgen.*

Even later deed Korsak dat ook.

In de slaapkamer keken Frost, Korsak en Rizzoli naar de verkreukelde lakens en de weggeslagen dekens. Naar de parallelle banen in de vloerbedekking.

'Uit bed gesleurd,' zei Frost. 'Net als de Yeagers.'

Maar Alexander Ghent was kleiner en veel minder gespierd geweest dan dokter Yeager, en de moordenaar zou er veel minder moeite mee gehad hebben hem door de gang te slepen en tegen de muur zetten. Hem bij zijn haar te grijpen en zijn keel bloot te leggen.

'Op het ladekastje,' zei Frost.

Het was een kobaltblauw nachthemdje, keurig opgevouwen en bespikkeld met bloed. Het soort lingerie dat een jonge vrouw draagt om een minnaar te verleiden, haar echtgenoot op te winden. Karenna Ghent had er geen idee van gehad dat dit kledingstuk ooit nog eens als kostuum én rekwisiet zou dienen in een zo gewelddadig theater. Ernaast lagen twee reisenveloppen van Delta Airline. Rizzoli keek erin en zag het reisschema dat was geregeld door hun impresario.

'Ze hadden morgen verder moeten reizen,' zei ze. 'Hun volgende halte was Memphis.'

'Graceland krijgen ze dus niet meer te zien,' zei Korsak. 'Jammer.'

Buiten gingen zij en Korsak in zijn auto zitten met de raampjes open. Korsak rookte een sigaret. Hij nam lange trekken en slaakte steeds een tevreden zucht terwijl de rook zijn giftige wonderen verrichtte in zijn longen. Hij leek kalmer, beter geconcentreerd dan toen hij drie uur geleden was aangekomen. De nicotinefix had zijn geest gescherpt. Of misschien was de invloed van de alcohol eindelijk afgenomen.

'Denk je dat het onze jongen is of heb je twijfels?' vroeg hij haar.

'Geen twijfel aan.'

'De Crimescope heeft geen sperma gevonden.'

'Misschien is hij ditmaal voorzichtiger geweest.'

'Of hij heeft haar niet verkracht,' zei Korsak. 'En had hij daarom het theekopje niet nodig.'

Geïrriteerd door de rook draaide ze haar gezicht naar het open raam en wapperde ze met haar hand. 'Een moord plegen gaat niet volgens een filmscript,' zei ze. 'Ieder slachtoffer reageert anders. Het is een stuk voor twee hoofdpersonen, Korsak. De moordenaar en het slachtoffer. Ze kunnen beiden invloed hebben op de afloop. Dokter Yeager was veel forser dan Alex Ghent. Misschien was de dader er niet zeker van dat hij Yeager in bedwang kon houden en heeft hij het serviesgoed als waarschuwingssignaal gebruikt. En misschien vond hij dat bij Ghent niet nodig.'

'Ik weet het niet.' Korsak tikte as buiten het raam. 'Het is zoiets raars, dat gedoe met dat theekopje. Een soort handtekening. Iets dat hij niet zomaar zou weglaten.'

'Al het andere was precies hetzelfde,' zei ze. 'Een welgesteld echtpaar. De man gekneveld en tegen de muur gezet. De vrouw ontvoerd.'

Ze zwegen allebei toen bij hen beiden dezelfde lugubere gedachte opkwam: *De vrouw. Wat heeft hij met Karenna Ghent gedaan?*

Rizzoli wist het antwoord al. Straks zou op alle televisieschermen in de stad een foto van Karenna verschijnen en de bevolking opgeroepen worden te helpen; de politie van Boston zou iedere telefoontip nalopen, iedere melding over een donkerharige vrouw onderzoeken, maar Rizzoli wist al hoe het zou aflopen. Ze vóélde het, als een koude steen in haar maag. Karenna Ghent was dood.

'Het lijk van Gail Yeager is pakweg twee dagen na de ontvoering gedumpt,' zei Korsak. 'Hoeveel tijd is er verstreken sinds dit stel is aangevallen? Twintig uur ongeveer?'

'Stony Brook-reservaat,' zei Rizzoli. 'Daar zal hij haar naartoe brengen. Ik zal zeggen dat ze het surveillanceteam moeten uitbreiden.' Ze wierp een blik op Korsak. 'Denk je dat Joey Valentine hier iets mee te maken heeft?'

'Daar ben ik mee bezig. Hij heeft me uiteindelijk een bloedmonster gegeven. Binnenkort weten we zijn DNA.'

'Dat zou een schuldige man nooit doen. Laat je hem nog steeds in de gaten houden?'

'Nee, dat heb ik gedaan tot hij een klacht indiende dat ik hem lastigviel.'

'Was dat zo?'

Korsak lachte en met zijn lach kwamen wolkjes rook naar buiten. 'Iedere volwassen kerel die geil wordt van het bepoederen van dode dames, zal uiteindelijk krijsen als een meid, ongeacht wat ik doe.'

'En hoe krijsen meisjes precies?' vroeg ze geërgerd. 'Ongeveer net als jongens?'

'Jezus, ga nou alsjeblieft niet de beha-verbrandende feministe uithangen. Daar heb ik mijn dochter voor. Tot ze geld te kort komt en bij haar chauvinistische vader aanklopt om hulp.' Opeens leunde Korsak naar voren. 'Hallo, wie hebben we daar?'

Een zwarte Lincoln parkeerde op een vrije plek aan de overkant van de straat. Rizzoli zag Gabriel Dean uit de auto komen, zijn slanke, atletische gestalte regelrecht uit een modeblad. Hij keek op naar de rode bakstenen van het huis. Toen liep hij naar de agent die de perimeter bewaakte en liet hem zijn penning zien.

De agent liet hem meteen door.

'Krijg nou wat!' zei Korsak. 'Daar kan ik nou vreselijk de pest over in krijgen! Die stomme klabak heeft mij laten darren tot jij me kwam halen. Alsof ik een of andere schooier was. Dean hoeft alleen maar met zijn magische penning te zwaaien en "FBI" te zeggen en hij is binnen. Waarom mag die klojo wél zo doorlopen?'

'Misschien omdat hij de moeite heeft genomen zijn overhemd in zijn broek te stoppen.'

'Laat me niet lachen. Zelfs met het mooiste pak van de wereld zou ik er niet langs gekomen zijn. Het zit 'm in je houding. Moet je hem zien. Alsof hij de baas van de hele wereld is.'

Ze keek naar Dean die bevallig op één been balanceerde om een schoenbeschermer aan te doen. Daarna stak hij zijn lange handen in handschoenen, als een chirurg die aan een operatie gaat beginnen. Ja, het zat 'm in je houding. Korsak was een nijdige vuistvechter die verwachtte van iedereen een schop te krijgen. En dus gebeurde dat ook.

'Wie heeft hem erbij gehaald?' vroeg Korsak.

'Ik niet.'

'En toch komt hij weer opdagen.'

'Zoals iedere keer. Iemand houdt hem op de hoogte. Niet een van mijn mensen. Iemand hogerop.'

Ze staarde naar de voordeur. Dean was naar binnen gegaan. Ze beeldde zich in hoe hij in de woonkamer stond en naar de bloedspatten keek. Hoe hij ze las zoals een ander een verslag erover las, helderrode spatten, ontdaan van de menselijkheid van hun bron.

'Weet je, ik heb daarover zitten denken,' zei Korsak. 'Dean is drie dagen nadat de Yeagers waren aangevallen, pas op het toneel verschenen. We hebben hem voor het eerst in het Stony Brook-reservaat gezien, nietwaar, toen het lijk van mevrouw Yeager was gevonden?'

'Ja.'

'Waarom had hij daar zo lang over gedaan? Laatst zaten we te spelen met de gedachte dat het een executie was, weet je nog wel? Dat de Yeagers in moeilijkheden waren geraakt. Als ze op het radarscherm van de FBI stonden – als die een onderzoek naar hen instelde of ze in de gaten hield – zou je toch denken dat de FBI er meteen bij zou zijn geweest toen dokter Yeager was vermoord. Maar ze hebben drie dagen gewacht. Waarom hebben ze uiteindelijk toch iemand gestuurd? Waar is hun belangstelling door gewekt?'

Ze keek hem aan. 'Heb je een VICAP-rapport ingediend?'

'Ja. Ben ik goddomme een uur mee bezig geweest. Honderdnegenentachtig vragen. Idiote dingen als "Waren er delen van het lichaam afgebeten? Welke voorwerpen waren in de lichaamsopeningen gestoken?" Nu moet ik er nog eentje indienen over *mevrouw* Yeager.'

'Heb je meteen om een profielevaluatie gevraagd toen je het formulier hebt opgestuurd?'

'Nee. Ik vond het niet nodig een profielschetser van de FBI te vragen mij te vertellen wat ik al weet. Ik heb mijn plicht gedaan en het VICAP-formulier opgestuurd.'

VICAP, het *Violent Criminals Apprehension Program*, was de database van de FBI over gewelddadige misdadigers. Het bijhouden van die database vereiste de medewerking van agenten die al tot hun nek in het werk zaten en vaak geen zin hadden om de ellenlange vragenlijst in te vullen.

'Wanneer heb je het formulier opgestuurd?' vroeg ze.

'Meteen na de autopsie op dokter Yeager.'

'En toen kwam Dean. De dag daarop.'

'Denk je dat het 'm daarin zit?' vroeg Korsak. 'Daar hij daardoor is gekomen?'

'Misschien heeft jouw formulier een alarmbel laten afgaan.'

'Maar waar zouden ze dan zo'n belangstelling voor hebben?'

'Geen idee.' Ze keek naar de voordeur, waarachter Dean was verdwenen. 'En dat zal hij ons heus niet vertellen.'

11

Jane Rizzoli en symfonieën gingen niet echt samen. Haar kennis van muziek beperkte zich tot haar verzameling easy-listening cd's en de twee jaar dat ze op de middelbare school trompet had gespeeld, een van slechts twee meisjes die voor dat instrument waren gekozen. Ze had zich ertoe aangetrokken gevoeld, omdat de trompet harder en brutaler klonk dan alle andere instrumenten, een heel verschil met de jodelende klarinetten en de tjirpende blokfluiten van de andere meisjes. Rizzoli wilde gehoord worden en dus had ze schouder aan schouder gezeten met de jongens van het koper. Ze had het prachtig gevonden wanneer de noten naar buiten knalden.

Helaas waren het vaak de verkeerde noten geweest.

Nadat haar vader haar naar de achtertuin verbannen had om te oefenen en de honden van de buren prompt protesterend waren gaan janken, had ze haar trompet voorgoed opgeborgen. Zelfs zij begreep dat louter enthousiasme en sterke longen gebrek aan talent niet konden compenseren.

Sindsdien was muziek voor haar niet meer geweest dan neutrale achtergronddeuntjes en bonkende bassen in voorbijrijdende auto's. Ze was in haar hele leven slechts twee keer in de Symphony Hall op de hoek van Huntington en Mass Ave geweest, beide keren toen ze op de middelbare school met de hele klas een repetitie van het Boston Symphony Orchestra hadden moeten bijwonen. In 1990 was de Cohen-vleugel aan het gebouw toegevoegd en in dat deel van de Symphony Hall was Rizzoli nog nooit geweest. Toen zij en Frost de nieuwe vleugel binnengingen, keek ze ervan op hoe modern die eruitzag – hij had niets van het duistere, krakende gebouw dat ze zich herinnerde.

Ze lieten hun penningen zien aan de oude bewaker, die zijn gebochelde ruggengraat wat rechter trok toen hij zag dat de twee bezoekers rechercheurs waren van Moordzaken.

'Bent u hier vanwege meneer en mevrouw Ghent?' vroeg hij.

'Ja,' zei Rizzoli.
'Wat vreselijk, hè? Ik heb ze vorige week ontmoet, nadat ze hier waren aangekomen. Toen ze de zaal kwamen bekijken.' Hij schudde zijn hoofd. 'Zo'n aardig stel.'
'Had u dienst op de avond van hun optreden?'
'Nee, mevrouw. Ik werk hier alleen overdag. Ik moet elke dag om vijf uur mijn vrouw ophalen uit het verzorgingscentrum. Ze moet vierentwintig uur per dag in de gaten gehouden worden, ziet u. Ze vergeet nog wel eens het gas uit te doen...' Hij stopte en kreeg een kleur. 'Maar u bent natuurlijk niet gekomen om mijn sores aan te horen. U wilt Evelyn zeker spreken?'
'Ja. Waar is haar kantoor?'
'Daar is ze niet. Ik zag haar een paar minuten geleden de zaal binnengaan.'
'Is het orkest aan het repeteren?'
'Nee, mevrouw. Het is het stille seizoen. Het orkest is 's zomers in Tanglewood. In deze tijd van het jaar hebben we alleen wat gastoptredens.'
'We kunnen dus gewoon de zaal ingaan?'
'Mevrouw, u hebt een penning. U mag gaan en staan waar u wilt.'

Ze zagen Evelyn Petrakas niet meteen. Toen Rizzoli de gedempt verlichte zaal binnenging, zag ze aanvankelijk alleen een zee van lege stoelen, schuin aflopend naar het verlichte podium. Aangetrokken door het licht, begonnen ze het gangpad af te dalen. De houten vloer kraakte als het dek van een oud schip. Ze waren al bij het podium toen een stem zwakjes riep: 'Kan ik u ergens mee helpen?'
Met haar ogen half toegeknepen tegen de felle lampen, draaide Rizzoli zich om naar de schemerige schouwburgzaal. 'Mevrouw Petrakas?'
'Ja?'
'Ik ben rechercheur Rizzoli. Dit is rechercheur Frost. Mogen we u even spreken?'
'Ik zit op de achterste rij.'
Ze liepen over het middenpad naar haar toe. Evelyn stond niet op, maar bleef ineengedoken in haar stoel zitten, alsof ze het licht niet kon verdragen. Ze knikte dof tegen de rechercheurs toen die in de twee stoelen naast haar plaatsnamen.

'Ik heb al met iemand van de politie gesproken. Gisteravond,' zei Evelyn.

'Met rechercheur Sleeper?'

'Ik meen dat hij zo heette, ja. Een al wat oudere man, erg vriendelijk. Ik weet dat ik had moeten blijven en met nog meer rechercheurs had moeten praten, maar ik wilde weg. Ik kon geen minuut langer in dat huis blijven...' Ze staarde naar het podium, alsof ze geboeid was door een voorstelling die alleen zij kon zien. Zelfs in het schemerige licht kon Rizzoli zien dat het een knappe vrouw was, van een jaar of veertig, met voortijdig grijs in haar donkere haar. 'Ik heb mijn verantwoordelijkheden hier,' zei Evelyn. 'De mensen die kaartjes hadden gekocht, moesten hun geld terugkrijgen. En toen kwam de pers. Ik moest hier zijn om dat allemaal te regelen.' Ze lachte kort, vermoeid. 'Brandjes blussen. Dat is mijn taak.'

'Wat behelst uw werk hier precies, mevrouw Petrakas?' vroeg Frost.

'Mijn taakomschrijving?' Ze haalde haar schouders op. 'Officieel heet het "programmacoördinator voor bezoekende musici". Dat houdt in dat ik voor ze moet zorgen tijdens hun verblijf in Boston. Het is onvoorstelbaar hoe hulpeloos sommigen van hen zijn. Ze zitten constant in schouwburgen en studio's. De buitenwereld is hun een raadsel. Dus geef ik adviezen over hotels. Laat ik ze afhalen op het vliegveld. Fruitmand op de hotelkamer. Spulletjes die ze nodig hebben. Kortom, ik hou hun hand vast.'

'Wanneer hebt u meneer en mevrouw Ghent voor het eerst ontmoet?' vroeg Rizzoli.

'Op de dag nadat ze in de stad waren aangekomen. Ik was ze bij het huis gaan afhalen. Ze konden geen taxi nemen omdat de cellokist van Alex net te groot is. Ik heb een SUV met een inklapbare achterbank.'

'Hebt u hen steeds gereden tijdens hun bezoek hier?'

'Alleen heen en weer tussen het huis en het concertgebouw.'

Rizzoli keek in haar notitieboekje. 'Ik heb begrepen dat het huis in Beacon Hill eigendom is van een lid van het bestuur van het symfonieorkest. Ene Christopher Harm. Nodigt hij vaak musici uit gebruik te maken van zijn huis?'

'In de zomer, ja, wanneer hij in Europa is. Het is veel prettiger dan naar een hotel te moeten. Meneer Harm heeft het volste ver-

trouwen in klassieke musici. Hij weet dat ze bij hem thuis geen gekke dingen zullen doen.'
'Hebben zijn gasten ooit geklaagd over problemen?'
'Problemen?'
'Indringers. Inbrekers. Dingen die hun een onaangenaam gevoel gaven.'
Evelyn schudde haar hoofd. 'We hebben het over Beacon Hill, rechercheur. De beste wijk van de stad. Ik weet dat Alex en Karenna het daar erg naar hun zin hadden.'
'Wanneer hebt u hen voor het laatst gezien?'
Evelyn slikte. En zei, heel zacht: 'Gisteravond. Toen ik Alex daar zag...'
'Ik bedoel toen ze nog leefden, mevrouw Petrakas.'
'O.' Evelyn glimlachte gegeneerd. 'Natuurlijk. Neemt u me niet kwalijk. Ik dacht niet na. Ik kan me zo moeilijk concentreren.' Ze schudde haar hoofd. 'Eerlijk gezegd weet ik niet eens waarom ik vandaag hierheen ben gekomen. Maar ik had het gevoel dat ik het moest doen.'
'Wanneer hebt u hen voor het laatst gezien?' vroeg Rizzoli nogmaals.
Ditmaal klonk Evelyns stem wat fermer. 'Eergisteravond. Na hun optreden heb ik ze teruggebracht naar Beacon Hill. Om een uur of elf.'
'Hebt u ze alleen afgezet? Of bent u mee naar binnen gegaan?'
'Ik heb ze vlak voor het huis afgezet.'
'Hebt u ze naar binnen zien gaan?'
'Ja.'
'Ze hebben u niet uitgenodigd binnen te komen?'
'Ik geloof dat ze nogal moe waren. En een beetje gedeprimeerd.'
'Waarom?'
'Ze hadden zich erg verheugd op hun optredens in Boston, maar er was lang niet zoveel publiek komen opdagen als ze hadden verwacht. En Boston heeft nog wel de naam de stad van de muziek te zijn. Als er hier al zo'n schrale opkomst was, wat konden ze dan in Detroit en Memphis verwachten?' Evelyn keek met een ongelukkig gezicht naar het toneel. 'We zijn dinosaurussen, rechercheur. Dat zei Karenna zelf nog, in de auto. Wie weet klassieke muziek nog te waarderen? De meeste jonge mensen kijken

liever naar videoclips. Rondhopsende figuren met allerlei metalen voorwerpen in hun gezicht. Seks en glitter en belachelijke kledij. Waarom steekt die zanger, hoe heet hij ook alweer, aldoor zijn tong uit? Wat heeft dat nu met muziek te maken?'

'Niets,' antwoordde Frost, die warm begon te lopen. 'Weet u dat mijn vrouw en ik het daar onlangs nog over hebben gehad? Alice houdt erg van klassieke muziek, ziet u. Ze is er echt dol op. We nemen dan ook ieder jaar een abonnement op het symfonieorkest.'

Evelyn keek hem aan met een triest glimlachje. 'Dan vrees ik dat ook u dinosaurussen bent.'

Toen ze opstonden, zag Rizzoli op een stoel in de rij voor haar een glossy programmaboekje. Ze bukte zich om het te pakken. 'Staan de Ghents hierin?' vroeg ze.

'Op pagina vijf,' zei Evelyn. 'Kijk, dat zijn ze. Dat is hun pr-foto.'

Het was een foto van een verliefd stel.

Karenna, slank en elegant in een zwarte japon met blote schouders, keek op naar de glimlachende ogen van haar man. Ze had lang, zwart haar, als van een Spaanse, en haar gezicht straalde. Alexander keek op haar neer met een jongensachtige glimlach, een weerbarstige lok blond haar over zijn voorhoofd.

Evelyn zei zachtjes: 'Was het geen prachtig stel? Het gekke is dat ik niet eens de tijd heb gehad een goed gesprek met ze te voeren. Maar ik kende hun muziek. Ik heb naar hun cd's geluisterd. Ik heb ze zien optreden, daar op dat podium. Je kunt veel over iemand te weten komen door alleen maar naar hun muziek te luisteren. En wat ik me het beste herinner, is hoe gevoelig ze speelden. Ik geloof dat ik ze met dat woord het beste kan beschrijven. Het waren gevoelige mensen.'

Rizzoli keek naar het podium en stelde zich Alexander en Karenna voor op de avond van hun laatste optreden. Haar zwarte haar glanzend in de spotlichten, zijn blinkend gepoetste cello. En hun muziek, als de stemmen van twee geliefden die elkaar toezongen.

'U zei dat er op de avond van hun optreden teleurstellend weinig publiek was,' zei Frost.

'Ja.'

'Hoeveel mensen waren er gekomen?'

'Ik meen dat we ongeveer vierhonderdvijftig kaartjes hadden verkocht.'

Vierhonderdvijftig paar ogen, dacht Rizzoli, allemaal gericht op het podium waar een verliefd stel gevangen werd in de schijnwerpers. Welke emoties hadden de Ghents opgewekt bij hun publiek? Genot, om goed gespeelde muziek? Blijdschap, om te kunnen kijken naar twee jonge, verliefde mensen? Of hadden ze andere, duistere emoties losgemaakt in het hart van iemand die in deze zaal had gezeten? Begeerte. Afgunst. Het bittere verlangen naar wat een andere man bezat.

Ze keek weer naar de foto van de Ghents.

Was het haar schoonheid, die je was opgevallen? Of het feit dat ze zo verliefd waren?

Ze dronk zwarte koffie en staarde naar de doden die zich op haar bureau opstapelden. Richard en Gail Yeager. De vrouw met de Engelse ziekte. Alexander Ghent. En de Vliegtuigman die weliswaar niet langer werd beschouwd als het slachtoffer van een misdrijf, maar die haar seaalniettemin niet losliet. Dat gold trouwens voor alle doden. Een nimmer ophoudende toevoer van lijken, die allemaal haar aandacht opeisten, allemaal een horrorverhaal vertelden, als Rizzoli maar diep genoeg groef om de beenderen van hun verhalen bloot te leggen. En ze was al zo lang aan het graven dat alle doden die ze had gezien één groot geheel dreigden te worden, als lijken in een massagraf.

Toen het DNA-laboratorium haar rond het middaguur oppiepte, was ze blij dat ze de beschuldigende stapel dossiers even kon ontvluchten, al was het maar voor korte tijd. Ze verliet de recherchekamer en liep de gang door naar de zuidelijke vleugel.

Het DNA-laboratorium was gevestigd in kamer S253 en de criminoloog die haar had opgepiept was Walter de Groot, een blonde Nederlander met een bleek, vlak gezicht. Meestal keek hij nogal benauwd wanneer hij haar zag, omdat ze over het algemeen alleen bij hem kwam om hem op te jutten of te paaien om sneller een DNA-profiel betreffende een of andere zaak los te krijgen. Vandaag begroette hij haar echter met een brede grijns.

'Ik heb het autorad ontwikkeld,' zei hij. 'Het hangt daar.'

Een autorad, ofwel autoradiogram, was een röntgenfilm die het patroon van DNA-fragmenten weergaf. De Groot nam de film, die te drogen hing, van de lijn en hing hem op een lichtbox. Parallelle rijen donkere vlekken strekten zich uit van de boven- tot de onderrand.

'Wat we hier zien, is het VNTR-profiel,' zei hij. 'VNTR staat voor *"variable numbers of tandem repeats"*, een bepaalde sequentie van basisparen, die tientallen tot honderden keren achtereen – in tandem – wordt herhaald. Ik heb uit de verschillende bronnen die je me hebt geleverd, het DNA gehaald en de fragmenten van de loci die we aan het vergelijken zijn, geïsoleerd. Dit zijn geen genen, maar delen van de DNA-keten die worden herhaald zonder duidelijk doel. Ze zijn erg geschikt voor identificatie.'

'En wat zijn deze patronen? Waarmee komen die overeen?'

'Van links naar rechts zijn de eerste twee banden het besturingstoestel. Nummer één is een standaard DNA-ladder die ons helpt de relatieve posities van de afzonderlijke monsters in te schatten. Band twee is een standaard celrij, en ook die wordt gebruikt als besturingstoestel. Banden drie, vier en vijf zijn bewijskrachtige sequenties, genomen uit bekende bronnen.'

'Welke bronnen?'

'Band drie is verdachte Joey Valentine. Band vier is dokter Yeager. Band vijf is mevrouw Yeager.'

Rizzoli liet haar blik rusten op band vijf. Ze probeerde haar brein het gegeven te laten accepteren dat dit een onderdeel was van de blauwdruk die Gail Yeager had gecreëerd. Dat een uniek menselijk wezen, vanaf de schakeringen van haar blonde haar tot en met het geluid van haar lach, gedistilleerd kon worden tot deze rij donkere vlekken. Ze zag niets menselijks in dit autorad, niets van de vrouw die van een man had gehouden en om een moeder had gerouwd. *Zijn we alleen maar dit? Een halsketting van chemicaliën? Waar, voor de drommel, zit de ziel?*

Ze verschoof haar blik naar de laatste twee banden. 'En wat zijn dat?' vroeg ze.

'Dat zijn de banden van de nog ongeïdentificeerde personen. Band zes is van de spermavlek op het tapijt van de Yeagers. Band zeven is het verse sperma uit Gail Yeagers vagina.'

'De laatste twee lijken identiek.'

'Dat klopt. Beide ongeïdentificeerde DNA-monsters zijn afkomstig van een en dezelfde man. En zoals je ziet is het niet dokter Yeager of meneer Valentine. Daarmee kunnen we meneer Valentine definitief schrappen als de bron van het sperma.'

Ze staarde naar de twee ongeïdentificeerde banden. De genetische vingerafdruk van een monster.

'Dat is de dader,' zei De Groot.

'Heb je CODIS gebeld? Denk je dat we ze kunnen overhalen een beetje voort te maken met de datasearch?'

CODIS was een nationale DNA-bank. De genetische profielen van duizenden gevonniste misdadigers lagen erin opgeslagen, evenals ongeïdentificeerde profielen uit plaatsen delict uit het hele land.

'Dat is eerlijk gezegd de reden waarom ik je heb opgepiept. Ik heb ze vorige week het DNA van de vlek op het tapijt gestuurd.'

Ze zuchtte. 'Met andere woorden, over een jaartje of zo kunnen we antwoord verwachten.'

'Nee, agent Dean heeft daarnet gebeld. Het DNA van deze moordenaar zit niet in CODIS.'

Ze keek hem verrast aan. 'Heeft agent Dean je dat verteld?'

'Hij heeft daar zeker zijn zweep laten knallen. Zolang als ik hier werk, heb ik het nog nooit meegemaakt dat een verzoek aan CODIS zo snel werd behandeld.'

'Heb je een bevestiging gekregen van CODIS zelf?'

De Groot fronste zijn voorhoofd. 'Eh, nee. Ik nam aan dat agent Dean wel zou weten –'

'Bel ze even. Ik wil hiervan een bevestiging.'

'Bestaat er twijfel aan Deans betrouwbaarheid?'

'Ik wil gewoon van alle kanten gedekt zijn.' Ze keek weer naar de lichtbox. 'Als het waar is dat onze jongen niet in CODIS zit...'

'Dan is het een nieuwe speler. Of iemand die erin is geslaagd onzichtbaar te blijven voor dit systeem.'

Ze staarde gefrustreerd naar de rijtjes vlekken. We hebben zijn DNA, dacht ze. We hebben zijn genetische profiel. Maar we weten nog steeds niet hoe hij heet.

Rizzoli stopte een cd in haar cd-speler en zakte op de bank neer terwijl ze met een handdoek haar natte haar droogwreef. De volle klanken van een eenzame cello stroomden uit de speakers als gesmolten chocola. Hoewel ze geen liefhebber was van klassieke muziek, had ze in de cadeauwinkel van de Symphony Hall een van Alex Ghents eerste cd's gekocht. Als ze ieder aspect van zijn dood wilde onderzoeken, moest ze meer over zijn leven te weten komen. En zijn leven had hoofdzakelijk om muziek gedraaid.

Ghents strijkstok gleed over de cellosnaren, bracht de melodie van Bachs Suite no. 1 in G majeur ten gehore, rijzend en dalend als de deining van een oceaan. Hij was pas achttien geweest toen de cd was opgenomen; toen hij in een studio had gezeten, zijn vingers warm vlees die op de snaren drukten en de strijkstok hanteerden. De vingers die nu wit en koud in een lade in het mortuarium lagen, hun muziek verstomd. Ze was die ochtend bij zijn autopsie aanwezig geweest en had naar de mooie, lange handen gekeken en zich voorgesteld hoe die over de hals van de cello op en neer waren gevlogen. Dat mensenhanden zich met doodgewoon hout en snaren konden verenigen om zulke prachtige klanken voort te brengen, leek een wonder.

Ze pakte het hoesje van de cd en bekeek de foto van Ghent, die was genomen toen hij nog maar een tiener was. Zijn ogen waren neergeslagen, zijn linkerarm lag om het instrument, de rondingen omvattend, zoals hij later zijn vrouw, Karenna, zou omvatten. Rizzoli had in de winkel naar een cd gezocht waarop ze allebei speelden, maar al hun gezamenlijke cd's waren uitverkocht. Ze hadden alleen de solo-cd's van Alexander nog op voorraad gehad. De eenzame cello, die om een wijfje riep. Waar was ze nu? Werd ze levend gemarteld, met de ultieme angst voor de dood voor ogen? Of voelde ze al geen pijn meer en bevond ze zich reeds in het beginstadium van ontbinding?

De telefoon ging. Ze zette de cd zacht en nam op.

'Je bent thuis,' zei Korsak.

'Ik ben naar huis gegaan om te douchen.'

'Ik heb een paar minuten geleden ook al gebeld. Toen nam je niet op.'

'Dan heb ik blijkbaar de telefoon niet gehoord. Hoe gaat-ie?'

'Dat wil ík juist weten.'

'Als er iets gebeurt, bel ik je meteen.'

'Ja? Vandaag heb je me anders nog niet één keer gebeld. Het nieuws over Joey Valentine moest ik van die man van het lab horen.'

'Ik heb geen tijd gehad je te bellen. Ik werk me uit de naad.'

'Vergeet niet dat ik degene ben die je bij deze zaak heeft gehaald.'

'Dat vergeet ik ook niet.'

'Er zijn al bijna vijftig uur verstreken sinds hij haar heeft meegenomen,' zei Korsak.

En Karenna Ghent was vermoedelijk al twee dagen dood, dacht ze. Maar haar moordenaar zou zich door haar dood niet laten ontmoedigen. Het zou zijn begeerte juist aanwakkeren. Hij zou naar haar dode lichaam kijken en een begerenswaardig object zien. Iemand die hij volledig in zijn macht had. Ze stribbelt niet tegen. Ze is koel, passief vlees geworden, dat zich alle vernederingen laat welgevallen. Ze is de perfecte minnares.

De cd stond nog op, zachtjes. Alexanders cello vlocht zijn droefgeestig betoverende melodie. Ze wist waar dit naartoe ging, wat Korsak wilde. En ze wist niet hoe ze hem kon afpoeieren. Ze stond op en zette de cd af. Zelfs in de stilte leken de klanken van de cello te blijven hangen.

'Als het net zo gaat als de vorige keer, zal hij haar vannacht dumpen,' zei Korsak.

'We zijn er klaar voor.'

'En? Mag ik mezelf onderdeel van het team noemen of niet?'

'We hebben een volledige surveillanceploeg.'

'Maar je hebt mij niet. Je kunt vast wel een extra man gebruiken.'

'We hebben alle taken verdeeld. Maar ik bel je meteen als er iets –'

'Schei alsjeblieft uit met dat "ik bel je meteen". Ik ben niet van plan als een muurbloempje bij de telefoon te gaan zitten. Ik ken deze kerel langer dan jij, langer dan alle anderen. Hoe zou jij het vinden als iemand je opzijschoof? Je de arrestatie onthield? Denk daar eens even over.'

Dat deed ze. En ze kende de razernij die in zijn binnenste woedde. Ze kende die beter dan anderen, omdat dit ook haar was overkomen. Dat ze was buitengesloten, een bittere positie aan de zijlijn had moeten accepteren terwijl anderen naar voren liepen om háár victorie op te eisen.

Ze keek op haar horloge. 'Ik ga over een paar minuten van huis. Als je erbij wilt zijn, kun je er het beste rechtstreeks naartoe gaan.'

'Wat is jouw positie daar?'
'Het parkeerterrein tegenover Smith Playground. Ik kan wel bij de golfbaan op je wachten.'
'Ik kom eraan.'

12

Om twee uur 's nachts was het in het Stony Brook-reservaat zo warm en benauwd als in een sauna. Rizzoli en Korsak zaten in Rizzoli's auto, dicht bij het struikgewas aan de rand van het bos. Vanaf hun standplaats konden ze iedere auto zien die vanuit het oosten Stony Brook binnenreed. Andere surveillanceauto's stonden opgesteld langs de Enneking Parkway, die slingerend het park doorsneed. Iedere auto die vanaf de hoofdweg een van de ongeplaveide parkeerterreinen opreed, kon binnen een mum van tijd ingesloten worden door aanstormende auto's. Een fuik waar geen enkele wagen aan zou kunnen ontkomen.

Rizzoli zat te zweten in haar vest. Ze draaide het raampje open en ademde de geur van rottende bladeren en vochtige aarde in. Boslucht.

'Hé, je haalt allemaal muggen binnen,' klaagde Korsak.

'Ik heb behoefte aan frisse lucht. Het stinkt hier naar sigaretten.'

'Ik heb er maar één gerookt. En ik ruik niks.'

'Mensen die roken, ruiken het zelf ook niet.'

Hij keek naar haar. 'Jezus, waarom zit je zo te katten? Als je ergens mee zit, wil ik het graag weten.'

Ze staarde uit het raampje naar de weg die er donker en stil bij lag. 'Het heeft niets met jou te maken,' zei ze.

'Met wie dan wel?'

Toen ze geen antwoord gaf, gromde hij begrijpend. 'Met Dean zeker. Wat heeft hij nou weer gedaan?'

'Een paar dagen geleden is hij zich bij Marquette over mij gaan beklagen.'

'Wat heeft hij gezegd?'

'Dat ik niet de juiste persoon voor dit onderzoek ben. Dat ik wellicht baat zou hebben bij psychologische hulp vanwege *onafgewerkte onderwerpen*.'

'Daarmee bedoelt hij de Chirurg?'

'Ja, wat dacht je dan?'
'Wat een hufter.'
'En vandaag hoorde ik dat we zo ongeveer per omgaande antwoord hebben gekregen van CODIS over het DNA. Dat is nog nooit gebeurd. Dean hoeft maar met zijn vingers te knippen en iedereen vliegt in de houding. Ik wou dat ik wist wat hij hier wérkelijk te zoeken heeft.'
'Ach joh, je weet toch hoe FBI-agenten zijn? Zeggen ze niet dat informatie macht is? Dus houden ze informatie voor ons achter, alsof het een of ander machospel is. Hij zal zichzelf wel een soort James Bond vinden. Jij en ik zijn voor die lul alleen maar pionnen.'
'Je bent in de war met de CIA.'
'CIA, FBI.' Hij schokschouderde. 'Al die alfabetorganisaties zijn dol op geheimen.'
De radio kwam krakend tot leven. 'Wachtpost Drie. We zien een auto, nieuw model personenwagen, hij rijdt zuidwaarts op Enneking.'
Rizzoli verstrakte, wachtte op de melding van de volgende wachtpost.
De stem van Frost, in de volgende auto: 'Wachtpost Twee. We zien hem. Nog steeds zuidwaarts. Mindert geen vaart, zo te zien.'
Seconden later meldde een derde team zich: 'Wachtpost Vijf. Hij is zojuist het kruispunt met de Bald Knob Road gepasseerd. Hij rijdt het park uit.'
Niet onze jongen dus. Zelfs op dit late uur was er nogal wat verkeer op de Enneking Parkway. Ze waren de tel al kwijt van het aantal auto's dat het park door was gereden onder het argwanende oog van de agenten. Te vaak al had een vals alarm het saaie wachten doorbroken en een aanslag gedaan op Rizzoli's adrenaline en nu dreigde ze door slaapgebrek in snel tempo weg te zakken in apathie.
Ze leunde met een teleurgestelde zucht achterover. Door de vooruit zag ze de donkere wand van het bos, waar vuurvliegjes de enige lichtpuntjes waren. 'Vooruit, klootzak,' mompelde ze. 'Schiet een beetje op...'
'Koffie?' vroeg Korsak.
'Graag.'

Hij schonk een bekertje vol uit zijn thermosfles en gaf het haar. Het was smerige koffie, zwart en bitter, maar ze nam er toch maar een slokje van.

'Ik heb extra sterke koffie gezet,' zei hij. 'Twee lepeltjes Folgers in plaats van een. Krijg je haar van op je borst.'

'Dat is misschien precies wat mij nog ontbreekt.'

'Ik denk wel eens dat als ik maar genoeg van dit spul drink, een deel van dat haar misschien weer op mijn hoofd komt te zitten.'

Ze keek weer naar het bos, waar de duisternis rottende bladeren en scharrelende dieren aan het oog onttrok. Dieren met tanden. Ze herinnerde zich het aangevreten skelet van de vrouw met de Engelse ziekte, en dacht aan wasberen die op ribben kloven en honden die met schedels speelden alsof het ballen waren, en zag echt geen Bambi's toen ze naar de bomen staarde.

'Ik kan niet eens meer over Hoyt praten,' zei ze. 'Iedere keer dat ik iets over hem zeg, kijken de mensen me medelijdend aan. Toen ik gisteren over de parallellen begon tussen de Chirurg en de nieuwe moordenaar, zag ik Dean denken: *ze is nog steeds bezig met de Chirurg.* Hij denkt dat ik geobsedeerd ben.' Ze zuchtte. 'Misschien is dat ook wel zo. Misschien zal dat altijd zo blijven. Zal ik alleen maar zíjn werkmethoden zien wanneer ik op een plaats delict ben. Zal iedere verdachte zíjn gezicht hebben.'

Ze keken allebei naar de radio toen de centrale zei: 'Assistentie verzocht op Fairview Cemetery. Vermoedelijke ongeoorloofde toetreding tot het kerkhof. Eenheid Twaalf, ben je daar nog in de buurt?'

'Eenheid Twaalf. We zijn nog bezig met het verkeersongeluk in River Street. Er zijn gewonden. We kunnen dus niet reageren.'

'Ontvangen. Eenheid Vijftien? Wat is je positie?'

'Eenheid Vijftien. West Roxbury. Nog steeds bezig met de echtelijke ruzie. De mensen weigeren te kalmeren. We kunnen op z'n vroegst over een halfuur tot een uur bij Fairview zijn.'

'Andere eenheden?' vroeg de centrale, de radiogolven afdreggend naar een beschikbare surveillancewagen. Op een warme zaterdagavond had een verzoek om naar indringers op een kerkhof te gaan kijken, geen voorkeur. De doden trokken zich niets aan van minnende paartjes en baldadige tieners. Het waren de levenden die de voorrang kregen.

Opeens werd de radiostilte verbroken door een lid van Rizzoli's surveillanceploeg. 'Eh, Wachtpost Vijf hier. We zitten op de Enneking Parkway, niet ver van Fairview Cemetery –'

Rizzoli greep de microfoon en drukte op de zendknop. 'Wachtpost Vijf, hier Wachtpost Een,' viel ze hem in de rede. 'Je mag je post *niet* verlaten. Over.'

'We hebben vijf eenheden op de uitkijk –'

'Het kerkhof is voor ons *geen* prioriteit.'

'Wachtpost Een,' zei de centrale. 'Alle eenheden zijn momenteel bezet. Kun je er echt niet eentje missen?'

'Nee. Mijn hele team moet in positie blijven. Begrepen, Wachtpost Vijf?'

'Ontvangen. We blijven in positie. Centrale, we kunnen niet reageren op het verzoek om assistentie op de begraafplaats.'

Rizzoli blies met bolle wangen haar adem uit. Je had kans dat ze hier morgenochtend klachten over zou krijgen, maar ze was niet van plan een van haar auto's af te staan, niet voor een onbelangrijke melding.

'Niet dat we het nou zo verschrikkelijk druk hebben...' zei Korsak.

'Wanneer het eenmaal zover is, zal alles heel snel gaan. Ik laat dit door niets en niemand in het honderd sturen.'

'Waar hadden we het ook al weer over? Dat je geobsedeerd bent?'

'Ga alsjeblieft niet weer beginnen.'

'Ik kijk wel uit. Je bent in staat me op m'n sodemieter te slaan.' Hij gooide het portier open.

'Waar ga je naartoe?'

'Ik moet plassen. Heb ik daar toestemming voor nodig?'

'Ik vroeg het alleen maar.'

'Die koffie zakt regelrecht naar beneden.'

'Verbaast me niks. Jouw koffie kan een gat branden in gietijzer.'

Hij stapte uit de auto en liep het bos in, onderweg al aan zijn gulp frunnikend. Hij nam ook niet de moeite achter een boom te verdwijnen maar ging gewoon in de struiken staan plassen. Dat hoefde Rizzoli echt niet te zien, dus wendde ze haar hoofd af. In iedere klas zat een ongelikte beer, en Korsak was er vast zo eentje geweest. Die openlijk in zijn neus peuterde, met open mond boerde en de helft van zijn lunch op zijn shirt had zitten. Die zulke vochtige, weke handen had dat je alles deed om ze niet te hoeven aanraken, bang als je was dat je van hem een ziekte zou krijgen. Ze vond hem afstotelijk, maar had ook medelijden met hem. Ze keek naar de koffie die hij voor haar had ingeschonken en gootje het restant uit het raam.

Weer kwam de radio tot leven. Ze schrok ervan.

'Er rijdt een auto in oostelijke richting op de Dedham Parkway. Ik geloof dat het een taxi is.'

Rizzoli antwoordde: 'Een taxi om drie uur 's nachts?'

'Kan ik het helpen?'

'Waar gaat hij naartoe?'

'Hij slaat nu noordwaarts af naar Enneking.'

'Wachtpost Twee?' zei Rizzoli, de volgende eenheid op de route oproepend.

'Wachtpost Twee,' antwoordde Frost. 'We zien hem. Hij rijdt langs ons...' Een stilte. Toen, op gespannen toon: 'Hij mindert vaart...'

'Hoe?'

'Hij remt. Hij lijkt te gaan stoppen –'

'Waar?' vroeg Rizzoli fel.

'Het parkeerterrein. Hij rijdt het parkeerterrein op!'

Dat is hem.

'Korsak, hij is er!' siste ze door het open raam. Ze hing haar zendertje aan haar riem en zette het koptelefoontje op, iedere zenuw zoemend van de opwinding.

Korsak ritste zijn gulp dicht en hobbelde terug naar de wagen. 'Wat gebeurt er?'

'Een auto is zojuist gestopt op het parkeerterrein aan de Enneking Parkway – Wachtpost Twee, wat doet hij?'

'Hij staat daar alleen maar. Met de lichten uit.'

Ze leunde naar voren, drukte gespannen de koptelefoon strakker tegen haar oor. De seconden tikten weg, de radio zweeg, iedereen wachtte op wat de verdachte zou doen.

Hij loert de omgeving af. Hij wil weten of het veilig is en hij zijn gang kan gaan.

'Zeg het maar, Rizzoli,' zei Frost. 'Gaan we eropaf?'

Ze aarzelde, woog de mogelijkheden af. Bang om de val te vroeg dicht te gooien.

'Wacht,' zei Frost. 'Hij heeft de lichten weer aangedaan. Jezus, hij rijdt achteruit. Hij is blijkbaar van gedachten veranderd.'

'Heeft hij je gezien? Frost, heeft hij je gezien?'
'Weet ik niet! Hij rijdt de Enneking weer op, in noordelijke richting –'
'We hebben hem afgeschrikt!' In die fractie van een seconde zag ze heel duidelijk wat de enige oplossing was. Ze blafte in haar mondmicrofoontje: 'Alle eenheden, eropaf! Sluit hem in!'
Ze startte de motor en zette de pook op Drive. Haar banden slipten, groeven een geul in de zachte aarde en gevallen bladeren, takken sloegen tegen de voorruit. Ze hoorde de staccatoberichten van de anderen en in de verte het janken van vele sirenes.
'Wachtpost Drie. We hebben de Enneking in noordelijke richting geblokkeerd –'
'Wachtpost Twee. Wij achtervolgen de wagen –'
'Daar komt hij aan! Hij remt af –'
'Sluit hem in! Sluit hem in!'
'Benader de verdachte niet zonder back-up!' beval Rizzoli. 'Wacht op back-up!'
'Ontvangen. De auto is gestopt. We behouden onze huidige positie.'
Tegen de tijd dat Rizzoli met krijsende remmen tot stilstand kwam, stond de Enneking Parkway vol patrouillewagens met blauwe zwaailichten. Rizzoli werd een ogenblik verblind toen ze uit haar auto stapte. Adrenaline had hen allen opgezweept tot een koortsachtige opwinding. Ze kon het horen aan de stemmen, voelde de bijna knetterende spanning onder de mannen die op de rand van geweld verkeerden.
Frost rukte het portier van de taxi open. Vijf, zes wapens werden op het hoofd van de bestuurder gericht. De taxichauffeur zat er met zijn ogen knipperend en verward bij, blauw licht pulserend op zijn gezicht.
'Uitstappen,' beval Frost.
'Wat... wat heb ik gedaan?'
'*Uitstappen.*' Op deze met adrenaline doordrenkte nacht zag zelfs Barry Frost er angstaanjagend uit.
De taxichauffeur kwam langzaam de auto uit, zijn handen hoog opgeheven. Zodra hij beide voeten op de grond had, grepen ze hem vast, draaiden hem om en drukten hem met zijn gezicht tegen de motorkap van de auto.
'Wat heb ik gedaan?' riep hij toen Frost hem fouilleerde.

'Naam!' zei Rizzoli.
'Ik snap echt niet wat –'
'*Naam*!'
'Wilensky.' Er ontsnapte hem een snik. 'Vernon Wilensky.'
'Klopt,' zei Frost, die het rijbewijs van de taxichauffeur bekeek. 'Vernon Wilensky, geboren 1955.'
'Klopt ook met de vervoersvergunning,' zei Korsak, die zich had gebukt om het kaartje te bekijken dat aan de zonneklep van de taxi zat.

Rizzoli keek om zich heen, haar ogen toegeknepen tegen het felle licht van aankomende koplampen. Zelfs om drie uur 's nachts was er nog verkeer in het park, en nu de politie de hoofdweg had afgezet, zouden ze zo dadelijk aan beide zijden een opstopping krijgen.

Ze keek naar de taxichauffeur, greep hem bij zijn overhemd en draaide hem om. Ze scheen met haar zaklantaarn in zijn ogen. Ze zag een man van middelbare leeftijd met vlassig blond haar en een in het meedogenloze licht van de zaklantaarn gelige huid. Dit was niet het gezicht dat ze zich bij hun verdachte had voorgesteld. Ze had vaker in de ogen van het kwaad gekeken dan haar lief was en droeg in haar geheugen alle gezichten met zich mee van de monsters met wie ze tijdens haar carrière te maken had gehad. Deze bange man hoorde niet in die galerie thuis.

'Wat doet u hier, meneer Wilensky?' vroeg ze.
'Ik... ik moest een vrachtje ophalen.'
'Wat voor vrachtje?'
'Een man die om een taxi had gebeld. Hij zei dat hij op de Enneking Parkway zonder benzine was komen te staan.'
'Waar is hij dan?'
'Dat weet ik niet! Ik ben gestopt waar hij zei dat hij zou wachten, maar hij was er niet. Er moet een vergissing in het spel zijn. Echt waar! Belt u mijn standplaats maar, dan zult u het zelf horen!'

Rizzoli zei tegen Frost: 'Doe de kofferbak open.'
Toen ze naar de achterkant van de auto liep, kreeg ze een hol gevoel in haar maag. Ze duwde het deksel omhoog en scheen met haar Maglite in de kofferbak. Vijf volle seconden staarde ze naar de lege ruimte en het holle gevoel sloeg om in misselijkheid. Ze trok handschoenen aan. Voelde een hete gloed over haar ge-

zicht trekken en kreeg een krimpend gevoel van wanhoop in haar borst toen ze de grijze bekleding oplichtte. Ze zag een reservewiel, een krik, wat gereedschap. Ze begon aan de bekleding te rukken, die op te lichten, met verbeten woede geconcentreerd op het verwijderen van iedere centimeter van de stof, op het blootleggen van de donkere holte die eronder verborgen zat. Als een waanzinnige klauwde ze aan de flarden van haar verlossing. Zelfs toen er niets meer weg te rukken viel en de kofferbak geheel was blootgelegd, bleef ze naar de lege ruimte staren, niet in staat te accepteren wat voor iedereen duidelijk was. Het onweerlegbare bewijs dat ze op een ongelooflijke manier de mist in was gegaan.

Een val. Het was een val, om hen af te leiden. Maar waarvan?

Het antwoord presenteerde zich met duizelingwekkende snelheid. Een melding kraakte uit hun radio's.

'Alle eenheden, Fairview Cemetery. Alle eenheden, 10-54. Fairview Cemetery.'

Frosts ogen vonden de hare en het besef sloeg op hen beiden gelijktijdig in als een bom: 10-54 was de code voor een moord.

'Blijf bij de taxi!' beval ze Frost en ze sprintte zelf terug naar haar auto. In het kluwen van voertuigen kon ze met die van haar het snelst wegkomen, het snelst keren. Vloekend om haar stommiteit sprong ze achter het stuur en draaide ze het contactsleuteltje om.

'Hé! *Hé*!' riep Korsak. Hij holde met de auto mee en sloeg op het portier.

Ze remde af, stopte nauwelijks lang genoeg om hem de gelegenheid te geven in te stappen en het portier dicht te trekken. Toen gaf ze zo'n dot gas dat hij tegen zijn stoelleuning werd gedrukt.

'Je was toch niet van plan me achter te laten, hè?' schreeuwde hij.

'Doe je riem om.'

'Ik ben niet voor spek en bonen mee, als je dat soms denkt!'

'*Doe je riem om*!'

Hij trok de veiligheidsgordel over zijn schouder en klikte hem dicht. Boven de over en weer flitsende berichten op de radio uit hoorde Rizzoli zijn zware ademhaling, vochtig, met slijmerige gepiep.

'Wachtpost Een, ik reageer op de 10-54,' meldde ze aan de centrale.
'Wat is je positie?'
'Enneking Parkway. Ik ben net het kruispunt Turtle Pond overgestoken. Ik kan over één minuut bij het kerkhof zijn.'
'Dan kom je daar als eerste aan.'
'Wat is de situatie?'
'Geen verdere informatie. Ga uit van 10-58.'
Gewapend en gevaarlijk.
Rizzoli gaf plankgas. De afslag naar Fairview Cemetery dook zo plotseling op dat ze hem bijna voorbijreed. De banden krijsten toen ze afsloeg. Ze had moeite de macht over het stuur te bewaren.
'Ho!' loeide Korsak toen ze bijna tegen een rij zwerfkeien sloegen die langs de kant van de weg lagen. Het smeedijzeren hek van het kerkhof stond open. Ze reden naar binnen. De begraafplaats was onverlicht. Haar koplampen gleden over glooiende gazons waar grafstenen uitstaken als witte tanden.
Een auto van een bewakingsfirma stond ongeveer honderd meter van het hek geparkeerd. Het portier aan de kant van de bestuurder stond open en het binnenlicht brandde. Rizzoli stopte en reikte naar haar wapen terwijl ze uitstapte, zo automatisch dat ze niet eens bewust in de gaten had dat ze het deed. Te veel andere details kwamen op haar af: de geur van pas gemaaid gras en vochtige aarde. Het bonken van haar hart tegen haar borstbeen.
En de angst. Terwijl ze de duisternis afzocht, voelde ze de ijzige tong van de angst aan zich likken, omdat ze wist dat als de taxi een list was geweest, ook dit een list kon zijn. Een bloederig spel waarvan ze niet had geweten dat ze eraan meedeed.
Ze bleef doodstil staan, haar ogen gericht op een vormeloze schaduw aan de voet van een obelisk. Ze richtte haar zaklantaarn erop en zag het roerloze lichaam van de bewaker.
Toen ze op hem afliep, rook ze het bloed. Die heel specifieke geur van bloed die primitieve alarmschellen deed rinkelen in haar brein. Ze knielde op gras dat er nat van was, dat er nog warm van was. Korsak kwam naast haar staan en richtte zijn zaklantaarn erop, en ze hoorde zijn snuivende ademhaling, de varkensachtige geluidjes die hij altijd maakte wanneer hij zich inspande.

De bewaker lag op zijn buik. Ze rolde hem met zijn gezicht naar boven.

'Jezus!' kefte Korsak en hij deinsde met zo'n ruk achteruit dat zijn zaklantaarn een wilde zwaai maakte naar de hemel.

Rizzoli's lichtstraal trilde toen ze naar de bijna volledig doorgesneden hals keek, naar de knobbeltjes bot die wit glansden tussen het rauwe vlees. Een dodelijk slachtoffer, ja dat kon je wel zeggen. Zijn hoofd zat nog maar amper vast aan zijn lichaam.

Draaiende blauwe lichtbundels sneden door de duisternis, een surreële caleidoscoop die zich in hun richting bewoog. Ze stond op, haar broek kleverig van het bloed, plakkend aan haar knieën. Met half toegeknepen ogen tegen het licht van de naderende politiewagens, draaide ze zich om naar de weidse duisternis van de begraafplaats. En precies op dat moment, terwijl de naderende koplampen door de duisternis zwiepten, bevroor een beeld op haar netvlies: iemand die zich tussen de grafstenen voortbewoog. Het was slechts een glimp, een fractie van een seconde, en bij de volgende zwaai van de lampen was de gedaante verdwenen in de zee uit de grond stekend marmer en graniet.

'Korsak,' zei ze. 'Ik heb iemand gezien – schuin rechts vooruit.'

'Ik zie niks.'

Ze tuurde. Zag hem weer, op de grashelling, op weg naar de dekking van de bomen. Meteen sprintte ze achter hem aan, zigzaggend over de hindernisbaan van grafstenen, haar voeten roffelend over de slapende doden. Ze hoorde Korsak aanvankelijk achter zich, piepend als een accordeon, maar hij kon haar niet bijhouden. Al na een paar seconden was ze alleen, benen pompend op de raketbrandstof van adrenaline. Ze was bijna bij de bomen, dicht bij de plek waar ze de gedaante de tweede keer had gezien, maar zag geen bewegende schaduw, geen wegschietende gedaante in de duisternis. Ze minderde vaart, bleef staan, liet haar blik heen en weer gaan, zoekend naar beweging in de schaduwen.

Hoewel ze nu stilstond, versnelde haar hartslag nog meer, opgezweept door angst. Door de huiveringwekkende zekerheid dat hij dichtbij was. Dat hij naar haar keek. Toch wilde ze niet haar zaklantaarn aandoen, want die zou als een vuurtoren aangeven waar ze was.

Er knapte een twijg. Ze zwenkte met een ruk naar rechts. De bomen doemden voor haar op, een ondoordringbaar zwart gordijn. Boven het razen van haar eigen bloed, het ruisen van de adem in haar longen uit, hoorde ze bladeren ritselen en nog meer twijgen breken.

Hij komt naar me toe.

Ze zakte op een knie, haar pistool in de aanslag, haar zenuwen tot het uiterste gespannen.

Abrupt kwamen de voetstappen tot stilstand.

Ze knipte haar zaklantaarn aan en scheen recht vooruit. Zag hem staan, geheel in het zwart gekleed, tussen de bomen. Gevangen in de lichtbundel draaide hij zich half om en hief zijn arm op om zijn ogen te beschermen.

'*Halt!*' riep ze. 'Politie!'

De man bleef doodstil staan, zijn gezicht afgewend, zijn hand opgeheven naar zijn gezicht. Hij zei doodkalm: 'Ik ga mijn nachtbril afnemen.'

'Nee, klootzak! Je blijft staan zonder ook maar een vin te verroeren!'

'En dan, rechercheur Rizzoli? Gaan we dan elkaars penningen bekijken? Elkaar fouilleren?'

Ze staarde naar de man en herkende opeens de stem. Langzaam, opzettelijk, nam Gabriel Dean de bril af en draaide zich naar haar toe. Met het licht in zijn ogen kon hij haar niet zien, maar zij hem wel. Hij zag er volkomen kalm en beheerst uit. Ze liet de lichtbundel snel op en neer gaan over zijn gestalte, zag zwarte kleren, een wapen in een heupholster. En in zijn hand de nachtbril die hij had afgezet. Korsaks woorden drongen zich aan haar op: *Hij zal zichzelf wel een soort James Bond vinden.*

Dean deed een stap naar haar toe.

Meteen kwam haar wapen iets omhoog. 'Staan blijven.'

'Rustig aan, Rizzoli. Het is echt niet nodig op me te schieten.'

'Nee?'

'Ik kom alleen maar wat dichterbij. Zodat we kunnen praten.'

'We kunnen vanaf deze afstand ook praten.'

Hij keek naar de zwaailichten van de politiewagens. 'Wie denk je dat de melding over de moord heeft doorgegeven?'

Ze bleef op hem richten, het pistool volkomen stil.

'Gebruik je hersens. Ik neem tenminste aan dat je een goed stel hersens hebt.' Hij deed nog een stap naar voren.

'Blijf staan of ik schiet.'

'Goed, goed.' Hij stak zijn handen op. Zei nogmaals, luchtig: 'Goed.'
'Wat doe je hier?'
'Hetzelfde als jij. Uitzoeken wat hier aan de hand is.'
'Hoe wist je dat hier iets aan de hand was? Je zegt dat jij de melding hebt doorgegeven, maar hoe wist je dat die man was vermoord?'
'Dat wist ik niet.'
'Je kwam toevallig langs en zag hem liggen?'
'Ik had de oproep om assistentie voor Fairview Cemetery gehoord. De melding over een mogelijke indringer.'
'Nou en?'
'Ik vroeg me af of het onze jongen was.'
'Dat *vroeg je je af*?'
'Ja.'
'Daar moet je een goede reden voor gehad hebben.'
'Intuïtie.'
'Niet lullen, Dean. Je bent volledig uitgerust voor een nachtelijke missie. Denk je nu werkelijk dat je mij kunt laten geloven dat je toevallig in de buurt was en alleen maar zo goed bent geweest even te gaan kijken wie zich op het kerkhof had gewaagd?'
'Ik heb een erg goede intuïtie.'
'Je moet ESP hebben om zo goed te zijn.'
'We staan hier onze tijd te verkwisten, Rizzoli. Neem me in hechtenis of werk met me mee.'
'Ik heb veel zin om je in hechtenis te nemen.'
Hij bekeek haar met een onbewogen gezicht. Er was te veel dat hij haar niet vertelde, te veel geheimen die ze nooit van hem los zou krijgen. Niet hier, niet vanavond. Ze liet haar wapen zakken, maar stak het niet in de holster. Gabriel Dean wekte lang niet genoeg vertrouwen in haar op.
'Jij was hier dus als eerste. Wat heb je gezien?'
'De bewaker was al dood. Ik heb zijn radioapparatuur gebruikt om de centrale te bellen. Het bloed was nog warm. Ik wist dat er een kans bestond dat onze jongen nog in de buurt was, dus ben ik gaan zoeken.'
Ze snoof minachtend. 'Tussen de bomen?'
'Ik had bij de begraafplaats geen andere auto's gezien. Weet je welke wijken aan de begraafplaats grenzen?'

Ze aarzelde. 'In het oosten ligt Dedham. In het noorden en zuiden Hyde Park.'

'Klopt. Allemaal woonwijken met plek te over om een auto neer te zetten. Daarvandaan ben je te voet zó op de begraafplaats.'

'Wat moest hij hier?'

'Wat weten we over hem? Dat hij bezeten is van lijken. Dat hij hunkert naar de geur ervan, dat hij ze wil voelen, aanraken. Dat hij lijken bij zich houdt tot de stank te erg wordt, tot die niet meer te verdoezelen is. Dan pas geeft hij het op. Het is een man die al een stijve krijgt als hij maar in de buurt van een kerkhof komt. Hij is vanavond hierheen gekomen, in het donker, voor een erotisch avontuurtje.'

'God, wat smerig.'

'Je moet in zijn hoofd kruipen, in zijn wereld. Wij vinden het smerig, maar voor hem is deze plek een paradijs. De plaats waar de doden worden begraven. Precies de plek waar je de Heerser kunt verwachten. Hij loopt hier rond en beeldt zich in dat er een heel harem aan dode vrouwen onder zijn voeten ligt.

Maar dan wordt hij gestoord, verrast door een patrouillerende bewaker. Een bewaker die hier op z'n hoogst wat tieners had verwacht, uit op een nachtelijk avontuurtje.'

'En de bewaker laat een man zomaar naar zich toekomen en hem de keel doorsnijden?'

Dean gaf geen antwoord. Daarvoor had hij geen verklaring. En Rizzoli ook niet.

Tegen de tijd dat ze de helling weer opliepen, pulseerden er nog meer blauwe lichten in de nacht en was haar ploeg bezig politielint tussen paaltjes te spannen. Rizzoli staarde naar de lugubere wirwar van activiteiten en was opeens te moe om zich ermee te bemoeien. Ze had tot nu toe zelden haar eigen oordeel, haar eigen intuïtie in twijfel getrokken. Maar vanavond, nu ze zo jammerlijk had gefaald, vroeg ze zich af of Gabriel Dean soms gelijk had – dat het beter zou zijn als niet zíj de leiding over dit onderzoek hield. Dat het trauma dat Warren Hoyt haar had bezorgd, zo op haar had ingehakt dat ze niet meer als agent kon functioneren. Ze had vanavond de verkeerde beslissing genomen toen ze had geweigerd iemand van haar ploeg af te staan om in te gaan op een melding over verdachte personen. *We zaten er nog geen twee kilometer bij vandaan. We zaten in onze auto's, wachtend op niets, terwijl deze man stierf.*

De reeks flaters woog zo zwaar dat ze het gevoel had dat haar schouders letterlijk naar beneden gedrukt werden, alsof er stenen op gestapeld waren. Ze keerde terug naar haar auto en klapte haar mobieltje open; Frost nam op.

'De centrale van Yellow Cab heeft het verhaal van de taxichauffeur bevestigd,' meldde hij. 'Het telefoontje was om zestien over twee binnengekomen. Een man zei dat hij op de Enneking Parkway zonder benzine was komen te staan. Meneer Wilensky is erop uitgestuurd. We proberen nu het nummer te achterhalen van de man die heeft gebeld.'

'Onze jongen is niet dom. Dat nummer zal niks opleveren. Een telefooncel. Of een gestolen mobieltje. *Shit.*' Ze gaf een mep tegen het dashboard.

'Wat moet ik met de taxichauffeur? Hij heeft niks gedaan.'

'Laat hem maar gaan.'

'Zeker weten?'

'Het is één groot spel, Frost. De moordenaar wist dat we op hem zaten te wachten. Hij speelt met ons. Hij laat zien dat hij de baas is. De Heerser. Slimmer dan wij.' *En dat had hij zojuist bewezen.*

Ze hing op en bleef zitten tot ze voldoende energie zou hebben om uit de auto te stappen en het hoofd te bieden aan alles wat hierop zou volgen. Het onderzoek naar alweer een moord. Alle vragen die gesteld zouden worden over de beslissingen die ze vannacht had genomen. Ze dacht na over hoe fel ze erop had gehoopt dat de dader zijn vaste patroon zou volgen. In plaats daarvan had hij dat patroon gebruikt om een loopje met haar te nemen. Om het fiasco te creëren waar ze nu middenin zat.

Sommigen van de agenten die bij het politielint stonden keken om in haar richting – een teken dat ze zich, hoe moe ze ook was, niet langer in haar auto kon verstoppen. Ze herinnerde zich Korsaks thermos met koffie; hoe smerig het brouwsel ook was, ze was hard toe aan een dosis cafeïne. Ze tastte achter haar stoel naar de thermosfles, maar stopte opeens.

Ze keek naar de mensen die tussen de patrouillewagens stonden. Ze zag Gabriel Dean langs de rand van het afgezette terrein lopen, slank en soepel als een zwarte kat. Ze zag agenten de grond afzoeken, lichtbundels van zaklantaarns heen en weer glijden. Maar ze zag Korsak niet.

Ze stapte uit de auto en liep naar agent Doud, die in een van de surveillanceauto's had gezeten. 'Heb jij rechercheur Korsak ergens gezien?' vroeg ze.

'Nee.'

'Was hij er niet toen je hier aankwam? Stond hij niet bij het lijk?'

'Ik heb hem hier helemaal niet gezien.'

Ze staarde naar de bomen waartussen ze Gabriel Dean had gezien. *Korsak was achter me aan gehold. Maar hij heeft me helemaal niet ingehaald. En hij is niet teruggekomen hiernaartoe...*

Ze liep terug naar de bomen, via dezelfde route die ze daarnet sprintend had afgelegd. Tijdens die sprint was ze zo geconcentreerd geweest op de achtervolging dat ze weinig aandacht had besteed aan Korsak, die was achtergebleven. Ze herinnerde zich haar angst, haar bonkende hart, de nachtwind die langs haar gezicht was gestroomd. Ze herinnerde zich hoe hij had gehijgd in zijn pogingen haar bij te houden. Toen was hij teruggezakt en had ze hem verder niet gezien.

Ze liep sneller, haar zaklantaarn voor zich uit heen en weer zwaaiend. Was dit haar route van daarstraks? Nee, nee, ze was langs een andere rij grafstenen gelopen. Ze herkende een obelisk die links opdoemde.

Ze verlegde haar koers naar de obelisk en struikelde bijna over Korsaks benen.

Hij lag ineengedoken naast een grafsteen, de schaduw van zijn omvangrijke torso samengesmolten met die van het graniet. Ze liet zich meteen op haar knieën vallen, schreeuwend om hulp, en rolde hem op zijn rug. Eén blik op zijn gezwollen, grauwe gezicht vertelde haar dat hij een hartstilstand had.

Ze legde haar vingers in zijn nek, wilde zo graag een pols voelen dat ze het razende kloppen in haar eigen vingers bijna aanzag voor zijn hartslag. Maar hij had geen pols.

Ze beukte met haar vuist op zijn bost. Maar de stomp bracht zijn hart niet tot leven.

Ze trok zijn hoofd achterover en zijn slappe kin omlaag om een luchtweg vrij te maken. Zoveel dingen aan Korsak hadden haar tegengestaan. De geur van zijn zweet en zijn sigaretten, zijn luidruchtige gesnuif, zijn mollige handdruk. Maar ze dacht aan geen van die dingen toen ze haar mond op de zijne legde en lucht in zijn longen blies. Ze voelde zijn borst uitzetten, hoorde een luidruchtig gepiep toen zijn longen de lucht weer lieten gaan. Ze zette haar handen op zijn borst en begon te drukken, het werk te doen dat zijn hart zelf niet meer deed. Ze bleef drukken toen andere agenten erbij kwamen om haar te helpen, tot haar armen begonnen te trillen en zweet in haar vest drong. Terwijl ze zwoegde, gaf ze zichzelf er in stilte van langs. Waarom had ze er geen erg in gehad, waarom had ze hem niet zien liggen? Waarom was het haar niet opgevallen dat hij ontbrak? Haar spieren brandden en haar knieën deden pijn, maar ze weigerde te stoppen. Het was het minste wat ze voor hem kon doen en ze was niet van plan hem een tweede keer in de steek te laten.

De jankende sirene van een ziekenauto kwam op hen af.

Ze was nog steeds aan het drukken toen het ambulancepersoneel naast haar knielde. Pas toen iemand haar arm pakte en haar hardhandig wegtrok, gaf ze het op. Op trillende benen bleef ze van een afstandje staan kijken toen de paramedici haar rol overnamen, een infusienaald in Korsaks arm staken en er een zakje met zoutoplossing aan bevestigden. Ze kantelden zijn hoofd achterover en staken een laryngoscoop in zijn keel.

'Ik zie de stembanden niet!'

'Jezus, wat een dikke nek.'

'Help me even hem te verleggen.'

'Oké. Probeer het nog een keer!'

Weer stak de paramedicus de laryngoscoop naar binnen, zwoegend om het gewicht van Korsaks hoofd achterover te houden. Met zijn massieve nek en gezwollen tong had de rechercheur veel weg van een pas geslachte stier.

'Oké, hij zit erin!'

Ze reten Korsaks overhemd open en zetten de defibrillatorpaddels op de dikke vacht van het borsthaar. Op de EKG-monitor was een lijn met onregelmatige pieken zien.

'Hij is in V-tach!'

De paddels lieten een stoomstroot door Korsaks borst gaan. De schok was zo groot dat zijn zware torso van het gras werd opgelicht en als een bonk slap vlees weer neerkwam. De vele zaklantaarns van de agenten onthulden wreed ieder detail, van de bleke bierbuik tot de bijna vrouwelijke borsten waar dikke mannen mee gestraft worden.

'Hartritme zichtbaar. Sinustach –'

'Bloeddruk?'

De band zat strak om de vlezige arm. 'Negentig. Hij kan mee.'

Zelfs nadat ze Korsak in de ziekenwagen hadden geladen en de achterlichtjes knipperend in de nacht verdwenen waren, verroerde Rizzoli zich niet. Verdoofd van vermoeidheid staarde ze de auto na, zich inbeeldend wat hem nog te wachten stond. De felle lampen van de eerstehulpafdeling. Meer naalden, meer slangetjes. Ze bedacht dat ze zijn vrouw zou moeten bellen, maar ze wist haar naam niet. Ze wist bijna niets over zijn privé-leven en vond het opeens ondraaglijk triest dat ze veel meer over de dode Yeagers wist dan over de levende man die met haar had samengewerkt. De man tegenover wie ze tekort was geschoten.

Ze keek naar de plek in het gras waar hij had gelegen. De afdruk van zijn gewicht was nog te zien. Ze beeldde zich in hoe hij achter haar aan was gekomen, maar zo buiten adem was geraakt dat hij haar niet had kunnen bijhouden. Hij had het natuurlijk wel geprobeerd, voortgedreven door mannelijke ijdelheid, door zijn eergevoel. Had hij zijn borst vastgegrepen voordat hij was neergestort? Had hij geprobeerd om hulp te roepen?

Ik zou hem sowieso niet gehoord hebben. Ik had het te druk met het najagen van schaduwen. Met pogingen mijn eigen eergevoel te redden.

'Rechercheur Rizzoli?' zei agent Doud. Hij was zo zachtjes naar haar toe gekomen, dat ze niet had gemerkt dat hij naast haar stond.

'Ja?'

'Het spijt me, maar we hebben er nog een gevonden.'

'Wat?'

'Nog een lijk.'

Ze was zo verbijsterd dat ze niets kon zeggen toen ze met Doud meeliep over het vochtige gras, achter het licht van zijn zaklantaarn aan dat de weg wees door de duisternis. Bewegende lichtjes in de verte gaven hun bestemming aan. Tegen de tijd dat ze de eerste vleug rottingsgeur opving, waren ze een paar honderd meter verwijderd van de plek waar de bewaker was vermoord.

'Wie heeft het gevonden?' vroeg ze.
'Agent Dean.'
'Waarom zocht hij daarginds helemaal?'
'Ik neem aan dat hij de hele begraafplaats wilde afzoeken.'
Dean draaide zich naar haar toe toen ze naderbij kwam. 'Ik geloof dat we Karenna Ghent hebben gevonden,' zei hij.

De vrouw lag op een graf, het zwarte haar rondom haar uitgespreid, dotjes bladeren over de donkere lokken gestrooid als in een spottende decoratie van het dode vlees. Haar gezwollen buik en de lichaamssappen die uit haar neusgaten waren gedropen, gaven aan dat ze al geruime tijd dood was. Maar de betekenis van al deze details vervaagden bij het nog grotere afgrijzen over wat haar onderbuik was aangedaan. Rizzoli staarde naar de gapende wond. Eén enkele snede, dwars over de buik.

Het was alsof de grond onder haar voeten wegzakte. Ze deinsde struikelend achteruit, blindelings naar iets grijpend waaraan ze zich kon vasthouden. Maar ze greep alleen lucht.

Dean was degene die haar opving, haar stevig bij de elleboog pakte. 'Het is geen toeval,' zei hij.

Ze zei niets, hield haar blik gericht op de afgrijselijke wond. Ze herinnerde zich vrouwen met soortgelijke wonden. Herinnerde zich een zomer die nog heter was geweest dan deze.

'Hij volgt de nieuwsberichten over de zaak,' zei Dean. 'Hij weet dat jij het onderzoek leidt. Hij weet hoe hij de bordjes moet verhangen, hoe hij het spel van kat en muis kan omdraaien. Dat is dit nu voor hem. Een spel.'

Hoewel ze zijn woorden hoorde, snapte ze niet wat hij haar probeerde te vertellen. 'Wat voor spel?'

'Heb je de naam niet gezien?' Hij richtte zijn zaklantaarn op de woorden die in de granieten grafsteen stonden gekerfd:

Geliefde echtgenoot en vader
Anthony Rizzoli
1901 – 1962

'Hij spot met ons,' zei Dean. 'Hij spot met *jou*.'

13

De vrouw die op de intensive care aan Korsaks bed zat, had slap bruin haar dat eruitzag alsof het al dagen niet was gewassen of gekamd. Ze raakte Korsak niet aan, staarde alleen maar met lege ogen naar het bed, haar handen op haar schoot, star als een etalagepop. Rizzoli was op de gang blijven staan en keek door het raam de kleine kamer in, erover dubbend of ze haar mocht storen. Op een gegeven moment keek de vrouw op en zag ze haar. Toen kon Rizzoli moeilijk alsnog weglopen.

Ze ging naar binnen. 'Mevrouw Korsak?' zei ze.

'Ja?'

'Ik ben rechercheur Rizzoli. Jane. Zeg maar gewoon Jane.'

De vrouw bleef wezenloos kijken; blijkbaar zei de naam haar niets.

'Neemt u me niet kwalijk, maar ik weet niet hoe u heet,' zei Rizzoli.

'Diane.' De vrouw zweeg weer. Toen fronste ze haar wenkbrauwen. 'Wie zei u dat u was?'

'Jane Rizzoli. Ik ben van de politie van Boston. Uw man en ik werken samen aan een zaak. Misschien heeft hij daar iets over gezegd?'

Diane haalde haar schouders op en keek weer naar haar man. Op haar gezicht stond noch droefenis noch angst te lezen. Alleen de doffe inertie van vermoeidheid.

Rizzoli bleef roerloos en zwijgend bij het bed staan. Zoveel slangetjes, dacht ze. Zoveel apparatuur. En er midden tussenin lag Korsak, gereduceerd tot willoos vlees. De dokters hadden bevestigd dat hij een hartstilstand had gehad en hoewel zijn hartritme nu weer normaal was, bleef hij in bewusteloze staat verkeren. Zijn mond hing open, een buis kwam eruit als een plastic slang. Aan de rand van het bed hing een zakje dat druppelsgewijs werd gevuld met urine. Hoewel het laken zijn genitaliën bedekte, waren zijn borst en buik ontbloot, en stak er een harig been onder het laken uit, een voet met lange, gele teennagels. Ze registreerde al deze details, ook al schaamde ze zich ervoor dat ze zo'n inbreuk maakte op zijn privacy, dat ze hem bekeek terwijl hij zich in zo'n kwetsbare positie bevond. En toch kon ze haar ogen niet afwenden. Ze móést wel naar hem kijken, haar ogen werden naar al deze intieme details getrokken, dingen die ze nooit had mogen zien als hij wakker was geweest.

'Hij moet nodig geschoren worden,' zei Diane.

Een volslagen onbeduidend detail, maar het was de enige spontane opmerking die ze van Diane te horen kreeg. Ze had zich niet verroerd, zat er nog steeds volkomen stil bij, haar handen slap op haar schoot, haar doffe uitdrukking gehouwen uit steen.

Rizzoli zocht naar woorden, iets waarmee ze haar een hart onder de riem kon steken, maar het enige dat in haar opkwam was een cliché. 'Hij is een vechtersbaas. Hij geeft het niet snel op.'

Haar woorden vielen als stenen in een bodemloos meer. Geen rimpeling, geen enkel effect. Na een lange stilte hief Diana haar uitdrukkingloze blauwe ogen naar haar op.

'Ik ben uw naam weer vergeten.'

'Jane Rizzoli. Uw man en ik zaten vanavond samen op de uitkijk, wegens een zaak.'

'O. U bent het dus.'

Rizzoli verstijfde, getroffen door schuldgevoelens. *Ja, ik ben het. Degene die hem heeft achtergelaten. Die hem in zijn eentje in het donker heeft laten liggen omdat ik er zo op gebrand was mijn flaters goed te maken.*

'Dank u,' zei Diane.

Rizzoli fronste zijn voorhoofd. 'Waarvoor?'

'Voor wat u hebt gedaan. Dat u hem hebt geholpen.'

Rizzoli keek de vrouw in haar fletse blauwe ogen en zag nu pas de tot puntjes samengetrokken pupillen. De ogen van een verslaafde, dacht ze. Diane Korsak zat in een mist van kalmerende middelen.

Ze keek weer naar Korsak. Dacht terug aan de avond dat ze hem naar het huis had laten komen waar Ghent was vermoord, toen hij half beschonken was gearriveerd. Ze dacht ook aan de avond dat ze op het parkeerterrein van het mortuarium hadden gestaan en Korsak geen zin had gehad naar huis te gaan. Was dit wat hem iedere avond wachtte? Deze vrouw met haar lege ogen en robotachtige stem?

Dat heb je me nooit verteld. En ik heb niet de moeite genomen je ergens naar te vragen.

Ze liep naar het bed en kneep in zijn hand. Herinnerde zich wat een afkeer ze van zijn handdruk had gehad. Nu niet; nu zou ze het heerlijk hebben gevonden als hij had teruggeknepen. Maar de hand in de hare bleef slap.

Het was elf uur 's ochtends toen ze eindelijk thuiskwam. Ze draaide de drie sloten dicht en deed de ketting op de deur. Er was een tijd geweest dat ze zoveel sloten zou hebben opgevat als een teken van paranoia; er was een tijd geweest dat ze genoegen had genomen met een gewoon slot en haar pistool op haar nachtkastje. Maar een jaar geleden had Warren Hoyt haar leven veranderd en sindsdien was haar deur opgesierd met al deze glimmende, koperen accessoires. Ze staarde naar de rij sloten en besefte opeens dat ze precies zo aan het worden was als alle andere slachtoffers van geweldmisdaden, die zich radeloos in hun huizen barricadeerden en de wereld buitensloten.

Dat had de Chirurg haar aangedaan.

En nu had deze nieuwe moordenaar, de Heerser, zijn stem toegevoegd aan het koor van monsters dat zich voor haar deur roerde. Gabriel Dean had meteen begrepen dat de keuze van het graf waarop het lijk van Karenna Ghent was achtergelaten, geen toeval was. Hoewel de bewoner van dat graf, Anthony Rizzoli, geen familie van haar was, was het feit dat ze dezelfde achternaam hadden een duidelijke boodschap aan haar adres.

De Heerser kent mijn naam.

Ze deed haar holster pas af nadat ze haar hele flat had doorgelopen. Het was geen grote flat en het kostte haar minder dan een minuut om een blik te werpen in de keuken en de zitkamer, en de korte gang door te lopen naar haar slaapkamer, waar ze de kast opendeed en onder het bed keek. Toen pas maakte ze haar holster los en legde ze het wapen in de la van haar nachtkastje. Ze pelde haar kleren van zich af en liep de badkamer in. Ze deed de deur op slot – alweer zo'n automatische en volkomen onnodige reflex, maar alleen zo kon ze onder de douche stappen en de moed opbrengen het gordijn dicht te trekken. Even later, met de crèmespoeling nog in haar haar, beving haar het gevoel dat ze niet alleen was. Ze rukte het gordijn open en staarde naar de lege badkamer. Haar hart bonkte, het water stroomde over haar schouders op de vloer.

Ze deed de kraan dicht. Leunde tegen de tegeltjesmuur, diep ademhalend, wachtend tot haar hartslag zou zakken. Boven het gebonk van haar hart uit hoorde ze het zoemen van de ventilator, het geborrel van de pijpleidingen in het gebouw. Alledaagse geluiden waar ze nooit op had gelet, tot nu, nu juist de alledaagsheid ervan diende als iets waarop ze zich dankbaar kon concentreren.

Tegen de tijd dat haar hartslag weer tot een normaal ritme was gedaald, was het water op haar huid koud geworden. Ze stapte uit de douchebak, droogde zich af en kniel de om de natte vloer te dweilen. Van de bravoure die ze op haar werk toonde, was niets meer over. Ze was teruggebracht tot een bibberend hoopje mens. In de spiegel zag ze hoezeer de angst haar had veranderd. De vrouw die terugstaarde was vermagerd, zodat haar van nature tengere gestalte een uitgemergelde aanblik begon te krijgen. Het gezicht, ooit hoekig en solide, leek ijl, als dat van een spook, de ogen groot en donker in verzonken holtes.

Ze vluchtte bij de spiegel vandaan en liep naar de slaapkamer. Met nat haar liet ze zich op het bed zakken en bleef met open ogen liggen. Ze wist dat ze er dringend behoefte aan had een paar uur te slapen. Maar daglicht knipoogde door de kiertjes van de luxaflex en ze hoorde het verkeer beneden op straat. Het liep tegen het middaguur. Ze was al bijna dertig uur wakker en had al zeker twaalf uur niets gegeten, maar kon zich er onmogelijk toe zetten iets te gaan eten, noch wilde ze in slaap vallen. De gebeurtenissen van de afgelopen nacht en ochtend joegen als elektrische stroom door haar zenuwstelsel, herinneringen knetterden in een zich steeds herhalende reeks. Ze zag de gapende keel van de bewaker, zijn hoofd onder een onmogelijke hoek weggedraaid van zijn lichaam. Ze zag Karenna Ghent met de blaadjes in haar zwarte haar.

En ze zag Korsak, met al die slangetjes en draadjes die uit zijn lichaam staken.

Deze drie dingen draaiden in haar hoofd rond als een vuurtorenlamp die ze niet uit kon zetten. Ze kon het gezoem niet tot stilte brengen. Was dit wat waanzinnigen voelden?

Weken geleden had dokter Zucker erop aangedrongen dat ze zich bij een psycholoog onder behandeling zou laten stellen. Ze had het idee nijdig van de hand gewezen. Nu vroeg ze zich af of hem in haar woorden, haar blik, iets was opgevallen waar ze zich niet bewust van was geweest. De eerste haarscheurtjes in haar geestelijke gezondheid, die zich langzaam maar zeker vertakten en in bredere kloven veranderden nu de Chirurg haar leven op zijn grondvesten had doen schudden.

Ze werd wakker van de telefoon. Ze had het idee dat ze nog maar net in slaap was gevallen en de eerste emotie die naar boven kwam toen ze naar het toestel tastte, was dat haar niet eens enkele ogenblikken rust gegund was. Ze nam op met een nors: 'Rizzoli.'

'Eh... rechercheur Rizzoli, u spreekt met Yoshima van het mortuarium. Dokter Isles had u verwacht voor de lijkschouwing van mevrouw Ghent.'

'Ik zal er zijn.'

'Maar ze is al begonnen en –'

'Hoe laat is het dan?'

'Bijna vier uur. We hebben geprobeerd u op te piepen, maar u hebt niet gereageerd.'

Ze schoot met zo'n ruk overeind dat de kamer om haar heen draaide. Ze schudde haar hoofd en staarde naar de klok naast haar bed: 15:52. Ze was dwars door haar wekker én haar pieper heen geslapen. 'Het spijt me,' zei ze. 'Ik kom zo snel mogelijk.'

'Momentje. Dokter Isles wil u spreken.'

Ze hoorde het gekletter van instrumenten op een metalen blad; toen kwam de stem van dokter Isles door de telefoon. 'Rechercheur Rizzoli, komt u hierheen?'

'Ik kan er over een halfuur zijn.'

'Dan wachten we op u.'

'Ik wil jullie niet ophouden.'

'Dokter Tierney is ook onderweg. Ik wil u beiden iets laten zien.'

Dit was hoogst ongebruikelijk. De politie had genoeg patho-

loog-anatomen in dienst om uit te kiezen. Dokter Tierney was met pensioen gegaan. Waarom haalde dokter Isles hem terug?
'Wat is er aan de hand?' vroeg Rizzoli.
'De wond aan de buik van het slachtoffer,' zei dokter Isles, 'is niet zomaar een snee. Het is een chirurgische incisie.'

Dokter Tierney stond al in een chirurgenpak in de autopsiezaal toen Rizzoli arriveerde. Net als dokter Isles zag hij meestal af van het gebruik van een respirator en ook nu had hij als gezichtsbescherming alleen een plastic scherm. Rizzoli zag zijn sombere gezicht erdoorheen. De andere aanwezigen keken al even bedrukt en bekeken Rizzoli met een zenuwslopend zwijgen toen ze binnenkwam. De aanwezigheid van agent Dean verbaasde haar allang niet meer en ze reageerde op zijn staren met een kort knikje. Ze vroeg zich af of ook hij erin geslaagd was een paar uur te slapen. Voor het eerst zag ze vermoeidheid in zijn ogen. Zelfs Gabriel Dean werd langzaam vermorzeld door het gewicht van dit onderzoek.
'Wat heb ik gemist?' vroeg ze. Ze kon onmogelijk meteen naar het lijk kijken en hield haar blik op Isles gericht.
'We hebben het uitwendige onderzoek van het stoffelijk overschot voltooid. De labtechnici hebben haar met plakband afgenomen, haar nagels geknipt en haren gekamd.'
'Is er al een vaginaal uitstrijkje gemaakt?'
Isles knikte. 'Er was beweeglijk sperma aanwezig.'
Rizzoli haalde diep adem en keek naar het lichaam van Karenna Ghent. De stank was bijna nog sterker dan de mentholzalf die ze, voor het eerst, onder haar neus had gewreven omdat ze haar maag niet meer vertrouwde. De afgelopen weken was er zoveel misgegaan dat ze alle vertrouwen was kwijtgeraakt in de krachten die haar bij voorgaande onderzoeken juist op de been hadden gehouden. Toen ze daarnet de zaal was binnengegaan, was ze niet bang geweest voor de lijkschouwing, maar voor haar reactie erop. Ze kon niet voorspellen hoe ze zou reageren en had daar absoluut geen macht meer over, en dat joeg haar meer angst aan dan al het andere.
Ze had thuis een handjevol crackers gegeten om de verschrikkingen niet op een lege maag te hoeven doorstaan en voelde tot haar opluchting geen enkele misselijkheid, ondanks de stank,

ondanks de groteske conditie van het stoffelijk overschot. Maar haar gezicht vertrok onwillekeurig toen ze de levergroene buik zag. De Y-incisie was nog niet gemaakt. De gapende snede was het enige waar ze nog niet echt naar kon kijken. Ze concentreerde zich op de nek, op de ovale blauwe plekken, die ondanks de onderliggende postmortale verkleuring zichtbaar waren aan beide zijden van het strottenhoofd. De blauwe plekken die veroorzaakt waren door de vingers van de moordenaar die op het vlees hadden gedrukt.

'Handmatige wurging,' zei Isles. 'Net als bij Gail Yeager.'

De intiemste manier om iemand te doden, had dokter Zucker het genoemd. *Huid op huid. Jouw handen op haar vlees. Je drukt op haar keel en voelt het leven wegvloeien.*

'Wat laten de röntgenfoto's zien?'

'Een breuk in het kraakbeen van de schildklier.'

Dokter Tierney kwam tussenbeide. 'Het is niet de hals die ons zorgen baart, maar de buikwond. Trek even een paar handschoenen aan, Jane. Je moet dit zelf doen.'

Ze liep naar het kastje waarin de voorraad handschoenen lag. Trok met trage bewegingen een paar aan, het uitstel gebruikend om zichzelf moed in te spreken. Toen keerde ze terug naar de tafel.

Dokter Isles had de lamp al op de onderbuik gericht. De randen van de wond gaapten als zwart geworden lippen.

'De huidlaag is geopend met één strook van een mes,' zei dokter Isles. 'Een niet-getand mes. Nadat de huid was opengesneden, zijn diepere incisies gemaakt. Eerst de peesweefsellaag, toen de spieren en tot slot het bekkenbuikvlies.'

Rizzoli staarde in de muil van de wond, dacht aan de hand die het mes had vastgehouden, een hand zo kalm dat hij in het volste zelfvertrouwen de kaarsrechte incisie had gemaakt.

Ze vroeg, zachtjes: 'Leefde het slachtoffer nog toen dit is gedaan?'

'Nee. Hij heeft geen hechtdraad gebruikt en er heeft geen bloed gevloeid. Dit is een postmortale incisie, uitgevoerd nadat het hart van de patiënt tot stilstand was gekomen, nadat de bloedsomloop was gestaakt. De manier waarop deze procedure is uitgevoerd – de methodische openvolging van de incisies – wijst erop dat de dader ervaring heeft met opereren. Hij heeft dit vaker gegaan.'

Dokter Tierney zei: 'Ga je gang. Onderzoek de wond.'

Ze aarzelde, haar handen verkild tot ijs in de latexhandschoenen. Langzaam stak ze haar hand in de snee, diep in het bekken van Karenna Ghent. Ze wist precies wat ze zou vinden en toch schokte de ontdekking haar. Ze keek naar dokter Tierney en zag de bevestiging in zijn ogen.

'De baarmoeder is verwijderd,' zei hij.

Ze haalde haar hand uit het bekken. 'Warren Hoyt,' zei ze zachtjes. 'Dit heeft híj gedaan.'

'Maar al het andere komt overeen met de methode van de Heerser,' zei Gabriel Dean. 'De ontvoering, de wurging. De postmortale coïtus.'

'Dit niet,' zei ze, starend naar de wond. 'Dit is Hoyts fantasie. Dit is wat hem opwindt. De incisies, het wegnemen van het orgaan dat van een vrouw een vrouw maakt en haar een macht verleent die hij nooit zal bezitten.' Ze keek Dean recht in de ogen. 'Ik ken zijn werk. Ik heb het van nabij gezien.'

'Wij allebei,' zei dokter Tierney tegen Dean. 'Ik heb vorig jaar de autopsies op Hoyts slachtoffers verricht. Dit is zijn techniek.'

Dean schudde ongelovig zijn hoofd. 'Twee afzonderlijke moordenaars? Die hun technieken combineren?'

'De Heerser en de Chirurg,' zei Rizzoli. 'Ze hebben elkaar gevonden.'

14

Ze zat in haar auto. Warme lucht stroomde uit de roostertjes van de airco en zweet parelde op haar gezicht. Zelfs de nachtelijke warmte kon de kilte niet verdrijven die haar in de autopsiezaal had bevangen. Ik heb zeker iets onder de leden, dacht ze, terwijl ze haar slapen masseerde. En geen wonder; ze werkte nu al drie dagen bijna aan één stuk door en dat begon haar op te breken. Ze had pijn in haar hoofd en het enige dat ze wilde, was in bed kruipen en een hele week slapen.

Ze reed regelrecht naar huis, ging naar binnen en voerde weer het ritueel uit dat noodzakelijk was geworden voor de instandhouding van haar gezonde verstand. Draaide sloten om, deed de ketting in de gleuf, heel zorgvuldig allemaal, en pas nadat ze haar hele checklist had afgewerkt, iedere slot en iedere grendel had gecontroleerd en in iedere kast gekeken, schopte ze haar schoenen uit en stroopte ze haar broek en bloes van haar lijf. Slechts gekleed in haar ondergoed zakte ze neer op het bed en begon ze weer haar slapen te masseren. Ze vroeg zich af of er aspirientjes in het medicijnkastje lagen, maar was te moe om te gaan kijken.

De intercom van haar flat zoemde. Ze schoot recht overeind, terwijl haar hart weer op hol sloeg en iedere zenuw trilde van de schrik. Ze verwachtte geen bezoek en wilde niemand zien of spreken.

Weer zoemde de intercom, een geluid als van staalwol op blootgelegde zenuwuiteinden.

Ze stond op en liep naar de zitkamer om op het knopje te drukken. 'Ja?'

'Gabriel Dean hier. Mag ik boven komen?'

Dat was nu werkelijk de láátste stem die ze verwacht had te horen. Ze was zo verbluft dat ze niet meteen reageerde.

'Rizzoli?' zei hij.

'Waar wil je over praten, Dean?'

'De lijkschouwing. Er zijn wat punten die we moeten bespreken.'

Ze drukte op de knop waarmee de voordeur werd geopend en wenste meteen dat ze dat niet had gedaan. Ze vertrouwde Dean niet en nu liet ze hem zomaar binnen in de veilige haven van haar flat. Met een achteloze druk op een knop was een besluit genomen en nu kon ze niet meer terugkrabbelen.

Ze had nauwelijks tijd om een badjas aan te trekken toen hij al op de deur klopte. Door de visooglens van het kijkgaatje zagen zijn gelaatstrekken er verwrongen uit. Onheilspellend. Tegen de tijd dat ze alle sloten had geopend, stond dat grotesk verwrongen gezicht op haar netvlies gebrand. De werkelijkheid was veel minder angstaanjagend. De man die op de mat stond, had vermoeide ogen en een gezicht waarop je kon aflezen hoeveel afgrijselijke dingen hij had gezien en hoe weinig hij had geslapen.

Toch vroeg hij eerst naar haar: 'Hoe gaat het met je?'

Ze begreep wat die vraag impliceerde: dat het niet goed ging met haar. Dat er iemand naar haar moest kijken, dat ze onstabiel was en op het punt stond uiteen te vallen in broze scherven.

'Goed,' zei ze.

'Je was na de lijkschouwing zo snel vertrokken. Voor ik de kans kreeg met je te praten.'

'Waar wilde je over praten?'

'Warren Hoyt.'

'Wat wil je over hem weten?'

'Alles.'

'Daar zouden we de hele avond zoet mee zijn, en ik ben moe.' Ze trok haar badjas strakker om zich heen, opeens gegeneerd. Ze had het altijd belangrijk gevonden er professioneel uit te zien en wanneer ze voor haar werk ergens naartoe moest, deed ze bijna altijd een jasje aan. Nu stond ze in haar badjas en ondergoed tegenover Dean en dat kwetsbare gevoel beviel haar allerminst.

Ze legde haar hand tegen de deur, een gebaar met een onmiskenbare boodschap: *einde van het gesprek*.

Hij bleef pal voor haar deur staan. 'Hoor eens, ik geef toe dat ik me heb vergist. Ik had van het begin af aan naar je moeten luisteren. Jij had het meteen door, terwijl ik de parallellen met Hoyt niet heb gezien.'

'Omdat je hem niet hebt gekend.'
'Vertel me dan over hem. We moeten samenwerken, Jane.'
Haar lach was zo scherp als glas. 'O, ben je nu opeens helemaal voor teamwork? Een nieuwe en heel andere aanpak moet ik zeggen.'
Berustend in het feit dat hij niet van plan was te vertrekken, draaide ze zich om en liep ze de zitkamer in. Hij kwam binnen en deed de deur achter zich dicht.
'Vertel me over Hoyt.'
'Alles staat in zijn dossier.'
'Dat heb ik al gelezen.'
'Dan heb je alles wat je nodig hebt.'
'Niet alles.'
Ze draaide zich naar hem toe. 'Wat heb je dan nog meer nodig?'
'Ik wil weten wat jij weet.' Hij kwam dichterbij en ze voelde een steek van paniek omdat ze zo in het nadeel was, op haar blote voeten tegenover hem, te moe om zijn aanval te kunnen afweren. En het voelde echt aan als een aanval, al deze eisen die hij stelde en de manier waarop zijn blik dwars door haar schaarse kleding heen leek te dringen.
'Er bestaat een soort emotionele verbondenheid tussen jullie tweeën,' zei hij. 'Een band.'
'Noem het verdomme geen *verbondenheid*.'
'Hoe zou jij het noemen?'
'Hij was de dader. Ik heb hem opgepakt. Dat is alles.'
'Dat is niet wat ik heb gehoord. En of je het nu wilt toegeven of niet, er bestaat een band tussen jullie. Hij heeft zich met opzet weer in je leven gemengd. Het stoffelijk overschot van Karenna Ghent is niet toevallig juist op dat graf achtergelaten.'
Ze zei niets. Op dit punt kon ze hem niet tegenspreken.
'Hij is een jager, net als jij,' zei Dean. 'Jullie jagen allebei op mensen. Dat is één band tussen jullie. Dat is één ding dat jullie gemeen hebben.'
'We hebben niets gemeen.'
'Maar jullie begrijpen elkaar. Ongeacht je gevoelens, ben je met hem verbonden. Je had lang voor de anderen door dat hij invloed had op de Heerser. Je was ons mijlen voor.'
'En jij vond dat ik me daarom maar gauw onder behandeling moest laten stellen bij een psycholoog.'

'Toen dacht ik dat inderdaad.'
'Maar nu ben ik opeens niet gek meer. Nu ben ik een genie.'
'Jij kunt in zijn hoofd kijken. Je kunt ons helpen uit te zoeken wat hij nu zal doen. Wat wil hij?'
'Hoe moet ik dat nou weten?'
'Jij hebt een intiemere kijk op hem dan wij allemaal bij elkaar.'
'Intiemere? Heb je daar geen beter woord voor? De klootzak heeft me bijna *vermoord*.'
'En niets is zo intiem als moord.'

Op dat moment haatte ze hem – omdat hij een waarheid onder woorden had gebracht waar ze zich aan wilde onttrekken. Omdat hij de vinger had gelegd op de zere plek waar ze zelf niet aan wilde denken: dat zij en Warren Hoyt voor eeuwig aan elkaar verbonden waren. Dat angst en walging sterkere emoties waren dan liefde ooit kon zijn.

Ze zakte neer op de bank. Normaal gesproken zou ze terugvechten. Normaal gesproken was ze venijnig genoeg om iedere man woord voor woord van repliek te dienen, maar nu was ze zo moe dat ze de kracht niet had om Deans vragen af te weren. Hij zou net zolang rukken en trekken tot hij alle antwoorden van haar had losgekregen, dus kon ze zich net zo goed in het onontkoombare schikken. Dan was ze er maar van af. Dan zou hij haar met rust laten.

Ze rechtte haar rug en besefte opeens dat ze naar haar handen staarde, naar de identieke littekens op haar palmen. Dat waren alleen maar de met het oog waarneembare souvenirs die Hoyt had achtergelaten; de andere littekens waren minder zichtbaar: die van haar gebroken ribben en gezichtsbotjes, die alleen op röntgenfoto's te zien waren. Het minst zichtbaar waren de breuklijnen die haar leven hadden gesplitst als door een aardbeving. De afgelopen weken had ze gevoeld hoe die breuklijnen langzaam wijder werden, alsof de grond onder haar voeten begon weg te zakken.

'Ik wist niet dat hij er nog was,' zei ze op fluistertoon. 'Dat hij vlak achter me stond, in die kelder, in dat huis...'

Hij ging in de fauteuil tegenover haar zitten. 'Jij bent degene die hem heeft gevonden. De enige die wist waar jullie hem konden vinden.'

'Ja.'

'Hoe kwam dat?'
Ze haalde haar schouders op, lachte kort. 'Puur geluk.'
'Nee, er moet meer achter zitten.'
'Je kent me meer eer toe dan ik verdien.'
'Ik heb je juist niet genoeg eer toegekend, Jane.'
Toen ze opkeek, zag ze dat hij met een zo openhartige blik naar haar keek dat ze zich onmiddellijk ergens wilde verstoppen. Maar er was geen plek waar ze zich kon terugtrekken, geen verdediging die ze kon opwerpen tegen een zo indringende blik. Hoeveel ziet hij? vroeg ze zich af. Weet hij dat ik me door zijn blik juist nog kwetsbaarder voel?
'Vertel me wat er in die kelder is gebeurd,' zei hij.
'Dat weet je al. Het staat allemaal in mijn rapport.'
'In een rapport kun je dingen weglaten.'
'Er valt verder niets te vertellen.'
'Wil je het niet eens proberen?'
Woede sneed door haar heen als een granaatscherf. 'Ik wil er niet eens over nadenken.'
'Maar je denkt er steeds aan. Je kunt het niet helpen.'
Ze staarde hem aan, vroeg zich af wat voor spelletje hij speelde en hoe hij haar zo makkelijk voor haar karretje had weten te spannen. Ze had andere mannen gekend met veel charisma, mannen naar wie een vrouw met zo'n ruk omkeek dat ze er whiplash van zou krijgen. Rizzoli was altijd zo verstandig geweest zulke mannen op een afstand te houden, zich voor ogen te houden wat ze waren: de genetisch begunstigden te midden van de gewone stervelingen. Ze had niets met zulke mannen op, en zij niet met haar. Maar nu had ze iets dat Gabriel Dean wilde hebben en liet hij al zijn aantrekkingskracht op haar los. En het werkte. Nog nooit had een man haar zo in verwarring gebracht en haar tegelijkertijd zo opgewonden.
'Hij had je naar de kelder gelokt,' zei Dean.
'Ik ben regelrecht in zijn val gelopen. Ik wist het niet.'
'Waarom niet?'
Het was een onthutsende vraag die haar even tot zwijgen bracht. Ze dacht terug aan die middag, aan hoe ze in de open deur van de kelder had gestaan en niet de donkere trap had willen afdalen. Ze herinnerde zich de verstikkende hitte van het huis en haar beha en haar blouse die doorweekt waren geraakt van

haar zweet. Ze herinnerde zich hoe angst iedere zenuw in haar lichaam aan het trillen had gebracht. Ja, ze had wél geweten dat er iets niet goed zat. Ze had geweten wat onder aan die trap op haar wachtte.

'Waarom is het misgegaan?'
'Vanwege het slachtoffer,' fluisterde ze.
'Catherine Cordell?'
'Ze was in de kelder. Vastgebonden op een bed in de kelder...'
'Het lokaas.'
Ze sloot haar ogen en kon het bijna ruiken, de geur van Cordells bloed en die van de vochtige aarde. En de geur van haar eigen zweet, zuur van angst. 'Ik heb in het aas gehapt.'
'Hij wist dat je dat zou doen.'
'Ik had het door moeten hebben –'
'Maar je had alleen aandacht voor het slachtoffer. Voor Cordell.'
'Ik wilde haar redden.'
'En dat was je fout.'
Ze deed haar ogen open en keek hem nijdig aan. 'Fout?'
'Dat je niet eerst de kelder hebt afgezocht. Je hebt hem de kans gegeven je aan te vallen. Je hebt de domste fout gemaakt die je kon maken. Vreemd, gezien het feit dat je verder zo'n goede rechercheur bent.'
'Je was er niet bij. Je weet niet in wat voor situatie ik me bevond.'
'Ik heb je rapport gelezen.'
'Cordell lag op dat bed. Bloedend...'
'En dus heb je gereageerd zoals ieder ander mens zou doen. Je hebt geprobeerd haar te helpen.'
'Ja.'
'En dat is je fout geweest. Dat je vergat te redeneren als een agent.'
Hij trok zich niets aan van haar woedende blik. Hij bleef haar aankijken met een onbeweeglijk gezicht, zijn gezicht zo kalm, zo zelfverzekerd dat ze zich nog beroerder ging voelen.
'Ik vergeet *nooit* als een agent te redeneren,' zei ze.
'Jawel. In die kelder was je het vergeten. Je heb je laten afleiden door het slachtoffer.'
'Mijn zorg geldt altijd in de eerste plaats het slachtoffer.'

'Ook wanneer zowel het slachtoffer als jijzelf daardoor in gevaar komt? Is dat logisch?'

Logisch. Ja, dat was echt iets voor Gabriel Dean. Ze had nog nooit iemand als hij ontmoet, een man die de levenden en de doden met een even groot gebrek aan emoties kon beschouwen.

'Ik kon haar niet laten sterven,' zei ze. 'Dat was het eerste, het enige, waar ik aan dacht.'

'Kende je haar? Cordell?'

'Ja.'

'Waren jullie vriendinnen?'

'Nee.' Ze zei het te snel. Deans wenkbrauwen gingen omhoog in een stille vraag. Rizzoli haalde adem en zei: 'Ze had te maken met het onderzoek naar de Chirurg. Meer niet.'

'Mocht je haar niet?'

Rizzoli gaf niet meteen antwoord, verbluft over Deans haarscherpe inzicht. Ze zei: 'Ik werd niet warm of koud van haar, laat ik het zo zeggen.' *Ik was jaloers op haar. Op haar schoonheid. En op de uitwerking die ze op Thomas Moore had.*

'Maar Cordell was een slachtoffer,' zei Dean.

'Ik wist niet precies wat ze was. In het begin tenminste niet. Maar tegen het eind werd me duidelijk dat zij het doelwit van de Chirurg was.'

'Je moet je schuldig hebben gevoeld. Dat je aan haar had getwijfeld.'

Rizzoli zei niets.

'Is dat de reden waarom je er zo'n behoefte aan had haar te redden?'

Ze verstijfde, beledigd door zijn vraag. 'Ze verkeerde in gevaar. Ik had geen andere redenen nodig.'

'Je hebt onverstandige risico's genomen.'

'Ik geloof dat de woorden *onverstandig* en *risico* niet samen in één zin passen.'

'De Chirurg heeft je in zijn val gelokt. Jij hebt in het aas gehapt.'

'Ja, dat was een vergissing –'

'Hij wist dat je erin zou trappen.'

'Hoe kon hij dat nou weten?'

'Hij weet heel veel over jou. Daarmee zijn we terug bij de band. De band tussen jullie.'

Ze stond met een ruk op. 'Wat een gelul,' zei ze en ze liep de kamer uit.

Hij kwam achter haar aan de keuken in, achtervolgde haar meedogenloos met zijn theorieën, theorieën waar ze niets over wilde horen. De gedachte aan welke emotionele band dan ook tussen haarzelf en Hoyt was zo weerzinwekkend dat ze er niet eens aan wilde dénken en er zeker niets meer over wilde horen. Maar hij stond vlak bij haar, in haar toch al zo claustrofobische keuken, en dwong haar te luisteren naar wat hij te zeggen had.

'Jij hebt rechtstreeks toegang tot Warren Hoyts psyche,' zei Dean, 'maar hij ook tot de jouwe.'

'Hij kende me toen niet.'

'Weet je dat zeker? Hij moet het verloop van het onderzoek gevolgd hebben. Hij wist dat jij in de ploeg zat.'

'En dat is het enige wat hij over me kan hebben geweten.'

'Volgens mij begrijpt hij meer dan je denkt. Hij voedt zich met de angst van vrouwen. Het staat allemaal in zijn psychologische profiel. Hij wordt aangetrokken tot geschonden vrouwen. Tot vrouwen die emotionele klappen hebben gekregen. Een zweem van vrouwenleed is al voldoende om hem heet te maken en hij heeft er een bijzonder goede neus voor. Hij weet die te bespeuren te midden van de meest subtiele aanwijzingen. De klank van haar stem. De stand van haar hoofd. Het mijden van oogcontact. Allemaal kleine lichamelijke tekenen die anderen niet opvallen. Híj vangt die op. Hij weet welke vrouwen geschonden zijn en dat zijn de vrouwen die hij wil.'

'Ik ben geen slachtoffer.'

'Jawel. Nu wel. Hij heeft van jou een slachtoffer gemaakt.' Hij kwam dichterbij, zo dichtbij dat ze elkaar bijna aanraakten. Ze voelde een wild verlangen zich in zijn armen te storten en zich tegen hem aan te drukken. Om te zien hoe hij zou reageren. Maar trots en gezond verstand zorgden ervoor dat ze er stram bij bleef staan.

Ze dwong zichzelf te lachen. 'Wie is hier het slachtoffer, agent Dean? Niet ik. Vergeet niet dat *ik* degene ben die hem achter de tralies heeft gekregen.'

'Ja,' antwoordde hij rustig. 'Ja, hebt de Chirurg achter de tralies gekregen. Maar daarbij ben je zelf danig geschonden.'

Ze staarde hem zwijgend aan. *Geschonden*. Dat was het juiste woord voor wat haar was aangedaan. Een vrouw met littekens op haar handen en een hele rits sloten op haar deur. Een vrouw die de hete adem van augustus nooit meer kon voelen zonder zich de hitte van die zomerdag en de geur van haar eigen bloed te herinneren.

Zonder een woord te zeggen draaide ze zich om en liep de keuken uit, terug naar de woonkamer. Daar zakte ze neer op de bank en bleef ze zitten in een verdoofd zwijgen. Hij kwam niet meteen achter haar aan en een paar ogenblikken was ze heerlijk alleen. Ze hoopte dat hij zou verdwijnen, dat hij haar flat zou verlaten en haar de eenzaamheid gunnen waar ieder gewond dier behoefte aan heeft. Maar dat was haar niet gegund. Ze hoorde hem de keuken uitkomen en toen ze opkeek, zag ze hem staan met twee glazen in zijn handen. Hij reikte haar er een aan.

'Wat is dat?' vroeg ze.

'Tequila. Heb ik in een keukenkastje gevonden.'

Ze pakte het glas aan en keek er fronsend naar. 'Ik was vergeten dat ik het in huis had. Het is een erg oude fles.'

'Hij zat nog dicht.'

Omdat ze niet van tequila hield. De fles was een van de nutteloze cadeautjes die haar broer Frankie meebracht van zijn reizen, net als de Kahlúa-likeur uit Hawaï en de sake uit Japan. Daarmee liet Frankie zien wat een man van de wereld hij was, met de complimenten van het U.S. Marine Corps. Maar goed, ze kon net zo goed van deze gelegenheid gebruikmaken om zijn souvenir uit het zonnige Mexico te proeven. Ze nipte aan het glas en knipperde de plotseling prikkende tranen weg. Terwijl de tequila als een warm stroompje afdaalde naar haar maag, schoot haar een detail te binnen over Warren Hoyts verleden. Hij had zijn eerste slachtoffers verdoofd met Rohypnol, dat hij in hun drankjes had gedaan. Hoe eenvoudig is het om ons op een onbewaakt ogenblik te pakken te nemen. Wanneer een vrouw is afgeleid of geen reden heeft de man die haar een drankje geeft te wantrouwen, is ze als een lam dat naar het slachthuis wordt geleid. Zelfs zij had een glas tequila aangepakt zonder er iets van te denken. Zelfs zij had een man die ze amper kende, binnengelaten in haar woning.

Ze keek weer naar Dean. Hij zat tegenover haar, hun ogen nu op dezelfde hoogte. Het drankje liet zich op haar lege maag meteen gelden. Haar ledematen voelden aan alsof ze geen zenuwen hadden. De verdoving van de alcohol. Ze voelde zich emotieloos en kalm, op het gevaarlijke af.

Hij boog zich naar haar toe, maar ze leunde niet meteen achterover, schoot niet meteen in de verdediging. Dean drong zich aan haar op zoals nog maar erg weinig mannen hadden gedaan, en ze liet het toe. Ze gaf zich aan hem over.

'We hebben nu niet meer te maken met één moordenaar,' zei hij, 'maar met twee die samenwerken. En een van de twee is een man die jij beter kent dan wie ook. Of je het wilt toegeven of niet, je bent op een speciale manier met Warren Hoyt verbonden. En daardoor ben je ook verbonden met de Heerser.'

Ze haalde diep adem, blies die uit en zei zachtjes: 'Zo werkt Warren het liefst. Daar hunkert hij naar. Een compagnon. Een mentor.'

'In Savannah had hij er een.'

'Ja. Een arts genaamd Andrew Capra. Nadat Capra was gedood, bleef Warren alleen achter. Toen is hij naar Boston gekomen. Maar hij bleef zoeken naar een nieuwe partner. Iemand met net zulke verlangens als hij. Net zulke fantasieën.'

'En nu heeft hij die gevonden.'

Ze keken elkaar aan. Ze begrepen allebei wat de huiveringwekkende consequenties waren van deze nieuwe ontwikkeling.

'Ze zijn nu dubbel zo effectief,' zei hij. 'Wolven jagen beter in een roedel dan alleen.'

'Samen op jacht.'

Hij knikte. 'Het maakt alles makkelijker. Het bespieden. Het grijpen van een slachtoffer. Het in bedwang houden...'

Ze schoot recht overeind. 'Het theekopje,' zei ze.

'Wat is daarmee?'

'Het ontbrak bij de Ghents. Nu weten we waarom.'

'Omdat Warren Hoyt erbij was en hem heeft geholpen.'

Ze knikte. 'De Heerser had geen waarschuwingssysteem nodig. Hij had een maatje dat hem zou waarschuwen als de echtgenoot zich verroerde. Een maatje dat erbij was en alles heeft gezien. En van zulke dingen wordt Warren helemaal geil. Hij moet ervan genoten hebben. Het maakt deel uit van zijn fantasieën. Om te kunnen toekijken wanneer een vrouw wordt verkracht.'

'Terwijl de Heerser behoefte heeft aan publiek.'

Ze knikte. 'Daarom kiest hij echtparen. Dan heeft hij altijd een toeschouwer. Iemand die toekijkt wanneer hij de ultieme macht heeft over het lichaam van een vrouw.'
De afgrijselijke daad die ze beschreef was een zo intieme gewelddaad dat ze er moeite mee had Dean te blijven aankijken. Maar ze hield vol. De verkrachting van een vrouw was een misdaad die in te veel mannen een hitsige nieuwsgierigheid opwekte. Ze was 's ochtends de enige vrouw wanneer in de recherchekamer de lopende misdaden werden besproken, en ze had haar mannelijke collega's de details van dergelijks geweldplegingen vaak horen bespreken en de zinderende ondertoon van belangstelling in hun stemmen gehoord, ook al deden ze hun best er strikt professioneel te blijven uitzien. Soms stonden ze net iets te lang stil bij de beschrijvingen van de verwondingen aan de intieme lichaamsdelen die in het rapport van de patholoog-anatoom stonden, staarden ze iets te lang naar de misdaadfoto's van vrouwen met gespreide benen. Door dergelijke reacties had Rizzoli zich iedere keer ook een beetje verkracht gevoeld, en door de jaren heen had ze een bijzonder scherpe intuïtie ontwikkeld voor ook maar een vleug van onbetamelijke belangstelling in de ogen van haar mannelijke collega's wanneer ze een verkrachting bespraken. Nu keek ze Dean in de ogen, op zoek naar die verontrustende vonk, maar ze zag niets. Net zomin als ze iets anders dan verbeten vastberadenheid in zijn ogen had gezien toen hij naar de onteerde lijken van Gail Yeager en Karenna Ghent had gekeken. Dean werd niet heet van deze gruweldaden; hij verafschuwde ze.

'Je zei dat Hoyt behoefte heeft aan een mentor,' zei hij.

'Ja. Iemand die hem de weg wijst. Die hem dingen leert.'

'Dingen leert? Wat dan? Mensen doden kan hij al.'

Ze nam nog een teugje van de tequila. Toen ze weer naar hem keek, merkte ze dat hij nog iets verder naar voren leunde, alsof hij geen woord wilde missen.

'Variaties op het thema,' zei ze. 'Vrouwen en pijn. Op hoeveel manieren kun je een lijk onteren? Op hoeveel manieren kun je iemand martelen? Warren had een patroon waar hij zich jaren aan heeft gehouden. Misschien is hij toe aan iets nieuws.'

'Of is deze nieuwe moordenaar daar juist aan toe.'

Ze dacht even na. 'De Heerser?'

'Misschien is het precies omgekeerd en is deze nieuwe moordenaar degene die een mentor zoekt. En heeft hij Warren Hoyt gekozen als zijn leraar.'

Ze staarde hem aan en kreeg het koud bij die gedachte. Het woord *leraar* duidde op leiderschap. Overwicht. Was dat de rol die Hoyt zichzelf had aangemeten gedurende de maanden dat hij gevangen had gezeten? Had de gevangenschap zijn fantasieën gevoed, zijn lusten aangescherpt tot vlijmscherpe doelmatigheid? Hij was vóór zijn arrestatie al een formidabele tegenstander geweest; ze wilde niet eens dénken aan een nog machtiger reïncarnatie van Warren Hoyt.

Dean zakte terug in zijn stoel, zijn blauwe ogen gericht op zijn glas tequila. Hij had er slechts een paar kleine teugjes van genomen en zette het glas nu op de salontafel. Hij was tot nu toe op haar overgekomen als een man die zijn zelfbeheersing nooit liet verslappen, die had geleerd al zijn opwellingen in bedwang te houden. Maar de vermoeidheid eiste zijn tol. Zijn schouders hingen wat af, rode adertjes waren zichtbaar in het wit van zijn ogen. Hij wreef over zijn gezicht. 'Hoe slagen twee monsters erin elkaar in een zo grote stad als Boston te vinden?' zei hij. 'Hoe hebben ze dat voor elkaar gekregen?'

'En zo snel,' zei ze. 'De Ghents zijn twee dagen nadat Warren was ontsnapt, al overvallen.'

Dean hief zijn hoofd op en keek naar haar. 'Ze kenden elkaar al.'

'Of wisten van elkaars bestaan.'

Het was logisch dat de Heerser van het bestaan van Warren Hoyt had geweten. Iedereen die afgelopen herfst in Boston een krant had opgeslagen, had geweten welke gruweldaden hij had gepleegd. En ook als ze elkaar nooit hadden ontmoet, had Hoyt op zijn beurt van het bestaan van de nieuwe moordenaar geweten, al was het maar uit de nieuwsberichten. Hij zou de reportage hebben gezien over de moord op de Yeagers, zou hebben geweten dat er nóg een monster als hij bestond. Hij zou zich afvragen wie dat andere roofdier was, zijn bloedbroeder. Een communicatie via gepleegde moorden, informatie doorgegeven via reportages op het journaal en in de *Boston Globe*.

Hij heeft ook mij op tv gezien. Hoyt wist dat ik naar het huis van de Yeagers was gegaan. En nu probeert hij het contact met mij te herstellen.

Deans aanraking gaf haar een schokje. Hij keek haar fronsend aan, leunde nog verder naar haar toe en ze kreeg de indruk dat niemand haar ooit zo intens had aangekeken.

Alleen de Chirurg.

'Het is niet de Heerser die met me speelt,' zei ze. 'Het is Hoyt. Het fiasco in het park was bedoeld om me te vernederen. Dat is de enige manier waarop hij een vrouw kan benaderen. Door haar eerst te vernederen. Door haar te demoraliseren, stukjes en beetjes uit haar leven weg te rukken. Daarom had hij als slachtoffer vrouwen gekozen die verkracht waren. Vrouwen die al symbolisch vernietigd waren. Om ons iets te kunnen doen, moeten we zwak en bang zijn.'

'De laatste vrouw met wie ik het woord bang associeer, ben jij.'

Ze bloosde om zijn lof, omdat ze wist dat ze die niet verdiende. 'Ik probeer alleen maar uit te leggen hoe hij te werk gaat,' zei ze. 'Hij loert op zijn prooi. Maakt haar murw voordat hij zijn slag slaat. Zo heeft hij het met Catherine Cordell gedaan. Vóór zijn definitieve aanval heeft hij haar helemaal gek gemaakt, psychologische spelletjes met haar gespeeld om haar bang te maken. Hij liet haar op allerlei manieren weten dat hij zich in haar leven kon mengen zonder dat ze wist dat hij er was. Als een geest die dwars door muren kan lopen. Ze wist nooit wanneer hij weer iets zou doen, of uit welke richting de volgende aanval zou komen. Maar ze wist dat die zou komen. Zo put hij je uit. Door je te laten weten dat hij je op een gegeven moment, wanneer je er niet op bedacht bent, zal grijpen.'

Ondanks de huiveringwekkende betekenis van haar woorden, was ze op kalme toon blijven praten. Onnatuurlijk kalm. Al die tijd had Dean stil en intens naar haar gekeken, alsof hij zocht naar een glimp van een oprechte emotie, oprechte zwakte. Maar daar liet ze niets van blijken.

'En nu heeft hij een maatje,' zei ze. 'Iemand van wie hij nieuwe dingen kan leren. Iemand aan wie hij zelf dingen kan leren. Een jagersteam.'

'Jij denkt dus dat ze bij elkaar zullen blijven.'

'Dat wil Warren vast. Hij heeft graag een maatje. Ze hebben al een keer samen gemoord. Dat is een sterke band, verzegeld door bloed.' Ze nam een laatste slok van haar tequila, dronk het glas leeg. Zou het vannacht de nachtmerries in haar brein verdoven? Of was de troost van anesthesie al niet meer aan haar besteed?

'Heb je om bescherming gevraagd?'

Hij overviel haar met de vraag. 'Bescherming?'

'Op zijn minst een surveillancewagen. Om je flat in de gaten te houden.'

'Ik bén de politie.'

Hij hield zijn hoofd schuin, alsof hij op de rest van het antwoord wachtte.

'Zou je me dit ook gevraagd hebben als ik een man was?' vroeg ze.

'Je bent geen man.'

'En dat houdt automatisch in dat ik beschermd moet worden?'

'Waarom klink je zo beledigd?'

'Waarom houdt het feit dat ik een vrouw ben in dat ik mijn eigen woning niet kan verdedigen?'

Hij zuchtte. 'Moet je echt altijd beter zijn dan de mannen?'

'Ik heb hard gewerkt om behandeld te worden als ieder ander,' zei ze. 'Ik ga niet om bijzondere dingen vragen omdat ik een vrouw ben.'

'Het feit dat je een vrouw bént, heeft je in deze positie gebracht. De seksuele fantasieën van de Chirurg gaan over vrouwen. En de aanvallen van de Heerser op echtparen zijn niet gericht tegen de mannen, maar tegen hun vrouwen. Hij verkracht de vrouwen. Vertel me dus niet dat het feit dat jij een vrouw bent, niets te maken heeft met deze situatie.'

Ze kromp ineen bij het woord 'verkracht'. Tot nu toe was hun discussie over de seksuele geweldpleging over ándere vrouwen gegaan. Dat ze een potentieel slachtoffer was, bracht de focus naar een niveau dat veel dichter bij haar lag, een niveau dat ze niet graag besprak met een man. En Dean maakte haar nog nerveuzer dan de discussie over verkrachting. Zoals hij haar bestudeerde, alsof ze een geheim verborg dat hij wilde onthullen.

'Het heeft niets te maken met het feit dat je een politieagente bent, noch met de vraag of je in staat bent jezelf te verdedigen,' zei hij. 'Het gaat erom dát je een vrouw bent. Een vrouw over wie Warren Hoyt vermoedelijk al deze maanden heeft gefantaseerd.'

'Nee. Hij wil niet mij, hij wil Cordell.'
'Cordell zit buiten zijn bereik. Hij kan haar niets doen. Maar jij bent hier. Jij zit binnen zijn bereik, jij bent de vrouw die hij bijna had verslagen. De vrouw die hij in die kelder tegen de vloer had genageld. Hij had zijn mes op je keel. Hij kon je bloed al ruiken.'
'Hou op, Dean.'
'In zeker opzicht heeft hij je al voor zich opgeëist. Je bent al de zijne. En je loopt iedere dag open en bloot rond, je werkt aan de misdaden die *hij* pleegt. Ieder lijk is een boodschap voor jou. Een voorproefje van wat hij met jou van plan is.'
'*Hou op*, zei ik.'
'En jij denkt dat je geen bescherming nodig hebt? Jij denkt dat een pistool en bravoure genoeg zijn om in leven te blijven? Dan negeer je je eigen intuïtie. Je weet wat zijn volgende stap zal zijn. Je weet waar hij naar smacht, waar hij geil van wordt. Naar jou. Naar wat hij met jou van plan is.'
'Hou je kop, verdomme!' Ze schrokken allebei van haar uitbarsting. Ze staarde hem aan, hevig ontdaan dat ze haar zelfbeheersing had verloren en dat er tranen in haar ogen waren gesprongen. Verdomme, ze zou níet gaan huilen. Geen enkele man had haar ooit zien instorten en Dean zou zeker niet de eerste zijn.

Ze haalde diep adem en zei, op zachte toon: 'Ik wil graag dat je nu weggaat.'

'Ik vraag je alleen maar aan je eigen intuïtie gehoor te geven. De bescherming te aanvaarden die je andere vrouwen ook zou bieden.'

Ze stond op en liep naar de deur. 'Goedenavond, agent Dean.'

Hij bleef nog steeds zitten en ze begon zich al af te vragen wat ze zou moeten doen om deze man haar huis uit te krijgen, toen hij eindelijk opstond. Maar bij de deur bleef hij staan en keek hij op haar neer. 'Je bent niet onoverwinnelijk, Jane,' zei hij. 'En dat verwacht ook niemand van je.'

Nog lange tijd nadat hij was vertrokken, bleef ze met haar rug tegen de gesloten deur staan, met gesloten ogen, om te proberen de beroering die zijn bezoek teweeg had gebracht, tot rust te brengen. Ze wist zelf ook wel dat ze niet onoverwinnelijk was. Dat had ze een jaar geleden ondervonden toen ze het gezicht van de Chirurg vlak boven zich had gezien en gewacht had op de beet van zijn scalpel. Daar hoefde ze niet aan herinnerd te worden, en de onbeschofte manier waarop Dean daarover had gesproken, stond haar helemaal niet aan.

Ze liep terug naar de bank en pakte de telefoon van het bijzettafeltje. In Londen was de dag nog niet aangebroken, maar ze kon dit telefoontje onmogelijk uitstellen.

Moore nam op nadat de telefoon tweemaal was overgegaan, zijn stem schor maar alert, ondanks het vroege uur.

'Met mij,' zei Rizzoli. 'Sorry dat ik je wakker maak.'

'Ik ga even naar de andere kamer.'

Ze wachtte. Door de telefoon hoorde ze het piepen van springveren toen hij uit bed stapte, toen het geluid van een deur die hij achter zich dichtdeed.

'Wat is er?' vroeg hij.

'De Chirurg is weer op jacht.'

'Heeft hij al een slachtoffer gemaakt?'

'Ik ben een paar uur geleden bij de lijkschouwing geweest. Het is zijn werk.'

'Hij heeft er geen gras over laten groeien.'

'Het kan nog erger worden, Moore.'

'Hoe kan het nog erger worden?'

'Hij heeft een nieuwe partner.'

Een lange stilte. Toen, zachtjes: 'Wie?'

'Volgens ons de man die dat echtpaar in Newton heeft vermoord. Hij en Hoyt hebben elkaar op de een of andere manier gevonden. Ze jagen nu samen.'

'Zo snel? Hoe kunnen ze elkaar zo snel gevonden hebben?'

'Ze kenden elkaar al. Dat moet wel.'

'Waarvan? Wanneer zouden ze elkaar dan ontmoet hebben?'

'Dat moeten we nu gaan uitzoeken. Het kan de sleutel zijn tot de identiteit van de Heerser.' Ze zag opeens de operatiezaal voor zich waaruit Hoyt was ontsnapt. *De handboeien.* Niet de bewaker had die opengemaakt. Iemand anders was die kamer binnengegaan om Hoyt te bevrijden, iemand die zich had vermomd met het uniform van een verpleger of een geleende witte doktersjas.

'Ik zou erbij moeten zijn,' zei Moore. 'Ik zou hier samen met jou aan moeten werken...'

'Helemaal niet. Jij blijft mooi waar je bent, samen met Catherine. Volgens mij kan Hoyt haar niet vinden, maar hij zal het wel proberen. Hij geeft nooit iets op, dat weet je. En nu zijn ze met z'n tweeën en we hebben geen idee hoe zijn partner eruitziet. Als hij naar Londen zou gaan, zou je hem niet herkennen. Je moet je dus gereedhouden.'

Alsof iemand gereed kon zijn voor een aanval van de Chirurg, dacht ze toen ze ophing. Een jaar geleden had Catherine Cordell gedacht dat ze gereed was. Ze had van haar woning een fort gemaakt en geleefd alsof ze werd belegerd. Toch was Hoyt door haar verdedigingswerken heen gekomen; hij had toegeslagen toen ze het helemaal niet had verwacht, op een plek waar ze zich veilig had gewaand.

Net zoals ik denk dat ik thuis veilig zit.

Ze stond op en liep naar het raam. Neerkijkend op de straat vroeg ze zich af of er op dat moment iemand naar haar keek, haar bekeek in de omlijsting van het raam. Ze was niet moeilijk te vinden. De Chirurg hoefde alleen maar in het telefoonboek te kijken onder 'Rizzoli, J'.

Op straat kwam een auto langzaam aanrijden. Hij stopte tegenover haar flatgebouw. Een surveillancewagen. Ze bleef er even naar staan kijken. De auto reed niet door, maar zette de motor af; een teken dat hij daar zou blijven staan. Ze had niet om politiebescherming gevraagd, maar ze wist wie dat wel had gedaan.

Gabriel Dean.

De kreten van vrouwen echoën door de hele geschiedenis.

De bladzijden van de studieboeken besteden vrijwel geen aandacht aan de gruwelijke details waar we naar hunkeren. In plaats daarvan krijgen we droge verhalen over militaire strategieën en aanvallen vanuit de flank, over slimme tactieken van generaals en het oprukken van legers. We zien illustraties van mannen in harnas met gekruiste zwaarden, gespierde lichamen die zich kronkelen in het heetst van de strijd. We zien schilderijen van leiders op nobele paarden, uitkijkend over velden waar soldaten in rijen staan, als korenaren wachtend op de zeis. We zien landkaarten met pijlen die de mars aangeven van winnende legers en lezen de teksten van oorlogsballaden, gezongen in de naam van koning en vaderland. De triomfen van de mannen

worden altijd in geuren en kleuren op schrift gezet, geschreven met het bloed van de soldaten.
Niemand rept over de vrouwen.
Maar we weten allemaal dat ze er waren, zacht vlees en gladde huid, hun geur verborgen tussen de bladzijden van de geschiedenisboeken. We weten allemaal, hoewel we er misschien niet over praten, dat de wreedheden van oorlogen niet beperkt blijven tot het slagveld. Dat nadat de laatste vijandelijke soldaat is verslagen en één van de legers de zege viert, dat leger zijn aandacht vestigt op de overwonnen vrouwen.
Zo is het altijd geweest, hoewel er in de geschiedenisboeken zelden iets over deze wrede feiten wordt gezegd. In plaats daarvan lees ik over oorlogen die glanzen als koper, glorie voor allen. Ik lees over Grieken die strijden onder het waakzame oog van de goden, over de val van Troje, waarvan de dichter Vergilius ons vertelt dat het een oorlog was die is uitgevochten door louter helden: Achilles en Hector, Ajax en Odysseus, namen die tot in de eeuwigheid als kostbaarheden blijven bestaan. Hij schrijft over het kletteren van zwaarden, vliegende pijlen en met bloed doordrenkte aarde.
De beste delen laat hij weg.
Het is de toneelschrijver Euripides die ons vertelt over de nasleep voor de Trojaanse vrouwen, maar zelfs hij is terughoudend. Hij gaat niet in op de opwindende details. Hij vertelt ons dat een doodsbange Cassandra door een Grieks opperhoofd uit Athenes tempel werd gesleurd, maar wat er daarna gebeurt, laat hij aan onze eigen verbeelding over. Het openscheuren van haar gewaad, de ontbloting van haar huid. Zijn stoten tussen haar maagdelijke dijen. Haar kreten van pijn en radeloosheid.
In de hele stad Troje moeten zulke kreten zijn opgestegen uit vrouwenkelen toen de zegevierende Grieken in bezit namen wat hen toekwam, hun victorie bezegelden op het vlees van overwonnen maagden. Waren er in Troje nog mannen over om er getuige van te zijn? Daar zeggen de oude schrijvers niets over. Maar bestaat er een betere manier om victorie te kraaien dan door het lichaam van de geliefde van je vijand te misbruiken? Kun je hem nog duidelijker het bewijs van zijn nederlaag en vernedering leveren dan door hem te dwingen toe te kijken wanneer jij keer op keer je gang gaat?

Eén ding is me duidelijk: voor triomfen heb je toeschouwers nodig.

Ik denk aan Trojaanse vrouwen terwijl onze auto over Commonwealth Avenue glijdt, kalmpjes in de verkeersstroom. Het is een drukke weg en zelfs om negen uur 's avonds rijdt het verkeer langzaam, waardoor ik de gelegenheid heb het gebouw te bekijken.

De ramen zijn donker; Catherine Cordell is niet thuis, net zomin als haar nieuwe echtgenoot.

Dat is het enige wat ik mezelf gun, die ene blik, en dan glijdt het gebouw weg uit mijn gezichtsveld. Ik weet dat zelfs de belendende percelen in de gaten worden gehouden, maar ik kon die ene blik op haar fort niet weerstaan, een fort zo ondoordringbaar als de muren van ieder ander kasteel. Een leeg kasteel nu, niet langer interessant voor wie het zou bestormen.

Ik kijk naar mijn chauffeur, wiens gezicht in de schaduw blijft. Ik zie alleen een silhouet en de glans van zijn ogen, als twee hongerige vonken in het donker.

Op Discovery Channel heb ik documentaires gezien over leeuwen in de nacht, het groene vuur van hun ogen brandend in de duisternis. Ik word herinnerd aan die leeuwen, aan hoe ze met hongerige doelbewustheid staren, wachtend op het juiste moment om toe te springen. Ik zie die honger nu in de ogen van mijn metgezel.

Dezelfde honger die hij vast en zeker in de mijne kan ontwaren.

Ik draai het raampje open en snuif de warme lucht van de stad op die naar binnen waait. De leeuw die de lucht boven de havanna besnuffelt. Op zoek naar de geur van een geschikte prooi.

15

Ze reden samen in Deans auto, westwaarts naar de stad Shirley, zestig kilometer van Boston. Dean zei onderweg weinig, maar de stilte tussen hen leek haar meer bewust te maken van zijn geur, zijn kalme zelfverzekerdheid. Ze keek amper naar hem, uit angst dat hij in haar ogen de verwarring zou zien die hij aanrichtte.

In plaats daarvan keek ze naar beneden en zag ze donkerblauwe vloerbedekking onder haar voeten. Ze vroeg zich af of het nylon 6-6 was, nummer 802 blauw, en hoeveel auto's soortgelijke bekleding hadden. Zo'n populaire kleur; het leek wel of ze overal waar ze keek opeens blauw tapijt zag, beeldde zich in hoe talloze schoenen nylonvezels nummer 802 met zich meesleepten door de straten van Boston.

De airconditioning stond te koud; ze deed het roostertje bij haar knieën dicht en staarde naar de velden met hoog gras, verlangend naar de warmte buiten hun veel te sterk gekoelde blikken cocon. Ochtendmist hing als een waas boven groene weiden en bomen stonden er roerloos bij, zonder dat ook maar een zuchtje wind hun bladeren beroerde. Rizzoli waagde zich zelden op het platteland van Massachusetts. Ze was een echt stadsmens en voelde zich niet aangetrokken tot de wereld buiten de stad, tot al die grote, open ruimten vol stekende insecten. Ook vandaag niet.

Ze had niet goed geslapen. Ze was een paar keer wakker geschrokken en iedere keer met bonkend hart blijven liggen luisteren of ze voetstappen hoorde, de fluisterende ademhaling van een indringer. Om vijf uur was ze met een dronken, onuitgeslapen gevoel uiteindelijk maar uit bed gestapt. Pas na twee koppen koffie had ze zich wakker genoeg gevoel om het ziekenhuis te bellen en naar Korsak te informeren.

Hij lag nog steeds aan een beademingsapparaat op de intensive care.

Ze draaide het raampje een kiertje open. Warme lucht blies naar binnen, geurend naar gras en aarde. Ze dacht na over de trieste mogelijkheid dat Korsak nooit meer zou kunnen genieten van dergelijke geuren, nooit meer de wind op zijn gezicht zou voelen. Ze probeerde zich te herinneren of de laatste woorden die ze hadden uitgewisseld, goede, vriendelijke woorden waren geweest, maar ze wist het niet meer.

Na Exit 36 volgde Dean de borden naar MCI-Shirley. Souza-Baranowski, de streng beveiligde gevangenis waar Warren Hoyt had gezeten, doemde rechts van hen op. Hij zette de auto op het parkeerterrein voor de bezoekers en draaide zich naar haar toe.

'Als je op welk moment dan ook aandrang voelt om naar buiten te gaan,' zei hij, 'moet je dat vooral doen.'

'Waarom denk je dat ik dit niet aankan?'

'Omdat ik weet wat hij je heeft aangedaan. Iedereen zou in jouw plaats moeite hebben met deze zaak.'

Ze zag oprechte bezorgdheid in zijn ogen en moest daar niets van hebben; het bekrachtigde alleen maar hoe broos haar moed was.

'Laten we nu maar gewoon gaan,' zei ze en ze gooide het portier open. Gedreven door eergevoel marcheerde ze met verbeten vastberadenheid het gebouw in. Doorstond ze grimmig de eerste veiligheidscontrole in de hal, waar zij en Dean hun penningen moesten laten zien en hun wapens afgeven. Terwijl ze wachtten op de persoon die hen zou begeleiden, las ze de kledingvoorschriften op het bord aan de muur van de wachtkamer:

Bezoekers mogen niet naar binnen wanneer zij blootsvoets zijn of de volgende kledij dragen: Badkleding en korte broek. Kleding die duidt op lidmaatschap van een bende. Kleding die lijkt op die van de gevangenen en/of het gevangenispersoneel. Gevoerde kleding. Kleding met veters. Kleding waaronder voorwerpen verborgen kunnen worden. Overdreven wijde, loszittende, dikke of zware kleding...

Het was een eindeloze lijst met gedetailleerde beschrijvingen, tot haarlintjes en beugelbeha's aan toe.

Eindelijk kwam er een gevangenbewaarder bij hen, een dikke

man in het zomeruniform van het MCI. 'Rechercheur Rizzoli en agent Dean? Mijn naam is Curtis. Loopt u mee?'

Curtis deed vriendelijk, zelfs joviaal, toen hij hen via de eerste gesloten deur voorging naar de bezoekersfuik. Rizzoli vroeg zich af of hij ook zo aardig zou zijn als ze niet voor de politie werkten, niet deel uitmaakten van dezelfde broederschap. Hij zei dat ze hun riem, schoenen, jas, horloge en sleutels moesten verwijderen en op de tafel leggen zodat hij ze kon inspecteren. Rizzoli deed haar Timex af en legde hem naast Deans glanzende Omega. Toen liet ze haar jasje van haar schouders glijden, net als Dean. De procedure had iets onaangenaam intiems. Toen ze haar riem losmaakte en door de lussen trok, voelde ze dat Curtis naar haar staarde, zoals een man kijkt naar een vrouw die zich uitkleedt. Ze had pumps met lage hakken aan, die ze nu naast Deans schoenen zette en keek agent Curtis koeltjes aan. Toen pas wendde hij zijn ogen af. Vervolgens leegde ze haar zakken en liep ze achter Dean aan door een metaaldetectorpoortje.

'U boft,' zei Curtis toen ze erdoorheen stapte. 'U bent aan de dagelijkse fouillering ontkomen.'

'Hoe bedoelt u?'

'De dienstdoende commandant kiest iedere dag een willekeurig aantal nummers en de bezoekers met die nummers worden gefouilleerd. U bent net aan de dans ontsnapt. De volgende die door dit poortje stapt, is de klos.'

Rizzoli zei droog: 'Goh, mijn dag zou echt helemaal goed zijn geweest als ik hier even lekker gefouilleerd was.'

'U mag alles weer aan- en omdoen. Ook uw horloge.'

'U zegt het alsof dat een voorrecht is.'

'Alleen advocaten en agenten mogen vanaf dit punt hun horloge houden. Alle anderen moeten hun sieraden achterlaten. Nu krijgt u van mij een stempel op uw linkerpols en dan mag u de nor in.'

'We hebben om negen uur een afspraak met directeur Oxton,' zei Dean.

'Hij loopt iets achter op zijn schema en heeft gezegd dat ik u eerst de cel van de gevangene moet laten zien. Daarna breng ik u naar het kantoor van de directeur.'

Het Souza-Baranowski complex was het allernieuwste onderdeel van het MCI, een ultramoderne gevangenis met een sleutelloos bewakingssysteem dat werd bediend door middel van tweeënveertig computers met grafische interface, vertelde agent Curtis. Hij wees naar de vele beveiligingscamera's.

'De camera's draaien dag en nacht. De meeste bezoekers krijgen niet eens een gevangenbewaarder te zien. In plaats daarvan wordt hun via de intercom verteld wat ze moeten doen.'

Toen een stalen deur openzwaaide en ze een lange gang met hier en daar traliehekken doorliepen, was Rizzoli zich er sterk van bewust dat alles wat ze deed op film werd vastgelegd. Met een paar tikjes op de toetsenborden van de computers konden de bewakers iedere gang, iedere cel afsluiten zonder hun controlekamer te verlaten.

Bij de ingang van Cell Block C vertelde een stem hun via de intercom dat ze hun pasjes ter inspectie voor het raampje moesten houden. Ze gaven nogmaals hun namen en agent Curtis zei: 'Deze twee bezoekers komen de cel van gedetineerde Hoyt bekijken.'

De stalen deur gleed open. Ze betraden het dagverblijf van Cell Block C, de ruimte waar de gevangenen zich overdag ophielden. Alles was er in een deprimerende tint ziekenhuisgroen geverfd. Rizzoli zag een televisietoestel dat aan de muur was bevestigd, een bank en stoelen en een pingpongtafel waaraan twee mannen het balletje heen en weer sloegen. Al het meubilair zat vastgeschroefd. Zeker twaalf mannen in blauwe gevangeniskleding keken gelijktijdig om en bekeken hen.

Ze keken in het bijzonder naar Rizzoli, de enige vrouw in de kamer.

De twee mannen die aan het pingpongen waren, hielden abrupt op. Een paar ogenblikken was het enige geluid dat er te horen was, dat van de tv, die stond afgestemd op CNN. Ze keek keihard terug naar de gevangenen, zonder zich te laten intimideren, hoewel ze wel kon raden wat elk van de mannen dacht. Zich inbeeldde. Ze had er geen erg in dat Dean dichterbij was gekomen tot ze zijn mouw langs de hare voelde schuren en besefte dat hij vlak naast haar stond.

Een stem zei door de intercom: 'Bezoekers, u mag zich vervoegen bij Cell C-8.'

'Deze kant op,' zei agent Curtis. 'We moeten één etage hoger zijn.'

Ze bestegen de trap. Hun schoenen galmden op de metalen treden. Vanaf de galerij die langs de cellen liep, konden ze in de put kijken waar het dagverblijf was. Curtis ging hen voor over de metalen loopruimte tot ze bij nummer 8 waren.

'Dit is 'm. De cel van gedetineerde Hoyt.'

Rizzoli bleef bij de ingang staan en keek de kleine ruimte in. Ze zag niets wat deze cel onderscheidde van de andere – geen foto's of geen persoonlijke bezittingen die haar vertelden dat Warren Hoyt hier had verbleven – en toch gingen de haartjes in haar nek overeind staan. Hijzelf was weg, maar zijn aanwezigheid was als het ware in de lucht blijven hangen. Als het mogelijk was kwaadwilligheid achter te laten, zou deze cel zonder meer besmet zijn.

'U mag er wel in, als u wilt,' zei Curtis.

Ze stapten naar binnen. Rizzoli zag drie kale muren, een slaapplank met een matras, een wastafel, een toilet. Een kaal hok. Zo had Warren Hoyt het graag. Hij was een geordende man, een nauwgezette man die had gewerkt in de steriele wereld van een medisch laboratorium, een wereld waar de enige kleur afkomstig was van de buisjes bloed waar hij dag in dag uit mee werkte. Hij vond het ook niet nodig zich te omringen met lugubere prenten; de beelden die hij in zijn hoofd met zich meedroeg, waren huiveringwekkend genoeg.

'Deze cel is nog niet aan een andere gevangene toegewezen?' vroeg Dean.

'Nee, nog niet.'

'En er heeft ook geen andere gevangene gezeten sinds Hoyt is ontsnapt?'

'Nee.'

Rizzoli liep naar het matras en tilde een hoek op. Dean greep de andere hoek. Ze tilden ze hem op en keken eronder. Ze vonden niets. Ze draaiden het matras helemaal om en zochten de stof af naar scheurtjes, naar plekjes waar hij iets had kunnen verstoppen. Ze vonden alleen aan de zijkant een scheurtje van ongeveer anderhalve centimeter. Rizzoli stak haar vinger erin, maar vond niets.

Ze richtte zich op en bekeek de cel, nam alles in zich op waar Hoyt naar had gekeken. Ze stelde zich voor hoe hij op dat matras had gelegen, zijn ogen gericht op het kale plafond, terwijl hij dingen verzon die een normaal mens de haren te berge zouden doen rijzen. Hoyt zou er opgewonden van raken. Hij zou gaan transpireren, geil van de kreten van vrouwen die in zijn hoofd echoden.

Ze wendde zich tot agent Curtis. 'Zijn spullen. Waar zijn die? Zijn persoonlijke bezittingen? Correspondentie?'

'Op het kantoor van de directeur. Daar gaan we nu naartoe.'

'Nadat u vanochtend had gebeld, heb ik de spullen van de gevangene meteen bij me laten brengen, zodat u ze zou kunnen bekijken,' zei directeur Oxton met een gebaar naar een grote kartonnen doos op zijn bureau. 'We hebben ze al bekeken. Er zit niets bij wat ongeoorloofd was.' Hij legde op dat laatste extra nadruk, alsof het hem ontsloeg van alle verantwoordelijkheid voor wat er was misgegaan. Oxton kwam op Rizzoli over als een man die geen overtredingen duldde, die meedogenloos zou toezien op de naleving van de regels en voorschriften. Hij zou zonder pardon smokkelwaar in beslag nemen, probleemfiguren afzonderen, ervoor zorgen dat de lichten iedere avond stipt op tijd uitgingen. Een vluchtige blik op zijn kantoor, met foto's van een fel kijkende jonge Oxton in een legeruniform, vertelde haar dat dit het domein was van iemand die behoefte had aan een machtspositie. Maar ondanks dat alles was er tóch een gevangene ontsnapt en dus voelde Oxton zich in de verdediging gerukt. Hij had hen welkom geheten met een stijve handdruk en nauwelijks een zweem van een glimlach in zijn afstandelijke blauwe ogen.

Hij deed de doos open, haalde er een plastic zak met plakstrip uit en gaf die aan Rizzoli. 'Dit zijn de toiletartikelen van de gevangene,' zei hij. 'Normale artikelen voor de persoonlijke hygiëne.'

Rizzoli zag een tandenborstel, kam, washandje en zeep. En Vaseline Intensive Care Lotion. Ze zette de zak snel op het bureau, walgend van het idee dat Hoyt deze spullen iedere dag had gebruikt om zich presentabel te maken. Ze zag een paar lichtbruine haartjes tussen de tanden van de kam.

Oxton haalde andere spullen uit de doos. Ondergoed. Een stapeltje tijdschriften en kranten: *National Geographic* en de *Boston Globe*. Twee Snickers, een blocnote met geel papier, witte enveloppen en drie plastic balpennen. 'En dit is zijn correspondentie,' zei Oxton en hij haalde een ander plastic zakje met plakstrip uit de doos. Deze bevatte een bundeltje brieven.

'We hebben de brieven en documenten nauwkeurig bekeken,' zei Oxton. 'De State Police heeft de namen en adressen van alle mensen die hem iets hebben gestuurd.' Hij gaf het bundeltje aan Dean. 'Maar dit is alleen de post die hij had bewaard. Hij heeft waarschijnlijk ook dingen weggegooid.'

Dean maakte het plastic zakje open en haalde de inhoud eruit. Het waren een stuk of twaalf brieven, elk nog in de envelop.

'Censureert het MCI de post van de gedetineerden?' vroeg Dean. 'Leest u de brieven voordat de gevangenen ze krijgen?'

'Dat mogen we wettelijk wel. Het hangt af van het soort post.'

'Hoe bedoelt u?'

'Vertrouwelijke stukken mogen door de bewakers niet gelezen worden. Ze mogen alleen in de enveloppen kijken om te zien of er verboden waar bij zit. Wanneer de brieven of documenten vertrouwelijk zijn, mag de inhoud ervan alleen de afzender en de geadresseerde onder ogen komen.'

'U weet dus niet wat men hem schreef.'

'Wat de vertrouwelijke post betreft, weten we dan niet, nee.'

'Wat is het verschil tussen vertrouwelijke en niet-vertrouwelijke post?' vroeg Rizzoli.

Oxton reageerde op haar tussenkomst met een vonk van ergernis in zijn ogen. 'Niet-vertrouwelijke post is die van vrienden, familie en andere gewone mensen. Een aantal van onze gedetineerden heeft bijvoorbeeld penvrienden of -vriendinnen, die denken dat ze een goede daad doen.'

'Door te corresponderen met moordenaars? Ze lijken wel gek.'

'Het zijn veelal naïeve en eenzame vrouwen. Die zich snel in de maling laten nemen. Dat soort brieven is niet-vertrouwelijk en dus mogen de bewakers ze lezen en censureren. Maar we hebben soms geen tijd om ze allemaal te lezen. We krijgen hier erg veel post. In het geval van gedetineerde Hoyt moest er voortdurend veel post geïnspecteerd worden.'

'Van wie? Ik wist niet dat hij veel familie had,' zei Dean.

'Hij heeft vorig jaar nogal in de publiciteit gestaan. Men heeft belangstelling voor hem. Allerlei mensen schrijven hem.'

Rizzoli wist niet wat ze hoorde. 'Bedoelt u dat ook hij fanmail kreeg?'
'Ja.'
'Jezus. Dat is krankzinnig.'
'Veel mensen vinden contact met een moordenaar opwindend. Vooral als hij beroemd is. Manson, Dahmer, Gacy, ze kregen allemaal fanmail. Onze gedetineerden krijgen huwelijksaanzoeken. Vrouwen sturen geld of foto's van zichzelf in bikini. Er zijn ook mannen die brieven sturen. Die willen weten hoe het voelt om een moord te plegen. De wereld zit vol morbide hufters die er geil van worden – sorry dat ik het zo uitdruk – om een heuse moordenaar van nabij te kennen.'

En één van hen had het niet bij correspondentie gelaten. Een van hen was lid geworden van Hoyts exclusieve club. Rizzoli staarde naar het stapeltje enveloppen, diep verbolgen om dit tastbare bewijs dat de Chirurg een beroemdheid was. Een moordenaar met de bekendheid van een popster. Bij de gedachte aan de littekens die hij in haar handen had gekerfd, was elk van de brieven als een nieuwe snee van zijn scalpel.

'En de vertrouwelijke post?' vroeg Dean. 'U zei dat die niet wordt gelezen noch gecensureerd. Welke brieven worden als vertrouwelijk beschouwd?'

'De post van overheidsinstanties. Ook die van advocaten of de procureur-generaal. Brieven van de president, de gouverneur of de politie.'

'Ontving Hoyt dergelijke brieven?'
'Zou kunnen. We houden niet bij wat er allemaal binnenkomt.'

'Hoe weet u of een brief echt vertrouwelijk is?' vroeg Rizzoli.
Oxton bekeek haar met een ongeduldig gezicht. 'Dat heb ik u net verteld. Als het gaat om post van de overheid of –'

'Nee. Ik bedoel, hoe weet u dat het geen vervalste of gestolen envelop is? Ik zou een ontsnappingsplan kunnen maken en dat in een envelop van bijvoorbeeld het kantoor van senator Conway kunnen opsturen aan een van uw gedetineerden.' Ze had met opzet dat voorbeeld gekozen. Ze hield Dean in de gaten en zag zijn kin omhooggaan toen hij Conways naam hoorde.

Oxton aarzelde. 'Zoiets is niet onmogelijk. Er staat ook straf op –'

'Het is dus al eens voorgekomen.'

Oxton knikte met tegenzin. 'Er zijn een paar gevallen geweest. Criminele informatie die was verstuurd alsof het om overheidsdocumenten ging. We doen ons best, maar af en toe ontsnapt er iets aan onze aandacht.'

'En hoe zit het met de uitgaande post? De brieven die Hoyt verstuurde? Hebt u die bekeken?'

'Nee.'

'Niet één?'

'Daar hadden we geen reden toe. Hij werd niet beschouwd als een probleemgeval. Hij was altijd meegaand. Erg rustig en beleefd.'

'Een voorbeeldige gevangene,' zei Rizzoli. 'Ik snap het.'

Oxton bekeek haar met een ijzige blik. 'We hebben hier mannen die je lachend een arm uit je lijf kunnen rukken, rechercheur. Mannen die een gevangenbewaarder de nek kunnen omdraaien als ze het eten niet lekker vinden. Een gevangene als Hoyt stond niet hoog op onze lijst van probleemgevallen.'

Dean bracht hen kalm terug op het onderwerp van gesprek. 'We weten dus niet wie hij allemaal geschreven heeft?'

De nuchtere vraag leek de groeiende ergernis van de directeur wat te temperen. Oxton keerde Rizzoli de rug toe en wendde zich weer tot Dean, mannen onder elkaar. 'Nee, dat weten we niet,' zei hij. 'Gedetineerde Hoyt kon brieven sturen aan wie hij wilde.'

In een vergaderkamer een paar deuren bij Oxtons kantoor vandaan trokken Rizzoli en Dean latexhandschoenen aan en spreidden de enveloppen die aan Warren Hoyt geadresseerd waren uit op de tafel. Ze zag een verscheidenheid aan enveloppen, waaronder een pastelkleurige, een met bloemetjes en eentje waarop *Jezus redt* gedrukt stond. De allerbelachelijkste was die met afbeeldingen van spelende poesjes. Ja, dat was nou écht iets om de Chirurg te sturen. Dat had hij vast amusant gevonden.

Ze maakte de envelop met de poesjes open en haalde er een foto uit van een glimlachende vrouw met hoopvolle ogen. Er zat een brief bij, geschreven in een meisjesachtig handschrift en vrolijke rondjes op de i's:

Aan: meneer Warren Hoyt, Gedetineerde
Massachusetts Correctional Institute
Beste meneer Hoyt,
Ik heb u vandaag op de televisie gezien, toen u naar de rechtbank werd gebracht. Ik heb veel mensenkennis en toen ik naar uw gezicht keek, zag ik zoveel droefenis en leed. Zoveel leed! Er zit goedheid in u; dat weet ik zeker. Had u maar iemand die u kon helpen die goedheid in uzelf te ontdekken...

Rizzoli merkte opeens dat ze de brief van woede bijna verfrommelde. Ze wilde het domme wijf dat deze woorden had geschreven door elkaar schudden. Ze wilde haar dwingen naar de autopsiefoto's van Hoyts slachtoffers te kijken, het rapport te lezen van de patholoog-anatoom over wat die allemaal hadden moeten doorstaan tot de dood genadig een einde had gemaakt aan hun lijden. Ze moest zich dwingen de rest van de brief te lezen, een suikerzoet beroep op Hoyts menselijkheid en de 'goedheid die wij allen in ons hebben'.

Ze pakte de volgende envelop. Geen poesjes ditmaal, maar een gewone witte envelop met daarin een brief op lijntjespapier. Alweer van een vrouw die haar foto had meegestuurd, een te fel belicht kiekje van een wat loensende geblondeerde troela.

Beste meneer Hoit,
Mag ik u hantekening? Ik heb al heel veel hantekeningen van mensen als u. Ik heb er zelfs eentje van Jeffrey Dahmer. En ik zou het vet cool vinden als u me zou schrijven. U goede vriendin, Gloria.

Rizzoli staarde naar de woorden en kon nauwelijks geloven dat iemand met een normaal gezond verstand ze had kunnen schrijven. *Vet cool. U goede vriendin.* 'Jezus Christus,' zei ze. 'Die mensen zijn écht niet goed snik.'

'Het komt door de verlokkingen van de roem,' zei Dean. 'Ze hebben zelf geen interessant leven. Ze voelen zich waardeloos, naamloos. Dus proberen ze aan te pappen met iemand die wél beroemd is. Ze willen dat iets van de betovering op hen afstraalt.'

'De betovering?' Ze staarde Dean aan. 'Noem jij het zo?'

'Je weet wel wat ik bedoel.'

'Nee, dat weet ik niet. Ik snap niet waarom vrouwen brieven schrijven aan monsters. Zijn ze op zoek naar romantiek? Een wilde affaire met een man die vervolgens hun ingewanden uit hun lichaam snijdt? Moet dat hun armzalige levens geur en kleur geven?' Ze duwde haar stoel achteruit, stond op en liep naar de muur met de hoge smalle ramen. Ze bleef staan met haar armen strak over elkaar, starend naar de smalle streep zonlicht, een stukje blauwe hemel in de vorm van een rechthoek. Ieder uitzicht, zelfs dit nietszeggende, was beter dan naar Warren Hoyts fanmail te moeten kijken. Hoyt had natuurlijk genoten van al die aandacht. Hij moest iedere brief hebben beschouwd als een bewijs dat hij nog steeds macht had over vrouwen, dat hij zelfs hier, achter de tralies, hun hoofden op hol kon brengen, hen kon manipuleren. Hen tot zijn eigendom maken.

'Dit heeft geen zin,' zei ze bitter. Ze zag een vogel langs de gebouwen zeilen waar mannen degenen waren die in kooien zaten, waar achter de tralies alleen monsters te vinden waren, geen vogelgezang. 'Hij is niet achterlijk. Hij heeft natuurlijk alles vernietigd wat hem in verband kan brengen met de Heerser. Hij zal zijn nieuwe partner beschermen. Hij heeft niets bruikbaars achtergelaten waardoor we hen op het spoor kunnen komen.'

'Misschien niet iets bruikbaars,' zei Dean, achter haar met papier ritselend. 'Maar wel iets verhelderends.'

'Ja, heel verhelderend. Ik heb echt zin om nóg een paar brieven van die geschifte wijven te lezen. Jezus, ik word er niet goed van.'

'Zou het hem daarom te doen zijn?'

Ze draaide zich om en keek naar hem. Een streep licht viel door het hoge raam over zijn gezicht, deed een van zijn helderblauwe ogen oplichten. Ze had hem van het begin af aan knap gevonden, maar nog nooit zo knap als hij er nu uitzag daar aan de tafel. 'Wat bedoel je?'

'Zijn fanmail maakt je van streek.'

'Die maakt me woest. Dat lijkt me nogal duidelijk.'

'Dat is ook hém duidelijk.' Dean knikte naar het stapeltje brieven. 'Hij wist dat je ervan zou griezelen.'

'Denk jij dat deze brieven bedoeld zijn om mij gek te maken?'

'Het is een kat-en-muisspel, Jane. Hij heeft ze voor jou achtergelaten. De mooiste brieven van zijn grootste bewonderaars. Hij wist dat je uiteindelijk hierheen zou komen en zou lezen wat ze hem hebben geschreven. Misschien wilde hij je laten zien dat hij wel degelijk bewonderaars heeft. Dat er vrouwen zijn die zich tot hem aangetrokken voelen, ondanks dat jij niets dan verachting voor hem voelt. Hij is als een afgewezen minnaar die probeert je jaloers te maken. Je uit je evenwicht te brengen.'

'Ga jíj alsjeblieft niet ook met mijn kop zitten klooien.'

'En het werkt. Zeg nou zelf. Hij werkt je zo op je zenuwen dat je niet eens kunt blijven zitten. Hij weet precies hoe hij je naar zijn hand kan zetten, hoe hij met je kop moet klooien.'

'Je slaat hem veel te hoog aan.'

'Ja?'

Ze wapperde met de brieven. 'Dit zou allemaal bedoeld zijn om mij gek te maken? Wat denk je nou eigenlijk? Dat ik het middelpunt van zijn gedachten ben?'

'Is hij niet het middelpunt van jouw gedachten?' vroeg Dean zachtjes.

Ze staarde hem aan, niet in staat hem van repliek te dienen, omdat ze plotseling besefte dat wat hij zei de onweerlegbare waarheid was. Warren Hoyt *was* het middelpunt van haar gedachten. Hij heerste als een kwade macht over haar nachtmerries en beheerste haar ook overdag, altijd op het punt uit de kast te komen, haar gedachten binnen te dringen. In de kelder had hij haar gebrandmerkt als zijn eigendom, zoals ieder slachtoffer wordt gebrandmerkt door de dader, en ze kon zijn eigendomsstempel niet uitwissen. Dat stond gekerfd in haar handen, gebrand in haar ziel.

Ze keerde terug naar de tafel en ging zitten. Staalde zich voor het vervolg van de taak.

Op de volgende envelop stond de naam van de afzender getypt: *Dr. J.P. O'Donnell, 1634 Brattle Street, Cambridge, MA 02138.* Het was het adres van een mooie wijk niet ver van Harvard, een villawijk voor de beter geschoolde elite, waar professoren en gepensioneerde industriëlen broederlijk op de stoepen jogden en elkaar boven zorgvuldig geschoren heggen toezwaaiden. Geen buurt waar je een fan van een monster zou verwachten.

Ze haalde de brief uit de envelop en vouwde hem open. De datum was van zes weken terug.

Beste Warren,
Hartelijk dank voor je laatste brief en voor het ondertekenen van de twee machtigingsformulieren. Ik ben erg blij met de details die je me hebt gegeven; daardoor krijg ik meer inzicht in de problemen die je het hoofd hebt moeten bieden. Ik heb nog veel meer vragen voor je en ben blij dat je nog steeds bereid bent met me te praten, zoals we gepland hadden. Als je er geen bezwaar tegen hebt, neem ik het gesprek op video op. Je weet vermoedelijk wel dat je hulp absoluut noodzakelijk is voor mijn project.
Met vriendelijke groet,
Dr. O'Donnell

'J.P. O'Donnell? Wie zou dat zijn?' zei Rizzoli.

Dean keek verrast op. 'Joyce O'Donnell?'

'Op de envelop staat alleen Dr. J.P. O'Donnell. Cambridge, Massachusetts. Ze heeft vraaggesprekken gevoerd met Hoyt.'

Hij keek fronsend naar de envelop. 'Ik wist niet dat ze naar Boston was verhuisd.'

'Ken je haar?'

'Ze is neuropsycholoog van beroep. We hebben elkaar onder vijandige omstandigheden leren kennen, zou je kunnen zeggen, namelijk aan weerskanten van het middenpad in een rechtszaal. Advocaten van eisende partijen zijn dol op haar.'

'Ik snap het al. De deskundige in de getuigenbank, die in de bres springt voor de slechteriken.'

Hij knikte. 'Wat je cliënt ook heeft gedaan, hoeveel mensen hij ook heeft vermoord, O'Donnell weet altijd verzachtende omstandigheden aan te dragen.'

'Waarom zou ze met Hoyt corresponderen?' Ze las de brief nogmaals. Die was in bijzonder respectvolle termen opgesteld, met lof voor zijn medewerking. Ze kreeg meteen een hekel aan dr. O'Donnell.

De volgende envelop op de stapel was ook van O'Donnell, maar bevatte geen brief. In plaats daarvan kwamen er drie polaroidfoto's uit – erg amateuristische kiekjes. Twee ervan waren buiten genomen, overdag; de derde binnen. Een ogenblik staarde ze er alleen maar naar, terwijl de haartjes in haar nek overeind kwamen en haar ogen registreerden wat haar hersens weigerden te aanvaarden. Toen ging ze met een ruk rechtop zitten en liet ze de foto's vallen alsof het hete kolen waren.

'Jane? Wat is er?'

'Dat ben ik,' fluisterde ze.

'Wat?'

'Ze heeft me geschaduwd. Foto's van me genomen. En die naar hém gestuurd.'

Dean stond op en liep om de tafel heen. Hij keek over haar schouder. 'Ik zie je niet –'

'Hier! Hier!' Ze wees naar de foto van een donkergroene Honda die op straat geparkeerd stond. 'Dat is mijn auto.'

'Je kunt het kentekennummer niet zien.'

'Ik herken mijn eigen auto nog wel!'

Dean draaide de polaroidfoto om. Op de achterkant had iemand een smile-poppetje getekend en er met blauwe viltstift bij gezet: *mijn auto*.

Angst roffelde als een trom in haar borst. 'Kijk eens naar de volgende,' zei ze.

Hij pakte de tweede foto. Ook die was overdag genomen: een foto van een flatgebouw. Hij hoefde niet te vragen welk gebouw het was; hij was er gisteravond geweest. Hij draaide de foto om en zag de woorden: *mijn huis*. Met eronder alweer zo'n smiley.

Dean pakte de derde foto, die in een restaurant was gemaakt. Op het eerste gezicht leek het niet meer dan een slechte foto van mensen aan tafeltjes, een serveerster die er onscherp op stond omdat ze met een koffiepot door de zaal liep. Rizzoli had er een paar seconden voor nodig gehad om de vrouw net links van het centrum eruit te pikken, een vrouw met donker haar, haar gezicht en profile, de trekken vervaagd door het licht van het raam achter haar. Ze wachtte tot Dean zag wie de vrouw was.

Hij vroeg zachtjes: 'Weet je waar deze foto is genomen?'

'In het Starfish Cafe.'

'Wanneer?'

'Dat weet ik niet.'

'Kom je daar vaak?'

'Iedere zondag. Dan ga ik daar ontbijten. Het is de enige dag in de week dat ik…' Haar stem stierf weg. Ze staarde naar de foto van haar eigen profiel, de ontspannen houding van de schouders, haar gezicht schuin naar beneden, ogen gericht op een open krant. Het moest de zondagkrant zijn. Zondag was de dag dat ze zichzelf trakteerde op ontbijt bij Starfish. Een ochtend van wentelteefjes, bacon en de stripverhalen.

En een stalker. Ze had er geen idee van gehad dat iemand haar beloerde. Foto's van haar nam. En die opstuurde aan de man die haar nog steeds nachtmerries bezorgde.

Dean draaide de polaroid om.

Op de achterkant stond ook ditmaal een lachebekje. En eronder, in een hartje, slechts één woord: *Ik*.

16

Mijn auto. Mijn huis. Ik.
Met een van woede verkrampte maag reed Rizzoli mee terug naar Boston. Hoewel Dean naast haar zat, keek ze niet één keer naar hem; ze had het veel te druk met het voeden van haar razernij, met het voelen van de vlammen die aan haar vraten.

Haar woede werd alleen maar nog groter toen Dean stopte voor O'Donnells huis in Brattle Street. Rizzoli keek naar de grote, ouderwetse villa, het maagdelijk wit geschilderde beschotwerk, geaccentueerd door grijze luiken. Een smeedijzeren omheining omsloot een voortuin met een geschoren gazon en een voetpad van granieten tegels. Zelfs naar de welgestelde maatstaven van Brattle Street was het een pracht van een huis waar een gewone ambtenaar niet eens van hoefde drómen. Terwijl het juist ambtenaren zijn, mensen als ik, die de Warren Hoyts van deze wereld bestrijden en lijden onder de naschokken van die gevechten, dacht ze. Zij was degene die 's nachts haar ramen en deuren barricadeerde, die wakker schrok van de echo van denkbeeldige voetstappen die op haar bed afkwamen. *Zij* bestreed de monsters en moest onder de gevolgen daarvan lijden, terwijl hier, in deze villa, een vrouw woonde die met een gewillig oor naar diezelfde monsters luisterde, die rechtszalen binnenwandelde en degenen die geen verdediging toekwam, verdedigde. Het was een huis dat was gebouwd op de beenderen van de slachtoffers.

De asblonde vrouw die opendeed, was net zo perfect verzorgd als haar woning; haar kapsel een glanzende helm, haar Brooks Brothers-blouse en lange broek scherp geperst. Ze was een jaar of veertig en had een huid als roomkleurig albast. En net als albast straalde dat gezicht geen greintje warmte uit. De ogen lieten alleen kil intellect zien.

'Dokter O'Donnell? Ik ben rechercheur Jane Rizzoli. En dit is agent Gabriel Dean.'

De vrouw keek Dean in de ogen. 'Agent Dean en ik kennen elkaar.'

En hadden blijkbaar indruk op elkaar gemaakt – en geen goede indruk, dacht Rizzoli.

Duidelijk niet blij met het bezoek ging O'Donnell hen mechanisch en met een strak gezicht voor door een grote hal naar een ruime, formele zitkamer. De rozenhouten bank was bekleed met witte zijde en op de teakhouten vloer lagen oosterse tapijten in warme, rode tinten. Rizzoli wist niet veel van kunst, maar zelfs zij kon zien dat de schilderijen aan de muren originelen waren en dat ze vermoedelijk erg veel geld hadden gekost. Nog meer beenderen, dacht ze grimmig. Zij en Dean gingen op de bank zitten, tegenover O'Donnell. Er werd hun geen thee of koffie, zelfs geen water aangeboden, een niet erg subtiele hint dat hun gastvrouw het gesprek zo kort mogelijk wilde houden.

O'Donnell kwam meteen terzake. Ze sprak tot Rizzoli. 'U zei dat het over Warren Hoyt gaat.'

'U hebt met hem gecorrespondeerd.'

'Dat klopt. Is daar iets mee?'

'Waarover hebt u met hem gecorrespondeerd?'

'Als u van de brieven afweet, neem ik aan dat u ze hebt gelezen.'

'Waarover hebt u met hem gecorrespondeerd?' herhaalde Rizzoli, op onwrikbare toon.

O'Donnell keek haar een paar ogenblikken aan, de tegenpartij zwijgend opnemend. Ze begreep dat Rizzoli haar voornaamste tegenstander was en als reactie verstijfde haar houding tot een harnas.

'Ik heb eerst een vraag voor u, rechercheur,' was O'Donnells antwoord. 'Waarom is mijn correspondentie met meneer Hoyt van belang voor de politie?'

'Weet u dat hij uit de gevangenis is ontsnapt?'

'Ja. Dat heb ik op het nieuws gezien. En de State Police heeft me gebeld om te vragen of hij had geprobeerd met me in contact te komen. Ze hebben iedereen gebeld die met Warren heeft gecorrespondeerd.'

Warren. Ze noemde hem bij de voornaam.

Rizzoli maakte de bruine envelop open die ze had meegebracht en haalde de drie polaroidfoto's eruit, die elk in een apart plastic zakje zaten. Ze gaf ze aan dr. O'Donnell. 'Hebt u meneer Hoyt deze foto's gestuurd?'

O'Donnell keurde ze nauwelijks een blik waardig. 'Nee. Hoezo?'

'U hebt er amper naar gekeken.'

'Ik hoef er niet naar te kijken. Ik heb meneer Hoyt nooit foto's gestuurd. Dus ook deze niet.'

'Deze zijn aangetroffen in zijn cel. In een envelop met uw afzender.'

'Dan heeft hij zeker een van mijn enveloppen gebruikt om ze in te bewaren.' Ze gaf de polaroids terug aan Rizzoli.

'Wat hebt u hem wél gestuurd?'

'Brieven. Machtigingsformulieren die hij moest tekenen en terugsturen.'

'Wat voor machtigingen?'

'Om zijn schooldiploma's op te vragen, en zijn medische dossiers. En nog meer informatie die voor mij van nut kan zijn om zijn zaak te evalueren.'

'Hoe vaak hebt u hem geschreven?'

'Vier of vijf keer, meen ik.'

'En heeft hij steeds geantwoord?'

'Ja. Ik heb zijn brieven in een dossier. U kunt er kopieën van krijgen.'

'Heeft hij na zijn ontsnapping geprobeerd contact met u op te nemen?'

'Dacht u dat ik het niet aan de autoriteiten zou hebben gemeld als dat zo was?'

'Geen idee, mevrouw. Ik weet niet wat voor soort relatie u hebt met meneer Hoyt.'

'Ik correspondeerde met hem. Ik had geen relatie met hem.'

'Maar u hebt hem vier of vijf keer geschreven.'

'En hem ook bezocht. Het gesprek is vastgelegd op een videoband. Ook daar kunt u een kopie van krijgen.'

'Waarom bent u met hem gaan praten?'

'Hij is een man met een verhaal. We kunnen dingen van hem leren.'

'Hoe je vrouwen moet slachten?' De woorden waren eruit voordat Rizzoli erover had nagedacht, een pijltje met bittere emoties dat afketste op het harnas van de vrouw.

Onaangedaan antwoordde O'Donnell: 'Omdat u bij de politie zit, ziet u alleen het eindresultaat. De wreedheid, het geweld. Afgrijselijke misdaden die het natuurlijke gevolg zijn van wat deze mannen hebben meegemaakt.'

'En wat ziet u?'

'Wat eraan is voorafgegaan in hun levens.'

'Zo dadelijk gaat u me vertellen dat het allemaal komt door hun ongelukkige jeugd.'

'Weet u iets over Warrens jeugd?'

Rizzoli voelde haar bloeddruk stijgen. Ze had er geen enkele behoefte aan te praten over de bron van Hoyts obsessies. 'Het interesseert zijn slachtoffers geen bal wat voor jeugd hij heeft gehad. En mij ook niet.'

'Maar weet u ervan?'

'Er is me verteld dat hij een volkomen normale jeugd heeft gehad. Ik weet dat hij een betere jeugd heeft gehad dan veel mannen die níet vrouwen aan stukken snijden.'

'Normaal.' O'Donnell leek dat woord amusant te vinden. Ze keek voor het eerst sinds ze waren gaan zitten naar Dean. 'Agent Dean, zou u ons uw definitie van normaal willen geven?'

Een blik schoot tussen hen over en weer, vijandige echo's van een oude strijd die nog niet definitief was uitgevochten. Maar wat voor emoties Dean op dat moment ook voelde, er bleek niets van uit zijn stem. Hij zei kalm: 'Rechercheur Rizzoli stelt de vragen. Ik adviseer u er antwoord op te geven.'

Het had Rizzoli eerlijk gezegd verbaasd dat hij haar het vraaggesprek niet meteen uit handen had genomen. Dean kwam op haar over als een man die eraan gewend was de leiding te nemen, maar nu liet hij alles aan haar over en had hij gekozen voor de rol van toeschouwer.

Ze had het gesprek vanwege haar woede laten verwaaien. Nu was het tijd om de leiding weer op te eisen en daarvoor moest ze haar woede in toom houden. Kalm en methodisch te werk gaan.

Ze vroeg: 'Wanneer bent u met de correspondentie begonnen?'

O'Donnell antwoordde al even zakelijk: 'Ongeveer drie maanden geleden.'

'Waarom had u besloten hem te schrijven?'

'Pardon.' O'Donnell stootte een geschrokken lach uit. 'U hebt het verkeerd begrepen. Niet ík was de initiatiefnemer.'

'Heeft Hoyt ú geschreven?'
'Ja. Hij zei dat hij een en ander had gehoord over mijn werk op het gebied van de neurologie van geweldplegingen. Hij wist dat ik bij andere rechtszaken was opgetreden als getuige voor de verdediging.'
'Wilde hij u in dienst nemen?'
'Nee. Hij wist dat zijn vonnis onmogelijk veranderd kon worden. Dat het daarvoor al te laat was. Hij dacht gewoon dat ik misschien belangstelling had voor zijn zaak. En dat had ik ook.'
'Waarom?'
'Vraagt u me waarom ik er belangstelling voor had?'
'Waarom verkwist u tijd aan het schrijven van brieven aan iemand als Hoyt?'
'Ik wil over mensen als hij juist meer te weten komen.'
'Diverse psychiaters hebben hem onderzocht. Er is niets mis met hem. Hij is volkomen normaal, afgezien van het feit dat hij het leuk vindt om vrouwen te vermoorden. Ze vast te binden en hun buik open te snijden. Hij wordt geil van doktertje spelen. Alleen doet hij het terwijl ze nog bij bewustzijn zijn. Terwijl ze beseffen wat hij met ze doet.'
'En toch noemt u hem normaal.'
'Hij is niet krankzinnig. Hij wist wat hij deed en hij genoot ervan.'
'U gelooft dus dat hij van nature slecht is.'
'Zo zou ik het inderdaad onder woorden brengen,' zei Rizzoli.
O'Donnell bekeek haar met een blik die tot in haar brein leek door te dringen. Hoeveel kon ze zien? Stelde haar opleiding als psychiater haar in staat door de maskers heen te kijken die de mensen voor de buitenwereld opzetten? Kon ze het getraumatiseerde vlees achter die maskers zien?
Abrupt stond O'Donnell op. 'Komt u even mee naar mijn kantoor,' zei ze. 'Ik wil u iets laten zien.'
Rizzoli en Dean liepen achter haar aan door een gang, hun voetstappen gedempt door de wijnrode loper. De kamer die ze betraden, was een scherp contrast met de luxueus ingerichte zitkamer: witte muren, boekenplanken vol wetenschappelijke boeken en neutrale metalen dossierkasten. Wie deze kamer binnenging, dacht Rizzoli, raakte prompt in de stemming om aan het werk te gaan. En dat scheen met O'Donnell ook het geval te zijn.

Met kordate vastberadenheid liep ze naar haar bureau, greep een röntgenfotomap en liep ermee naar een lichtbak aan de muur. Ze stak een foto onder de klem en drukte op een schakelaar.

De lichtbak ging knipperend aan achter de foto van een menselijke schedel.

'Vooraanzicht,' zei O'Donnell. 'Een achtentwintigjarige bouwvakker. Een oppassende burger, door anderen beschreven als een vriendelijke man en een zorgzame echtgenoot. Een liefhebbende vader voor zijn zesjarige dochtertje. Op een dag raakte hij op zijn werk gewond toen hij een klap van een stalen balk tegen zijn hoofd kreeg.' Ze keek naar haar twee bezoekers. 'Agent Dean weet waarschijnlijk al waar ik op aanstuur. U ook, rechercheur?'

Rizzoli ging dichter bij de lichtbak staan. Ze kreeg niet vaak röntgenfoto's onder ogen en zag eigenlijk alleen het geheel: de ronding van de schedel, de holtes van de oogkassen, het paaltjeshek van de tanden.

'Ik zal het zijaanzicht ophangen,' zei O'Donnell en ze hing een tweede röntgenfoto aan de lichtbak. 'Ziet u het nu?'

De tweede foto liet de schedel van opzij zien. Rizzoli zag nu een fijn vertakt web van haarscheurtjes, beginnend bij de voorkant van de schedel en uitwaaierend naar achteren. Ze wees ernaar.

O'Donnell knikte. 'Hij is in bewusteloze toestand naar de eerstehulpafdeling van het ziekenhuis gebracht. Een CT-scan wees uit dat er sprake was van een hersenbloeding met een grote subdurale hematoom – verzameling van bloed – die druk uitoefende op de voorhoofdskwab van zijn hersens. Het bloed werd via een chirurgische ingreep weggezogen en de man herstelde. Althans, hij maakte de indruk te herstellen. Hij mocht naar huis en ging na een poosje weer aan het werk. Maar hij was veranderd. Keer op keer verloor hij op zijn werk zijn zelfbeheersing en uiteindelijk werd hij ontslagen. Hij begon zijn dochter seksueel te molesteren. En op een dag kreeg hij ruzie met zijn vrouw en sloeg hij haar zodanig in elkaar dat haar lijk onherkenbaar was. Toen hij eenmaal was begonnen haar te stompen, kon hij niet ophouden. Niet toen hij haar de meeste tanden uit de mond had geslagen. Zelfs niet toen haar gezicht was veranderd in pulp en botfragmenten.'

'En u wilt me vertellen dat dit daar de oorzaak van is?' zei Rizzoli. Ze wees naar de geschonden schedel.

'Ja.'
'Doe me een lol, zeg.'
'Kijk naar de foto, rechercheur Rizzoli. Ziet u waar de breuk begint? Denk even na over welk deel van de hersenen daar pal onder ligt.' Ze keek naar Dean.

Hij beantwoordde haar blik uitdrukkingloos. 'De voorhoofdskwab,' zei hij.

Een flauwe glimlach speelde rond O'Donnells lippen. Ze genoot duidelijk van de gelegenheid die haar was geboden om een oude rivaal uit te dagen.

Rizzoli vroeg: 'Wat wilt u ons met deze foto's vertellen?'

'De advocaat van deze man kwam bij me met het verzoek een neuropsychologische evaluatie te maken. Ik heb daarvoor gebruikgemaakt van de zogenaamde Wisconsin-kaartsorteringstest en een categorietest uit de Halstead-Reitan Battery. Ik heb verder een MRI laten doen, een hersenscan. De uitslagen van alle proefnemingen en onderzoeken waren hetzelfde: deze man had ernstige schade opgelopen aan beide voorhoofdskwabben.'

'Maar u zei dat hij volledig was hersteld van de verwonding.'

'Hij *leek* hersteld te zijn.'

'Had hij hersenletsel opgelopen of niet?'

'Iemand kan zelfs met ernstige schade aan zijn voorhoofdskwabben gewoon rondlopen, praten, dagelijkse dingen doen. Je kunt een gesprek voeren met iemand bij wie een voorhoofdslobotomie is uitgevoerd en niets aan hem merken. Maar de beschadiging is er.' Ze wees naar de röntgenfoto. 'Deze man lijdt aan een frontaal disinhibitiesyndroom. De voorhoofdskwabben hebben invloed op ons vermogen vooruit te kijken en op ons beoordelingsvermogen. Ze stellen ons in staat negatieve impulsen te beheersen. Wanneer ze beschadigd zijn, raak je sociaal losgeslagen. Je gaat je onbeheerst gedragen, zonder schuldgevoelens of emotionele wroeging. Je bent het vermogen kwijt je gewelddadige impulsen te beheersen. En die hebben we allemaal, die ogenblikken van razernij, waarop we terug willen slaan. Iemand rammen die je bij het inhalen heeft gesneden. Ik weet zeker dat u dat weet hoe dat voelt, rechercheur Rizzoli. Wanneer je zo woedend bent dat je iemand pijn wilt doen.'

Rizzoli gaf geen antwoord, want O'Donnells woorden waren maar al te waar.

'De maatschappij beschouwt gewelddaden als een uiting van slechtheid of immoraliteit. Er wordt ons verteld dat we de macht hebben over ons gedrag, dat we er uit vrije wil voor kunnen kiezen een medemens *geen* kwaad te doen. We worden echter niet alleen door de zedenleer geleid, maar ook door biologie. Onze voorhoofdskwabben helpen ons onze gedachten en daden in goede banen te leiden. Ze helpen ons de gevolgen van onze daden af te wegen. Wanneer de macht daarover wegvalt, gaan we in op iedere willekeurige aandrang. Zo is het deze man vergaan. Hij was de macht over zijn gedrag kwijt. Hij had seksuele gevoelens voor zijn dochter, dus pleegde hij ontucht met haar. Zijn vrouw maakte hem kwaad, dus sloeg hij haar dood. Iedereen heeft wel eens een immorele gedachte, hoe vluchtig die ook mag zijn. We zien een aantrekkelijke persoon, en de gedachte aan seks flitst door ons hoofd. Meer is het niet – een vluchtige gedachte. Maar stel dat we zouden ingaan op de impuls? Stel dat we onszelf niet in bedwang konden houden? Dan kan die seksuele prikkel leiden tot verkrachting. Of iets nog ergers.'

'En wat was zijn verdediging? "Ik moest het doen van mijn brein"?'

Irritatie vonkte in O'Donnells ogen. 'Neurologen beschouwen inhibitie van de voorhoofdskwabben als een aanvaarde diagnose.'

'Ja, maar heeft die in de rechtszaal standgehouden?'

Een kille stilte. 'Ons rechtssysteem werkt nog steeds met een negentiende-eeuwse definitie van krankzinnigheid. Is het dan een wonder dat de rechtbanken ook geen weet hebben van neurologie? Deze man zit momenteel in Oklahoma in een dodencel.' O'Donnell griste met een grimmig gezicht de foto's van de lichtbak en liet ze terugglijden in de map.

'Wat heeft dit te maken met Warren Hoyt?'

O'Donnell liep naar haar bureau en pakte een andere röntgenfotomap. Ze haalde de foto's eruit en hing ze aan de lichtbak. Het waren opnieuw foto's van een schedel, van voren en van opzij genomen, maar de schedel was kleiner. Van een kind.

'Deze jongen is gevallen toen hij over een omheining klom,' zei O'Donnell. 'Hij is met zijn hoofd op de stoep terechtgekomen. Hier op de frontaalfoto is een haarscheurtje te zien vanaf de hoogte van zijn linkerwenkbrauw. Een breuk.'

'Ik zie het,' zei Rizzoli.

'Kijk eens naar de naam van de patiënt.'

Rizzoli tuurde naar het rechthoekje aan de rand van de foto dat de relevante gegevens bevatte. Ze bevroor toen ze de naam las.

'Hij was tien toen hij deze verwonding opliep,' zei O'Donnell. 'Een normale, actieve jongen die opgroeide in een welgestelde buitenwijk van Houston. Althans, dat maken we op uit het dossier van de kinderarts en uit zijn schoolrapporten. Een gezond kind met een IQ dat iets boven het gemiddelde lag. Hij kon goed met andere kinderen spelen.'

'Tot hij volwassen werd en mensen begon te vermoorden.'

'Ja, maar *waarom* begon Warren te moorden?' O'Donnell wees naar de foto's. 'Deze verwonding kan een factor zijn.'

'Toen ik zeven was ben ik met gym van de brug gevallen, met mijn kop op een van de leggers. Maar ik ben nu geen mensen in stukjes aan het snijden.'

'Maar u jaagt wel op mensen. Net als hij. U bent in feite een beroepsjager.'

Woede joeg een blos naar Rizzoli's gezicht. 'Hoe waagt u het mij met hem te vergelijken?'

'Dat doe ik niet, rechercheur. Maar denk even na over hoe u zich op dit moment voelt. U zou me het liefst een klap in mijn gezicht geven, niet? Waarom doet u dat dan niet? Wat houdt u tegen? Moraliteit? Goede manieren? Of gewoon koele logica, die u vertelt dat zoiets gevolgen zal hebben. De zekerheid dat u gearresteerd zult worden. Al deze overwegingen samen weerhouden u ervan mij aan te vallen. En dit mentale proces vindt plaats in uw voorhoofdskwabben. Dankzij die gezonde neurons bent u in staat uw vernietigingsimpulsen in bedwang te houden.' O'Donnell zweeg even en voegde er toen met een wetende blik aan toe: 'In ieder geval meestal.'

Die laatste woorden, gericht als een speer, troffen doel. Het was een teer punt. Amper een jaar geleden, tijdens de jacht op de Chirurg, had Rizzoli een afschuwelijke fout gemaakt waar ze zich voor altijd voor zou schamen. Op het hoogtepunt van de achtervolging van een verdachte had ze een onschuldige, ongewapende man doodgeschoten. Ze staarde O'Donnell aan en zag een glimp van tevredenheid in haar ogen.

Dean verbrak de stilte. 'U zei dat Hoyt het initiatief had genomen. Wat hoopte hij hiermee te bereiken? Dat iemand aandacht aan hem zou besteden? Medeleven zou tonen?'
 'Waarom niet alleen maar begrip?' vroeg O'Donnell.
 'Is dat het enige wat hij van u verlangt?'
 'Warren zoekt naar antwoorden. Hij weet niet wat hem tot moorden aanzet. Hij weet wel dat hij anders is dan andere menen. Hij wil weten waarom.'
 'Heeft hij u dat met zoveel woorden verteld?'
 O'Donnell liep weer naar haar bureau en pakte een dossiermap. 'Hierin zitten zijn brieven. En de videofilm van ons gesprek.'
 'Bent u naar Souza-Baranowski gegaan?'
 'Ja.'
 'Van wie was dat plan uitgegaan?'
 O'Donnell aarzelde. 'We vonden allebei dat we ermee gebaat zouden zijn.'
 'Maar van wie was het voorstel voor een gesprek afkomstig?'
 Het was Rizzoli die in plaats van O'Donnell het antwoord gaf. 'Van hem. Nietwaar? Hoyt heeft om het gesprek gevraagd.'
 'Dat zou kunnen. Maar we wilden het allebei.'
 'U hebt geen flauw idee waarom hij wilde dat u zou komen,' zei Rizzoli.
 'Een gesprek was noodzakelijk. Ik kan een patiënt niet beoordelen zonder oog in oog met hem te praten.'
 'En wat denkt u dat er in zijn hoofd omging terwijl u daar zat, oog in oog?'
 O'Donnell trok een misprijzend gezicht. 'Weet u dat dan?'
 'Ja. Ik weet precies wat er in het hoofd van de Chirurg omgaat.' Rizzoli had haar stem weer terug en de woorden klonken kil en meedogenloos. 'Hij heeft gevraagd of u wilde komen omdat hij u wil uithollen. Dat doet hij met vrouwen. Hij glimlacht tegen ons, praat heel keurig met ons. Dat staat vast ook in zijn schoolrapporten. "Een beleefde jongeman," zeiden zijn leraren. Tegenover u deed hij vast ook heel beleefd.'
 'Ja, hij was –'
 'Een doodgewone man die graag medewerking verleende.'
 'Rechercheur Rizzoli, ik ben niet naïef. Ik weet dat hij geen doodgewone man is. Maar hij verleende inderdaad medewer-

king. En hij maakte zich zorgen over zijn daden. Hij wil weten wat de reden van zijn gedrag is.'

'En u hebt gezegd dat het wel eens door die buil op zijn hoofd kan komen.'

'Ik heb hem verteld dat de hoofdwond een factor kan zijn.'

'Hij vond het vast heel prettig om dat te horen. Nu heeft hij een excuus voor wat hij heeft gedaan.'

'Ik heb alleen maar gezegd wat mijn mening was.'

'Weet u wat hij nog meer prettig vond?'

'Nee?'

'Samen met u in één kamer zitten. U hebt toch samen met hem in een kamer gezeten?'

'In een ondervragingscel. Er was continue camerabeveiliging.'

'Maar er stond niets tussen u en hem. Geen beschermende ruit. Geen plexiglas.'

'Hij heeft me op geen enkel moment bedreigd.'

'Hij kon zich naar u toe buigen. Uw haar bekijken, uw huid ruiken. Hij vindt het heerlijk om de geur van een vrouw op te snuiven. Daar wordt hij heet van. En waar hij helemáál geil van wordt, is de geur van angst. Honden kunnen angst ruiken, wist u dat? Wanneer we bang zijn, komen er hormonen vrij die dieren kunnen bespeuren. Warren Hoyt ruikt ze ook. Hij is precies zoals alle andere jagende wezens. Hij ruikt de geur van angst, of van kwetsbaarheid. Die voedt zijn verbeeldingskracht. En ik kan me heel goed voorstellen wat hij zich allemaal inbeeldde toen hij samen met u in die kamer zat. Ik heb gezien waartoe zijn fantasieën kunnen leiden.'

O'Donnell probeerde te lachen, maar dat lukte niet echt. 'Als u probeert me bang te maken –'

'U hebt een lange hals, dr. O'Donnell. Sommige mensen noemen dat een zwanenhals. Dat is hem natuurlijk opgevallen. Hebt u hem er niet één keer op betrapt dat hij naar uw keel staarde?'

'Ach, schei toch uit.'

'Gleed zijn blik niet zo nu en dan naar beneden? Misschien dacht u dat hij naar uw borsten keek, zoals de meeste mannen. Warren doet dat niet. Borsten interesseren hem niet erg. Wat hij het mooist vindt, is de keel. Voor hem is de keel van een vrouw als een toetje. Het onderdeel waar hij dolgraag zijn mes in wil zetten. Nadat hij klaar is met een ander onderdeel van haar anatomie.'

O'Donnell wendde zich met een verhit gezicht tot Dean. 'Uw collega gaat nu echt te ver.'
'Nee,' zei Dean. 'Volgens mij heeft rechercheur Rizzoli gelijk.'
'Dit is pure intimidatie.'
Rizzoli lachte. 'U hebt samen met Warren Hoyt in een kamer gezeten. Hebt u zich toen niet geïntimideerd gevoeld?'
O'Donnell richtte een kille blik op haar. 'Het was een klinisch vraaggesprek.'
'Dat dacht ú. Voor hem was het heel iets anders.' Rizzoli liep naar haar toe met een ingehouden agressie die O'Donnell niet ontging. Hoewel O'Donnell langer en indrukwekkender was, zowel fysiek als qua status, was ze geen partij voor Rizzoli's onbeteugelde felheid, en haar blos verdiepte zich toen Rizzoli met woorden op haar bleef inbeuken.
'Hij was beleefd, zei u. Hij werkte mee. Natuurlijk. Hij had het voor elkaar: hij had een vrouw bij zich in de kamer. Een vrouw die zo dicht bij hem was dat hij er heet van werd. Maar dat laat hij niet merken; daar is hij goed in. Hij is in staat een doodnormaal gesprek te voeren terwijl hij zich inbeeldt hoe hij je keel doorsnijdt.'
'Dit gaat echt te ver,' zei O'Donnell weer.
'Denkt u dat ik alleen maar probeer u bang te maken?'
'Dat lijkt me nogal duidelijk.'
'Laat me u dan iets vertellen, waar u pas écht bang van zult worden. Warren Hoyt heeft u geroken. Nu begeert hij u. En hij is weer op vrije voeten, hij is weer aan het jagen. En zal ik u nóg iets vertellen? De geur van een vrouw vergeet hij nooit.'
O'Donnell bleef haar aankijken, maar nu blonk er angst in haar ogen. Rizzoli voelde onwillekeurig iets van tevredenheid toen ze die angst zag. Ze wilde dat O'Donnell iets zou voelen van wat ze zelf het hele afgelopen jaar had moeten doorstaan.
'Probeer aan de angst te wennen,' zei ze. 'Uit puur lijfsbehoud.'
'Ik heb met meer mannen als hij gewerkt,' zei O'Donnell. 'Ik weet wanneer ik bang moet zijn.'
'Hoyt is anders dan alle andere mannen die u kent.'
O'Donnell lachte kort. Ze had haar bravoure hervonden, gestut door eergevoel. 'Ze zijn allemaal anders. Uniek. En ik keer geen van hen ooit de rug toe.'

17

Mijn beste dr. O'Donnell,
U hebt naar mijn vroegste jeugdherinneringen gevraagd. Ik heb gehoord dat weinig mensen herinneringen kunnen vasthouden van vóór hun derde levensjaar, omdat het onvolgroeide brein nog niet in staat is taal te verwerken en we taal nodig hebben om alles wat we als baby's en peuters zien en horen te interpreteren. Wat de verklaring voor het geheugenverlies van peuters ook mag zijn, dit geldt niet voor mij, want ik herinner me bepaalde details uit mijn vroegste jaren nog heel duidelijk. Ik kan me zelfs scherpe beelden voor de geest halen die, als ik me niet vergis, dateren uit mijn elfde levensmaand. U zult deze ongetwijfeld van de hand wijzen als gefabriceerde herinneringen, gebaseerd op verhalen die ik van mijn ouders moet hebben gehoord. Ik geef u de verzekering dat deze herinneringen volkomen authentiek zijn en als mijn ouders nog hadden geleefd, zouden ze u zelf vertellen dat wat ik me herinner juist is en niet gebaseerd kan zijn op verhalen die ik heb gehoord. Vanwege de aard van de herinneringen, zijn het echter gebeurtenissen waar mijn ouders niet graag over zouden hebben gepraat.
Ik herinner me mijn wieg, witgeschilderde houten latten, de bovenrand vol putjes van mijn knagende tanden. Een blauwe deken waar kleine beestjes op gedrukt stonden. Vogels of bijen of misschien beertjes. En boven de wieg een zwevend voorwerp, waarvan ik nu weet dat het een mobile was, maar die ik toentertijd beschouwde als een magisch voorwerp. Flonkerend en altijd in beweging. Sterren, manen en planeten, had mijn vader me later verteld. Echt iets voor hem om een dergelijke mobile boven de wieg van zijn zoon te hangen. Hij was ruimte-ingenieur en hij was van mening dat je van ieder kind een genie kunt maken als je het zich ontwikkelende brein maar voldoende stimuleert, of dat nu is met mobiles of

systeemkaartjes of geluidsbandjes waarop vaders stem de tafels van vermenigvuldiging opdreunde.
　Ik kan goed rekenen.
　Maar ik betwijfel dat u belangstelling hebt voor dit soort herinneringen. Nee, u zoekt naar duistere onderwerpen, niet herinneringen aan witte wiegen en leuke mobiles. U wilt weten waarom ik ben zoals ik ben.
　Daarom zal ik u vertellen over Mairead Donohue.
　Ik hoorde haar naam pas jaren later, toen ik een tante over mijn herinneringen vertelde en ze zei: 'Goeie hemel, kun jij je Mairead dan nog herinneren?' Ja, ik kan me haar herinneren. Wanneer ik beelden oproep uit mijn babytijd, zie ik niet het gezicht van mijn moeder, maar dat van Mairead dat over de rand van mijn wieg naar me kijkt. Witte huid, ontsierd door één enkele moedervlek als een zwarte vlieg op haar wang. Groene ogen die zowel mooi als kil zijn. En haar glimlach – zelfs een kind zo jong als ik toen was, kon zien waar volwassenen blind voor zijn: er ligt haat in die glimlach. Ze haat het gezin waarvoor ze werkt. Ze haat de stank van de luiers. Ze haat mijn hongerige gebrul dat haar uit haar slaap haalt. Ze haat de omstandigheden waardoor ze terecht is gekomen in deze hete stad in Texas, die zo heel anders is dan haar geboorteland Ierland.
　En bovenal haat ze mij.
　Ik weet dat, omdat ze het op vele stille, subtiele manieren laat merken. Ze laat geen zichtbare tekens van haar mishandelingen achter; nee, daar is ze te pienter voor. In plaats daarvan uit haar haat zich in boze fluisteringen, zacht als het gesis van een slang, wanneer ze zich over mijn wieg buigt. Ik begrijp de woorden niet, maar ik hoor hun gif en zie de woede in haar licht toegeknepen ogen. Ze verwaarloost mijn lichamelijke behoeften niet; mijn luier wordt altijd snel verschoond en mijn flesje melk verwarmd. Maar ze knijpt me geniepig, grijpt mijn huid tussen duim en wijsvinger en draait die dan om, drukt een watje met alcohol tegen mijn plasbuis. Ik schreeuw het dan uit, maar er zijn nooit rode of blauwe plekken. Ik ben gewoon een ziekelijke baby, zegt ze tegen mijn ouders, nerveus van aard. En die arme, hardwerkende Mairead! Die is degene die zich om het krijsende wurm moet bekom-

meren, terwijl mijn moeder zich wijdt aan haar sociale verplichtingen. Mijn moeder, die ruikt naar parfum en mink.
Dit zijn de dingen die ik me herinner. De plotselinge pijnscheuten. Het geluid van mijn eigen krijsende stem. En boven me de witte huid van Maireads hals wanneer ze zich over mijn wieg buigt om me te knijpen of mijn tere huidje te verdraaien.
Ik weet niet of het mogelijk is dat een kind zo jong als ik was, iemand kon haten. Ik geloof dat het aannemelijker is dat we doodgewoon verbijsterd zijn over dergelijke bestraffingen. Zonder het vermogen ze te beredeneren, beroepen we ons op het combineren van oorzaak en gevolg. En ik moet toen al begrepen hebben dat de bron van mijn beproevingen een vrouw was met kille ogen en een melkwitte hals.

Rizzoli zat aan haar bureau en staarde naar Warren Hoyts nauwgezette handschrift, de twee precies even brede kantlijnen, de kleine, dicht opeen geschreven woorden die kaarsrecht over de pagina marcheerden. Hoewel hij de brief met de pen had geschreven, waren er geen verbeteringen of doorgestreepte woorden. Iedere zin was uitgewerkt voordat zijn pen het papier had beroerd. Ze stelde zich hem voor, gebogen over het blad, slanke vingers rond de balpen geklemd, zijn huid glijdend over het papier en ze voelde opeens een dringende behoefte haar handen te gaan wassen.

In de toiletruimte schrobde ze haar vingers met water en zeep, probeerde ze ieder spoor van hem te verwijderen, maar zelfs nadat ze haar handen had gewassen en gedroogd, voelde ze zich besmet, alsof zijn woorden als gif via haar huid waren binnengedrongen. En ze moest nog meer van dit soort brieven lezen, nog meer gif in zich opnemen.

Ze verstijfde toen er op de deur werd geklopt.
'Jane? Ben je daar?' Het was Dean.
'Ja,' riep ze.
'De videoapparatuur staat gereed in de vergaderzaal.'
'Ik kom eraan.'

Ze keek naar zichzelf in de spiegel en was niet tevreden over wat ze zag. De vermoeide ogen, de aanblik van geschokt zelfvertrouwen. Zo mag hij je niet zien, dacht ze.

Ze deed de kraan open, waste haar gezicht met koud water en bette zich droog met een papieren handdoek. Toen richtte ze zich op en haalde ze diep adem. Beter, dacht ze, starend naar haar spiegelbeeld. Laat nooit merken dat je het moeilijk hebt.

Ze liep de vergaderzaal in en knikte kort tegen Dean. 'Goed. Alles klaar?'

Hij had de televisie al aangezet en het lampje van de videoapparatuur brandde. Hij pakte de bruine envelop die O'Donnell hun had gegeven en liet de videoband eruit glijden. 'De band is van zeven augustus,' zei hij.

Drie weken geleden maar, dacht ze, met een onaangenaam gevoel over hoe recent de beelden, de woorden, waren.

Ze ging aan de vergadertafel zitten, pen en papier gereed om aantekeningen te maken. 'Ga je gang.'

Dean duwde de film in de recorder en drukte op PLAY.

Allereerst kwam O'Donnell in beeld, perfect gekapt, staande voor een witte bakstenen muur, ongerijmd elegant in haar blauwe pakje. 'Het is 7 augustus. Ik sta voor het gevangeniscomplex Souza-Baranowski in Shirley, Massachusetts. Het onderwerp van deze videofilm is Warren D. Hoyt.'

Het televisiescherm blikkerde en werd zwart; toen verscheen er een ander beeld, een gezicht dat voor Rizzoli zo weerzinwekkend was, dat ze schokte op haar stoel. Voor ieder ander was Hoyt een doodgewone, zelfs onopvallende man. Zijn lichtbruine haar was kort en zijn gezicht had de bleke tint van gevangenschap. Het denimshirt, gevangenisblauw, was een maat te groot voor zijn tengere postuur. De mensen die hem in het dagelijks leven hadden meegemaakt, hadden hem beschreven als vriendelijk en hoffelijk, en zo kwam hij ook over op de videofilm. Een aardige, ongevaarlijk uitziende jongeman.

Zijn blik gleed weg van de camera en richtte zich op iets dat buiten beeld bleef. Ze hoorden stoelpoten schrapen en toen de stem van O'Donnell.

'Alles in orde, Warren?'

'Ja.'

'Zullen we dan maar beginnen?'

'Wanneer u maar wilt, dr. O'Donnell.' Hij glimlachte. 'Ik ga nergens heen.'

'Goed.' Het geluid van het kraken van O'Donnells stoel, toen schraapte ze haar keel. 'In je brieven heb je me al vrij veel verteld over je ouders en je kindertijd.'

'Ik heb geprobeerd zo volledig mogelijk te zijn. Het is voor mij belangrijk dat u ieder aspect doorziet van wie ik ben.'

'Ja, en dat is heel goed. Ik krijg niet vaak de gelegenheid iemand te ondervragen die zo goed bespraakt is als jij. En al helemaal niet iemand die zijn eigen gedrag zo analytisch probeert te bekijken.'

Hoyt schokschouderde. 'U weet wat ze zeggen over het ondoorgronde leven. Dat het niet de moeite waard is geleefd te worden.'

'Zelfanalyse kan echter te ver doorgedreven worden. Het is een defensiemechanisme. Intellectualisme als middel om onszelf van onze primaire emoties te scheiden.'

Hoyt bleef even zwijgen. Toen zei hij, op een licht spottende toon: 'U had graag dat ik over gevoelens sprak.'

'Ja.'

'Welke gevoelens in het bijzonder?'

'Ik wil weten waarom mensen moorden plegen. Wat hen aantrekt tot gewelddaden. Ik wil weten wat er in je hoofd omgaat. Wat je voelt wanneer je een mens doodt.'

Hij dacht na over de vraag zonder meteen antwoord te geven. 'Het is niet makkelijk om dat te beschrijven.'

'Probeer het.'

'Omwille van de wetenschap?' Weer die spot in zijn stem.

'Ja. Omwille van de wetenschap. Wat voel je?'

Een lange stilte. 'Genot.'

'Het voelt dus fijn aan?'

'Ja.'

'Beschrijf het voor me.'

'Wilt u het echt weten?'

'Hier draait mijn hele research om, Warren. Ik wil weten wat je ervaart wanneer je iemand doodt. Het is geen morbide nieuwsgierigheid van mijn kant. Ik moet weten of er symptomen bij te pas komen die kunnen wijzen op neurologische afwijkingen. Hoofdpijn, bijvoorbeeld. Een smaak of geur.'

'De geur van bloed is erg prettig.' Hij pauzeerde. 'O jee, ik geloof dat ik u shockeer.'

'Ga door. Vertel me over bloed.'

'Ik heb met bloed gewerkt, weet u.'

'Ja, dat weet ik. Je was laborant.'

'Iedereen ziet bloed als niets anders dan een rode vloeistof die door onze aderen stroomt. Als motorolie. Maar het is heel complex en individueel. Iedereen heeft uniek bloed. Net zoals iedere moord uniek is. Je kunt niet één voorbeeld nemen ter beschrijving.'
'Maar alle moorden hebben je genot bezorgd?'
'Sommige meer dan andere.'
'Vertel me over een moord die eruit springt. Een die echt in je geheugen gegrift staat. Is er zo een?'
Hij knikte. 'Er is er een waar ik altijd aan denk.'
'Meer dan aan de andere?'
'Ja. Deze speelt constant door mijn hoofd.'
'Waarom?'
'Omdat ik hem niet heb afgemaakt. Omdat ik geen kans heb gekregen ervan te genieten. Het is te vergelijken met jeuk op een plek waar je niet bij kunt.'
'Zo klinkt het erg onbeduidend.'
'Vindt u? Maar na verloop van tijd begint zelfs onbeduidende jeuk je hele leven te beheersen. Je voelt het aldoor, het irriteert je huid. Het kietelen van de voeten is een martelwerktuig, wist u dat? In het begin lijkt het niets bijzonders. Maar wanneer het dagen en dagen doorgaat, zonder ophouden, wordt het de wreedste vorm van martelen. Ik meen dat ik in mijn brieven al heb gezegd dat ik een en ander afweet van hoe onmenselijk mensen zich tegenover elkaar kunnen gedragen, en van de kunst van het toebrengen van pijn.'
'Je hebt me inderdaad geschreven dat je, eh, belangstelling hebt voor dat onderwerp.'
'Al eeuwenlang weten degenen die anderen folteren dat juist de meest subtiele vormen van ongemak na verloop van tijd absoluut ondraaglijk worden.'
'En is die jeuk waar je over spreekt, ondraaglijk geworden?'
'Ik lig er 's nachts wakker van. Dan denk ik aan wat had kunnen zijn. Aan het genot dat me is ontzegd. Mijn hele leven heb ik erop gelet altijd af te maken waar ik aan begonnen was. Daarom zit dit me zo dwars. Ik denk er constant aan. Ik zie alles steeds weer voor me.'
'Beschrijf het. Wat je ziet, wat je voelt.'
'Ik zie haar. Ze is anders, ze lijkt in niets op de anderen.'

'Hoe komt dat?'

'Ze haat me.'

'Haatten de anderen je niet?'

'De anderen waren naakt en bang. Murw. Maar deze vecht nog steeds terug. Ik voel het wanneer ik haar aanraak. Haar huid knettert van razernij, hoewel ze weet dat ik haar heb overwonnen.' Hij leunde naar voren, alsof hij haar zijn intiemste gedachten ging toevertrouwen. Zijn blik was niet langer gericht op O'Donnell, maar op de camera, alsof hij door de lens heen Rizzoli kon zien. 'Ik voel haar toorn,' zei hij. 'Ik absorbeer haar woede, door alleen maar haar huid aan te raken. Het is als witte hitte. Iets vloeibaars en gevaarlijks. Pure energie. Ik heb me nog nooit zo machtig gevoeld. Ik wil me weer zo voelen.'

'Raak je er seksueel opgewonden van?'

'Ja. Ik denk aan haar hals. Heel slank. Ze heeft een mooie, witte hals.'

'Waar denk je nog meer aan?'

'Ik denk aan hoe ik haar uitkleed. Aan hoe stevig haar borsten zijn. En haar buik. Een mooie, platte buik...'

'Je fantasieën over dokter Cordell zijn dus seksueel?'

Hij stokte. Knipperde, alsof hij loskwam uit een trance. 'Dokter Cordell?'

'We hebben het toch over haar? Het slachtoffer dat je niet hebt kunnen doden?'

'O. Ja, ik denk ook aan haar. Maar ik heb het nu niet over haar.'

'Over wie heb je het dan?'

'Over die andere.' Hij staarde in de lens met zo'n intense blik dat Rizzoli er de hitte van voelde. 'De politieagente.'

'Je bedoelt de rechercheur die je heeft opgespoord? Is dat de vrouw uit je fantasieën?'

'Ja. Haar naam is Jane Rizzoli.'

18

Dean stond op en drukte op de stopknop van de video. Het scherm werd zwart. Het was alsof Hoyts laatste woorden als een blijvende echo in de stilte bleven hangen. In zijn verbeelding had hij haar ontdaan van haar kleren en haar waardigheid, haar gereduceerd tot lichaamsdelen. Hals, borsten en buik. Ze vroeg zich af of Dean haar nu zo zag, of de erotische beelden die Hoyt had opgeroepen nu ook in Deans geest gebrand stonden.

Hij draaide zich naar haar toe. Ze had er tot nu toe moeite mee gehad op zijn gezicht af te lezen wat hij dacht, maar nu was de woede in zijn ogen onmiskenbaar.

'Je snapt het zeker zelf ook al?' zei hij. 'Het was zijn bedoeling dat je deze film te zien zou krijgen. Hij heeft een spoor van kruimeltjes voor je achtergelaten. De envelop met O'Donnells adres leidde tot O'Donnell zelf. Tot zijn brieven en deze videofilm. Hij wist dat je het uiteindelijk allemaal te zien zou krijgen.'

Ze staarde naar het zwarte scherm. 'Hij praat tegen me.'

'Ja. Hij gebruikt O'Donnell als tussenpersoon. Toen hij met haar sprak, tijdens dat vraaggesprek, had hij het in werkelijkheid tegen jou. Hij vertelt je waar hij over fantaseert. Gebruikt dat om je bang te maken en te vernederen. Luister maar naar wat hij zegt.' Dean spoelde de film terug.

Weer verscheen Hoyts gezicht op het scherm. 'Ik lig er 's nachts wakker van. Dan denk ik aan wat had kunnen zijn. Aan het genot dat me is ontzegd. Mijn hele leven heb ik erop gelet altijd af te maken waar ik aan begonnen was. Daarom zit dit me zo dwars. Ik denk er constant aan...'

Dean drukte op STOP en keek haar aan. 'Wat voor gevoel geeft dat je? Dat hij voortdurend aan je denkt?'

'Je weet donders goed hoe dat aanvoelt.'

'En dat weet hij ook. Daarom wilde hij dat je het zou horen.' Dean drukte op FAST FORWARD en toen op PLAY.

Hoyts ogen waren op een griezelige manier gericht op het publiek dat hij niet kon zien. 'Ik denk aan hoe ik haar uitkleed. Aan hoe stevig haar borsten zijn. En haar buik. Een mooie, platte buik...'

Weer drukte Dean op STOP. Zijn blik deed een blos bij haar opkomen.

'Zeg maar niks,' zei ze. 'Je wilt weten hoe ik me bij die woorden *voel*.'

'Uitgekleed?'

'Ja.'

'Kwetsbaar.'

'*Ja*.'

'Aangerand.'

Ze slikte en keek van hem weg. Zei toen zachtjes: 'Ja.'

'Hij wil dat je dit allemaal voelt. Je hebt me verteld dat hij zich aangetrokken voelt tot geschonden vrouwen. Tot vrouwen die verkracht zijn. Dat gevoel bezorgt hij jou nu. En alleen maar door deze dingen te zeggen op een videofilm. Daarmee geeft hij je het gevoel een slachtoffer te zijn.'

Met een ruk keek ze hem weer aan. 'Nee,' zei ze. '*Geen* slachtoffer. Wil je weten hoe ik me op dit moment voel?'

'Graag.'

'Ik voel me in staat die klootzak aan stukken te rijten.' Het was een antwoord dat ze met louter bravoure afvuurde en de woorden schoten gaten in de lucht. Hij schrok ervan en bleef een moment fronsend naar haar kijken. Kon hij zien hoezeer ze haar best deed de façade intact te houden? Was de gemaakte klank in haar stem hem opgevallen?

Ze ging snel door, zodat hij geen gelegenheid zou hebben haar grootspraak te doorzien. 'Jij zegt dat hij toen al wist dat ik dit uiteindelijk te zien zou krijgen. Dat de film voor mij bedoeld was.'

'Vond jij het dan niet zo klinken?'

'Het klinkt als een fantasieverhaal van een willekeurige geschifte figuur.'

'Niet een willekeurige geschifte figuur. En niet een willekeurig slachtoffer. Hij heeft het over jou, Jane. Hij praat over wat hij met *jou* wil doen.'

Angst vrat aan haar zenuwuiteinden. Dean maakte er weer een persoonlijke zaak van en richtte die op haar als een pijl. Vond hij het leuk om te zien hoe ze ineenkromp? Wat voor zin had dat? Behalve haar angst nog vergroten?

'Toen dit gesprek is vastgelegd, had hij zijn ontsnappingsplannen al klaar,' zei Dean. 'Vergeet niet dat hij degene is geweest die contact heeft opgenomen met O'Donnell. Hij wist dat ze met hem zou komen praten. Ze kon het aanbod niet weerstaan. Ze was een open microfoon die alles opnam wat hij zei, alles wat hij specifieke mensen wilde laten weten. Vooral jou. Vervolgens heeft hij een logische opeenvolging van gebeurtenissen in scène gezet, die moest leiden tot dit moment. Jij moest deze film zien.'

'Kan iemand zo'n geniaal plan bedenken?'

'Lijkt Warren Hoyt je niet zo geniaal?' vroeg hij. Nóg een pijl die bedoeld was om door haar harnas heen te dringen. Om nog eens te benadrukken wat overduidelijk was.

'Hij heeft een jaar achter de tralies gezeten. Hij heeft een jaar de tijd gehad zijn fantasieën uit te spinnen,' zei Dean. 'En die fantasieën gaan allemaal over jou.'

'Nee, hij wilde Catherine Cordell. Hij wilde haar.'

'Dat is niet wat hij tegen O'Donnell heeft gezegd.'

'Dan heeft hij gelogen.'

'Waarom?'

'Om mij te treiteren. Om me bang te maken.'

'Dan ben je het dus met me eens dat het zijn bedoeling was dat jij deze film te zien zou krijgen. Dat dit een rechtstreekse boodschap is voor jou.'

Ze staarde naar het blanco scherm. Het was alsof Hoyts gezicht als een geest nog steeds naar haar keek. Alles wat hij had gedaan, was erop gericht haar wereld op zijn grondvesten te doen schudden, haar gemoedsrust te vernietigen. Precies zoals hij met Cordell had gedaan voordat hij haar daadwerkelijk had gegrepen. Hij hield ervan zijn slachtoffers ziek van vrees te maken, slap van uitputting, en eiste ze pas op wanneer ze volledig murw waren van angst. Ze had geen ontkennende argumenten meer over, kon niet weerleggen wat zo duidelijk was.

Dean ging tegenover haar aan de tafel zitten. 'Het lijkt mij het beste dat je je terugtrekt uit dit onderzoek,' zei hij op bedaarde toon.

Ze keek hem onthutst aan. '*Me terugtrek?*'

'Het is een persoonlijke zaak geworden.'

'Tussen een dader en mij is het altijd een persoonlijke zaak.'
'Niet in deze mate. Hij wil dat je aan deze zaak blijft werken, zodat hij je voor zijn karretje kan spannen. Hij dringt zich op aan ieder aspect van je leven. Als hoofd van het onderzoekteam ben je zichtbaar en toegankelijk. Ga je volledig op in de jacht. En nu is hij begonnen toekomstige misdaden te beschrijven. Als communicatie met *jou*.'

'Reden te meer voor mij om aan de zaak te blijven werken.'

'Nee, reden te meer om je handen ervan af te trekken. Om afstand te creëren tussen jou en Hoyt.'

'Ik trek nooit ergens mijn handen vanaf, agent Dean,' was haar repliek.

Na een korte stilte zei hij droogjes: 'Nee. Dat had ik ook niet gedacht.'

Nu was zij degene die naar voren leunde, een houding die een confrontatie uitlokte. 'Wat heb je eigenlijk tegen mij? Van het begin af aan heb je je tegen me gekant. Je bent achter mijn rug met Marquette gaan praten. Je hebt twijfels over me geuit –'

'Ik heb je vakbekwaamheid nooit in twijfel getrokken.'

'Wat dan wel?'

Hij reageerde kalm en redelijk op haar boosheid. 'Denk even na over wie we tegenover ons hebben. Een man die jíj hebt opgespoord. Een man die jou er de schuld van geeft dat hij achter de tralies is gezet. Hij droomt nog steeds over wat hij met je wil doen. Terwijl jij het hele afgelopen jaar hebt geprobeerd te vergeten wat hij je al heeft aangedaan. Hij wacht met smart op het tweede bedrijf in dit toneelstuk, Jane. Hij legt de funderingen, lokt je naar de plek waar hij je hebben wil. Het is niet veilig.'

'En jij maakt je alleen maar druk over mijn veiligheid?'

'Wil je daarmee insinueren dat ik bijbedoelingen heb?' vroeg hij.

'Geen idee. Ik ben er nog steeds niet achter wie en wat je bent.'

Hij stond op en liep naar het videoapparaat. Liet de band eruit komen en stak hem in de envelop. Hij probeerde tijd te winnen, om een aanvaardbaar antwoord te bedenken.

Hij ging weer zitten en keek haar aan. 'Eerlijk gezegd,' zei hij, 'weet ik ook nog niet wie en wat jij bent.'

Ze lachte. 'Ik? Ik ben wat je ziet.'

'Het enige dat je me laat zien is Jane Rizzoli de rechercheur. Hoe zit het met Jane Rizzoli de vrouw?'

'Een en dezelfde.'

'Je weet dat dat niet waar is. Je wilt gewoon aan niemand laten zien wie achter je politiepenning schuilgaat.'

'Wat zou ik moeten laten zien? Dat ik dat kostbare Y-chromosoom niet heb? Mijn penning is het enige dat ik *wil* laten zien.'

Hij leunde naar voren, zijn gezicht dicht bij het hare, bijna een inbreuk op haar persoonlijke ruimte. 'Ik heb het over jouw kwetsbaarheid als doelwit. Over een misdadiger die weet hoe hij je in zijn netten kan strikken. Een man die er al eens in is geslaagd zo dicht bij je te komen dat hij je kon grijpen. Terwijl jij niet eens wist dat hij er was.'

'De volgende keer zal ik dat wél weten.'

'Denk je?'

Ze staarden elkaar aan, hun gezichten vlak bij elkaar, alsof ze minnaars waren. Het pijltje van seksueel verlangen dat door haar heen schoot, was zo onverwachts dat ze gelijktijdig pijn en plezier ervoer. Ze ging snel rechtop zitten, met een gloeiend gezicht, en hoewel ze hem nu van een veiliger afstand aankeek, voelde ze zich nog steeds onbeschut. Ze was niet goed in het verbergen van haar emoties en had zich altijd bijzonder onbeholpen gevoeld op het gebied van flirten en de witte leugentjes die mannen en vrouwen tegenover elkaar gebruikten. Ze deed haar best de uitdrukking op haar gezicht gelijkmatig te houden, maar merkte dat ze niet naar hem kon blijven kijken zonder zich transparant te voelen onder zijn blik.

'Je weet dat er een volgende keer zal komen,' zei hij. 'En het gaat nu niet alleen om Hoyt. Ze zijn nu met hun tweeën. Daardoor zou wel degelijk de angst je om het hart moeten slaan.'

Ze keek naar de envelop met de videoband die Hoyt voor haar had bedoeld. Het spel was nog maar net begonnen en Hoyt had de eerste slag gewonnen. Ja, ze was bang.

Zwijgend pakte ze haar paperassen bij elkaar.

'Jane?'

'Ik heb gehoord wat je zei.'

'En het verandert nergens iets aan, begrijp ik?'

Ze keek hem aan. 'Laat ik het zo zeggen. Ik kan straks door een bus worden overreden. Of ik kan achter mijn bureau getroffen worden door een hersenbloeding. Maar ik denk niet aan die dingen. Ik wil mijn leven daardoor niet laten bederven. Dat is al eens bijna gebeurd, zie je. De nachtmerries werden me bijna te veel. Maar nu heb ik nieuwe kracht. Of misschien ben ik gewoon helemaal verdoofd en voel ik niets meer. In ieder geval kan ik beter gewoon maar de ene voet voor de andere zetten en doormarcheren. Zo kom ik hier wel doorheen, door *te blijven marcheren*. En dat geldt voor ons allemaal.'

Het was bijna een opluchting toen haar pieper ging. Het gaf haar een excuus het oogcontact te verbreken, naar het raampje van het apparaatje te kijken. Ze voelde dat hij naar haar keek toen ze de vergaderzaal doorliep naar het telefoontoestel en het nummer draaide.

'Haar en Vezel. Volchko,' zei een stem.

'Rizzoli. Je hebt me gepiept.'

'Ja, over die groene nylonvezels, die we op Gail Yeagers huid hebben aangetroffen. We hebben precies dezelfde vezels gevonden op de huid van Karenna Ghent.'

'Hij gebruikt dus hetzelfde materiaal voor al zijn slachtoffers. Dat verbaast me niets.'

'Maar ik heb toch een verrassing voor je.'

'Wat dan?'

'Ik weet welk materiaal het is.'

Erin wees naar de microscoop. 'De dia's liggen al voor jullie klaar. Kijk maar.'

Rizzoli en Dean zaten tegenover elkaar en drukten hun ogen tegen de dubbele lenzen van de microscoop. Door de lenzen kregen ze allebei hetzelfde te zien: twee vezels, die naast elkaar waren gelegd ter vergelijking.

'De vezel aan de linkerkant is afkomstig van Gail Yeager. Die aan de rechterkant van Karenna Ghent,' zei Erin. 'Wat vinden jullie ervan?'

'Ze zien er precies hetzelfde uit,' zei Rizzoli.

'Dat zijn ze ook. Dupont nylon type 6-6, saaigroen. Het garen is 30 denier, bijzonder fijn.' Erin haalde twee grafieken uit een map en legde ze op de werkbank. 'En hier hebben we de ATR-spectra weer. Nummer 1 is van Yeager, nummer 2 van Ghent.' Ze keek naar Dean. 'Weet u wat ATR-technieken zijn, agent Dean?'

'Het heeft met infrarood te maken, geloof ik.'
'Ja. We gebruiken het om oppervlaktebewerkingen van vezels te analyseren. Uit te zoeken welke chemicaliën zijn gebruikt nadat de stof geweven was.'
'En zijn er chemicaliën gebruikt?'
'Ja, een laagje silicone. Vorige week hebben rechercheur Rizzoli en ik de mogelijke redenen voor een dergelijke oppervlaktebehandeling in beschouwing genomen. We wisten niet waar deze stof voor bedoeld was. We wisten wel dat de vezels hitte- en lichtbestendig zijn. En dat de draden zo fijn zijn dat de stof, mits strak geweven, waterdicht moet zijn.'
'We dachten dat het misschien tentstof was, of dekzeil,' zei Rizzoli.
'En wat zou de silicone toevoegen?' vroeg Dean.
'Die maakt de stof antistatisch,' zei Erin. 'En tot op zekere hoogte scheurbestendig en waterdicht. Bovendien verlaagt het de poreusheid van deze stof tot bijna niets, zoals is gebleken. Met andere woorden, er kan ook geen lucht doorheen.' Erin keek naar Rizzoli. 'Kun je al raden wat het is?'
'Je zei dat jij dat weet.'
'Ja, maar ik heb hulp gehad. Van het laboratorium van de Connecticut State Police.' Erin legde een derde grafiek op de werktafel. 'Dit hebben ze me vanmiddag gefaxt. Het is een ATR-spectrum van vezels die in verband staan met een moordzaak in Connecticut. De vezels zaten op de handschoenen en het fleecejack van de verdachte. Vergelijk dit maar eens met de vezels van Karenna Ghent.'
Rizzoli's ogen gingen heen en weer tussen de grafieken. 'De spectra zijn identiek. Het gaat om precies dezelfde vezels.'
'Inderdaad. Alleen de kleur verschilt. De vezels van onze twee zaken zijn saaigroen. De moordzaak in Connecticut heeft vezels opgeleverd in twee kleuren. Feloranje en limoengroen.'
'Meen je dat?'
'Ik vond het ook nogal opzichtig. Afgezien van de kleur komen de vezels uit Connecticut precies overeen met die van ons. Dupont nylon type 6-6, 30 denier, afgewerkt met een laagje silicone.'
'Wat kunt u ons over de zaak in Connecticut vertellen?' vroeg Dean.

'Dat was een skydiving ongeluk. De parachute van het slachtoffer ging niet goed open. Pas toen deze oranje en lichtgroene vezels aangetroffen werden op de kleding van de verdachte, werd hij op verdenking van moord in hechtenis genomen.'

Rizzoli staarde naar het ATR-spectrum. 'Het is een parachute.'

'Ja. De moordenaar in Connecticut heeft de avond vóór de sprong de parachute van het slachtoffer onklaar gemaakt. Deze ATR is karakteristiek voor parachutemateriaal. Het is scheurbestendig en waterafstotend. Je kunt het na gebruik met gemak tot een klein pakketje rollen en wegleggen. Dit is de stof die jullie dader gebruikt om zijn slachtoffers te vervoeren.'

Rizzoli keek naar haar op. 'Een parachute,' zei ze. 'Een perfect doodskleed.'

19

Overal lag papier: dossiermappen open op de vergadertafel, misdaadfoto's gerangschikt als glanzende dakpannen. Pennen krasten over gele blocnotes. Hoewel dit het tijdperk van de computers was – en er stonden ook wat laptops met verlichte schermen – grepen rechercheurs nog altijd naar pen en papier wanneer ze in snel tempo veel informatie kregen. Rizzoli had haar eigen laptop op haar bureau laten staan; ook zij gaf er de voorkeur aan notities te maken in haar forse, assertieve handschrift. Haar pagina was een wirwar van woorden, ronde pijlen en rechthoekjes rond belangrijke details. Maar er zat logica in de wirwar en zekerheid in de permanente waarde van inkt. Ze sloeg het bovenste vel om en probeerde haar aandacht bij dokter Zuckers fluisterstem te houden en zich niet te laten afleiden door Gabriel Dean, die naast haar zat en ook notities maakte, maar in een veel netter handschrift. Haar blik dwaalde naar de hand waarmee hij schreef, zag dikke aderen die onder zijn huid opzwollen. De rand van de manchet van zijn witte, gesteven overhemd stak uit de mouw van zijn grijze colbert. Hij was na haar de vergaderzaal binnengekomen en had gekozen voor de stoel naast haar. Wilde dat iets zeggen? Nee, Rizzoli. Het wilde alleen zeggen dat de plaats naast jou toevallig vrij was. Ze zou haar tijd zitten verkwisten, zich laten afleiden van haar taak, als ze verstrikt raakte in zulke gedachten. Ze voelde zich verstrooid, haar aandacht opgedeeld in allerlei richtingen, zelfs haar aantekeningen begonnen in een schuine lijn over de pagina te zwerven. Er waren zes mannen in de vergaderkamer, maar ze had alleen aandacht voor Dean. Ze kende zijn geur inmiddels, koel en fris, en kon die al met gemak uit de geurensymfonie van aftershaves in de kamer pikken. Rizzoli, die nooit parfum gebruikte, was omringd door mannen die geurtjes op hadden.

Ze keek naar wat ze had opgeschreven:

mutualisme: symbiose met wederzijds voordeel voor beide of alle betrokken organismen

Het woord dat Warren Hoyts pact met zijn nieuwe maat beschreef. De Chirurg en de Heerser, samenwerkend als een team. Ze gingen samen op jacht en voedden zich samen aan het karkas.

'Warren Hoyt heeft altijd het beste kunnen werken wanneer hij een metgezel had,' zei Zucker. 'Hij jaagt graag samen met een maat. Zoals met Andrew Capra, tot diens dood. Je kunt zelfs zeggen dat Hoyt *behoefte heeft* aan de deelname van een andere man als onderdeel van zijn ritueel.'

'Maar vorig jaar jaagde hij in zijn eentje,' zei Barry Frost. 'Toen had hij geen maat.'

'In zekere zin wel,' zei Zucker. 'Denk even aan de slachtoffers die hij hier in Boston heeft gekozen. Allemaal vrouwen die waren verkracht – niet door Hoyt, maar door andere mannen. Hij voelt zich aangetrokken tot geschonden vrouwen, vrouwen die zijn getekend door een verkrachting. In zijn ogen zijn ze daardoor bezoedeld, besmet. En daardoor toegankelijk. Diep in zijn hart is Hoyt bang voor normale vrouwen en zijn angst maakt hem impotent. Hij voelt zich alleen potent wanneer hij de vrouw als een inferieur wezen beschouwt. Op symbolische wijze vernietigd. Toen hij samen met Capra joeg, was Capra degene die de vrouwen verkrachtte. Pas daarna gebruikte Hoyt zijn scalpel. Toen pas kon hij ten volle genieten van het ritueel dat volgde.' Zucker keek de kamer rond en zag knikkende hoofden. Dit waren details die de agenten in de kamer al kenden. Afgezien van Dean hadden ze allen meegewerkt aan de jacht op de Chirurg en kenden ze Warren Hoyts werkwijze.

Zucker opende een van de dossiermappen op de tafel. 'Nu onze tweede moordenaar. De Heerser. Zijn ritueel is bijna een spiegelbeeld van dat van Warren Hoyt. Hij is niet bang voor vrouwen. Noch voor mannen. Hij kiest zelfs juist vrouwen die samenwonen met een mannelijke partner. Het is niet zo dat de echtgenoot of vriend een toevallig obstakel is. Nee, de Heerser lijkt hem er juist bij te willen hebben en bereid zich er van tevoren op voor met hem af te rekenen. De man wordt uitgeschakeld met behulp van een verdovingspistool en tape. Het mannelijke slachtoffer wordt zodanig neergezet dat hij gedwongen is te kijken naar wat daarna gebeurt. De Heerser doodt de man niet meteen, wat op zich praktisch zou zijn. Alle opwinding ligt voor hem in het feit dat hij publiek heeft. Dat hij weet dat een andere man toekijkt terwijl hij zijn prijs opeist.'

'En Warren Hoyt raakt opgewonden van toekijken,' zei Rizzoli.

Zucker knikte. 'Precies. De ene moordenaar houdt van de daad zelf. De andere van toekijken. Het is een perfect voorbeeld van mutualisme. Deze twee mannen zijn elkaars natuurlijke tegenwicht. Hun begeerten vullen elkaar aan. Samen zijn ze effectiever dan elk apart. Samen kunnen ze meer macht uitoefenen over hun prooi. Ze combineren hun vaardigheden. De Heerser kopieerde Hoyts technieken al toen Hoyt nog in de gevangenis zat. Hij heeft elementen overgenomen uit de werkwijze van de Chirurg.'

Dit had Rizzoli allang ingezien, maar geen van de aanwezigen in de kamer merkte daarover iets op. Misschien waren ze het vergeten. Zij niet.

'We weten dat Hoyt brieven heeft gekregen van allerlei mensen. Zelfs in de gevangenis heeft hij een bewonderaar weten aan te trekken. Hij heeft hem opgekweekt, hem misschien zelfs onderricht.'

'Een leerling,' zei Rizzoli zachtjes.

Zucker keek naar haar. 'U gebruikt er een interessant woord voor. Een leerling. Iemand die een beroep of ambacht leert onder het toeziend oog van een leermeester. In dit geval, is het ambacht de jacht.'

'Maar wie is de leerling?' zei Dean. 'En wie de leermeester?'

Deans vraag bracht Rizzoli van haar stuk. Een vol jaar was Warren Hoyt de vleesgeworden werkelijkheid geweest van het grootste kwaad dat ze zich kon voorstellen. In een wereld vol stalkers was er niemand die hem evenaarde. Nu had Dean een mogelijkheid geopperd die ze niet in overweging wilde nemen: dat de Chirurg slechts een hulpje was van een nog gruwelijker wezen.

'Wat de verhouding tussen hen ook mag zijn,' zei Zucker, 'ze zijn als team veel effectiever dan elk apart. En omdat ze nu een team zijn, is het mogelijk dat er een verandering zal komen in het patroon van hun misdaden.'

'In welk opzicht?' vroeg Sleeper.
'Tot nu toe heeft de Heerser echtparen gekozen. Hij zet de man tegen de muur als publiek, om naar de verkrachting te kijken. Hij moet er een man bij hebben die toekijkt wanneer hij zijn prijs opeist.'
'Nu heeft hij een partner,' zei Rizzoli. 'Een man die kan toekijken. Een man die *wil* toekijken.'
Zucker knikte. 'Hoyt kan nu de sleutelrol spelen in de fantasieën van de Heerser. Die van toeschouwer. Het publiek.'
'En dat wil zeggen dat hij de volgende keer misschien niet een echtpaar kiest,' zei ze. 'Dat hij de volgende keer...' Ze stopte. Ze wilde de gedachtegang niet voltooien.
Maar Zucker wilde het van haar horen, het antwoord dat hij zelf al kende. Hij hield zijn hoofd een beetje schuin en zijn bleke ogen bekeken haar met een angstaanjagend indringende blik.
Dean was degene die het antwoord gaf. 'Ze zullen een vrouw kiezen, een alleenstaande vrouw,' zei hij.
Zucker knikte. 'Makkelijk te overmeesteren, makkelijk in bedwang te houden. Als ze zich geen zorgen hoeven te maken over een echtgenoot, kunnen ze zich volledig op de vrouw concentreren.'

Mijn auto. Mijn huis. Ik.
Rizzoli draaide een vrije parkeerplaats op in de parkeergarage van het Pilgrim Hospital en zette de motor af. Ze stapte niet meteen uit, maar bleef met de portieren op slot zitten en speurde de garage af. Als politieagente had ze zichzelf altijd beschouwd als een krijger, een jager. Nooit had ze zichzelf in de rol van prooi gezien. Nu besefte ze dat ze zich gedroeg als een prooi, dat ze zo argwanend was als een konijn dat op het punt stond de veiligheid van zijn hol te verlaten. Zij, die altijd onbevreesd was geweest, wierp nerveuze blikken uit de raampjes van haar auto. Zij, die deuren had opengetrapt, die altijd een van de eersten was geweest die de woning van een verdachte binnendrong. Ze ving een glimp van zichzelf op in het achteruitkijkspiegeltje en zag het vermoeide gezicht en de schrikkerige ogen van een vrouw die ze nauwelijks herkende. Geen veroveraar, maar een slachtoffer. Een vrouw voor wie ze alleen maar verachting voelde.

Ze duwde het portier open en stapte uit. Rechtte haar rug, gerustgesteld door het gewicht van haar wapen, vertrouwd in de holster op haar heup. Laat die klootzakken maar opkomen; ze lustte ze rauw.

Ze was de enige in de garagelift en trok haar schouders fier naar achteren, eergevoel triomferend over angst. Toen ze uit de lift stapte, zag ze andere mensen en nu voelde haar wapen overbodig, zelfs overdreven. Ze trok haar jasje naar voren om de holster aan het oog te onttrekken toen ze het ziekenhuis binnenliep en de lift instapte met drie jonge medische studenten met stethoscopen half uit hun zak hangend. Ze praatten met elkaar in doktertaal, pronkend met hun pas verworven vocabulaire, en negeerden de vermoeid uitziende vrouw die bij hen in de lift stond. Ja, die vrouw met dat wapen onder haar jasje.

Op de intensive care stopte ze niet bij de verpleegstersbalie, maar liep rechtstreeks door naar kamer 5. Ze bleef op de gang staan en keek fronsend door de ruit naar binnen.

Er lag een vrouw in Korsaks bed.

'Pardon, mevrouw,' zei een verpleegster. 'Bezoekers moeten zich eerst melden.'

Rizzoli draaide zich om. 'Waar is hij?'

'Wie?'

'Vince Korsak. Dat was zíjn bed.'

'Ik weet het niet; ik ben om drie uur aan mijn dienst begonnen –'

'Jullie zouden me bellen als er iets was!'

Haar geagiteerde gedrag trok de aandacht van een andere verpleegster die snel tussenbeide kwam, op de sussende toon van iemand die regelmatig met verontruste familieleden te maken krijgt.

'Meneer Korsak is vanochtend van het beademingsapparaat afgehaald, mevrouw.'

'Hoe bedoelt u?'

'Het slangetje dat in zijn keel zat om hem te helpen met ademhalen, is weggehaald. Hij maakt het veel beter, dus hebben we hem overgebracht naar de afdeling medium care. Die is verderop in de gang.' Ze voegde er verdedigend aan toe: 'We hebben zijn vrouw gebeld, hoor.'

Rizzoli dacht aan Diane Korsak en haar lege ogen en vroeg

zich af of die het telefoontje wel had begrepen, of dat de informatie als een stuiver in een diepe put was gevallen.

Tegen de tijd dat ze Korsaks kamer had gevonden, was ze gekalmeerd en had ze haar zelfbeheersing terug. Ze keek behoedzaam om het hoekje van de deur.

Hij was wakker en lag naar het plafond te staren. Zijn buik bolde op onder het laken. Zijn armen lagen volkomen roerloos naast hem, alsof hij ze niet wilde bewegen uit angst dat hij de wirwar van slangetjes en buisjes zou verstoren.

'Hoi,' zei ze zachtjes.

Hij keek naar haar. 'Hoi,' zei hij schor terug.

'Kun je al tegen bezoek?'

Als antwoord klopte hij op het bed, een uitnodiging om erbij te komen zitten. Om te blijven.

Ze trok een stoel naar het bed en ging zitten. Hij had zijn blik weer omhoog gericht, niet naar het plafond zoals ze had gedacht, maar naar een hartmonitor die in de hoek van de kamer hoog tegen de muur hing. Een EKG wandelde met piepjes over het scherm.

'Dat is mijn hart,' zei hij. Hij was hees vanwege het keelslangetje. Het geluid dat hij wist uit te brengen was nauwelijks meer dan een fluistering.

'Zo te zien werkt het uitstekend,' zei ze.

'Ja.' Daarna zweeg hij weer, zijn blik nog steeds gericht op de monitor.

Ze zag de bos bloemen die ze hem die ochtend had gestuurd in een vaas op het nachtkastje. Het was de enige vaas in de kamer. Had niemand anders eraan gedacht bloemen te sturen? Niet eens zijn vrouw?

'Ik heb Diane gisteren ontmoet,' zei ze.

Hij wierp een blik op haar, en keek toen snel weer weg, maar ze had de schrik in zijn ogen gezien.

'Dat heeft ze je blijkbaar niet verteld.'

Hij haalde zijn schouders op. 'Ze is vandaag nog niet geweest.'

'O. Dan zal ze straks wel komen.'

'Geen idee.'

Dat antwoord verraste haar. Misschien hemzelf ook, want hij kreeg opeens een kleur.

'Dat had ik niet moeten zeggen,' zei hij.

'Je kunt tegen mij zeggen wat je wilt.'

Hij keek weer naar de monitor en slaakte een diepe zucht. 'Goed dan. Het is allemaal zo klote.'

'Wat bedoel je?'

'Neem iemand als ik. Je doet je hele leven netjes wat er van je verwacht wordt. Brengt het geld in. Geeft je dochter alles wat ze wil. Pakt geen smeergeld aan, niet één keer. En dan ben je opeens vierenvijftig en *bam*, laat je eigen hart je in de steek. En nu lig ik hier maar te liggen en denk ik: *waar heb ik het eigenlijk allemaal voor gedaan?* Ik heb me netjes aan de regels gehouden en zit evengoed met een dweil van een dochter die nog steeds bij haar pappie aanklopt wanneer ze geld nodig heeft, en een vrouw die erbij loopt als een zombie vanwege alle troep die ze bij de apotheek haalt. Ik ben geen partij voor Prins Valium. Ik ben alleen maar de man die zorgt dat ze een dak boven haar hoofd heeft en die voor al die verrekte doktersrecepten dokt.' Hij stootte een korte lach uit, gelaten en bitter.

'Waarom blijf je dan getrouwd?'

'Wat is het alternatief?'

'Vrijgezel zijn.'

'Alleen zijn, bedoel je.' Hij sprak het woord *alleen* uit alsof die optie nog de ergste was van al. Sommige mensen doen een keus in de hoop dat ze het beter zullen krijgen; Korsak had een keus gemaakt om het ergste te vermijden. Hij keek weer omhoog naar zijn hartritme, de piekende groene lijn die het symbool was van zijn sterfelijkheid. Goede keus of niet, het had geleid tot dit moment, in deze ziekenhuiskamer, waar angst en spijt elkaar gezelschap hielden.

En waar zal *ik* zijn, op de leeftijd die hij nu heeft? dacht ze. In een ziekenhuisbed, treurend over de keuzen die ik heb gedaan, verlangend naar de weg die ik nooit ben ingeslagen? Ze dacht aan haar stille flat met de kale muren, haar eenzame bed. Was haar leven zoveel beter dan dat van Korsak?

'Ik maak me constant zorgen dat het zal ophouden,' zei hij. 'Je weet wel, dat het opeens een rechte streep wordt. Daar zou ik letterlijk aan kapot gaan.'

'Kijk er dan niet naar.'

'Als ik er niet naar kijk, wie houdt het dan in de gaten?'

'De verpleegsters. Die hebben precies zulke monitors.'

'Ja, maar kijken ze wel? Of zitten ze alleen maar te kwekken over koopjes en hun vriendjes en weet ik wat? Het is goddomme mijn *hart* op dat ding daar.'

'Ze hebben alarmsystemen. Als er iets mis is, beginnen die meteen te piepen.'

Hij keek haar aan. 'Echt waar?'

'Ja. Hoezo, vertrouw je me niet?'

'Weet ik niet.'

Ze keken elkaar aan en ze voelde een steek van schaamte. Ze had er geen enkel recht op er zonder meer van uit te gaan dat hij haar vertrouwde, niet na wat er op het kerkhof was gebeurd. Dat beeld, van Korsak die eenzaam en verlaten in de duisternis lag, achtervolgde haar nog steeds. En dat van haarzelf – zo rechtlijnig, zo blind voor alles behalve de jacht. Ze kon het opeens niet meer verdragen hem aan te kijken. Ze sloeg haar ogen neer en richtte haar blik op zijn vlezige arm met de infusienaalden die met pleisters op hun plek werden gehouden.

'Het spijt me,' zei ze. 'Het spijt me echt heel verschrikkelijk.'

'Wat?'

'Dat ik niet op je heb gelet.'

'Waar heb je het over?'

'Weet je het niet meer?'

Hij schudde zijn hoofd.

Ze besefte plotseling dat hij het zich echt niet herinnerde. Dat hij nooit zou weten hoezeer ze tegenover hem tekort was geschoten, als ze nu verder gewoon haar mond hield. Zwijgen was de makkelijkste uitweg, maar ze wist dat ze het zichzelf altijd zou verwijten.

'Wat herinner je je van die avond op het kerkhof?' vroeg ze. 'Wat is het laatste dat je nog weet?'

'Het laatste? Dat ik aan het rennen was. Wij allebei, niet? We zaten achter de dader aan.'

'Wat nog meer?'

'Ik herinner me dat ik de smoor in had.'

'Waarom?'

Hij snoof. 'Omdat ik een meid niet kon bijhouden.'

'En toen?'

Hij haalde zijn schouders op. 'Toen niks meer. Dat is het laatste dat ik me herinner. Tot de verpleegsters hier dat klotebuisje in mijn dinges staken.' Hij zweeg even. 'Daar ben ik wakker van geworden. En dat hebben ze geweten ook!'

Even bleef het stil. Korsak klemde zijn kaken op elkaar en keek weer verbeten naar de EKG-monitor. Toen zei hij, met lichte zelfverachting: 'Vanwege mij is er van die achtervolging zeker niks meer terechtgekomen.'

Ze keek verrast op. 'Korsak –'

'Het is mijn eigen schuld.' Hij gebaarde naar zijn bolle buik. 'Ik zie eruit alsof ik een basketbal heb ingeslikt. Of ik vijftien maanden zwanger ben. Ik kan niet eens meer een meid bijhouden. Weet je dat ik vroeger hartstikke hard kon lopen? Ik was gebouwd als een renpaard. Daar is nu niks meer van over. Je zou me eens moeten zien zoals ik toen was, Rizzoli. Je zou me niet eens herkend hebben. Maar ik neem aan dat je hier allemaal geen woord van gelooft. Je kent me immers alleen zoals ik nu ben. Een afgedankt wrak. Ik rook te veel, ik eet te veel.'

Je drinkt te veel, voegde ze er voor zichzelf aan toe.

'... een afzichtelijke vetkwab.' Hij sloeg nijdig op zijn buik.

'Korsak, ik moet je iets vertellen. *Ik* ben degene die de mist in is gegaan, niet jij.'

Hij keek haar aan, duidelijk in de war.

'Op de begraafplaats. We liepen allebei te rennen. Achter de dader aan, of althans dat dachten we. Je zat vlak achter me. Ik hoorde je ademen. Ik kon horen dat je moeite had me bij te houden.'

'Welja, strooi er nog een beetje zout op.'

'En toen was je er niet meer. Opeens was je er gewoon niet meer. Maar ik holde gewoon door en uiteindelijk bleek het pure tijdverspilling te zijn geweest. Het was de dader niet. Het was agent Dean die de rand van het terrein afzocht. De dader was verdwenen. We liepen daar voor niks te rennen, Korsak. We joegen achter spoken aan. Meer niet.'

Hij zei niets, wachtte op de rest van het verhaal.

Ze dwong zichzelf door te gaan. 'Ik had toen meteen naar je moeten gaan zoeken. Maar het was niet eens tot me doorgedrongen dat je er niet meer was. Het was ook zo'n waanzinnige situatie. Ik heb helemaal niet meer aan je gedacht. Ik heb me niet eens afgevraagd waar je was gebleven...' Ze zuchtte. 'Ik weet niet hoelang het heeft geduurd voordat ik besefte dat je ontbrak.

Misschien maar een paar minuten. Maar ik geloof – ik vrees – dat het langer was, veel langer. En al die tijd lag jij daar, achter een van de grafstenen. Het heeft een eeuwigheid geduurd tot ik naar je ging zoeken. Tot ik aan je dacht.'

Het bleef stil. Ze vroeg zich af of eigenlijk wel tot hem was doorgedrongen wat ze had gezegd, want hij begon te frunniken aan het infuusslangetje en de andere slangetjes te schikken. Het was alsof hij niet naar haar wilde kijken en probeerde zijn aandacht ergens anders op te richten.

'Korsak?'

'Ja?'

'Heb je niets te zeggen?'

'Jawel. Ik zeg: laat maar zitten.'

'Ik voel me zo'n kreng.'

'Waarom? Omdat je je werk deed?'

'Omdat ik op mijn partner had moeten letten.'

'Ik ben je partner niet.'

'Die avond was je dat wel.'

Hij lachte. 'Die avond was ik je alleen maar tot last. Een loodzware ballast die je in de weg zat. Jij maakt je te sappel dat je niet op me hebt gelet. En ik lig me hier op te vreten dat ik midden in een klus in elkaar ben gestort. *Letterlijk.* Boem. Ik lig hier te denken aan alle stomme leugens die ik mezelf voorhoud. Zie je deze buik?' Weer gaf hij er een mep tegen. 'Die zou verdwijnen. Ja, dat geloofde ik echt. Dat ik op een goeie dag zou gaan lijnen en van die autoband af zou komen. In plaats daarvan koop ik gewoon een steeds grotere maat broek. Maak ik mezelf wijs dat de kledingfabrikanten met de maten liggen te klooien. Nog een paar jaar en ik pas alleen nog maar in een clownspak. Een Pipo-broek. En dan zal een ton aan laxeer- en waterpillen niet genoeg zijn om de medische keuring door te komen.'

'Doe je dat dan? Pillen slikken om door de keuring te komen?'

'Daar laat ik me liever niet over uit. Ik zeg alleen dat dit gedoe met mijn hart er allang aan zat te komen. Het is niet zo dat ik niet wist dat het op een gegeven moment zou gebeuren. Maar nu het gebeurd is, heb ik evengoed verschrikkelijk de smoor in.' Hij snoof nijdig. Keek weer op naar de monitor, waar zijn hartslag iets sneller over het scherm bliepte. 'Nou heb ik de rikketik op hol gejaagd.'

Ze keken een poosje zwijgend naar de EKG, wachtend tot zijn hart weer zou kalmeren. Ze had nooit echt aandacht besteed aan het hart dat in haar eigen borst klopte. Toen ze naar het patroon staarde dat Korsaks hart op het scherm maakte, werd ze zich bewust van haar eigen hartslag. Ze had daar nooit echt op gelet en vroeg zich af hoe het was om op iedere slag te letten, in angst te leven dat de volgende misschien zou uitblijven. Dat het kloppen van het leven in haar borst opeens zou ophouden.

Ze keek weer naar Korsak, die zijn blik aan de monitor gehecht hield en dacht: hij is niet alleen boos; hij is bang, doodsbang.

Opeens schoot hij rechtop, zijn hand tegen zijn borst, zijn ogen wijdopen van schrik. 'Roep de verpleegster! Roep de verpleegster!'

'Waarom? Wat is er?'

'Hoor je dat piepsignaal niet? Er is iets met mijn hart –'

'Korsak, dat is alleen maar mijn pieper.'

'Wat?'

Ze trok de pieper van haar riem en zette het gepiep af. Hield het apparaatje omhoog, zodat hij het digitale telefoonnummer in het venstertje kon zien. 'Zie je wel? Het is niet je hart.'

Hij zakte terug in de kussens. 'Jezus. Haal dat ding alsjeblieft bij me vandaan. Je zou me nog een hartaanval bezorgen.'

'Mag ik deze telefoon gebruiken?'

Hij bleef liggen met zijn hand nog tegen zijn borst gedrukt, zijn hele lichaam slap van opluchting. 'Ja, hoor, van mij wel.'

Ze pakte de hoorn van de haak en draaide het nummer.

Een bekende hese stem nam op: 'Mortuarium. Met dokter Isles.'

'Met Rizzoli.'

'Rechercheur Frost en ik zitten hier te kijken naar een setje gebitsfoto's, op de computer. We hebben de lijst van alle vermiste vrouwen in New England doorgenomen die het NCIC ons had gestuurd. Dit dossier hebben we per e-mail van de politie van Maine gekregen.'

'Om wat voor soort zaak gaat het?'

'Een ontvoering en moord op 2 juni dit jaar. Het slachtoffer was de zesendertigjarige Kenneth Waite. De ontvoerde vrouw was zijn vierendertigjarige echtgenote, Marla Jean. Ik kijk op dit moment naar de gebitsfoto's van Marla Jean.'

'Is zij de vrouw met de Engelse ziekte?'
'Het is in ieder geval haar gebit,' antwoordde Isles. 'Ze heeft nu een naam: Marla Jean Waite. Ze zullen ons het dossier faxen.'
'Wacht eens even. Zei u dat de moord en ontvoering zich in Maine hebben afgespeeld?'
'In de stad Blue Hill. Frost zegt dat hij er is geweest. Het is ongeveer vijf uur rijden bij ons vandaan.'
'Onze moordenaar heeft dus een groter jachtterrein dan we dachten.'
'Hier, Frost wil je even spreken.'
Nu hoorde ze Frosts opgewekte stem door de telefoon. 'Hoi. Heb je al eens broodje kreeft gegeten?'
'Wat?'
'We kunnen onderweg broodjes kreeft halen. Ik ken een restaurantje aan Lincolnville Beach. Als we morgenochtend om acht uur vertrekken, zijn we daar precies op tijd voor de lunch. Zullen we met jouw auto of de mijne?'
'We kunnen wel met de mijne.' Ze zweeg even, maar kon zich niet inhouden. 'Ik denk dat Dean ook wel mee zal willen,' zei ze.
Even bleef het stil. 'Mij best,' zei Frost toen, weinig enthousiast. 'Als jij het zegt.'
'Ik zal hem bellen om het te vragen.'
Toen ze had opgehangen, voelde ze Korsaks ogen op zich gericht.
'Zo, hoort meneer FBI inmiddels helemaal bij het team?' zei hij.
Ze negeerde hem en drukte het nummer van Deans mobieltje in.
'Hoe komt dat zo opeens?'
'Hij is gewoon een van de informatiebronnen.'
'Dat is niet wat je in het begin dacht.'
'Sindsdien hebben we redelijk samengewerkt.'
'Ik snap het al. Je hebt een ander aspect van zijn karakter ontdekt.'
Ze maande Korsak tot stilte toen ze de telefoon hoorde overgaan. Maar Dean nam niet op. In plaats daarvan hoorde ze een opgenomen mededeling: 'De abonnee is momenteel niet bereikbaar'.
Ze hing op en keek naar Korsak. 'Zit je ergens mee?'

'Volgens mij zit jíj ergens mee. Je krijgt een nieuw spoor en moet opeens metéén je nieuwe FBI-vriendje bellen. Wat heeft dat te betekenen?'
'Niks.'
'Maak dat de kat maar wijs.'
Een gloed kroop over haar gezicht. Ze was niet eerlijk tegen hem en dat wisten ze allebei. Ze had haar hart al sneller voelen kloppen toen ze alleen maar Deans nummer had ingetoetst en ze wist heel goed wat dat betekende. Ze voelde zich als een junk die hunkerde naar zijn volgende shot toen ze, niet in staat zich te bedwingen, zijn hotel belde.
'De Colonnade.'
'Zou u me willen doorverbinden met een van uw gasten? Gabriel Dean is zijn naam.'
'Een ogenblikje alstublieft.'
Terwijl ze wachtte, zocht ze gejaagd naar wat ze tegen hem moest zeggen, en op welke toon. Weloverwogen. Zakelijk. *Als een rechercheur. Je bent nog altijd rechercheur.*
De telefoniste kwam weer aan de lijn. 'Het spijt me, maar meneer Dean verblijft niet meer in ons hotel.'
Rizzoli fronste haar voorhoofd en kneep hard in de hoorn. 'Heeft hij een nummer achtergelaten waar hij te bereiken is?'
'Nee, er staat bij ons niets genoteerd.'
Rizzoli staarde uit het raam, haar ogen opeens verblind door de ondergaande zon. 'Wanneer is hij vertrokken?' vroeg ze.
'Een uur geleden.'

20

Rizzoli sloot de map met de paperassen die de politie van Maine hun had gefaxt en keek uit het raampje naar de voorbijglijdende bossen en de witte boerderijen die hier en daar tussen de bomen opdoken. Ze werd altijd een beetje misselijk wanneer ze in de auto las, en de details van Marla Jean Waites verdwijning maakten het onpasselijke gevoel alleen maar nog erger. De lunch die ze onderweg hadden gegeten, hielp daarbij ook niet. Frost had per se broodjes kreeft willen eten bij een van de restaurantjes langs de kant van de weg, en hoewel ze de maaltijd op het moment zelf best lekker had gevonden, brak de mayonaise haar nu op. Ze staarde voor zich uit naar de weg in de hoop dat het onpasselijke gevoel snel zou wegtrekken. Gelukkig was Frost een kalme, weloverwogen chauffeur die geen onverwachte bewegingen maakte en zijn voet met constante druk op het gaspedaal hield. Ze had het altijd al prettig gevonden dat hij zo voorspelbaar was, maar nu ze zich zo naar voelde, waardeerde ze dat eens te meer.

Naarmate ze zich beter begon te voelen, kreeg ze meer oog voor het natuurschoon. Ze was nog nooit zo ver Maine ingetrokken. Het noordelijkste punt dat ze ooit had bereikt was Old Orchard Beach waar ze als tienjarige met haar ouders en broers een zomer had doorgebracht. Ze herinnerde zich de boulevard en de draaimolen, blauwe suikerspinnen en geroosterde maïskolven. En ze herinnerde zich dat ze de zee in was gelopen en hoe koud het water was geweest, zo koud dat het als ijspegels tot in haar botten was doorgedrongen. Maar ze was doorgelopen, juist omdat het van haar moeder niet had gemogen. 'Het is te koud voor je, Janie,' had Angela gezegd. 'Blijf maar op het warme zand.' Waarop Jane's broers natuurlijk hadden geroepen: 'Nee, ga d'r maar niet in, Janie; straks bevriezen je lelijke spillebenen nog!' Dus had ze het wel gedaan, was ze met een vastbesloten gezicht over het zand naar de plek gemarcheerd waar de branding rolde en schuimde, en in water gestapt dat haar adem had doen stokken. Het was echter niet de koude beet van het water die ze zich na al deze jaren herinnerde; het was de hitte van de blikken van haar broers die treiterend op het strand naar haar stonden te kijken en haar uitdaagden steeds verder het water in te lopen dat haar de adem benam. En dus had ze dat gedaan, was het water gestegen tot haar dijen, haar middel, haar schouders, zonder aarzelen was ze doorgelopen, zonder ook maar een pauze te nemen om zich te vermannen. Ze was verbeten doorgegaan omdat het niet pijn was die ze het meest vreesde, maar vernedering.

Nu lag Old Orchard Beach ruim honderdvijftig kilometer achter haar en leek het landschap dat ze vanuit de auto zag helemaal niet op het Maine dat ze zich uit haar kinderjaren herinnerde. Zover noordwaarts waren er aan de kust geen boulevards en draaimolens meer. In plaats daarvan zag ze bomen, groene velden en hier en daar een dorp, verankerd rond een witte kerktoren.

'Alice en ik komen hier ieder jaar in juli,' zei Frost.

'Ik ben hier nog nooit geweest.'

'Meen je dat?' Hij keek naar haar met een verbaasde blik die haar irriteerde. Een blik die zei: *wat een saaie piet*.

'Ik heb er nooit een reden toe gehad,' zei ze.

'De ouders van Alice hebben een huisje op Little Deer Isle. Daar gaan we altijd naartoe.'

'Gut, ik had niet gedacht dat Alice daar een type voor was.'

'Nou, ze noemen het een huisje, maar het is van alle gemakken voorzien, hoor. Met een echte badkamer en warm water.' Frost lachte. 'Denk maar niet dat Alice het bos in zou duiken om een plas te doen.'

'Alleen dieren zouden in de bossen hun behoefte moeten doen.'

'Ik houd van de bossen. Als ik kon, zou ik hier gaan wonen.'

'En alle opwinding van de grote stad mislopen?'

Frost schudde zijn hoofd. 'Ik weet precies wat ik níét zou missen. Alle ellende. Alle dingen waardoor je je afvraagt wat er in godsnaam mis is met de mensen.'

´En jij denkt dat het hier beter is?'

Hij gaf niet meteen antwoord en hield zijn blik op de weg, terwijl een eindeloos tapijt van bomen aan de ramen voorbijgleed.

'Nee,' zei hij uiteindelijk. 'Aangezien dat de reden is waarom we hierheen zijn gekomen.'

Ze keek naar de bomen en dacht: de moordenaar is ook hierheen gekomen. De Heerser, op zoek naar een prooi. Misschien heeft hij deze weg genomen, gekeken naar deze bomen en is hij bij datzelfde eettentje gestopt om net als wij broodjes kreeft te eten. Niet alle seriemoordenaars kwamen naar de stad. Sommigen zwierven over landwegen of trokken naar kleine dorpen, waar men zijn buren niet wantrouwde en de voordeuren van het slot liet. Was hij hier op vakantie geweest en had hij een gelegenheid aangegrepen die te mooi was om te laten schieten? Ook seriemoordenaars houden van vakantie. Ze maken ritjes buiten de stad en genieten van de geur van de zee, net als iedereen. Het zijn immers mensen.

Tussen de bomen werden glimpen zichtbaar van de zee en van granieten klippen, een ruig landschap waar ze meer van zou hebben genoten als de dader niet ook hier was geweest.

Frost minderde vaart en rekte zijn nek om de weg af te spieden. 'Hebben we de afslag gemist?'

'Welke afslag?'

'Ergens aan de rechterkant had de Cranberry Ridge Road moeten zijn.'

'Ik heb niks gezien.'

'We rijden al veel te lang. We hadden hem allang moeten zien.'

'En we zijn nog aan de late kant ook.'

'Ik weet het; ik weet het.'

'Laten we Gorman even oppiepen om hem te vertellen dat de domme stadsmensen in het bos verdwaald zijn.' Ze klapte haar mobieltje open en keek fronsend naar het zwakke signaal. 'Denk je dat zijn pieper het hier doet?'

'Wacht even,' zei Frost. 'Ik geloof dat ik daar al hulp zie.'

Een eindje verderop stond een auto met een officieel nummerbord aan de rand van de weg geparkeerd. Frost stopte ernaast en Rizzoli draaide haar raampje open om met de bestuurder te praten. Nog voor ze kon zeggen wie ze was, vroeg de man hun: 'Zijn jullie de agenten uit Boston?'

'Hoe weet u dat?' vroeg ze.

'Door de nummerplaten van Massachusetts. Ik dacht al dat u het niet zou kunnen vinden. Ik ben rechercheur Gorman.'

'Rizzoli en Frost. We wilden u net oppiepen om te vragen hoe we moeten rijden.'

'Hier aan de voet van de heuvel heb je niet veel aan mobiele telefoons. Slechte ontvangst. Volg mij maar de berg op.' Hij startte de motor van zijn auto.

Als Gorman hun niet de weg had gewezen, zouden ze Cranberry Ridge finaal voorbij zijn gereden. Het was een smalle ongeplaveide weg die dwars door het bos liep en slechts stond aangegeven met een bordje op een houten paal waarop stond: FIRE ROAD 24. Ze hobbelden over de voren, door een dichte tunnel van bomen die het uitzicht geheel belemmerden. Het was een stijgende weg met grillige bochten. Opeens maakte het bos plaats voor een uitbarsting van zonlicht, en zagen ze terrastuinen en een groen gazon dat opliep naar een groot, laag huis boven op de heuvel. Frost werd zo verrast door de verandering in het landschap dat hij automatisch remde. Ze staarden allebei naar de open plek.

'Wie had dat nou kunnen denken,' zei hij. 'Je verwacht dat zo'n hobbelweggetje hooguit naar een vakantiehuisje of een stacaravan leidt. Niet naar zoiets.'

'Misschien laten ze hem juist daarom zo.'

'Om gespuis weg te houden?'

'Ja. Alleen is dat niet gelukt.'

Tegen de tijd dat ze achter Gormans auto stopten, stond hij op de oprit te wachten om hen een hand te geven. Net als Frost droeg hij een pak, maar het zijne paste hem niet goed, alsof hij erg was afgevallen sinds hij het had gekocht. Op zijn gezicht lag de schaduw van een oude ziekte en de huid was bleek en slap.

Hij gaf Rizzoli een dossiermap en een videoband. 'De videoopnamen van de plaats delict,' zei hij. 'De rest van de dossiers wordt voor jullie gekopieerd. Een deel ervan ligt in mijn kofferbak – dat kunnen jullie straks alvast meenemen.'

'En u krijgt van dokter Isles het eindrapport over het skelet,' zei Rizzoli.

'Doodsoorzaak?'

Ze schudde haar hoofd. '... kan niet worden vastgesteld.'

Gorman zuchtte en keek naar het huis. 'Nou, we weten nu in elk geval waar Marla Jean is. Daar werd ik stapelgek van.' Hij

gebaarde naar het huis. 'Er is binnen niet veel te zien. Het is helemaal schoongemaakt. Maar jullie wilden per se komen.'
'Wie woont hier nu?' vroeg Frost.
'Niemand. Na de moord heeft hier niemand gewoond.'
'Jammer van dat mooie huis, dat het leegstaat.'
'Er zijn problemen met het testament. En zelfs als ze het te koop kunnen zetten, zullen ze niet snel een koper vinden.'
Ze liepen het trapje op naar een overdekte veranda die vol lag met droge bladeren die er door de wind naartoe waren geblazen. Aan de balken hingen potten met verdroogde geraniums. Zo te zien had er al weken niemand geveegd of water gegeven en een sfeer van verwaarlozing had zich als spinrag over het huis neergevleid.
'Ik ben hier in juni voor het laatst geweest,' zei Gorman terwijl hij een sleutelbos te voorschijn haalde en de juiste sleutel zocht. 'Ik ben pas sinds vorige week weer aan het werk en zit nog niet helemaal in mijn oude tempo. Geelzucht haalt danig de wind uit je zeilen, dat kan ik u wel vertellen. En ik had alleen maar de lichte vorm ervan, type A. Maar goed, in elk geval ga je daar niet aan dood.' Hij keek naar zijn bezoekers. 'Wilt u een goede raad? Eet in Mexico nooit schaaldieren.'
Eindelijk had hij de juiste sleutel gevonden en maakte hij de deur open. Rizzoli stapte naar binnen en rook een geur van verf en boenwas, de geuren van een huis dat grondig was geschrobd en gesteriliseerd. En daarna aan zijn lot overgelaten, dacht ze, toen ze naar de spookachtige vormen van onder lakens verborgen meubels in de woonkamer keek. Witte eikenhouten vloeren glansden als spiegelglas. Zonlicht stroomde door de hoge ramen naar binnen. Hier boven op de berg was je bevrijd van de claustrofobische greep van de bossen en kon je tot Blue Hill Bay zien. Een vliegtuig trok een witte streep door de blauwe lucht en in de diepte maakte een boot een kielzog op de oppervlakte van het water. Ze bleef een ogenblik voor het raam staan kijken naar het uitzicht waar Marla Jean Waite van moest hebben genoten.
'Vertel ons eens iets meer over deze mensen,' zei ze.
'Hebt u het dossier gelezen dat ik u heb gefaxt?'
'Ja, maar ik voel nog niet aan wie ze waren. Waar ze voor warmliepen.'
'Kun je zoiets eigenlijk wel van een ander weten?'

Ze draaide zich naar hem toe en werd getroffen door de gelige waas van zijn ogen. De namiddagzon leek zijn ziekelijke huidkleur extra te benadrukken. 'Laten we beginnen met Kenneth. Het was allemaal zijn geld, niet?'

Gorman knikte. 'Ken was een hufter.'

'Dat heb ik niet in het rapport zien staan.'

'Sommige dingen kun je nu eenmaal niet in een rapport zetten. Maar iedereen in de stad was het daar over eens. We hebben hier veel rijkeluiszoontjes als Kenny. Blue Hill is erg in bij de rijke vluchtelingen uit Boston, ziet u. Met de meesten kunnen we goed opschieten. Maar hier en daar zitten van die types als Kenny Waite die zo nodig het weet-je-wel-wie-ik-ben-spelletje moeten spelen. Nou, we wisten allemaal wie hij was. Hij was een man die bulkte van het geld.'

'Waar kwam dat geld vandaan?'

'Grootouders. Scheepvaartindustrie geloof ik. Kenny heeft het in ieder geval niet zelf verdiend. Maar hij gaf het wel graag uit. Hij had een prachtige Hinckley in de haven en racete altijd in zijn rode Ferrari heen en weer naar Boston. Tot hij zijn rijbewijs kwijtraakte en zijn auto in beslag werd genomen. Te veel bekeuringen.' Gorman gromde wat. 'En daarmee heb ik zo'n beetje alles gezegd over Kenneth Waite III. Veel geld, weinig hersens.'

'Jammer,' zei Frost.

'Hebt u kinderen?'

Frost schudde zijn hoofd. 'Nog niet.'

'Als je een stelletje waardeloze kinderen wilt,' zei Gorman, 'moet je ze vooral een hoop geld laten erven.'

'En Marla Jean?' zei Rizzoli. Ze dacht aan de stoffelijke resten van de vrouw met de Engelse ziekte op de tafel van de lijkschouwer. De kromme ribben en het vervormde borstbeen – de bewijzen van een armoedige jeugd. 'Zij is niet met een zilveren lepel in haar mond geboren, nietwaar?'

Gorman schudde zijn hoofd. 'Ze is opgegroeid in een mijnstadje in West Virginia. Was hierheen gekomen om een zomerbaantje te zoeken als serveerster. Zo heeft ze Kenny leren kennen. Ik geloof dat hij met haar is getrouwd omdat zij de enige was die zijn gelul kon verdragen. Maar het leek me geen gelukkig huwelijk. Vooral niet na het ongeluk.'

'Welk ongeluk?'

'Van een paar jaar geleden. Kenny zat weer eens dronken achter het stuur en heeft zijn auto in een boom geboord. Hijzelf is er zonder kleerscheuren van afgekomen – hij heeft typisch weer eens geluk gehad – maar Marla Jean heeft drie maanden in het ziekenhuis gelegen.'
'Dan heeft ze toen zeker haar bovenbeen gebroken.'
'Wat?'
'Er zat een pen in het bot van haar dijbeen. En ze had twee aaneengeklonken wervels.'
Gorman knikte. 'Ik heb inderdaad gehoord dat ze mank liep. Heel sneu, want het was een mooie vrouw.'
En lelijke vrouwen vinden het niet erg om mank te lopen? dacht Rizzoli, maar ze hield haar mond. Ze liep naar een muur met ingebouwde planken en bekeek een foto van een man en vrouw in zwemkleding. Ze stonden op een strand, met turquoise water rond hun enkels. De vrouw was tenger, als een kind, en had donkerbruin haar dat tot op haar schouders viel. En dat nu het haar van een lijk was, dacht Rizzoli onwillekeurig. De man was blond, met een beginnend buikje en spieren die in vet aan het veranderen waren. Hij had een knap gezicht maar het werd bedorven door zijn wat hooghartige uitdrukking.
'Het was dus een ongelukkig huwelijk,' zei Rizzoli.
'Volgens de huishoudster in ieder geval. Na het ongeluk wilde Marla Jean niet veel meer reizen. Kenny kreeg haar hooguit nog mee naar Boston. Maar Kenny was gewend om ieder jaar in januari naar St. Bart's te gaan, en uiteindelijk liet hij haar hier gewoon achter.'
'In haar eentje?'
Gorman knikte. 'Aardige man, hè? Ze had wel de huishoudster die veel voor haar deed. Het huis schoonhield. Samen met haar boodschappen deed, omdat Marla Jean niet van autorijden hield. Het is hier nogal eenzaam, maar de huishoudster had de indruk dat Marla Jean zich prettiger voelde wanneer Kenny er niet was.' Gorman zweeg even en ging toen door. 'Ik moet eerlijk toegeven dat ik, toen we Kenny hadden gevonden, heel even heb gedacht...'
'Dat Marla Jean het had gedaan,' zei Rizzoli.
'Dat is altijd het eerste waar je aan denkt.' Hij haalde een zakdoek uit zijn zak en veegde zijn gezicht ermee af. 'Vinden jullie het hier ook zo warm?'

'Het is wel wat warm, ja.'
'Ik kan tegenwoordig niet goed meer tegen de warmte. Mijn lichaam is nog helemaal uit gareel. En dat allemaal omdat ik in Mexico oesters heb gegeten.'

Ze liepen de woonkamer door, langs de spookachtige vormen van het met lakens bedekte meubilair, langs een grote open haard van natuursteen met een keurige stapel houtblokken ernaast. Brandstof om op kille avonden de vlammen te voeden. Gorman ging hen voor naar een deel van de kamer waar de kale vloer was vrijgelaten en niets aan de witte muur hing. Toen Rizzoli naar de verse verf keek, kwamen de haartjes in haar nek overeind. Ze bekeek de vloer en zag dat het eikenhout iets lichter was dan in de rest van de kamer, geschuurd en opnieuw gelakt. Bloed krijg je echter niet zo makkelijk weg en als ze deze kamer zouden verduisteren en bespuiten met luminol, zou het bloed op de vloer er nog steeds uitspringen; de chemische sporen ervan waren te diep in de spleetjes en nerven van het hout doorgedrongen om ooit volledig weggeschuurd te kunnen worden.

'Kenny zat hier,' zei Gorman en hij wees naar de pasgeschilderde muur. 'Hij zat met zijn benen recht voor zich uit, zijn armen op zijn rug, polsen en enkels vastgebonden met tape. En een gapende wond in zijn nek, gemaakt met een mes van het type Rambo.'

'Er waren geen andere wonden?' vroeg Rizzoli.
'Alleen die in de nek. Als een executie.'
'Priksporen van een verdovingspistool?'
Gorman gaf niet meteen antwoord. Toen zei hij: 'Hij heeft hier bijna twee dagen gezeten voordat de huishoudster hem vond. Twee warme dagen. Tegen die tijd zag zijn huid er al niet al te best meer uit, om nog maar te zwijgen over hoe hij rook. Een prikje van een verdovingspistool kan best over het hoofd gezien zijn.'

'Is deze vloer met behulp van een alternatieve lichtbron onderzocht?'

'Het was hier een ontzettend bloederige troep. Ik weet echt niet wat we onder een Luma-litelamp zouden hebben gezien. Maar het staat allemaal op de videoband van de plaats delict.' Hij keek om zich heen en wees naar het televisietoestel en de videoapparatuur. 'Wilt u die soms meteen even zien? Dan krijgt u antwoord op de meeste van uw vragen.'

Rizzoli liep naar de tv, zette hem aan en stak de band in het videoapparaat. Het *homeshopping network* schetterde hen tegemoet met een aanbieding van een zirkonen halsketting voor slechts $99,95. De halfedelsteentjes flonkerden op de keel van een mannequin met een zwanenhals.

'Ik heb zo'n hekel aan deze dingen,' zei Rizzoli die met de twee afstandsbedieningen zat te schutteren. 'Ik ben er niet eens in geslaagd mijn eigen videoapparatuur te programmeren.' Ze keek naar Frost.

'Kijk maar niet naar mij.'

Gorman zuchtte en nam de afstandsbediening van haar over. De met zirkonen gesierde mannequin verdween en in plaats daarvan zagen ze de oprit van de Waites. Wind ruiste in de microfoon en vervormde de stem van de cameraman toen die zijn naam gaf, rechercheur Pardee, met het tijdstip, de datum en de plaats. Het was vijf uur 's middags op twee juni, een hete winderige dag. De boomtakken zwaaiden. Pardee draaide de camera naar het huis en liep het trapje op, wat het beeld op het televisiescherm deed trillen. Rizzoli zag bloeiende geraniums in hangpotten, dezelfde geraniums die nu dood waren wegens verwaarlozing. Er klonk een stem die iets zei tegen Pardee en een paar seconden werd het scherm zwart.

'De voordeur zat op de bewuste dag niet op slot,' zei Gorman. 'Volgens de huishoudster was dat niet ongebruikelijk. Hier laten veel mensen hun deuren open. Ze dacht ook dat er wel iemand thuis zou zijn, aangezien Marla Jean nooit ergens heen ging. Ze heeft eerst nog geklopt, maar kreeg geen antwoord.'

Er verscheen een nieuw beeld op het scherm toen de camera door de open deur regelrecht op de woonkamer werd gericht. Dit was wat de huishoudster moest hebben gezien toen ze de deur opendeed. Terwijl de stank en het afgrijzen haar tegemoet walmden.

'Ze heeft misschien één stap naar binnen gedaan,' zei Gorman. 'Ze zag Kenny meteen zitten, daar tegen de achtermuur. En al dat bloed. Ze kan zich van de rest niet veel herinneren. Ze wilde alleen maar zo snel mogelijk weg. Ze is in haar auto gesprongen en heeft het gaspedaal zo wild ingedrukt dat de wielen diepe sporen hebben achtergelaten in het grind.'

Het beeld gleed door de kamer, over de meubels, en bleef toen gericht op het belangrijkste element: Kenneth Waite III, gekleed in boxershort, met zijn hoofd bungelend op zijn borst, de gelaatstrekken vervormd door de beginnende ontbinding. De met gassen gevulde buik leek op een ballon en het gelaat was zo gezwollen dat het niets menselijks meer had. Maar het was niet het gezicht waar ze haar aandacht op richtte; het was het ongerijmd delicate voorwerp dat op zijn dijen stond.

'We wisten echt niet wat we daarvan moesten denken,' zei Gorman. 'Het leek mij iets symbolisch. Zo heb ik het ook in mijn rapport gezet. Een manier om het slachtoffer te bespotten. "Kijk mij eens, vastgebonden met dit stomme theekopje op mijn schoot." Echt iets voor een vrouw om haar man dat aan te doen, om te laten zien hoezeer ze hem veracht.' Hij zuchtte. 'Maar dat was toen ik nog dacht dat Marla Jean het misschien had gedaan.'

De camera zwenkte weg van het lijk en werd nu gericht op de gang. De cameraman volgde in omgekeerde richting het spoor van de moordenaar naar de slaapkamer waar Kenny en Marla Jean hadden liggen slapen. Het beeld danste als het misselijk makende uitzicht door de patrijspoort van een stampend schip. De cameraman was bij iedere deur gestopt om de kijker een blik te gunnen in de verschillende kamers. Eerst een badkamer, toen een logeerkamer. Naarmate hij met de camera verder de gang inliep, ging Rizzoli's hart sneller kloppen. Zonder het te beseffen was ze dichter bij de tv gaan staan, alsof zij en niet Pardee degene was die door die lange gang liep.

Opeens kwam de slaapkamer in beeld. Ramen met groene damasten gordijnen. Een ladekast en een klerenkast, allebei witgeschilderd, en de deur van een inloopkast. Een hemelbed, de dekens weggetrokken, er bijna helemaal afgesleurd.

'Ze zijn in hun slaap verrast,' zei Gorman. 'In Kenny's maag zat vrijwel geen voedsel. Op het tijdstip dat hij is vermoord, had hij minstens acht uur niet gegeten.'

Rizzoli ging nog dichter bij het televisietoestel staan en liet haar blik snel heen en weer glijden over het scherm. Pardee had zich weer omgedraaid naar de gang.

'Kunt u de film een stukje terugdraaien?' vroeg ze aan Gorman.

'Waarom?'
'Doe het nou maar. Tot het moment waarop we de slaapkamer voor het eerst zien.'
Gorman gaf haar de afstandsbediening. 'Alstublieft. Ga uw gang.'
Ze drukte op REWIND en de band draaide met een licht jankend geluid terug. Weer stond Pardee op de gang en naderde hij de slaapkamer. Weer gleed het beeld naar rechts, werden langzaam de ladekast, de kast, de deur van de inloopkast en toen het bed in beeld genomen. Frost was vlak naast haar komen staan en zocht naar hetzelfde als zij.
Ze drukte op de pauzeknop. 'Het is er niet.'
'Wat niet?' vroeg Gorman.
'De opgevouwen nachtpon.' Ze keek naar hem om. 'Die hebt u niet gevonden?'
'Ik wist niet dat ik geacht werd die te vinden.'
'Het hoort bij de werkmethode van de Heerser. Hij vouwt de nachtpon van de vrouw op en legt die dan in de slaapkamer als een symbool van zijn macht.'
'Als hij de dader is, heeft hij dat hier niet gedaan.'
'Al het andere is wel precies hetzelfde. De tape, het theekopje op de schoot. De positie van het mannelijke slachtoffer.'
'Wat u hier ziet, is wat we hebben gevonden.'
'Weet u zeker dat er niets is verplaatst voordat de film is opgenomen?'
Het was geen tactvolle vraag en Gorman verstijfde. 'Tja, het is natuurlijk altijd mogelijk dat de eerste agent ter plaatse heeft besloten wat spullen anders neer te leggen, om het voor ons wat interessanter te maken.'
Frost, altijd diplomatiek, kwam tussenbeide om de golven die Rizzoli zo vaak in haar kielzog achterliet, tot bedaren te brengen. 'Het is niet zo dat deze moordenaar volgens een vast lijstje werkte. Blijkbaar heeft hij ditmaal wat variatie toegepast.'
'Als het inderdaad om dezelfde man gaat,' zei Gorman.
Rizzoli wendde zich af van de tv en keek nogmaals naar de muur waar Kenny was gestorven en langzaam opgezwollen in de hitte. Ze dacht aan de Yeagers en de Ghents, aan tape en slapende slachtoffers, aan het web met de vele draden die al deze zaken zo duidelijk met elkaar in verband brachten.

Maar hier, in dit huis, had de Heerser één fase overgeslagen. Hij had de nachtpon niet opgevouwen. Omdat hij en Hoyt toen nog geen team waren.

Ze dacht terug aan die middag in het huis van de Yeagers, toen ze naar Gail Yeagers nachtpon had gestaard, en herinnerde zich het verlammende gevoel dat ze het allemaal al eens had meegemaakt.

Pas bij de Yeagers waren de Chirurg en de Heerser hun verbond aangegaan. Dat was de dag waarop ze mij hun spel binnen hebben gelokt, met een opgevouwen nachtpon. Zelfs vanuit de gevangenis is Warren Hoyt erin geslaagd me zijn visitekaartje te sturen.

Ze keek naar Gorman, die op één van de met lakens bedekte stoelen was gaan zitten en weer het zweet van zijn voorhoofd veegde. Hun bezoek had hem nu al uitgeput en hij slonk weg waar ze bij stonden.

'U hebt nooit verdachten gevonden?' vroeg ze.

'Niemand op wie we iets konden vastpinnen. En dat na vier- of vijfhonderd verhoringen.'

'En voor zover u weet waren meneer en mevrouw Waite geen kennissen van de Yeagers of de Ghents?'

'Ik heb die namen nooit gehoord. Over een dag of twee krijgt u de kopieën van alle dossiers die we hebben. Dan kunt u dat zelf allemaal nagaan.' Gorman vouwde zijn zakdoek op en stak hem weer in zijn zak. 'Bel ook de FBI even,' voegde hij eraan toe. 'Om te vragen of zij verder nog iets hebben.'

Rizzoli keek hem verbaasd aan. 'De FBI?'

'We hadden een VICAP-rapport gestuurd en toen is er een agent van hun afdeling Gedragspatronen gekomen. Die heeft een paar weken meegedraaid met ons onderzoek en is toen teruggegaan naar Washington. Sindsdien heb ik niets meer van hem gehoord.'

Rizzoli en Frost keken elkaar aan. Ze zag haar eigen verbazing weerspiegeld in zijn ogen.

Gorman stond langzaam op uit de stoel en haalde zijn sleutels tevoorschijn, een stille hint dat hij graag een einde wilde maken aan het bezoek. Pas toen hij naar de deur liep, had Rizzoli haar stem teruggevonden en stelde ze de voor de hand liggende vraag. Ook al wilde ze het antwoord niet horen.

'Weet u soms nog,' vroeg ze, 'hoe die FBI-agent heette?'
Gorman bleef in de deuropening staan, zijn kleren losjes om zijn uitgemergelde lichaam. 'Ja. Zijn naam was Gabriel Dean.'

21

Ze reed achter elkaar door, terwijl de namiddag overging in de avond, haar ogen gericht op de donkere snelweg, haar gedachten bij Gabriel Dean. Frost was naast haar ingedut, dus was ze alleen met haar gedachten, haar woede. Wat had Dean nog meer voor haar achtergehouden? vroeg ze zich af. Wat voor informatie had hij allemaal opgepot terwijl hij had zitten kijken hoe zij naar antwoorden zocht? Vanaf het begin was hij haar iedere keer een paar stappen voor geweest. De eerste die bij de dode bewaker op het kerkhof was geweest. De eerste die het lijk van Karenna Ghent op het graf had zien liggen. De eerste die tijdens de lijkschouwing op Gail Yeager had voorgesteld een nat preparaat te maken. Hij had al geweten, eerder dan zij allen, dat ze levend sperma zouden zien. *Omdat hij al eerder met de Heerser te maken had gehad.*

Maar wat Dean niet had voorzien, was dat de Heerser een maatje zou krijgen. *Opeens kwam Dean bij mij thuis. Toen pas kreeg hij belangstelling voor me. Omdat ik iets had dat hij wilde, iets wat hij nodig had. Ik was de gids die hem wegwijs moest maken in de geest van Warren Hoyt.*

Naast haar snurkte Frost kort maar luid in zijn slaap. Ze keek naar hem en zag zijn mond openhangen, een toonbeeld van zorgeloze onschuld. Ze had nog nooit, zolang ze nu samenwerkten, een lelijke trekje in Barry Frosts karakter kunnen ontdekken, maar ze was zo diep geraakt door Deans bedrog dat ze zich nu, terwijl ze naar Frost keek, afvroeg of ook hij dingen voor haar verdoezelde. Of zelfs hij wrede trekjes voor haar verborgen hield.

Het was bijna negen uur toen ze eindelijk terug was op haar flat. Zoals altijd nam ze er de tijd voor haar deur zorgvuldig op slot te doen, maar ditmaal was ze niet bevangen door angst toen ze de ketting op zijn plek schoof en de sloten omdraaide, maar door razernij. Ze draaide het laatste slot met een venijnige beweging dicht en liep toen regelrecht naar de slaapkamer zonder onderweg in de kasten en de andere kamers te kijken, zoals haar gewoonte was geworden. Deans verraad had tijdelijk alle gedachten aan Warren Hoyt verdreven. Ze deed haar holster af, legde het wapen in de la van haar nachtkastje en gooide die met een klap dicht. Toen draaide ze zich om en keek naar zichzelf in de spiegel boven de kaptafel, walgend van wat ze zag. De grote bos rommelig haar. De gewonde blik. Het gezicht van een vrouw die door een knappe man blind was geworden voor wat zonneklaar was.

Ze schrok toen de telefoon ging. Ze keek naar het nummer in het venstertje en zag dat het een telefoonnummer in Washington was.

Ze liet de telefoon twee, drie keer overgaan, terwijl ze probeerde haar emoties de baas te worden. Toen ze uiteindelijk opnam, was het met een koel: 'Rizzoli.'

'Ik heb gehoord dat je hebt geprobeerd me te bereiken,' zei Dean.

Ze deed haar ogen dicht. 'Je bent in Washington,' zei ze en hoewel ze haar best deed haar stem niet vijandig te laten klinken, kwamen de woorden haar mond uit als een beschuldiging.

'Ik ben gisteravond laat teruggeroepen. Het spijt me dat we geen kans hebben gehad nog wat te praten voordat ik ben vertrokken.'

'En wat zou je dan tegen me gezegd hebben? Zou je me voor de verandering eens de waarheid hebben verteld?'

'Je moet weten dat dit een bijzonder gevoelige zaak is.'

'Is dat de reden waarom je niets hebt gezegd over Marla Jean Waite?'

'Dat was niet van onmiddellijk belang voor jouw deel van het onderzoek.'

'En wie ben jij, dat je daarover kunt beslissen? O, wacht even! Dat vergat ik. Je bent van de *FBI*.'

'Jane,' zei hij bedaard. 'Ik had graag dat je naar Washington kwam.'

Ze zweeg, overdonderd door de abrupte ommekeer in het gesprek. 'Waarom?'

'Omdat we dit niet telefonisch kunnen bespreken.'

'Denk je nu werkelijk dat ik zomaar op een vliegtuig stap zonder te weten waarom?'

'Ik zou het je niet verzoeken als ik niet dacht dat het noodzakelijk was. Het is al geregeld met inspecteur Marquette, via het OPC. Je wordt nog gebeld over de vluchtgegevens.'
'Wacht even. Ik begrijp het niet –'
'Dat komt wel wanneer je eenmaal hier bent.' De verbinding werd verbroken.
Langzaam legde ze de hoorn op de haak. Ze bleef naar de telefoon staren, kon amper geloven wat ze zojuist had gehoord. Toen de telefoon weer ging, nam ze meteen op.
'Spreek ik met rechercheur Jane Rizzoli?' vroeg een vrouw.
'Ja.'
'Ik bel om de gegevens door te geven van uw vlucht morgenochtend naar Washington. Ik kan een plaats voor u boeken bij US Airways, vlucht 6521, die om twaalf uur uit Boston vertrekt en om zes over halftwee in Washington aankomt. Is dat goed?'
'Momentje, alstublieft.' Rizzoli pakte snel een pen en een blocnote en begon de vluchtinformatie te noteren. 'Ja, dat is goed.'
'En terug naar Boston heb ik op donderdag een vlucht van US Airways, nummer 6406, die om halftien uit Washington vertrekt en om tien uur drieënvijftig in Boston aankomt.'
'Moet ik dan in Washington overnachten?'
'Dat heeft agent Dean verzocht. We hebben een kamer voor u geboekt in het Watergate Hotel, maar als u de voorkeur geeft aan een ander hotel, kan dat ook.'
'Nee. Het, eh, Watergate is prima.'
'U wordt morgenochtend om tien uur thuis afgehaald door een limousine die u naar het vliegveld zal brengen. In Washington wordt u eveneens afgehaald door een limousine. Mag ik uw faxnummer?'
Een paar ogenblikken later begon Rizzoli's fax iets uit te draaien. Ze ging op het bed zitten en staarde naar het keurig getypte reisplan, verbluft over de snelheid waarmee de gebeurtenissen elkaar opvolgden. Op dat moment had ze er grote behoefte aan hierover te praten met Thomas Moore, te vragen wat hij ervan dacht. Ze pakte de telefoon, maar legde hem langzaam weer terug. Deans waarschuwende woorden hadden haar danig van haar stuk gebracht en ze wist plotseling niet zeker meer of ze haar eigen telefoonlijn nog wel kon vertrouwen.
Nu pas drong het tot haar door dat ze het nachtelijke ritueel

van het doorzoeken van haar flat had overgeslagen en voelde ze grote aandrang zich ervan te verzekeren dat ze in haar fort volkomen veilig zat. Ze stak haar hand in de la van het nachtkastje en haalde haar pistool eruit. Toen liep ze, zoals ze het afgelopen jaar elke avond had gedaan, van kamer tot kamer, op zoek naar monsters.

Beste doktor O'Donnell,
In uw laatste brief hebt u me gevraagd op welk punt ik wist dat ik anders was dan alle andere mensen. Ik moet u eerlijk zeggen dat ik er niet zeker van ben dat ik anders ben. Ik geloof dat ik gewoon eerlijker, meer bewust ben. Meer in contact met de primitieve lusten die ons allen toefluisteren. Ik weet zeker dat ook u deze fluisteringen hoort, dat verboden beelden soms door uw hoofd schieten als bliksemstralen die een kort ogenblik het bloedige landschap van uw geheime onderbewustzijn verlichten. Of u loopt in een bos, ziet een kleurige, ongebruikelijke vogel, en voelt als eerste impuls, voordat die door de zware hak van de hogere moraliteit wordt vermorzeld, de aandrang erop te schieten. Hem te doden.
Het is een instinct dat in ons DNA zit. Wij allen zijn jagers, door de eeuwen heen gehard in de bloederige smeltkroes van de natuur. Wat dit betreft verschil ik niet van u of wie dan ook, en ik vind het vrij amusant dat zoveel psychologen en psychiaters de afgelopen twaalf maanden mijn leven hebben afgestruind in een poging me te begrijpen, mijn kinderjaren hebben uitgeplozen om te zien of er ergens in mijn verleden een moment, een incident is geweest waardoor ik ben veranderd in het wezen dat ik nu ben. Ik vrees dat ik hen allen heb teleurgesteld, want zo'n duidelijk omlijnd moment is er niet geweest. Ik heb hun vragen juist omgekeerd. Ik heb hun gevraagd waarom ze denken dat zij anders zijn? Zij zullen zelf toch ook wel eens gedachten hebben waarvoor ze zich schamen, gedachten die hen met afschuw vervullen, gedachten die ze niet kunnen onderdrukken?
Ik kijk geamuseerd toe wanneer ze dat ontkennen. Ze liegen tegen me, net zoals ze tegen zichzelf liegen, maar ik zie de onzekerheid in hun ogen. Ik vind het leuk om ze tot het uiterste

te drijven, ze te dwingen over de rand van de afgrond te kijken, in de donkere put van hun fantasieën.

Het enige verschil tussen hen en mij is dat ik me niet schaam voor mijn fantasieën noch erdoor wordt afgeschrikt.

Maar ik sta te boek als degene die ziek is. Ik ben degene die moet worden geanalyseerd. Dus vertel ik ze de dingen die ze diep in hun hart willen horen, dingen waarvan ik weet dat ze ze fascinerend vinden. Gedurende het uur dat ze bij me op bezoek komen, voed ik hun nieuwsgierigheid, omdat dat de ware reden is waarom ze bij me komen. Niemand anders zweept hun fantasieën zozeer op als ik. Niemand anders neemt ze mee naar die verboden gebieden. Terwijl ze proberen mij te profileren, profileer ik juist hen, meet ik hun dorst naar bloed op. Terwijl ik praat, zoek ik op hun gezichten naar de verraderlijke tekenen van opwinding. De verwijde pupillen. Het rekken van de hals. De rode wangen, de ingehouden adem.

Ik vertel ze over mijn bezoek aan San Gimigniano, een stad hoog in de golvende heuvels van Toscane. Wandelend tussen de souvenirwinkels en terrasjes, kwam ik bij een museum dat geheel is gewijd aan het onderwerp martelen. Net iets voor mij, zoals u weet. Binnen is het schemerig; de slechte verlichting moet de atmosfeer van een middeleeuwse kelder nabootsen. De schemering verhult ook de uitdrukking op de gezichten van de toeristen, bespaart hun de schaamte dat anderen kunnen zien hoe gretig ze naar de tentoongestelde voorwerpen kijken.

Er was één voorwerp in het bijzonder dat ieders aandacht trok: een werktuig afkomstig uit Venetië, uit de zeventiende eeuw, ontworpen om vrouwen te straffen die schuldig waren bevonden aan seksuele omgang met de duivel. Het was gemaakt van ijzer en had de vorm van een peer die werd ingebracht in de vagina van de ongelukkige vrouw. Met iedere draai van een schroef gaat de peer iets verder open, tot de lichaamsholte volledig is opengereten, met fatale gevolgen. De vaginale peer is slechts één van de instrumenten in een hele reeks die ontworpen zijn om borsten en geslachtsdelen te verminken uit naam van de heilige kerk die de seksuele macht van vrouwen niet kon dulden. Ik zit er nonchalant bij wan-

neer ik deze instrumenten beschrijf aan de artsen, van wie de meesten nog nooit zo'n museum hebben bezocht en die zich er ongetwijfeld voor zouden schamen toe te geven dat ze dat graag zouden willen. Terwijl ik ze vertel over de borstgrijpers met de vier klauwen en de verminkende kuisheidsgordels, hou ik hun ogen in de gaten. Zoek ik onder de afkeer en het afgrijzen die aan de oppervlakte liggen naar de onderstroom van opwinding. Seksuele opwinding.
Ja, zij allen willen de details horen.

Toen het vliegtuig was geland, deed Rizzoli het dossier met Warren Hoyts brief dicht en keek uit het raam. Ze zag een grijze hemel, zwaar van de regen, en glinsterend zweet op de gezichten van de arbeiders buiten op het asfalt. Het was daarbuiten vast een sauna, maar ze zou de hitte verwelkomen, verkild als ze was door Hoyts woorden.

Tijdens de rit in de limousine naar het hotel keek ze door de getinte ramen naar een stad waar ze tot nu toe maar twee keer was geweest, de laatste keer voor een misdaadcongres in het Hoover Building waar de FBI zat. Ze was toen 's nachts aangekomen en herinnerde zich nog goed met hoeveel ontzag ze had gekeken naar de gedenktekens die oprezen te midden van de schijnwerpers. Het was een week van ruige feesten geworden en ze herinnerde zich nog goed hoe ze had geprobeerd net zoveel bier te drinken als de mannen, net zoveel slechte moppen te vertellen. De drank, haar hormonen en de vreemde stad hadden geleid tot een nacht van vertwijfelde seks met een collega, een agent uit Providence – getrouwd uiteraard. Dat was wat Washington voor haar betekende: spijt en bevlekte lakens. Het was de stad die haar had geleerd dat ze niet immuun was voor de verlokkingen van een dom cliché. Dat ze wel kon dénken dat ze gelijkstond aan elke man, maar dat op de ochtend erna *zij* degene was die zich kwetsbaar voelde.

In de rij bij de receptiebalie van het Watergate Hotel bekeek ze de stijlvolle blondine die voor haar stond. Perfect haar, rode schoenen met naaldhakken. Een vrouw die qua uiterlijk zonder meer thuishoorde in het Watergate. Rizzoli was zich opeens onaangenaam bewust van haar eigen afgetrapte, lompe, blauwe pumps. De schoenen van vrouwelijke agenten, bedoeld om te lopen, en veel. Waarom zou ze zich ervoor verontschuldigen? dacht ze. Dit ben ik; zo ben ik. Het meisje uit Revere dat voor haar dagelijks brood op monsters joeg. Jagers hadden niets aan hoge hakken.

'Waar kan ik u mee van dienst zijn, mevrouw?' vroeg een van de receptionisten aan haar.

Rizzoli trok haar wielkoffertje mee naar de balie. 'Er is een kamer voor me gereserveerd. Rizzoli.'

'Ja, hier heb ik uw naam staan. En er is een bericht voor u van een meneer Dean. De vergadering begint om halfvier.'

'Vergadering?'

Hij keek op van zijn computerscherm. 'Wist u daar niet van?'

'Nu wel. Is er een adres?'

'Nee, mevrouw. Maar u wordt om drie uur afgehaald.' Hij gaf haar een sleutelkaartje en glimlachte. 'Zo te zien is alles voor u geregeld.'

Zwarte wolken joegen door de lucht en de statische elektriciteit van een naderende onweersbui deed de haartjes op haar armen overeind komen. Transpirerend in de drukkende, vochtige warmte stond ze vlak voor de lobby te wachten op de limousine. Maar het was een donkerblauwe Volvo die over de oprit naar de overkapping reed en voor haar stopte.

Ze keek door het raampje aan de passagierskant en zag Gabriel Dean achter het stuur zitten.

Het slot klikte open en ze stapte naast hem in. Ze had niet verwacht hem zo snel te zien en voelde zich onvoorbereid. Het irriteerde haar dat hij er zo kalm en beheerst uitzag terwijl zij nog niet geheel op peil was na haar vlucht van die ochtend.

'Welkom in Washington, Jane,' zei hij. 'Hoe was je reis?'

'Die is heel gladjes verlopen. Ik zou er makkelijk aan kunnen wennen me in limousines te laten rondrijden.'

'En de kamer?'

'Veel beter dan waar ik aan gewend ben.'

Een flauwe glimlach speelde rond zijn lippen toen hij zijn aandacht op het verkeer richtte. 'Het is dus niet een echte marteling voor je.'

'Heb ik dat dan gezegd?'

'Je ziet er niet blij uit hier te zijn.'

'Ik zou een stuk blijer zijn als ik wist waarom ik hier was.'
'Dat zal je duidelijk worden zodra we er zijn.'
Ze keek naar de straatnamen en zag dat ze in noordwestelijke richting reden, niet in de richting van het hoofdkwartier van de FBI. 'Gaan we niet naar het Hoover Building?'
'Nee. We gaan naar Georgetown. Hij wil bij hem thuis met je praten.'
'Wie?'
'Senator Conway.' Dean keek naar haar opzij. 'Je hebt toch geen wapen bij je, hoop ik?'
'Nee, mijn pistool zit nog in mijn koffer.'
'Gelukkig. Senator Conway duldt geen vuurwapens in zijn huis.'
'Uit veiligheidsoverwegingen?'
'Om zijn gemoedsrust. Hij heeft in Vietnam gevochten. Hij wil geen vuurwapens meer bij zich in de buurt hebben.'
De eerste regendruppels petsten op de voorruit.
Ze zuchtte. 'Ik wou dat ik dat ook kon zeggen.'

De studeerkamer van senator Conway was ingericht met donker hout en leer – een mannenkamer, met een echt mannelijke collectie kunstvoorwerpen, dacht Rizzoli, toen ze de Japanse zwaarden zag die aan de muur waren opgehangen. De zilverharige eigenaar van die collectie begroette haar met een warme handdruk en een kalme stem, maar zijn pikzwarte ogen waren zo indringend als laserstralen en ze voelde hoe hij haar onbeschaamd opmat. Ze verdroeg zijn kritische blik, maar alleen omdat ze wist dat er niets zou gebeuren tenzij hij tevreden was over wat hij zag. En wat hij zag was een vrouw die hem recht in de ogen bleef kijken. Een vrouw die niets gaf om de fijne kneepjes van de politiek, maar heel veel om de waarheid.

'Gaat u zitten, rechercheur,' zei hij. 'Ik weet dat u vanochtend vanuit Boston bent aangekomen. U hebt waarschijnlijk tijd nodig om u te ontspannen.'
Een secretaresse kwam binnen met een dienblad met koffie en porseleinen kopjes. Rizzoli onderdrukte haar ongeduld toen de koffie werd ingeschonken en melk en suiker doorgegeven. Eindelijk verdween de secretaresse. Ze deed de deur achter zich dicht.

Conway zette zijn kopje neer zonder ervan gedronken te hebben. Hij had niet echt koffie gewild en nu de ceremonie achter de rug was, richtte hij zijn aandacht volledig op haar. 'Dank u dat u bent gekomen.'

'Erg veel keus had ik niet.'

Hij moest glimlachen om haar botheid. Hoewel Conway alle sociale finesses van handen geven en gastvrijheid in acht nam, vermoedde ze dat hij, zoals de meeste geboren New Englanders, evenveel prijs stelde op een openhartig gesprek als zij. 'Zullen we dan maar meteen ter zake komen?'

Ook zij zette haar kopje neer. 'Heel graag ja.'

Dean was degene die opstond en naar het bureau liep. Hij kwam terug met een dikke accordeonmap en haalde daar een foto uit die hij op de salontafel tussen hen in legde.

'Vijfentwintig juni, 1999,' zei hij.

Ze keek naar de foto en zag een man met een baard die in elkaar gezakt zat, een waaier van bloed op de witgepleisterde muur achter zijn hoofd. Hij was gekleed in een donkere lange broek en een wit overhemd vol scheuren. Zijn voeten waren bloot. Op zijn schoot stonden een kop en schotel.

Ze was er nog niet helemaal van bijgekomen, had moeite dat wat ze zag te verwerken, toen Dean een tweede foto neerlegde. 'Vijftien juli, 1999,' zei hij.

Weer was het slachtoffer een man, ditmaal zonder baard. Ook hij was zittend tegen een met bloed bespatte muur gestorven.

Dean legde een derde foto neer van weer een andere man. Deze was al opgezwollen en zijn buik stond strak van de druk van ontbindingsgassen. 'Twaalf september,' zei hij. 'Hetzelfde jaar.'

Met stomheid geslagen staarde ze naar de galerij van de doden op de kersenhouten tafel. Een reeks gruweldaden onschuldig uitgestald tussen de beschaafde verzameling koffiekopjes en theelepeltjes. Terwijl Dean en Conway zwijgend wachtten, pakte ze de foto's beurtelings op en dwong ze zich de details te bekijken van wat elk van de gevallen uniek maakte, al waren het steeds variaties op het thema dat ze uitgespeeld had gezien in de huizen van de Yeagers en de Ghents. De zwijgende getuige. De overwonnen man, gedwongen te kijken naar iets dat onbeschrijfbaar was.

'En de vrouwen?' vroeg ze. 'Er moeten vrouwen zijn geweest.'

Dean knikte. 'Slechts één is geïdentificeerd. De echtgenote van man nummer drie. Ze is ongeveer een week nadat die foto is genomen, gedeeltelijk begraven in een bos gevonden.'
'Doodsoorzaak?'
'Wurging.'
'Postmortale seksuele geweldpleging?'
'Er is in het lijk vers sperma aangetroffen.'
Rizzoli haalde diep adem. Zachtjes vroeg ze: 'En de andere twee vrouwen?'
'Wegens de vergevorderde staat van ontbinding kon hun identiteit niet worden bevestigd.'
'Maar de lijken zijn dus wel gevonden?'
'Ja.'
'Waarom konden ze niet geïdentificeerd worden?'
'Omdat we nog meer lijken hadden. Veel, veel meer.'
Ze keek op, regelrecht in Deans ogen. Had hij al die tijd naar haar gekeken, wachtend op haar geschrokken reactie? In antwoord op haar onuitgesproken vraag gaf hij haar drie dossiers.
Ze deed het eerste open en zag een autopsierapport over een van de mannelijke slachtoffers. Automatisch sloeg ze de laatste pagina op en las de conclusie:

Doodsoorzaak: hevige bloeding uit een wond veroorzaakt door een mes die de linkerhalsader en linkerslagader heeft doorgesneden.

De Heerser, dacht ze. Het is zijn werkwijze.
Ze liet de andere pagina's terugvallen. Opeens keek ze ingespannen naar de eerste pagina van het rapport. Naar een detail dat ze over het hoofd had gezien in haar haast de conclusie te lezen.
Het stond in de tweede paragraaf: *lijkschouwing verricht op 16 juli 1999, 22:15 uur, in mobiele faciliteit in Gjakove, Kossovo.*
Ze pakte de andere twee autopsierapporten en keek allereerst naar de plaats waar de lijkschouwingen waren verricht.
Peje, Kosovo.
Djakovica, Kosovo.
'De lijkschouwingen zijn in het veld verricht,' zei Dean. 'Soms

onder primitieve omstandigheden. Tenten en het licht van lantaarns. Zonder stromend water. En zoveel lijken dat we amper wisten waar we moesten beginnen.'

'Dit is gedaan in het kader van onderzoeken naar oorlogsmisdaden,' zei ze.

Hij knikte. 'Ik maakte deel uit van het eerste FBI-team dat daar in juni 1999 arriveerde. We waren gegaan op verzoek van het internationale oorlogstribunaal van het voormalige Joegoslavië, ofwel het ICTY. Bij die eerste missie waren we met vijfenzestig man. Het was onze taak bewijsmateriaal te zoeken en veilig te stellen over een van de grootste plaatsen delict in de geschiedenis. We hebben ballistisch bewijsmateriaal verzameld op de plaatsen waar de executies hebben plaatsgevonden. We hebben meer dan honderd Albanese slachtoffers opgegraven en de lijken ontleed en er waren er vermoedelijk nog honderden die we niet hebben gevonden. En al die tijd dat we daar waren, bleef het moorden doorgaan.'

'Wraakmoorden,' zei Conway. 'Volkomen voorspelbaar, gezien de context van die oorlog. Of eigenlijk van elke oorlog. Agent Dean en ik hebben allebei bij de mariniers gezeten. Ik heb gevochten in Vietnam en agent Dean in Desert Storm. We hebben dingen gezien waar we niet eens over kunnen praten, dingen waardoor we ons gaan afvragen waarom de mens eigenlijk denkt dat hij beter is dan de dieren. Gedurende deze oorlog waren het de Serviërs die Albanezen vermoordden en na de oorlog was het de Albanese KLA die Servische burgers om het leven bracht. Aan beide zijden heeft men veel bloed aan de handen.'

'In het begin dachten we dat ook dit wraakmoorden waren,' zei Dean, en hij wees naar de misdaadfoto's op de salontafel. 'Wraakmoorden in de nasleep van een oorlog. Het was niet onze taak iets te doen aan de heersende anarchie. We waren daar op uitdrukkelijk verzoek van het tribunaal om bewijsmateriaal over oorlogsmisdaden te verzamelen. Niet dit.'

'En toch heb je ook dit behandeld,' zei Rizzoli, met een blik op het briefhoofd van de FBI op het autopsierapport. 'Waarom?'

'Omdat ik meteen zag wat dit was,' zei Dean. 'Deze moorden waren geen uitvloeisel van etnische geschillen. Twee van de mannen waren Albanezen; de andere was een Serviër. Maar ze hadden iets gemeen. Elk van hen was getrouwd met een jonge vrouw. Een aantrekkelijke vrouw, die was ontvoerd. Na het derde geval wist ik wat de handtekening van deze moordenaar was. Wie we voor ons hadden. Maar deze zaken vielen onder de jurisdictie van het plaatselijke wetstelsel, niet het ICTY, waar wij voor werkten.'

'En wat is eraan gedaan?' vroeg ze.

'In één woord? Niets. Er zijn geen arrestaties op gevolgd, omdat er nooit een verdachte is geïdentificeerd.'

'Er is uiteraard een onderzoek ingesteld,' zei Conway. 'Maar denkt u zich de situatie even in, rechercheur. Duizenden oorlogsslachtoffers, begraven in meer dan honderd vijftig massagraven. Buitenlandse vredestroepen die met de grootste moeite orde houden. Gewapende outlaws die door platgebombardeerde dorpen trekken, op zoek naar redenen om te moorden. En de burgers zelf, die oude woede in zich meedragen. Het was net het wilde westen daar, met pistoolgevechten die ontbrandden wegens drugs of familievetes of persoonlijke wraakacties. En bijna altijd werden etnische spanningen aangewezen als de oorzaak voor het moorden. Hoe kun je de ene moord van de andere onderscheiden? Het waren er zoveel.'

'Voor een seriemoordenaar,' zei Dean, 'was het een paradijs op aarde.'

22

Ze keek naar Dean. Ze was niet verbaasd over wat hij in militaire dienst had gedaan. Ze had het meteen al gezien aan zijn houding, het gemak waarmee hij bevelen uitdeelde. Dat hij oorlogen van dichtbij had meegemaakt en de scenario's kende die militaire veroveraars altijd volgden. Het vernederen van de vijand. Het opeisen van de buit.

'Onze moordenaar is in Kosovo geweest,' zei ze.

'Een kolfje naar zijn hand,' zei Conway. 'Een land waar dagelijks mensen op gewelddadige wijze stierven. Een moordenaar kan naar zo'n plek toegaan, de vreselijkste dingen doen en weer vertrekken zonder dat iemand iets in de gaten heeft. We zullen nooit te weten komen hoeveel moorden zijn afgedaan als oorlogsdaden.'

'Het is dus mogelijk dat hij een immigrant is,' zei Rizzoli. 'Een vluchteling uit Kosovo.'

'Dat is inderdaad een mogelijkheid,' zei Dean.

'Een mogelijkheid waar jij al die tijd van op de hoogte was.'

'Ja.' Hij zei het zonder aarzeling.

'Je hebt dus belangrijke informatie achtergehouden. Je hebt erbij gezeten terwijl de domme smerissen in kringetjes rondliepen.'

'Ik heb jullie de gelegenheid gegeven jullie eigen conclusies te trekken.'

'Ja, maar zonder dat we alle feiten hadden.' Ze wees naar de foto's. 'Dit had misschien een groot verschil gemaakt.'

Dean en Conway keken elkaar aan. Toen zei Conway: 'Ik vrees dat er nog meer is dat we u niet hebben verteld.'

'Nog meer?'

Dean stak zijn hand in de accordeonmap en haalde er nog een misdaadfoto uit. Rizzoli had gedacht dat ze dergelijke foto's inmiddels wel aankon, maar werd er niettemin door getroffen tot in haar diepste wezen. Ze zag een jonge, blonde man met een vlassig snorretje. Hij was eerder pezig dan gespierd, zijn borst een knokige grot van ribben, zijn magere schouders naar voren stekend als witte knobbels. Ze kon de dood in zijn ogen zien. De spieren van zijn gezicht waren bevroren in een grimas van afgrijzen.

'Dit slachtoffer is gevonden op 29 oktober van het afgelopen jaar,' zei Dean. 'Het lijk van zijn vrouw is nooit gevonden.'

Ze slikte en wendde haar blik af van het gezicht van de dode man. 'Nog steeds Kosovo?'

'Nee. Fayetteville, North Carolina.'

Ze keek geschrokken naar hem op. Hield zijn blik vast terwijl de hitte van haar woede over haar gezicht kroop. 'Over hoeveel meer hebben jullie me niet verteld? Hoeveel van deze gevallen zijn er, verdomme?'

'Dit zijn de enige waarvan we op de hoogte zijn.'

'Wil dat zeggen dat er wel nog meer kúnnen zijn?'

'Ja, dat zou kunnen, maar we hebben geen toegang tot die informatie.'

Ze keek hem ongelovig aan. 'De *FBI* heeft geen toegang tot die informatie?'

'Wat agent Dean bedoelt,' kwam Conway tussenbeide, 'is dat er misschien zaken zijn die buiten onze jurisdictie liggen. Landen die niet over toegankelijke misdaadgegevens beschikken. Vergeet niet dat we het hebben over oorlogsgebieden. Plaatsen met politieke onrust. Precies de plaatsen waar onze dader zich toe aangetrokken voelt. Plaatsen waar hij zich thuis voelt.'

Een moordenaar die in alle rust oceanen kan oversteken. Een jachtterrein zonder nationale grenzen. Ze dacht aan alles wat ze over de Heerser te weten was gekomen. De snelheid waarmee hij zijn slachtoffers bedwong. Zijn hunkering naar contact met de doden. Het Rambo-mes dat hij gebruikte. En de parachutevezels – saaigroen. Ze voelde dat beide mannen naar haar keken terwijl ze Conways woorden verwerkte. Ze stelden haar op de proef, benieuwd of ze aan hun verwachtingen zou voldoen.

Ze keek naar de laatste foto op de salontafel. 'Je zei dat dit in Fayetteville was gebeurd.'

'Ja,' zei Dean.

'Is daar in de buurt niet een legerbasis?'

'Ja, Fort Bragg. Ongeveer vijftien kilometer ten noordwesten van Fayetteville.'

'Hoeveel man zijn op die basis gelegerd?'

'Ongeveer éénenveertigduizend in actieve dienst. Het is de thuisbasis van het *Eighteenth Airborne Corps, Eighty-second Airborne Division*, en het *Army Special Operations Command*.' Het feit dat Dean dit zonder aarzelen zei, was voor haar een teken dat dit informatie was die hij als relevant beschouwde. Informatie die hij voorhanden had gehad.

'Daarom hebben jullie me hiervan niet op de hoogte gebracht. Omdat we te maken hebben met iemand met gevechtstraining. Iemand die ervoor wordt betaald om anderen te doden.'

'Er is ook ons niets verteld.' Dean leunde naar voren, zijn gezicht zo dicht bij het hare dat ze niets anders meer zag. Conway en de kamer zakten weg uit haar gezichtsveld. 'Toen ik het VICAP-rapport las dat de politie van Fayetteville had ingediend, dacht ik dat ik terug was in Kosovo. De moordenaar had net zo goed zijn naam eronder kunnen zetten, zo duidelijk was alles. De positie van het lijk. Het type mes dat was gebruikt voor de coup de grâce. Het theekopje of glas dat op de schoot van het slachtoffer was gezet. De ontvoering van de echtgenote. Ik ben meteen naar Fayetteville gevlogen en heb twee weken samengewerkt met de plaatselijke politie, maar we hebben geen verdachte gevonden.'

'Waarom kon je me dit niet eerder vertellen?' vroeg ze.

'Vanwege de mogelijke identiteit van de dader.'

'Al is hij een generaal. Ik had recht op de informatie over de zaak in Fayetteville.'

'Als het van doorslaggevend belang was geweest voor de jacht op de verdachte in Boston, had ik het je wel verteld.'

'Je zei dat in Fort Bragg éénenveertigduizend soldaten gelegerd zijn.'

'Ja.'

'Hoeveel van hen hebben dienst gedaan in Kosovo? Ik neem aan dat je die vraag hebt gesteld.'

Dean knikte. 'Ik heb bij het Pentagon een lijst opgevraagd van alle soldaten die in Kosovo gelegerd waren toen die moorden zijn gepleegd. De Heerser staat niet op die lijst. Slechts een aantal van die soldaten wonen nu in New England en geen van hen is onze man.'

'Word ik geacht je wat dit betreft op je woord te geloven?'

'Ja.'
Ze lachte. 'Dat vereist enorm veel vertrouwen van mijn kant.'
'Dat geldt voor ons allebei. Ik ga er net zo goed van uit dat ik jou kan vertrouwen.'
'In welk opzicht? Tot nu toe heb je me niets verteld wat geheimhouding vereist.'
In de stilte die daarop volgde, wierp Dean een blik op Conway, die bijna ongemerkt knikte. Met die woordeloze uitwisseling kwamen ze overeen haar het belangrijkste stukje van de puzzel te geven.
Conway zei: 'Weet u wat "sheep-dipping" is, rechercheur?'
'Nee, maar ik neem aan dat die term niets te maken heeft met schapen.'
Hij glimlachte. 'Inderdaad, het is legertaal. Het verwijst naar de gewoonte van de CIA om soldaten van de afdeling Speciale Operaties van het leger te lenen voor specifieke opdrachten. Dat hebben ze gedaan voor Nicaragua en Afghanistan, toen de *Special Operations Group* van de CIA – ook wel SOG genoemd – extra mankracht nodig had. In Nicaragua zijn *Navy SEAL's* geleend om mijnen te leggen in de havens. In Afghanistan zijn *Green Berets* ingezet om de *moedjahedien* op te leiden. Wanneer deze soldaten voor de CIA werken, worden ze in wezen CIA-agenten. Ze verdwijnen uit de dossiers van het Pentagon. Het leger houdt niet bij wat ze doen.'
Ze keek naar Dean. 'En die lijst dan die jij van het Pentagon hebt gekregen? Met de namen van de soldaten uit Fayetteville die in Kossovo hebben gezeten?'
'De lijst was niet compleet,' zei hij.
'In hoeverre? Hoeveel namen ontbraken?'
'Dat weet ik niet.'
'Heb je dat aan de CIA gevraagd?'
'Dat is het punt waarop ik steeds tegen de muur loop.'
'Omdat ze weigeren namen te geven?'
'Dat hoeven ze niet te doen,' zei Conway. 'Als deze moordenaar betrokken is geweest bij illegale operaties in het buitenland, zal niemand dat ooit toegeven.'
'Ook niet als hij nu in zijn eigen land aan het moorden is?'
'Vooral niet als hij in zijn eigen land aan het moorden is,' zei Dean. 'Dat zou een regelrechte pr-ramp zijn. Stel dat hij zou be-

sluiten te getuigen. Hoeveel geheime informatie zou hij laten uitlekken naar de pers? Denk je dat de CIA zal toestaan dat wij erachter komen dat een van *hun* mensen huizen is binnengedrongen en onschuldige burgers heeft afgemaakt? Dat hij seks heeft met de lijken van vrouwen? Zoiets zouden we onmogelijk uit de krant kunnen houden.'

'Wat heeft de CIA je dan wel verteld?'

'Dat ze geen informatie hebben die relevant is voor de moord in Fayetteville.'

'Een kluitje in het riet dus.'

'Er komt veel meer bij kijken,' zei Conway. 'Nog geen dag nadat agent Dean bij de CIA was gaan informeren, werd hij van de zaak-Fayetteville afgehaald en kreeg hij opdracht terug te keren naar Washington. Dat bevel was afkomstig van de onderdirecteur van de FBI.'

Ze staarde hem aan, verbluft over hoe ver men met de geheimhouding van de identiteit van de Heerser was gegaan.

'En toen is agent Dean bij mij gekomen,' zei Conway.

'Omdat u in het *Armed Services Committee* zit?'

'Omdat we elkaar al jaren kennen. Ex-mariniers weten elkaar altijd te vinden. En ze vertrouwen elkaar. Hij heeft me verzocht uit zijn naam een en ander uit te zoeken, maar helaas ben ik geen stap verder gekomen.'

'Zelfs een senator lukt dat niet?'

Conway schonk haar een ironische glimlach. 'Een democratische senator van een liberale staat, mogen we er wel aan toevoegen. Ik heb als soldaat mijn land gediend, maar bepaalde mensen op Defensie zullen me nooit volledig accepteren. Noch me vertrouwen.'

Haar blik ging weer naar de foto's op de salontafel. Naar de mannen die gedood waren, die niet vanwege hun politieke overtuiging waren gekozen voor de slacht, niet vanwege hun etnische achtergrond of inslag, maar omdat ze een mooie jonge vrouw hadden gehad. 'Je had me dit weken geleden al kunnen vertellen,' zei ze.

'Politieonderzoeken lekken als een zeef,' zei Dean.

'De mijne niet.'

'*Alle* politieonderzoeken. Als ik deze informatie had doorgegeven aan jouw ploeg, was het vroeg of laat geheid uitgelekt naar de media. En dat zou jullie werk onder de aandacht gebracht hebben van de verkeerde mensen. Mensen die zouden proberen je ervan te weerhouden de man te arresteren.'

'Denk je echt dat ze hem zouden beschermen? Na wat hij heeft gedaan?'

'Nee, ik denk dat ze hem net zo graag achter de tralies willen hebben als wij, maar dat ze het in stilte willen doen, zonder dat het publiek er iets over te weten komt. Het is duidelijk dat ook zij niet weten waar hij is. Ze hebben niets meer over hem te zeggen en hij is bezig mensen te vermoorden. Hij is een wandelende tijdbom geworden en ze kunnen het zich niet veroorloven het probleem te negeren.'

'En als zij hem eerder vinden dan wij?'

'Als dat gebeurt, zullen we dat nooit met zekerheid weten. Dan zal er een einde komen aan de moorden, maar zullen wij met vraagtekens blijven zitten.'

'Dat noem ik geen bevredigende afsluiting,' zei ze.

'Nee, jij wilt gerechtigheid. Een arrestatie, een rechtszaak, een vonnis. Alles van A tot Z.'

'Zoals jij het inkleedt, lijkt het of ik om iets onmogelijks vraag.'

'In dit geval is dat misschien zo.'

'Is dat de reden waarom je me hierheen hebt laten komen? Om me te vertellen dat ik hem nooit te pakken zal krijgen?'

Hij leunde naar voren en keek opeens weer erg indringend. 'We willen precies hetzelfde als jij, Jane. Alles van A tot Z. Ik zit al sinds Kosovo achter deze man aan. Denk je nu werkelijk dat ik met minder genoegen zou nemen?'

Conway zei zachtjes: 'Begrijpt u nu, rechercheur, waarom we u hierheen hebben laten komen? En waarom dit geheim moet blijven?'

'Volgens mij wordt er al veel te veel geheimgehouden.'

'Maar voorlopig is dat de enige manier om tot een volledige afsluiting te komen. En dat is, neem ik aan, wat we allemaal willen.'

Ze keek senator Conway aan. 'Ik neem aan dat u degene bent die voor mijn reis en verblijf hier betaalt. De vliegtickets, de limousines, het mooie hotel. Daar dokt de FBI vast niet voor.'

Conway knikte. Met een wrange glimlach. 'Dingen die echt belangrijk zijn,' zei hij, 'kun je het beste in stilte doen.'

23

De hemel had zich geopend en de regen kletterde als duizend hamertjes op het dak van Deans auto. De ruitenwissers sloegen heen en weer over een waterig uitzicht van stilstaand verkeer en overstroomde straten.

'Het is maar goed dat je vanavond niet terugvliegt,' zei hij. 'Op het vliegveld zal het wel een puinhoop zijn.'

'In dit weer blijf ik inderdaad liever met mijn benen op de grond staan.'

Hij wierp een geamuseerde blik op haar. 'Laat ik nou gedacht hebben dat je nergens bang voor was.'

'Waarom dacht je dat?'

'Door jou zelf. Je werkt er hard aan. Je legt nooit je harnas af.'

'Je probeert weer in mijn hoofd te kruipen. Dat doe je de hele tijd.'

'Pure gewoonte. Dat was mijn taak tijdens de Golfoorlog. Psychologische operaties.'

'Ik ben anders niet de vijand.'

'Dat heb ik ook nooit gedacht, Jane.'

Ze keek naar hem en zoals altijd bewonderde ze onwillekeurig de strakke, scherpe lijnen van zijn profiel. 'Maar je vertrouwde me niet.'

'Ik kende je toen nog niet.'

'En ben je nu van gedachten veranderd?'

'Waarom denk je dat ik je gevraagd heb naar Washington te komen?'

'Och, ik weet het niet,' zei ze met een roekeloze lach. 'Omdat je me miste en nauwelijks kon wachten me weer te zien?'

Zijn zwijgen deed haar blozen. Opeens voelde ze zich dom en wanhopig, precies de dingen die ze in andere vrouwen verachtte. Ze staarde uit het raam om zijn blik te mijden, met de klank van haar eigen stem, haar eigen malle woorden, nog in haar oren.

Verderop begon de file eindelijk in beweging te komen. Banden slurpten door diepe plassen.

'Eerlijk gezegd,' zei hij, 'wilde ik je inderdaad graag zien.'

'O ja?' Ze zei het op een nonchalante toon. Ze had zichzelf zojuist voor gek gezet en was niet van plan die fout nóg een keer te maken.

'Ik wilde je mijn verontschuldigingen aanbieden. Voor het feit dat ik tegen Marquette had gezegd dat je het werk niet aankon. Daarin had ik me vergist.'

'Wanneer ben je tot die conclusie gekomen?'

'Niet op een specifiek moment. Ik... ik zag je gewoon werken, dag in dag uit. Zo geconcentreerd. Er zo op gespitst alles voor elkaar te krijgen.' Hij voegde er zachtjes aan toe: 'En toen hoorde ik waar je sinds de zomer van vorig jaar mee worstelt. Dingen waar ik geen weet van had.'

'Goh... "En ze slaagt er evengoed in haar werk te doen."'

'Nu denk je dat ik medelijden met je heb,' zei hij.

'Het is niet bepaald vleiend om te moeten horen: "Kijk toch eens wat ze heeft bereikt, *ondanks* wat ze allemaal moet doorstaan." Geef me dan meteen maar een medaille in de Olympische Spelen voor gehandicapten. De Olympische Spelen voor emotioneel murwgeslagen politieagenten.'

Hij slaakte een moedeloze zucht. 'Zoek je altijd achter ieder compliment, ieder woord van lof een verborgen reden? Sommige mensen menen gewoon wat ze zeggen, Jane.'

'Je snapt toch wel waarom ik redenen heb om me sceptisch op te stellen tegenover alles wat je zegt?'

'Je denkt dat ik nog steeds bijbedoelingen heb.'

'Ik weet het zo onderhand niet meer.'

'Die móét ik wel hebben. Omdat jij *beslist* geen oprecht compliment van mij verdient.'

'Oké, ik snap het.'

'Je snapt het misschien wel, maar je gelooft het niet.' Hij stopte voor een rood stoplicht en keek naar haar. 'Waar komt al dat wantrouwen vandaan? Heb je het zo zwaar gehad als Jane Rizzoli?'

Ze lachte vermoeid. 'Laten we daar maar niet over beginnen, Dean.'

'Zit het 'm in het feit dat je een vrouwelijke agent bent?'

'Je kunt de rest zelf wel invullen, lijkt mij.'
'Je collega's lijken je anders best respect voor je te hebben.'
'Er zijn een paar opmerkelijke uitzonderingen.'
'Die zijn er altijd.'
Het licht sprong op groen en hij richtte zijn blik weer op de weg.
'Dat hoort nu eenmaal bij ons vak,' zei ze. 'Een overdaad aan testosteron.'
'Waarom heb je er dan voor gekozen?'
'Omdat ik voor de huishoudschool gezakt was.'
Daar moesten ze allebei om lachen. De eerste oprechte lach die ze deelden.
'Eerlijk gezegd,' zei ze, 'wist ik op mijn twaalfde al dat ik bij de politie wilde.'
'Waarom wilde je dat?'
'Iedereen heeft respect voor agenten. Althans zo ziet een kind het. Ik wilde de penning, het pistool. De dingen die ervoor zouden zorgen dat de mensen me zouden zien staan. Ik wilde niet terechtkomen op een of ander kantoor waar ik zou verdwijnen. Waar ik zou veranderen in de onzichtbare vrouw. Het is voor mij net zoiets als levend begraven worden, wanneer je iemand bent naar wie niemand luistert. Die niemand opvalt.' Ze zette haar elleboog tegen het portier en liet haar hoofd in haar hand rusten. 'Nu begint anonimiteit echter wel te lokken.' *Dan zou de Chirurg in elk geval niet weten hoe ik heet.*'
'Je klinkt alsof je er spijt van hebt dat je bij de politie bent gegaan.'
Ze dacht aan de lange nachten die ze had doorgewerkt, draaiend op cafeïne en adrenaline. Aan het afgrijzen van te moeten kijken naar de vreselijke dingen die mensen elkaar kunnen aandoen. En ze dacht aan de Vliegtuigman, van wie ze het dossier nog steeds op haar bureau had liggen, een hardnekkig symbool van futiliteit. Die van hem en die van haar. We dromen allemaal, dacht ze, en soms brengen die dromen ons naar plaatsen die we nooit hadden verwacht. De kelder van een boerderij met de geur van bloed in de lucht. Of een vrije val uit de blauwe hemel, ledematen spartelend tegen de aantrekkingskracht van de aarde. Maar het zijn onze dromen en we gaan naar waar zij ons toe leiden.

Uiteindelijk zei ze: 'Nee, ik heb er geen spijt van. Dit is wat ik doe. Dit is waar ik om geef. Dit is waar ik kwaad om word. Ik geef eerlijk toe dat er veel boosheid bij te pas komt. Ik kan niet naar het lijk van een slachtoffer kijken zonder pisnijdig te worden. Dan word ik hun advocaat – wanneer ik hun dood persoonlijk ga opvatten. Misschien zal ik weten dat het tijd is om ermee op te houden, wanneer ik *niet* meer boos word.'

'Niet iedereen heeft zoveel vuur in zijn donder als jij.' Hij keek naar haar. 'Ik geloof dat ik niemand anders ken die alles zo intens doet.'

'Dat is helemaal niet zo goed.'

'Jawel, intensiteit is goed.'

'En als het inhoudt dat je vreselijk opvliegend bent?'

'Ben jij zo?'

'Helaas wel.' Ze staarde naar de regen die tegen de voorruit sloeg. 'Ik zou moeten proberen meer te zijn als jij.'

Hij gaf daarop geen antwoord en ze vroeg zich af of ze hem had beledigd met die laatste opmerking. Met haar zinspeling dat hij kil en emotieloos was. Maar zo was hij altijd op haar overgekomen: de man in het grijze pak. Al weken was hij een raadsel voor haar en nu wilde ze hem, uit pure frustratie, prikkelen om een emotie los te krijgen, ook al was die nog zo onaangenaam, alleen maar om te bewijzen dat ze ertoe in staat was. De uitdaging te proberen door het pantser heen te dringen.

Maar juist zulke uitdagingen leiden ertoe dat vrouwen zichzelf voor gek zetten.

Toen hij voor het Watergate Hotel stopte, zat ze klaar met een kort en pittig afscheid.

'Bedankt voor de lift,' zei ze. 'En voor de onthullingen.' Ze draaide zich om en deed het portier open. Meteen stroomde een golf warme, vochtige lucht binnen. 'Dan zie ik je wel weer in Boston.'

'Jane?'

'Ja?'

'Geen verborgen redenen meer tussen ons, goed? Wat ik zeg is wat ik bedoel.'

'Zoals je wilt.'

'Je gelooft me niet, hè?'

'Maakt dat echt iets uit?'

'Ja,' zei hij zacht. 'Dat maakt mij heel veel uit.'

Ze gaf geen antwoord, maar voelde haar hartslag opeens versnellen. Ze draaide haar hoofd weer naar hem toe. Ze hadden zo lang dingen voor elkaar geheimgehouden dat ze geen van tweeën wisten hoe ze de waarheid in de ogen van de ander moesten herkennen. Het was een moment waarop van alles gezegd kon worden, van alles kon gebeuren. Ze durfden geen van beiden de eerste stap te zetten. De eerste fout te maken.

Een schaduw gleed over het open portier aan haar kant. 'Welkom in het Watergate, mevrouw! Hebt u hulp nodig met uw bagage?'

Rizzoli keek geschrokken om en zag de hotelportier tegen haar glimlachen. Hij had het open portier gezien en aangenomen dat ze op het punt stond uit de auto te stappen.

'Ik heb hier al een kamer, dank u,' zei ze en ze keek weer naar Dean. Maar het ogenblik was vervlogen. De portier bleef staan wachten tot ze zou uitstappen. Dus deed ze dat.

Een blik door het raampje, een zwaai; dat was hun afscheid. Ze draaide zich om en liep de lobby in, waar ze nog even omkeek en zijn auto onder het baldakijn vandaan zag rijden en in de regen verdwijnen.

In de lift leunde ze tegen de wand, met gesloten ogen, zichzelf honend om iedere naakte emotie die ze had getoond, alle domme dingen die ze in de auto nog had kunnen zeggen. Tegen de tijd dat ze haar kamer bereikte, wilde ze nog maar één ding: het hotel onmiddellijk verlaten en terugkeren naar Boston. Er was vast nog wel een vlucht vanavond. Of ze kon de trein nemen. Ze hield van reizen met de trein.

In een plotselinge haast om te vluchten, Washington en alle gênante momenten daar achter zich te laten, deed ze haar koffer open en begon ze te pakken. Ze had erg weinig meegenomen en had er dan ook niet veel tijd voor nodig om haar extra blouse en lange broek uit de kast te halen waarin ze die had opgehangen, ze boven op haar pistool en holster te gooien en haar tandenborstel en kam in haar toilettas te doen. Ze ritste alles dicht in de koffer en trok die achter zich aan naar de deur toen er geklopt werd.

Op de gang stond Dean, zijn grijze pak bespikkeld door de regen, zijn haar nat en glinsterend. 'Volgens mij waren we nog niet uitgepraat,' zei hij.

'Wilde je me dan nog iets vertellen?'
'Ja, inderdaad.' Hij stapte haar kamer binnen en deed de deur dicht. Keek met een frons naar haar koffer, ingepakt en gereed voor vertrek.
Jezus, dacht ze. Iemand moet hier even moed tonen. Iemand moet de koe bij de hoorns vatten.
Voordat er nog iets kon worden gezegd, trok ze hem naar zich toe. Tegelijkertijd voelde ze zijn armen rond haar middel glijden. Tegen de tijd dat hun lippen elkaar vonden, twijfelden ze er geen van beiden aan dat deze omhelzing wederzijds was, dat als het een vergissing was, ze er allebei evenveel schuld aan hadden. Ze wist vrijwel niets van hem af, alleen dat ze hem begeerde en later de gevolgen wel onder ogen zou zien.
Zijn gezicht was nat van de regen en de kleren die hij uitdeed lieten de geur van natte wol achter op zijn huid, een geur die ze gretig opsnoof terwijl haar mond zijn lichaam ontdekte en hij terrein won op het hare. Ze had geen geduld om kalm de liefde te bedrijven; ze wilde het koortsachtig en roekeloos. Ze voelde dat hij zich inhield, probeerde langzaam aan te doen, het tempo te bepalen. Ze vocht ertegen, tergde hem met haar lichaam. En bij dit samenkomen, hun eerste keer, was zij de overwinnaar. Hij was degene die zich overgaf.

Ze sliepen terwijl het namiddaglicht langzaam vervaagde achter het raam. Toen ze wakker werd, was de man die naast haar lag alleen nog maar te zien in de zwakke gloed van de schemering. Een man die zelfs nu nog een vraagteken voor haar was. Ze had zijn lichaam gebruikt zoals hij het hare, en hoewel ze wist dat ze zich toch wel een beetje schuldig zou moeten voelen om het genot dat ze voor zichzelf hadden opgeëist, voelde ze alleen maar vermoeide tevredenheid. En iets van verwondering.
'Je had je koffer gepakt,' zei hij.
'Ik was van plan het hotel te verlaten en naar huis te gaan.'
'Waarom?'
'Ik vond dat het geen zin had hier te blijven.' Ze legde haar hand op zijn gezicht om de stoppeltjes van zijn baard te strelen. 'Tot jij opeens voor de deur stond.'
'Ik was bijna niet gekomen. Ik heb een paar keer een blokje om gereden. Om moed te verzamelen.'

Ze lachte. 'Dat klinkt alsof je bang voor me bent.'
'Als je het heel eerlijk wilt weten: je bent een formidabele vrouw.'
'Kom ik echt zo over?'
'Fel. Hartstochtelijk. Ik sta versteld van alle hitte die je uitstraalt.' Hij streelde haar dij en de aanraking van zijn vingers zorgden voor een nieuwe rilling door haar hele lichaam. 'In de auto zei je dat je wou dat je meer zo was als ik. Eerlijk gezegd, Jane, zou ik willen dat ik meer was zoals jij. Dat ik net zo intens was als jij.'
Ze legde haar hand op zijn borst. 'Je praat alsof hier helemaal geen hart klopt.'
'Is dat niet wat jij dacht?'
Ze zei niets. *De man in het grijze pak.*
'Zeg het gerust,' zei hij.
'Ik wist niet wat ik van je moest denken,' gaf ze toe. 'Je leek zo gereserveerd. Niet echt menselijk.'
'Verdoofd.'
Hij had het zo zachtjes gezegd, dat ze zich afvroeg of het wel de bedoeling was dat ze het zou horen. Of een gedachte die hij alleen zichzelf had toegefluisterd.
'We reageren ieder op onze eigen manier,' zei hij. 'Op de dingen waar we mee te maken krijgen. Jij zei dat je boos wordt.'
'Vaak, ja.'
'En daarom gooi je je in de strijd. Met hart en ziel. Net zoals je met hart en ziel op het leven afstormt.' En hij voegde er met een zachte lach aan toe: 'Ook al ben je kortaangebonden.'
'Hoe slaag jij erin *niet* kwaad te worden?'
'Dat sta ik mezelf niet toe. Alleen dan kan ik het hoofd boven water houden. Ik doe een stap achteruit, haal diep adem, behandel elke zaak als een legpuzzel.' Hij keek haar aan. 'Daarom intrigeer je me zo. Al die beroering, al die emotie die je stopt in alles wat je doet. Het lijkt me ergens... gevaarlijk.'
'Waarom?'
'Het is geheel in strijd met wat ik ben. Wat ik probeer te zijn.'
'Je bent bang dat je erdoor besmet zult worden.'
'Het is net zoiets als te dicht bij het vuur komen. Je wordt ertoe aangetrokken, ook al weet je donders goed dat je je eraan kunt branden.'

Ze drukte haar lippen op de zijne. 'Een beetje gevaar,' fluisterde ze, 'kan erg opwindend zijn.'

De avond ging over in de nacht. Onder de douche wasten ze elkaars zweet weg en in de identieke badjassen van het hotel grinnikten ze elkaar in de spiegel toe. Ze lieten een maaltijd op hun kamer brengen en dronken wijn in bed terwijl ze naar het *Comedy Channel* keken. Vanavond wilden ze geen CNN, geen narigheden die de sfeer zouden verpesten. Vanavond wilden ze een miljoen kilometer bij Warren Hoyt vandaan blijven.

Maar zelfs afstand en de troost van de armen van een man om haar heen konden Hoyt niet uit haar dromen houden. Ze schrok in het donker wakker, badend in het zweet, niet van hartstocht maar van angst. Boven het bonken van haar hart uit hoorde ze haar mobiele telefoon overgaan. Ze had er een paar seconden voor nodig om zich uit Deans armen los te maken, over hem heen naar het nachtkastje aan zijn kant van het bed te reiken en haar mobieltje open te klappen.

'Rizzoli.'

Ze hoorde de stem van Frost. 'Ik neem aan dat ik je wakker heb gebeld?'

Ze tuurde naar de klokradio. 'Om vijf uur 's ochtends? Ja, daar kun je wel van uitgaan.'

'Alles in orde?'

'Ja, prima. Hoezo?'

'Ik weet dat je vandaag terugkomt, maar het leek me het beste het je nu alvast te vertellen.'

'Wat?'

Hij gaf niet meteen antwoord. Door de telefoon hoorde ze iemand hem iets vragen over het meenemen van bewijsmateriaal en begreep ze dat hij aan het werk was.

Naast haar bewoog Dean zich, gealarmeerd door haar plotseling gespannen houding. Hij ging zitten en deed het licht aan. 'Wat is er?'

Frost kwam weer aan de lijn. 'Rizzoli?'

'Waar ben je?' vroeg ze.

'Ik was bij een 10-64 geroepen. Daar ben ik nu –'

'Waarom reageer jij op een inbraakmelding?'

'Omdat het jouw flat is.'

Ze bleef volkomen stil zitten, de telefoon tegen haar oor gedrukt, en hoorde het kloppen van haar hart.
'Omdat je de stad uit was, hadden we tijdelijk de surveillance bij je gebouw opgeheven,' zei Frost. 'Een buurvrouw op jouw etage, van flat 203, heeft ons gewaarschuwd. Even kijken, hoe heet ze ook alweer...'
'Spiegon,' zei ze zachtjes. 'Ginger.'
'Ja. Lijkt me een gis meisje. Ze vertelde dat ze als barmeisje werkt bij McGinty's en glasscherven onder de brandtrap had gezien toen ze na haar werk thuiskwam. Toen ze opkeek en zag dat jouw raam gebroken was, heeft ze meteen de politie gebeld. De agent die op de melding reageerde, zag dat het jouw flat was en heeft mij meteen gebeld.'
Dean raakte met een zwijgende vraag haar arm aan. Ze negeerde hem. Schraapte haar keel. En slaagde erin met bedrieglijke kalmte te vragen: 'Heeft hij iets meegenomen?' Ze gebruikte meteen al het woord *hij*. Zonder zijn naam te noemen wisten ze allebei wie de dader was.
'Dat zul jij ons moeten vertellen wanneer je terug bent,' zei Frost.
'Ben je er nog?'
'Ik sta in je woonkamer.'
Ze sloot haar ogen, voelde zich bijna misselijk van woede toen ze zich voorstelde hoe allerlei mensen door haar huis banjerden, haar kasten opendeden, haar kleren aanraakten. Iets te lang stil bleven staan bij haar meest persoonlijke bezittingen.
'Zo te zien staat alles nog op z'n plek,' zei Frost. 'Je tv en cd-speler. Een grote pot kleingeld op het aanrecht. Zijn er andere dingen die mogelijk de moeite waard waren om te stelen?'
Mijn gemoedsrust. Mijn geestelijk welzijn.
'Rizzoli?'
'Ik zou het niet weten.'
Een korte stilte. Toen zei hij op zachte toon: 'Ik zal de hele flat samen met jou doornemen. Centimeter voor centimeter. Zodra je thuis bent doen we dat samen. De huisbaas heeft het raam al dicht laten timmeren, zodat het niet kan binnenregenen. Als je soms een poosje bij ons wilt komen logeren, weet ik zeker dat Alice dat prima zal vinden. We hebben een extra kamer die we nooit gebruiken –'

'Nee, dat is niet nodig,' zei ze.
'Het is echt geen probleem –'
'*Het is niet nodig.*'
Er lag woede in haar stem, en gekrenkte trots. Bovenal gekrenkte trots.

Frost begreep dat hij beter niet kon aandringen en zich ook niet beledigd hoefde te voelen. Onverstoord zei hij: 'Bel me zodra je terug bent.'

Dean keek naar haar toen ze ophing. Opeens kon ze het niet verdragen dat hij haar zag terwijl ze naakt en bang was. Ze wilde niet dat hij kon zien hoe kwetsbaar ze was. Ze stapte uit bed, liep naar de badkamer en deed de deur dicht.

Even later klopte hij aan. 'Jane?'
'Ik wil nog een keer onder de douche.'
'Sluit me niet buiten.' Hij klopte nogmaals. 'Kom terug en praat met me.'

'Zo dadelijk, wanneer ik klaar ben.' Ze draaide de kraan van de douche open. Stapte onder de waterstraal, niet omdat ze er behoefte aan had zich te wassen, maar omdat stromend water een gesprek onmogelijk maakte, een luidruchtig gordijn van privacy was waarachter ze zich kon verstoppen. Met gebogen hoofd, haar handen plat tegen de tegelmuur, liet ze het water op zich neerkletteren, terwijl ze vocht tegen haar angst. Ze beeldde zich in hoe die over haar huid wegstroomde als modder en in het putje verdween. Laag voor laag werd de angst van haar afgewassen. Toen ze uiteindelijk de kraan dichtdraaide, was ze gekalmeerd. Gezuiverd. Ze droogde zich af en ving in de beslagen spiegel een glimp op van haar gezicht, nu niet bleek meer maar rozig van de warmte. Wederom gereed om Jane Rizzoli haar publieke rol te laten spelen.

Ze liep de badkamer uit. Dean zat in de leunstoel bij het raam. Hij zei niets, keek alleen maar toe toen ze zich begon aan te kleden, haar kleren van de vloer rapend rondom het bed met de verkreukelde lakens die het stille bewijs waren van hun hartstocht. Waar met één telefoontje een einde aan was gekomen. Ze bewoog zich door de kamer met een broze vastberadenheid, knoopte haar blouse dicht, trok de rits van haar broek omhoog. Buiten was het nog donker, maar voor haar was de nacht voorbij.

'Mag ik weten wat er aan de hand is?' vroeg hij.
'Hoyt is in mijn flat geweest.'
'Weten ze al dat hij het was?'
Ze draaide zich naar hem toe. 'Wie kan het anders geweest zijn?'
De woorden klonken schriller dan haar bedoeling was geweest. Ze kreeg een kleur en bukte zich om haar schoenen onder het bed vandaan te halen. 'Ik moet naar huis.'
'Het is vijf uur. Je vlucht is pas om halftien.'
'Denk je nu werkelijk dat ik nog kan slapen? Na dit nieuws?'
'Je zult doodmoe zijn tegen de tijd dat je in Boston aankomt.'
'Ik ben niet moe.'
'Omdat je op adrenaline draait.'
Ze stak haar voeten in haar schoenen. 'Hou op, Dean.'
'Waarmee?'
'Met te proberen voor me te zorgen.'
Er viel een stilte. Toen zei hij met een zweem van sarcasme: 'Sorry. Ik vergeet aldoor dat je heel goed in staat bent voor jezelf te zorgen.'
Ze bleef staan met haar rug naar hem toe en had nu al spijt van haar woorden. Voor het eerst wenste ze dat hij *wel* voor haar zou zorgen. Dat hij zijn armen om haar heen zou slaan en haar zachtjes mee terug zou trekken naar het bed. Dat ze in elkaars armen zouden slapen tot het tijd was om te vertrekken.
Maar toen ze zich naar hem omdraaide, zag ze dat hij was opgestaan en zich stond aan te kleden.

24

In het vliegtuig viel ze in slaap. Toen ze aan de daling naar het vliegveld van Boston begonnen, werd ze wakker met een gevoel alsof ze uit een narcose kwam en had ze vreselijke dorst. Het slechte weer was met haar meegekomen uit Washington. De turbulentie deed de tafeltjes aan de rugleuningen van de stoelen rammelen en werkte de passagiers op de zenuwen toen ze door de wolken zakten. Buiten haar raam verdween het uiteinde van de vleugel in een waas van grijs, maar ze was te moe om zich zelfs maar ongerust te maken over de rest van de vlucht. Ze dacht nog steeds aan Dean, wat haar afleidde van waar ze zich op zou moeten concentreren. Ze staarde naar de mist en dacht aan de strelingen van zijn handen, de warmte van zijn adem op haar huid.

En ze dacht aan hun laatste woorden op het vliegveld, voor de ingang van de vertrekhal, een koel en haastig afscheid in de stromende regen. Geen afscheid van geliefden, maar van zakenmensen die snel terug wilden naar hun afzonderlijke bezigheden. Ze gaf zichzelf de schuld van de nieuwe verwijdering tussen hen, maar nam het hem net zo goed kwalijk dat hij haar had laten gaan. Opnieuw was Washington de stad van spijt en bevlekte lakens.

Het vliegtuig landde in een stortbui. Ze zag grondpersoneel in regenjacks met capuchon door de grote plassen op het asfalt sjouwen en keek huizenhoog op tegen wat haar te wachten stond. De rit naar huis, naar een flat waar ze zich nooit meer veilig zou voelen, omdat *hij* er was geweest.

Ze trok haar koffertje achter zich aan bij de bagageband vandaan, liep naar buiten en werd meteen belaagd door de regen die in schuine vlagen onder de overkapping werd geblazen. Bij de taxistandplaats stond een lange rij moedeloze mensen te wachten. Ze keek naar de limousines aan de overkant van de straat en zag er tot haar opluchting eentje met RIZZOLI achter het raam.

Ze klopte op het raampje van de bestuurder, dat meteen werd geopend. Het was een andere chauffeur, niet de al wat oudere neger die haar gisteren naar het vliegtuig had gebracht.

'Ja, mevrouw?'

'Ik ben Jane Rizzoli.'

'En u moet naar Claremont Street, nietwaar?'

'Ja.'

De chauffeur stapte uit en maakte het achterportier voor haar open. 'Welkom aan boord. Ik zal uw koffer even achterin leggen.'

'Dank u.'

Ze stapte in de auto en liet zich met een vermoeide zucht achterover zakken tegen het dure leer. Buiten werd er getoeterd en slipten autobanden in de stromende regen, maar de wereld binnen de limousine was heerlijk kalm. Ze deed haar ogen dicht toen ze bij Logan Airport weggleden in de richting van de Boston Express Way.

Haar mobieltje ging. Ze schudde haar vermoeidheid van zich af, ging wat rechter zitten en begon, nog half versuft, in haar tas te rommelen; pennen en kleingeld vielen op de vloer van de auto in haar haast de telefoon te vinden. Ze slaagde erin op te nemen nadat hij viermaal was overgegaan.

'Rizzoli.'

'U spreekt met Margaret van het kantoor van senator Conway. Ik ben degene die uw reis heeft geregeld. Ik wilde even controleren of er een auto voor u klaarstond op het vliegveld.'

'Ja. Een limousine. Ik zit er al in.'

'O.' Een korte stilte. 'Nou, dan ben ik blij dat dat is opgelost.'

'Dat wat is opgelost?'

'De limousineservice had gebeld om te bevestigen dat u de limousine voor vanochtend had geannuleerd.'

'Nee hoor, hij stond netjes op me te wachten. Dank u.'

Ze hing op en bukte zich om alles wat uit haar tas was gevallen op te rapen. Een balpen was onder de stoel van de chauffeur gerold. Toen ze haar arm strekte en haar vingers over de vloer liet glijden, drong de kleur van de vloerbedekking opeens tot haar door. Donkerblauw.

Ze kwam langzaam overeind.

Ze waren net de Callahan Tunnel binnengereden, die onder de

Charles River door liep. Het verkeer reed langzaam; ze kropen voort in een eindeloze betonnen pijp, waarvan de binnenkant ziekelijk geel verlicht was.

Donkerblauw nylon 6-6 Dupont Antron. Veel gebruikt in Cadillacs en Lincolns.

Ze bleef volkomen stil zitten, haar blik gericht op de wand van de tunnel. Ze dacht aan Gail Yeager en begrafenisstoeten, een rij limousines die langzaam naar de ingang van een kerkhof reed.

Ze dacht aan Alexander en Karenna Ghent die een week voor hun dood waren aangekomen op Logan Airport.

En ze dacht aan Kenneth Waite en zijn bekeuringen. Een man die niet had mogen autorijden, maar zijn vrouw toch had meegenomen naar Boston.

Is dit de manier waarop hij ze uitzoekt?

Een echtpaar stapt in zijn auto. Hij ziet het mooie gezicht van de vrouw in zijn achteruitkijkspiegeltje. Ze nestelt zich in het gladde leer, niet wetend dat ze wordt gadegeslagen. Dat een man wiens gezicht haar nauwelijks opvalt, op dat moment beslist dat zij het is.

De gele lampen van de tunnel gleden voorbij terwijl Rizzoli de theorie steen voor steen opbouwde. Een comfortabele auto, een rustig ritje, leren banken zo zacht als mensenhuid. Een naamloze man achter het stuur. Allemaal bedoeld om de passagier een zo veilig en beschermd mogelijk gevoel te geven. De passagier weet niets over de man achter het stuur. Maar de chauffeur weet hoe de passagier heet. Het vluchtnummer. De straat waar ze woont.

De file kwam tot stilstand. In de verte zag ze de opening van de tunnel, een rondje grijs licht. Ze hield haar gezicht naar het raampje gekeerd, want ze durfde niet naar de chauffeur te kijken. Hij mocht niet zien hoe bang ze was. Het zweet stond in haar handen toen ze in haar tas naar de mobiele telefoon zocht. Ze haalde hem er niet uit, maar bleef zitten met haar hand eromheen, nadenkend over wat ze kon doen, áls ze al iets moest doen. Tot nu toe had de chauffeur niets gedaan waar ze zich zorgen over zou moeten maken, niets wat de indruk wekte dat hij niet degene was die hij beweerde te zijn.

Langzaam haalde ze de telefoon uit haar tas. Klapte hem

open. In de schemerige tunnel had ze moeite de cijfertjes te zien om het nummer in te drukken. Hou het luchtig, dacht ze. Alsof je gewoon aan Frost vraagt hoe de zaken ervoor staan, niet alsof je een S.O.S. de wereld in stuurt. Maar wat moest ze dan zeggen? 'Ik geloof dat ik in de problemen zit, maar ik weet het niet zeker'? Ze drukte op de voorkeurtoets voor Frost. Hoorde de telefoon overgaan en toen een zwak 'Hallo' gevolgd door geruis.
De tunnel. Jezus, ik zit in een tunnel!
Ze verbrak de verbinding en keek door de voorruit om te zien hoe dicht ze bij de uitgang waren. En onwillekeurig gleed haar blik naar het achteruitkijkspiegeltje van de chauffeur en was ze zo dom hem daarin aan te kijken, het feit te registreren dat hij haar in de gaten hield. Op dat moment wisten ze het allebei, begrepen ze het allebei.
Eruit! Snel, de auto uit!
Ze greep de deurknop maar hij had de portieren al automatisch gesloten. In een verwoede poging dat ongedaan te maken, rukte ze paniekerig aan het knopje.
Meer tijd had hij niet nodig om zijn hand naar achteren te brengen, het verdovingspistool te richten en te vuren.
De elektrode raakte haar schouder en een stroomstoot van vijftigduizend volt joeg door haar bovenlichaam, een elektrische schok die als een bliksemschicht door haar zenuwstelsel schoot. Alles werd zwart voor haar ogen. Ze zakte onderuit op de bank, haar handen onbruikbaar, haar spieren verkrampend in een storm van stuiptrekkingen, zonder dat ze nog enige controle had over haar lichaam, dat trillend de strijd opgaf.

Een roffelend geluid, kletterend boven haar hoofd, trok haar uit de duisternis naar boven. Een mist van grijs licht werd langzaam lichter op haar oogvliezen. Ze proefde bloed, warm en ijzerachtig, en ze voelde haar tong kloppen op de plek waar ze erin had gebeten. Langzaam verdween de mist en zag ze daglicht. Ze waren de tunnel uit, maar waar gingen ze naartoe? Ze zag nog steeds alles wazig, maar kon buiten wel de vormen onderscheiden van hoge gebouwen met een grijze lucht op de achtergrond. Ze probeerde haar arm te bewegen, maar die was zwaar en log, de spieren slap van de stuiptrekkingen. Het beeld van gebouwen en bomen die langs het raam voorbijgleden was zo duizelingwekkend, dat ze haar ogen moest sluiten. Ze richtte al haar concentratie op pogingen haar ledematen te laten doen wat ze wilde. Ze voelde spieren trillen en sloot haar vingers tot een vuist. Strakker. Sterker.

Je moet het portier opendoen. Je moet hem van het slot doen.

Ze deed haar ogen open, vechtend tegen de duizeligheid, haar maag protesterend tegen de wereld die langs het raam voorbijschoot. Ze dwong haar arm zich te strekken, iedere centimeter een kleine overwinning. Haar hand reikte naar de deur, naar het knopje van het slot. Ze trok eraan en hoorde een luide klik toen het slot openging.

Opeens voelde ze druk op haar dijbeen. Ze zag zijn gezicht boven de voorbank toen hij het verdovingspistool tegen haar been zette. Een nieuwe stroomstoot joeg door haar lijf.

Haar hele lichaam schokte. Duisternis zakte als een kap over haar heen.

Een druppel koud water viel op haar wang. Het schurende geluid van tape die van een rol werd getrokken. Ze werd wakker toen hij haar polsen op haar rug samenbond. Hij omwikkelde ze een aantal malen voor hij de tape van de rol sneed. Daarna trok hij haar schoenen van haar voeten en liet ze met een bons op de vloer vallen. Hij trok ook haar sokken uit zodat de tape op haar blote huid zou plakken. Ze ging onderhand steeds beter zien. Ze zag de bovenkant van zijn hoofd toen hij zich vooroverboog in de auto, zijn aandacht bij het vastbinden van haar enkels. Achter hem zag ze door het open portier veel groen. Moerassen en bomen. Geen gebouwen. De Fens? Was hij naar de Back Bay Fens gereden?

Weer dat schurende geluid van tape en de toen geur van lijm, toen hij een stuk ervan op haar mond drukte.

Hij keek op haar neer en ze zag details die ze niet in zich had opgenomen toen hij voor het eerst het autoraampje naar beneden had gedaan. Details die toen niet relevant waren geweest. Donkere ogen, een gezicht met scherpe hoeken, een blik van roofdierachtige waakzaamheid in de ogen. En opwinding over wat er ging gebeuren. Een gezicht dat niemand zou opvallen vanaf de achterbank van een auto. Een van de onopvallende gezichten van het anonieme leger in uniform, dacht ze. Van de mensen die onze hotelkamers schoonmaken, onze bagage dragen en de limousines besturen waarin we ons laten verplaatsen. Ze leefden in een parallelle wereld, werden zelden opgemerkt tot we ze nodig hadden.

Tot ze doordrongen in onze wereld.

Hij raapte haar mobiele telefoon van de vloer, gooide hem op de weg en trapte er met zijn hak op. De telefoon veranderde in een hoopje gebroken plastic en draadjes, dat hij in de bosjes schopte. Geen voorkeurtoets zou de politie bij haar brengen.

Hij ging nu erg efficiënt te werk. De doorgewinterde beroeps, die doet waar hij goed in is. Hij bukte zich, trok haar naar het portier en tilde haar op zonder ook maar een grom van inspanning. Voor een soldaat van de afdeling speciale missies die kilometers kan marcheren met een rugzak van vijftig kilo op zijn rug, was het een kleine moeite om een vrouw van vijfenvijftig kilo op te tillen. Regen spatte in haar gezicht toen ze naar de achterkant van de auto werd gedragen. Ze ving een glimp op van bomen, zilverig in de mist, en dicht struikgewas. Maar geen andere auto's, al kon ze die wel horen, achter de bomen, het sissende geluid van verkeer, als het geluid van de zee wanneer je een schelp tegen je oor drukt. Zo dichtbij dat er een gedempte kreet van wanhoop in haar keel opwelde.

De kofferbak stond al open en de saaigroene parachute lag erin uitgespreid te wachten op haar lichaam. Hij liet haar erop neerzakken. Liep terug om haar schoenen te pakken en gooide die bij haar in de kofferbak. Toen deed hij het deksel dicht en hoorde ze dat hij hem met een sleutel op slot deed. Zelfs als ze haar handen los zou kunnen krijgen, zou ze niet in staat zijn aan deze zwarte doodskist te ontsnappen.

Ze hoorde de portieren dichtslaan en toen kwam de auto weer in beweging. Op weg naar een ontmoeting met een man van wie ze wist dat hij op haar wachtte.

Ze dacht aan Warren Hoyt. Aan zijn nietszeggende glimlach, zijn lange vingers gestoken in latexhandschoenen. Ze dacht aan wat hij zou vastpakken met die gehandschoende handen en werd bevangen door doodsangst. Ze begon te hijgen, bang dat ze zou stikken, dat ze de lucht niet diep genoeg, niet snel genoeg in haar longen kreeg om te voorkomen dat ze zou stikken. Ze gooide haar lichaam in paniek heen en weer, kronkelend als een uitzinnig dier, vechtend om in leven te blijven. Haar gezicht sloeg tegen haar koffer en ze werd een ogenblik verdoofd door de klap. Ze bleef uitgeput liggen, met een kloppende wang.

De auto minderde vaart en stopte.

Ze verstijfde en haar hart bonkte in haar borst toen ze wachtte op wat er komen ging. Ze hoorde een man zeggen: 'Prettige dag nog verder.' Toen reed de auto weer door en won hij aan snelheid.

Een loket. Ze zaten op de tolweg.

Ze dacht aan alle stadjes ten westen van Boston, alle eenzame velden en bossen, plaatsen waar niemand kwam. Plaatsen waar een lijk misschien nooit gevonden zou worden. Ze dacht aan het lijk van Gail Yeager, gezwollen en zwart geaderd, en aan de verspreide beenderen van Marla Jean Waite, verborgen in de stilte van het bos. De uiteindelijke bestemming van alle vlees.

Ze deed haar ogen dicht, concentreerde zich op het geraas van de weg onder de banden. Ze reden nu erg hard. Ze moesten al een eind buiten de stadsgrenzen van Boston zijn. Wat zou Frost denken terwijl hij wachtte op haar telefoontje? Hoelang zou het duren tot het tot hem doordrong dat er iets mis was?

Niet dat het iets uitmaakt. Hij weet toch niet waar hij moet zoeken. Dat weet niemand.

Haar linkerarm begon in slaap te vallen door haar gewicht, het getintel werd ondraaglijk. Ze wurmde zich op haar buik, met haar gezicht tegen de zijdeachtige stof van de parachute. Dezelfde stof waarin hij de lijken van Gail Yeager en Karenna Ghent had gewikkeld. Het was alsof ze de dood tussen de vouwen kon ruiken. De stank van verrotting. Walgend probeerde ze op haar knieën te gaan zitten en sloeg daarbij met haar hoofd tegen het deksel van de kofferbak. Pijn beet in haar schedel. Haar koffer, hoe klein ook, gaf haar weinig bewegingsruimte, en de claustrofobie deed de paniek weer oplaaien.

Zelfbeheersing. Verdomme, Rizzoli, bewaar je zelfbeheersing.

Maar ze kon de beelden van de Chirurg niet van zich af zetten. Weer zag ze zijn gezicht boven het hare toen ze machteloos op de vloer van de kelder had gelegen. Ze herinnerde zich hoe ze had gewacht op de snee van zijn scalpel, in de wetenschap dat ze er niet aan kon ontsnappen. Dat ze alleen nog maar kon hopen op een snelle dood.

En dat het alternatief oneindig veel erger was.

Ze dwong zichzelf langzaam en diep adem te halen. Een warme druppel gleed over haar wang en haar achterhoofd prikte. Ze had haar hoofd opengehaald en uit de wond kwam een gestaag stroompje bloed, dat neerdruppelde op de parachute. Bewijsmateriaal, dacht ze. Mijn heengaan getekend in bloed.

Ik bloed. Waar heb ik mijn hoofd aan opengehaald?

Ze hief haar armen achter zich op en zocht met haar vingers de binnenkant van het kofferdeksel af, op zoek naar het ding dat haar huid had opengehaald. Ze voelde gegoten plastic, een glad stuk metaal. Toen opeens de scherpe rand van een uitstekende schroef.

Ze wachtte even om haar pijnlijke armspieren rust te gunnen, om bloed uit haar ogen te knipperen. Ze luisterde naar het gestage gezoem van de banden over de weg.

Ze reden nog steeds hard, lieten Boston ver achter zich.

Wat is het toch prachtig hier in het bos. Ik sta te midden van een kring van bomen waarvan de toppen de lucht in steken als de torenspitsen van een kathedraal. Het heeft de hele ochtend geregend, maar nu breekt een zonnestraal door de wolken heen tot op de grond waar ik vier ijzeren paaltjes in heb geslagen, waaraan ik vier stukken touw heb bevestigd. Afgezien van het gestage druppelen van regenwater van de bladeren is het stil.

Opeens hoor ik het geruis van vleugels en wanneer ik opkijk zie ik drie kraaien op de takken boven mijn hoofd neerstrijken. Ze kijken met een eigenaardige gretigheid, alsof ze zich verheugen op wat er gaat gebeuren. Ze weten al wat dit voor plek is en nu wachten ze, af en toe klapperend met hun zwarte vleugels, aangetrokken door het vooruitzicht van voedsel.

De zon verwarmt de grond. Damp krult op vanaf de natte bladeren. Ik heb mijn rugzak aan een tak gehangen om hem droog te houden en de tak buigt neer als zwaar van fruit, zwaar van de instrumenten in de tas. Ik hoef de inhoud niet te controleren; ik heb alles met veel zorg bij elkaar gebracht, het koude staal liefkozend aangeraakt toen ik alles in de rugzak deed. Zelfs na een jaar van opsluiting is alles me nog bekend en wanneer ik mijn

vingers om een scalpel sluit, voelt het even prettig aan als de handdruk van een oude vriend.
Nu ga ik een andere oude vriendin begroeten.
Ik loop naar de weg om te wachten.
De wolken zijn uitgedund tot flarden en de namiddag is heerlijk warm aan het worden. De weg bestaat uit weinig meer dan twee geulen en hier en daar is onkruid hoog opgeschoten, de kwetsbare zaadkoppen niet gestoord door langsrijdende auto's. Ik hoor gekras en wanneer ik opkijk, zie ik dat de drie kraaien me zijn gevolgd en op de voorstelling wachten.
Iedereen houdt ervan toe te kijken.
Een dunne spiraal van stof stijgt op achter de bomen. Er is een auto in aantocht. Ik wacht terwijl mijn hart sneller gaat kloppen, mijn handen transpireren van verwachting. Eindelijk komt de auto in zicht, een glanzend zwart monster dat langzaam over de ongeplaveide weg rijdt, er rustig de tijd voor neemt. Hij brengt me mijn vriendin.
Ik denk dat ze lang zal blijven. Ik kijk op en zie dat de zon nog hoog staat en we dus nog uren daglicht hebben. Uren vol zomers vermaak.
Ik loop naar het midden van de weg. De limousine komt vlak voor me tot stilstand. De chauffeur stapt uit. We hoeven niets tegen elkaar te zeggen; we kijken alleen maar naar elkaar en glimlachen. De glimlach van twee broers, niet verenigd door bloedbanden, maar door eensluidende wensen, gedeelde hunkeringen. Woorden op papier hebben ons bij elkaar gebracht. In lange brieven hebben we onze verbeelding de vrije teugel gegeven en onze band gesmeed, de woorden vloeiend uit onze pennen als de zijden draden van spinrag die ons met elkaar hebben verbonden. Die ons naar deze bossen hebben gebracht waar kraaien toekijken met gretige ogen.
Samen lopen we naar de achterkant van de auto. Het windt hem erg op dat hij haar zal gaan neuken. Ik zie de bobbel in zijn broek en hoor het luide gerinkel van de autosleutels in zijn hand. Zijn pupillen zijn verwijd en op zijn bovenlip parelt zweet. We staan voor de kofferbak, allebei verlangend naar de eerste blik op onze gast. Verlangend naar de eerste verrukkelijke geur van haar doodsangst.
Hij steekt de sleutel in het slot en draait hem om. Het deksel gaat omhoog.

Ze ligt ineengedoken op haar zij, knippert met haar ogen naar ons, verblind door het plotselinge licht. Ik ben zo op haar geconcentreerd, dat ik de betekenis niet meteen doorheb van de witte beha die uit de kleine koffer hangt. Pas wanneer mijn vriend zich bukt om haar uit de kofferbak te tillen begrijp ik wat het betekent.

Ik schreeuw: 'Nee!'

Maar ze heeft haar handen al naar voren gebracht. Ze haalt de trekker al over.

Zijn hoofd explodeert in een waas van bloed.

Het is een eigenaardig sierlijk ballet, de manier waarop zijn lichaam zich kromt terwijl het achterover valt. De manier waarop haar armen met griezelige precisie naar mij zwenken. Ik heb slechts tijd om me een kwartslag om te draaien, dan komt de tweede kogel uit haar pistool.

Ik voel hem niet in mijn nek dringen.

Het vreemde ballet gaat door, alleen is het nu mijn eigen lichaam dat de dans uitvoert, waarbij mijn armen cirkels beschrijven terwijl ik door de lucht vlieg. Ik kom neer op mijn zij, maar voel geen pijn, hoor alleen mijn bovenlichaam tegen de grond smakken. Ik wacht op de pijn, het kloppen, maar er volgt niets. Alleen een gevoel van verbazing.

Ik hoor hoe ze moeizaam uit de auto klimt. Ze heeft er meer dan een uur in gelegen, ineengedoken, en het duurt een paar minuten voor haar benen haar gehoorzamen.

Ze komt naar me toe. Duwt met haar voet tegen mijn schouder, rolt me op mijn rug. Ik ben volledig bij bewustzijn en kijk naar haar op in het volle besef van wat er gaat gebeuren. Ze richt het wapen op mijn gezicht, met bevende handen, terwijl ze hijgend en scherp ademhaalt. Uitgesmeerd bloed is opgedroogd op haar linkerwang, als oorlogsverf. Iedere spier in haar lichaam is gereed om te doden. Ieder instinct krijst tegen haar dat ze de trekker moet overhalen. Ik staar terug, onbevreesd, en zie hoe de strijd in haar ogen wordt uitgevochten. Ik vraag me af welke vorm van nederlaag ze zal kiezen. In haar handen heeft ze het wapen van haar eigen vernietiging; ik ben slechts de katalysator.

Dood me en de gevolgen zullen je vernietigen.

Laat me leven en ik zal eeuwig in je nachtmerries blijven bestaan.

Er ontsnapt haar een zachte snik. Langzaam laat ze het wapen zakken. 'Nee,' fluistert ze. En nogmaals, luider. Uitdagend: 'Nee.' Dan richt ze zich op en haalt ze diep adem.

En ze loopt terug naar de auto.

25

Rizzoli stond op de open plek en keek neer op de vier ijzeren paaltjes die in de grond waren geslagen. Twee voor de armen, twee voor de benen. Gevlochten koord, reeds met een lus erin, wachtend om rond de polsen en enkels gebonden te worden, was er vlakbij gevonden. Ze probeerde niet al te lang na te denken over waar die paaltjes voor bedoeld waren. In plaats daarvan liep ze over het terrein met de zakelijke houding van een rechercheur die een plaats delict bekijkt. Dat háár armen en benen aan de paaltjes vastgebonden hadden moeten worden, dat het háár vlees was dat de instrumenten in Hoyts rugzak opengesneden zouden hebben, was een detail dat ze ver van zich afhield. Ze voelde dat haar collega's naar haar keken. Hoorde hoe ze hun stem lieten dalen wanneer ze in de buurt kwam. Het verband rond de gehechte wond op haar hoofd bestempelde haar als de wandelende gewonde en iedereen behandelde haar alsof ze van glas was en ieder moment kon breken. Dat kon ze niet hebben, niet nu, nu ze er meer dan ooit behoefte aan had te blijven geloven dat ze geen slachtoffer was. Dat ze haar emoties nog steeds volledig in de hand had.

En dus liep ze over het terrein zoals ze over ieder ander terrein zou lopen waar een misdaad was gepleegd. Het was gisteravond gefotografeerd en uitgekamd door de State Police en officieel weer vrijgegeven, maar vanochtend hadden Rizzoli en haar ploeg zich verplicht gevoeld het zelf te gaan bekijken. Ze liep met Frost het bos in. Meetlint zoefde in en uit toen ze de afstand maten vanaf de weg tot de open plek waar de State Police Warren Hoyts rugzak had gevonden. Ondanks dat deze cirkel van bomen voor haar een persoonlijke betekenis had, bekeek ze de open plek afstandelijk. In haar notitieboekje stond een lijstje van wat er in de rugzak was gevonden: scalpels en klemmen, een retractor en handschoenen. Ze had de foto's bekeken van de afdrukken van Hoyts schoenen, nu in gips gevat, de bewijszakjes met de geknoopte koorden gezien zonder eraan te denken voor wiens polsen die bedoeld waren geweest. En nu ze opkeek om te zien of er een weersverandering in de lucht zat, gaf ze tegenover zichzelf niet toe dat deze boomtoppen en dit stukje hemel het laatste zou zijn geweest wat ze zou hebben gezien. Het slachtoffer Jane Rizzoli was hier vandaag niet. Ook al hielden haar collega's haar nog zo scherp in de gaten, háár zouden ze niet te zien krijgen. Niemand.

Ze deed haar notitieboekje dicht en toen ze opkeek, zag ze Gabriel Dean tussen de bomen door op haar afkomen. Hoewel haar hart een sprongetje maakte, begroette ze hem slechts met een knikje en een blik die zei: laten we dit zakelijk houden.

Hij begreep het en ze stonden tegenover elkaar als twee agenten, ervoor zorgend dat uit niets zou blijken hoe intiem ze slechts twee dagen geleden waren geweest.

'De chauffeur was een halfjaar geleden in dienst genomen door VIP Limousines,' vertelde ze. 'Hij heeft al die echtparen vervoerd – de Yeagers, de Ghents, de Waites. En hij had toegang tot VIPs afhaalschema. Hij heeft mijn naam zien staan en de auto die voor mij was gereserveerd geannuleerd zodat hij de plaats kon innemen van de chauffeur die me had moeten afhalen.'

'Hebben ze bij VIP zijn getuigschriften dan niet nagetrokken?'

'Zijn getuigschriften waren een paar jaar oud, maar heel goed.' Ze wachtte even en ging toen door: 'In zijn cv stond niets over zijn militaire dienst.'

'Dat komt omdat John Star niet zijn ware naam was.'

Ze keek hem aan met een frons. 'Had hij iemands identiteit gestolen?' Dean gebaarde naar de bomen. Ze liepen het open terrein af en wandelden het bos in, waar ze onder vier ogen konden praten.

'De echte John Star is in september 1999 in Kosovo omgekomen,' zei Dean. 'Hij was hulpverlener bij de VN en werd gedood toen zijn jeep over een landmijn reed. Hij ligt begraven in Corpus Christi in Texas.'

'Dan weten we dus niet eens hoe onze dader heet.'

Dean schudde zijn hoofd. 'Vingerafdrukken, gebitsfoto's en weefselmonsters worden zowel naar het Pentagon als de CIA gestuurd.'

'Maar van hen zullen we geen antwoorden krijgen. Of wel?'

'Niet als de Heerser voor hen heeft gewerkt. Wat hen betreft heb jij hun probleem opgelost. Meer hoeft er niet over gezegd of aan gedaan te worden.'

'Ik heb dan wel hun probleem opgelost,' zei ze bitter, 'maar het mijne leeft nog.'

'Hoyt? Over hem hoef je je nooit meer zorgen te maken.'

'God, ik had één schot meer moeten lossen –'

'Hij is vermoedelijk permanent vanaf zijn nek verlamd, Jane. Een zwaardere straf kan ik me niet voorstellen.'

Ze kwamen het bos uit bij de ongeplaveide weg. De limousine was gisteravond weggesleept, maar de bewijzen van wat er was gebeurd, waren nog te zien. Ze keek naar het opgedroogde bloed op de plek waar de man die ze kenden als John Star was gestorven. Een paar meter verderop was de kleinere vlek waar Hoyt was neergevallen, met onbruikbare ledematen, zijn ruggenmerg veranderd in pulp.

Ik had het kunnen afmaken, maar ik heb hem in leven gelaten. En ik weet nog steeds niet of ik daar goed aan heb gedaan.

'Hoe voel je je, Jane?'

Ze hoorde de intieme ondertoon in zijn vraag, een onuitgesproken erkenning dat ze niet alleen collega's waren. Ze keek hem aan en was opeens verlegen met haar gehavende gezicht en het dikke verband rond haar hoofd. Ze had liever gehad dat hij haar zo niet zou zien, maar nu ze tegenover hem stond, had het geen zin haar blauwe plekken te verbergen, kon ze niets anders doen dan kaarsrecht blijven staan en zijn blik beantwoorden.

'Ik voel me best,' zei ze. 'Een paar hechtingen op mijn achterhoofd, wat pijnlijke spieren. Alleen voel ik me op dit moment nogal lelijk.' Ze gebaarde vaag naar haar geschonden gezicht en lachte. 'Maar je zou de ander moeten zien!'

'Volgens mij kun je hier beter niet zijn,' zei hij.

'Wat bedoel je?'

'Het is te vroeg.'

'Ik moet hier juíst zijn.'

'Mag je het van jezelf nooit eens wat rustiger aan doen?'

'Waarom zou ik?'

'Omdat je geen machine bent. Het zal je opbreken. Je kunt niet over dit terrein lopen en doen alsof het een willekeurige plaats delict is.'

'Juist wel.'
'Zelfs na wat er bijna is gebeurd?'
Wat er bijna is gebeurd.
Ze keek neer op de bloedvlekken op de grond en even was het alsof de weg golfde, alsof een aardbeving de grond had doen trillen en de zorgvuldig opgetrokken muren die ze als bescherming gebruikte, opeens een bedreiging vormden voor de funderingen waar ze op stond.

Hij pakte haar hand, op een solide manier die tranen in haar ogen deed springen. Een manier die zei: je hebt voor één keer permissie menselijk te zijn. Zwak te zijn.

Ze zei zachtjes: 'Het spijt me van Washington.'

Ze zag pijn in zijn ogen en besefte dat hij haar woorden verkeerd begreep.

'Je wou dus dat er tussen ons nooit iets was gebeurd?' zei hij.

'Nee. Nee, dat bedoel ik niet.'

'Waar heb je dan spijt van?'

Ze zuchtte. 'Dat ik ben vertrokken zonder je te vertellen wat die nacht voor me heeft betekend. Dat ik niet echt afscheid van je had genomen. En dat...' Ze stokte. '... dat ik je niet voor me heb laten zorgen, voor één keer. Want eerlijk gezegd had ik je hard nodig. Ik ben niet zo sterk als ik zelf graag mag denken.'

Hij glimlachte. Kneep in haar hand. 'Dat zijn we geen van allen, Jane.'

'Hé, Rizzoli!' Het was Barry Frost die haar vanaf de rand van het bos riep.

Ze knipperde haar tranen weg en draaide zich naar hem om. 'Ja?'

'We hebben een dubbele 10-54. Een Quick-stop-winkel in Jamaica Plane. De slachtoffers zijn een winkelbediende en een klant. Het terrein is al afgezet.'

'Jezus. Zo vroeg op de morgen.'

'Ze hebben gevraagd of wij ernaartoe kunnen. Kom je?'

Ze haalde diep adem en draaide zich weer om naar Dean. Hij had haar hand losgelaten en hoewel ze zijn aanraking miste, voelde ze zich sterker. Het trillen was opgehouden en de grond voelde weer stevig aan onder haar voeten. Maar ze was er niet gereed voor een eind te maken aan dit ogenblik. Hun afscheid in Washington was te gehaast geweest en daar wenste ze geen herhaling van. Ze wilde geen leven als dat van Korsak, een trieste reeks beslissingen waar hij nu spijt van had.

'Frost?' zei ze, haar blik nog steeds op Dean gericht.
'Ja?'
'Ik ga niet mee.'
'Wat?'
'Laat een ander team maar gaan. Ik ben er op dit moment niet toe in staat.'

Ze kreeg geen antwoord. Ze keek om naar Frost en zag zijn verblufte gezicht.

'Bedoel je... dat je een vrije dag neemt?' zei Frost.
'Ja. Dit is de allereerste keer dat ik me ziek meld. Heb je daar iets op tegen?'

Frost schudde zijn hoofd en begon te lachen. 'Ik kan alleen maar zeggen dat het potdomme hoog tijd is.'

Ze zag Frost weglopen. Hoorde hem nog lachen toen hij het bos inliep. Ze wachtte tot hij tussen de bomen was verdwenen voor ze zich weer omdraaide naar Dean.

Hij spreidde zijn armen. Ze stapte naar voren en vlijde zich tegen hem aan.

26

Om de twee uur komen ze controleren of ik geen doorligplekken heb. Het is een rotatietrio van gezichten. Armina overdag, Bella 's avonds en de nachtdienst doet de stille, verlegen Corazon. Mijn ABC-meisjes noem ik ze. Voor wie niet erg oplettend is, zijn ze niet van elkaar te onderscheiden, elk met een glad bruin gezicht en een zangerige stem. Een achtergrondkoortje van Filippijntjes in witte uniformen. Maar ik zie de verschillen tussen hen wel. In de manier waarop ze mijn bed benaderen, in de manier waarop ze me vastpakken wanneer ze mijn lichaam omdraaien naar een andere positie op het schapenvel. Dit moet dag en nacht gedaan worden, omdat ik niet in staat ben me zelfstandig om te draaien en het gewicht van mijn eigen lichaam slijtplekken op mijn huid veroorzaakt. Het gewicht drukt aderen dicht en blokkeert de voedende stroom van bloed, doet weefsel afsterven, maakt het bleek en broos en sleets. Een kleine ruwe plek kan makkelijk gaan zweren en groeien, alsof een rat aan het vlees knaagt.

Dankzij mijn ABC-meisjes heb ik geen doorligplekken – althans dat zeggen ze. Ik kan dat niet controleren, want ik kan mijn eigen rug en billen niet zien en heb vanaf mijn schouders geen enkel gevoel in mijn lichaam. Ik ben volledig afhankelijk van Armina, Bella en Corazon; zij moeten me gezond houden, en net als een baby heb ik veel aandacht voor de mensen die voor me zorgen. Ik bekijk hun gezichten, inhaleer hun geur, sla hun stemmen op in mijn geheugen. Ik weet dat de brug van Armina's neus niet helemaal recht is, dat Bella's adem vaak naar knoflook ruikt en dat Corazon licht stottert.

Ik weet ook dat ze bang voor me zijn.

Ze weten natuurlijk waarom ik hier ben. Iedereen op de afdeling wervelletsel weet wie ik ben, en hoewel ze me even beleefd behandelen als de andere patiënten, is het me opgevallen dat ze me nooit aankijken, dat ze aarzelen voordat ze mijn vlees aanraken, als iemand die controleert of een strijkbout al heet is. Soms vang ik een glimp op van verpleeghulpen op de gang die vluchtige blikken op me werpen terwijl ze met elkaar fluisteren. Met de andere patiënten babbelen ze gezellig, vragen hen naar vrienden en familie, maar mij worden nooit zulke vragen gesteld. Ze vragen me hoe ik me voel en of ik goed heb geslapen, maar daar houdt het mee op.

Maar ik weet dat ze nieuwsgierig zijn. Iedereen is nieuwsgierig, iedereen wil de Chirurg zien. Alleen durft niemand dichtbij te komen, alsof ik opeens overeind zou kunnen springen en hen aanvallen. Dus werpen ze alleen een snelle blik op mij vanuit de deuropening, maar komen ze niet binnen, tenzij hun taak dat vereist. De ABC-meisjes verzorgen mijn huid, mijn blaas en mijn darmen en dan vluchten ze, dan laten ze het monster in zijn eentje achter in zijn hol, aan het bed geketend door zijn eigen onbruikbare lichaam.

Geen wonder dus dat ik altijd verlangend uitkijk naar de bezoeken van dr. O'Donnell.

Ze komt eens per week. Ze brengt haar cassetterecorder mee en haar gele blocnote en een tasje vol blauwe balpennen waarmee ze aantekeningen maakt. Ze brengt ook haar nieuwsgierigheid met zich mee, draagt die zonder angst of schaamte, als een rode cape. Haar nieuwsgierigheid is zuiver beroepsmatig. Althans, dat denkt ze zelf. Ze zet haar stoel dicht bij mijn bed en plaatst de microfoon op het draaibare bedtafeltje zodat die ieder woord zal opvangen. Dan leunt ze naar voren, haar nek gestrekt alsof ze me haar keel aanbiedt. Het is een krachtige keel. Ze is blond van zichzelf, met een vrij bleke huid en haar aderen lopen als delicate blauwe lijntjes onder het wit van de huid. Ze kijkt me aan, onbevreesd, en stelt haar vragen.

'Mis je John Star?'
'Dat weet u best. Ik heb een broer verloren.'
'Een broer? Maar je weet niet eens zijn ware naam.'
'En daar blijft de politie me steeds naar vragen. Ik kan ze niet helpen omdat hij me nooit heeft verteld hoe hij heet.'
'Toch heb je al die tijd vanuit de gevangenis met hem gecorrespondeerd.'
'Namen waren voor ons onbelangrijk.'

'Jullie kenden elkaar goed genoeg om samen te moorden.'
'Eén keer maar, in Beacon Hill. Het is volgens mij net zoiets als de liefde bedrijven. De eerste keer ben je nog aan het leren elkaar te vertrouwen.'
'Samen moorden was dus een manier om hem te leren kennen?'
'Bestaat er een betere manier?'
Ze trekt één wenkbrauw op, alsof ze niet zeker weet of ik het meen. Ik meen het wel degelijk.
'Je noemt hem een broer,' zei ze. 'Wat bedoel je daarmee?'
'Er bestond een band tussen ons. Een heilige band. Het is erg moeilijk mensen te vinden die mij volledig begrijpen.'
'Dat kan ik me voorstellen.'
Ik zoek voortdurend naar sarcasme, hoe licht ook, maar hoor daar niets van in haar stem, noch zie ik het in haar ogen.
'Ik weet dat er nog meer mensen zijn zoals wij,' zeg ik. 'De kunst is die te vinden. Contact te leggen. Iedereen is graag onder zijn soortgenoten.'
'Je praat alsof jullie een apart ras zijn.'
'Homo sapiens reptilis,' zeg ik als grap.
'Pardon?'
'Ik heb gelezen dat een deel van ons brein teruggrijpt naar onze origine als reptielen. Dat deel beheerst onze meest primitieve functies. Vechten en vluchten. Paren. Agressie.'
'O, je bedoelt de Archipallium.'
'Ja. Het brein dat we hadden voordat we menselijk en beschaafd werden. Het bevat geen emoties, geen geweten. Geen moraal. Wat je ziet wanneer je in de ogen van een cobra kijkt. Hetzelfde deel van ons brein dat rechtstreeks reageert op prikkels van de reukzin. Daarom hebben reptielen zo'n goed ontwikkelde reukzin.'
'Dat is waar. In neurologisch opzicht staat onze reukzin dichtbij die van de Archipallium.'
'Wist u dat ik altijd een opmerkelijke reukzin heb gehad?'
Een ogenblik kijkt ze alleen maar naar me. Weer weet ze niet of ik het meen of dat ik deze theorie verzin voor haar omdat ze neuropsycholoog is en ik weet dat ze daar gevoelig voor is.
Haar volgende vraag toont aan dat ze heeft besloten het serieus op te vatten: 'Had John Star ook een buitengewone reukzin?'

'Dat weet ik niet.' Ik staar haar indringend aan. 'En nu hij dood is, zullen we dat nooit te weten komen.'

Ze bekijkt me als een kat die op het punt staat toe te slaan. 'Je kijkt boos, Warren.'

'Heb ik daar geen reden toe?' Mijn blik gaat naar mijn nutteloze lichaam dat roerloos op het schapenvel ligt. Ik beschouw het niet eens meer als mijn lichaam. Waarom zou ik? Ik kan het niet voelen. Het is nu slechts een brok vlees dat me niets zegt.

'Je bent boos op die vrouwelijke rechercheur,' zei ze.

Zo'n overbodige opmerking verdient niet eens een antwoord, dus zwijg ik.

Maar dr. O'Donnell is eraan gewend gevoelens onder de loep te nemen, littekenweefsel weg te krabben en de rauwe, bloedende wonden eronder bloot te leggen. Ze heeft de geur van etterende emoties geroken en is begonnen te pulken, te krabben, te graven.

'Denk je nog wel eens aan rechercheur Rizzoli?' vraagt ze.

'Elke dag.'

'En wat denk je dan?'

'Wilt u dat echt weten?'

'Ik probeer je te doorgronden, Warren, wat je denkt, wat je voelt. Wat je ertoe aanzet te moorden.'

'Ik ben dus nog steeds uw proefkonijn. Ik ben niet uw vriend.'

Een korte stilte. 'Jawel, we zouden wel vrienden kunnen worden...'

'Maar dat is niet de reden waarom u bij me komt.'

'Als ik heel eerlijk moet zijn, kom ik hier vanwege wat je mij kunt leren. Wat je ons allen kunt leren over waarom mensen moorden.' Ze leunt nog iets verder naar me toe. En zegt heel zachtjes: 'Vertel het me dus. Vertel me je gedachten, hoe onthutsend die ook mogen zijn.'

Daarop volgt een lange stilte. Dan fluister ik: 'Ik koester fantasieën...'

'Wat voor fantasieën?'

'Over Jane Rizzoli. Over wat ik graag met haar zou willen doen.'

'Vertel me die dan.'

'Het zijn geen mooie fantasieën. Ik weet zeker dat u ervan zult walgen.'

'Toch wil ik ze graag horen.'

Haar ogen hebben een eigenaardige glans, alsof ze van binnenuit verlicht worden. De spieren van haar gezicht staan strak van verwachting. Ze houdt haar adem in.

Ik staar haar aan en denk: ja, ze wil het dolgraag horen. Net zoals iedereen wil ze elk gruwelijk detail horen. Ze zegt dat ze uit puur academisch oogpunt belangstelling heeft, dat alles wat ik haar vertel alleen nodig is voor haar research. Maar ik zie de vonk van gretigheid in haar ogen. Ik ruik haar feromoon.

Ik zie het reptiel dat zich roert in zijn kooi.

Ze wil weten wat ik weet. Ze wil zich in mijn wereld begeven. Ze is eindelijk gereed voor de reis.

Het is tijd haar daartoe uit te nodigen.